Quart*buch*

Durch diese Erzählungen Stephan Hermlins aus fünf Jahrzehnten zieht sich ein feiner roter Faden: Sie handeln von einzelnen Menschen und ihrem Verhalten in Zeiten der Gefahr, in Zeiten, die sie vor eine Entscheidung stellen. Es ist die Radikalität der Geschichte, die ihnen ein Eingreifen abverlangt, das sie oft nur schwer leisten können, da sie doch eben den Umständen entstammen, die sie verändern wollen. Das, was ihnen von ihrer Zeit als »Leben« vor die Füße geworfen wird, haben sie als ein anderes im Kopf, als eine Zukunft für andere.

STEPHAN HERMLIN

ENTSCHEIDUNGEN

SÄMTLICHE ERZÄHLUNGEN

Verlag Klaus Wagenbach Berlin

INHALT

ENTSCHEIDUNGEN

DER LEUTNANT
YORCK VON WARTENBURG

Im schwach erleuchteten Frühnebel des Augustmorgens sahen die zum Tode Verurteilten erblassend das Gestänge des Galgens inmitten der von Mauern umschirmten Sandfläche. Es waren einige jener Offiziere, die am 20. Juli des Jahres versucht hatten, die Diktatur, welche ihr Land seit langer Zeit in immer unerträglicher gewordene Fesseln geschlagen und es dazu schließlich in einen Vernichtungskampf gegen die ganze Welt gestoßen hatte, in jäh losbrechender und verzweifelt-ungläubiger Auflehnung zu stürzen. Einer der Verschworenen, Oberst Graf von Stauffenberg, hatte den Tyrannen selbst, der dem ganzen Regierungsgefüge den Namen gegeben, beseitigen wollen. Dies war mißlungen, der Aufstand in der Hauptstadt desgleichen, die Verschwörer, soweit sie nicht im Kampfe gefallen waren oder sich selbst entleibt hatten, standen bald vor dem grausamsten Werkzeug der Schreckensherrschaft, dem sogenannten Volksgerichtshof, dessen erbarmungslose und fanatische Richter sie allesamt zum Tode durch den Strang verurteilten.

Die acht Offiziere, die nach langen Tagen der Erniedrigung und unaussprechlicher Folter dem Tode entgegensahen, waren sehr verschieden in Rang und Alter. Der älteste, Feldmarschall, hatte hohen Ruhm gewonnen, als er die schlecht bewaffneten und von Verrat geschwächten französischen Armeen in einem wenige Wochen dauernden Feldzug niedergeworfen hatte. Vom General ging es weiter bis zum jüngsten hinab, dem in den Zwanzigern stehenden Leutnant Graf Yorck von Wartenburg, Träger eines der berühmtesten Namen deutscher Vergangenheit, der ein junger Mensch war mit braunem Haar und schönen, jetzt aber vor unterdrücktem Grauen gänzlich leeren Augen.

Yorck, der seit dem Augenblick, da er entwaffnet und den gefürchteten schwarzen Garden des Diktators überliefert worden war, sich in eine ihm ebenso bekannte wie bekämpfenswert erscheinende Apathie hatte sinken sehen, durch die er gleichsam mit dem Tode ins geheimste und innigste Einvernehmen trat, hatte seit einer Woche in schrecklichster quälender Ungeduld und unsinniger Hoffnung gelebt. Damals hatte er frühmorgens in seinem Brot einen Zettel gefunden, den er, am ganzen Körper geschüttelt, wieder und wieder gelesen hatte. »Kopf hoch! Wir holen Dich heraus! Wernicke wird den Wagen bereithalten.« Yorck hatte die Handschrift des Freiherrn v. H., eines Freundes seines Vaters, zu erkennen geglaubt. Die folgenden Tage und Nächte vergingen ihm schnell oder langsam, während er sich ausmalte, wie die Befreiung vonstatten gehen würde. Konnte es sich um eine Amnestie handeln? Kein Gedanke war unsinnig genug, um von vornherein verworfen zu werden. Der letzte Satz auf dem Zettel schien allerdings auf einen geplanten Handstreich hinzudeuten. In Yorcks fiebrigen Träumen hallte der Gang von Schüssen und eilenden Schritten wider.

All seine Hoffnungen endeten hier, fünfzig Schritt vor dem Galgen, der im gefährlichen Licht eines sich gelblich färbenden Nebels vor ihm aufragte. Seit der Minute, da er den zerdrückten Zettel mit trockenem Munde verschlungen hatte, empörte sich sein kaum fünfundzwanzigjähriges Leben, wie von einer seltsamen Speise erregt, gegen das ihm zugedachte Geschick. Aber vergeblich rief er in dieser Minute die vergangene Lethargie zurück.

Herkunft, Erziehung und das Erleben des Krieges hatten jeden dieser Männer mit dem Tode vertraut gemacht und ihnen eine von weit her auf sie überkommene Haltung aufgenötigt. Daß sie im feuchten und geradezu tückischen Licht dieses Morgens zögerten, erschauerten, war weniger dem Anblick des Galgens zuzuschreiben, der schrecklich genug war. Vielmehr erkannten sie alle gleichzeitig, daß die Henker furchtbare Rache an ihnen zu nehmen gedachten. Maschinen, deren Bedeutung sie mehr errieten als ganz begriffen, standen wartend unter dem Mordgerüst, und zwischen ihnen bewegten sich wie Marionetten Gestalten, die vor den schreckengeschlagenen Blicken der Verurteilten undeutlich wurden. Dem Generalobersten H. entfuhr ein Ausruf, den einer der begleitenden Henkersknechte mit einem Fluch und einem Kolbenstoß beantwortete. Man trieb sie auf die Maschinen zu, wo man ihnen einen Ring um den Hals legte, der durch Schrauben verengt und erweitert werden konnte. Ihr Tod sollte sich vertausendfachen und tausendmal die Luft und das Leben in ihre berstenden Lungen zurückströmen, ehe ihre Leichname am Galgen hängen würden.

Yorck fühlte sich in den Block gestoßen, und gleich darauf schloß sich der Ring um seine Kehle. Seine Augen sahen groß und erschrocken über den Hof hin, von dem sich der Nebel allmählich zu heben schien. Die Dinge traten in ihren Umrissen schärfer hervor, gleichzeitig aber schien das infernalische gelbrote Licht, das auf ihnen lag, stärker zu werden und ihnen eine neue, geheimnisschwere Bedeutung zu verleihen. Er fühlte sein Bewußtsein unwiderstehlich von sich weg, an sich entlanggleiten wie Sog an den Schenkeln eines Schwimmers. Dann begann ein Schmerz an seinem Halse zu zerren, er konnte nicht mehr atmen, in seinen Ohren war ein unendliches Rauschen wie Brandung an der Küste. Er hörte sich selbst tief innen schreien vor Entsetzen, aber er fühlte nicht den Speichel, der ihm aus dem offenen Munde über das Kinn floß, noch vermochte er sein Antlitz zu sehen, das, furchtbar verfärbt, Zunge und nach oben gedrehte Augäpfel zeigte, während die Lippen stumm blieben. Die Verurteilten zuckten konvulsivisch in den Blöcken, hier und da kreischte eine Schraube, die sich lockerte, und dann kam das schluchzende Keuchen eines der Gefolterten, der wie wahnsinnig die Luft einzog.

Yorck taumelte blind und taub zwischen Vorhölle und Hölle hin und zurück. Mit dem zurückkehrenden Atem kam manchmal das Bewußtsein wieder, erschreckend klar, und ließ ihn die Süße dieser wenigen Sekunden fühlen, während deren die Luft ungehindert in seine Lungen zu dringen vermochte. Er spürte nicht, daß er weinte. Durch Tränen und Schweiß hindurch sah er von Zeit zu Zeit den Hof, über dem jetzt eine frühe Sonne hing. Die Sandfläche, auf die er starrte, verschob sich dann unversehens wie ein Objekt unter der Linse des Mikroskops, bis er einige Sandkörner zu erblicken glaubte, scharf und starr, in deren Facetten das Licht sich farbig brach.

Jedesmal aber kam das Rauschen der Brandung wieder, der Schmerz am Hals, die keuchende, berstende Atemnot, aus der schließlich die gelbroten Flammen der Vernichtung züngelten. Er wußte nicht, wie lange dies alles dauerte. Jahre konnten vergangen sein, seitdem er in diesem Block stand. Sein irres, sterbendes Bewußtsein sehnte sich immer nur nach den wenigen Sekunden, da die Schraube sich lockerte. In einem bestimmten Moment, als der Ring sich wieder schloß, aber das Atmen noch nicht völlig verweigerte, nahm sein schwindendes Bewußtsein eine Änderung wahr. Seine Augen waren geschlossen. Aber er spürte, daß ihm eine ungewöhnlich lange Zeit zum Atmen gegeben war. Eine Ewigkeit verstrich, ehe er wußte, daß sich die Schraube nicht gänzlich geschlossen hatte. Er war jetzt zu erschöpft, um die Augen zu öffnen. Durch das Rauschen der Brandung glaubte er neue, nie zuvor gehörte Laute zu vernehmen, ein flaches Hallen und Knirschen, unverständlich geschriene Worte dazwischen. Er erschrak bis ins tiefste, als dicht neben seinem Ohr eine Stimme heulte. Es war eine menschliche Stimme, wenn sie gleichwohl unmenschlich klang, aber er konnte noch immer nicht die Bedeutung der Worte erfassen, die jemand da schrie.

Als er mit großer Anstrengung die Augen geöffnet hatte – er fühlte eine maßlose, kaum zu überwindende Müdigkeit –, sah er, daß etwas in seiner Umgebung sich geändert hatte. – Auf der Sandfläche, in deren Mitte er stand, erblickte er einige liegende menschliche Gestalten, und nach einiger Zeit aufmerksamer Betrachtung legte er sich Rechenschaft darüber ab, daß es sich um Gefolgsmänner der Diktatur handelte. Er erkannte deutlich einzelne Uniformstücke an den reglos Daliegenden. Wenige Augenblicke später, während hinter und neben ihm noch Schüsse krachten – denn nichts anderes war jenes Hallen und Knirschen gewesen, das er in halber Ohnmacht vernommen hatte –, fühlte er sich ergriffen, aus dem Block befreit und halb getragen, halb geschleift zwischen zwei Männern, deren Gesichter er nicht zu erkennen vermochte. Der Weg über die Sandfläche schien ihm endlos, er blickte auf die Staubwölkchen, die sich unter seinen stolpernden und gleitenden Füßen erhoben, der Schmerz an seinem Hals brachte ihn einer Ohnmacht nahe, in seinen Schläfen klopfte schwer und träge das Blut, und zugleich horchte er auf die Stimmen, die, bald entfernter, bald näher, in befehlenden, abgerissenen, drohenden, doch immer unverständlichen Worten schrien und sprachen.

Neben sich hörte er auf einmal jemand deutlich: »Schnell, Herr Leutnant! Wir müssen es schaffen!« Die Stimme klang vertraut, und während er noch mit langsam erwachenden Sinnen um Erinnerung bemüht war, hatte man ihn durch ein Tor hindurchgezogen und quer über eine Straße in einen niedrigen, grauen, geschlossenen Wagen hinein, dessen Motor sogleich aufrauschte. Dann fühlte er sich weich und unwiderstehlich dahingetragen, in erneuter Gleichgültigkeit, die sich in seinen Sinnen dunkel ausbreitete wie Ringe in einem Gewässer. Von Zeit zu Zeit erwachend, erblickte er Landstraßen, Kiefernwälder, Bauern bei der Feldarbeit. Im gelben Nachmittagslicht sah er, daß der Wagen in einen schmalen Waldweg einfuhr, über Wurzeln und Steine hinschwankte und vor einem Forsthause hielt. Wernicke und die anderen führten den Leutnant sanft ins Haus hinein, wo man ihm Kaffee und einen Imbiß bereitete. Man richtete nur wenige Worte an ihn, und er war dankbar dafür. Er erhielt eine Uniform, die die Abzeichen eines höheren Ranges trug, sowie Papiere, die auf den Namen eines Majors B. vom ... ten Artillerieregiment lauteten. In der Tasche des Waffenrocks fühlte er schwer den Kolben einer Pistole 08. Über den Tisch hinweg sah er plötzlich in einem kleinen Spiegel sein Gesicht und erschrak vor dem Abgrund in seinen Augen und dem dünnen, rätselhaften Lächeln, das seinen Mund verzog. Zutiefst gebannt, ruhte sein Blick im Glas, aber in dem schien es zu arbeiten, wie Wolken zog es drüber hin, und bald verblaßte und verschwamm alles vor seinen Augen, so daß er sich abwandte.

Im Wagen breitete Wernicke eine Decke über ihrer beider Knie, und einen Augenblick lang sah Yorck auf dem Schoß des Dieners den kalten, dunklen Stahl einer Maschinenpistole. Sie fuhren in den Abend hinein, Yorck fragte nicht, wohin. Er fühlte sich gestärkt, beruhigt, trotz der Schmerzen am Hals. Beinahe glücklich betrachtete er die Landschaft, in der die fruchttragenden Bäume bewegungslos in einen grünen und goldenen Himmel ragten, und versuchte nicht, Wegweiser oder Ortstafeln zu erkennen.

Allmählich sank die Nacht hernieder. Yorck fiel in einen leichten, fiebrigen Schlummer, in dem sanfte Worte und Gefechtslärm an sein Ohr drangen und Meerlandschaften, die schrecklichen Augen der Henker und Schatten auf kiesbestreuten Wegen vor seiner Stirn vorbeizogen. Etwas beunruhigte ihn wieder, bohrte in ihm, aber er konnte es nicht fassen, er fand kein Wort dafür, und er erwachte und fühlte kalten Schweiß auf der Stirn. Gerade waren sie durch ein Tor in einen Hof eingefahren, an dessen Rückseite die Fassade eines massigen Gebäudes aufragte. Licht fiel von einigen Fenstern auf die Freitreppe, vor der sie hielten. Yorck war wieder ganz wach und sann erregt nach, wann er schon einmal in diesem Hof gestanden hatte, als er am geöffneten Wagenschlag das Gesicht seines väterlichen Freundes, des Freiherrn v. H., erblickte. Eine unbeschreibliche Angst und Freude erfüllte ihn.

»Peter!« rief der Freiherr leise. »Willkommen in meinem Hause!« Er reichte ihm die Hand und fuhr fort: »Noch jemand ist hier, der dich erwartet«, und lächelte dem fragend zu ihm Aufblickenden gütig und verschlagen zu.

Auf den Arm des Freiherrn gestützt, stieg der Leutnant wie im Traum die Treppe empor. Ein Setter strich um seine Knie, die Ampel über der Pforte sah er durch den Nebel jäher Tränen. In einem Zimmer, das er wohl kannte, war ihm schon ein Lager bereitet, in tiefer, froher Benommenheit ging sein schweifender Blick über die Bilder an den Wänden, die Bücher, den schwarzen Stutzflügel, die Kerzen auf dem Tisch.

Ein Diener und Wernicke richteten die Tafel im Nebenzimmer. Der Freiherr sprach leise zu ihnen und verließ den Raum. Yorck stand am Fenster, in dem er undeutlich sein Spiegelbild erblickte. Die Wärme in dem schmalen, langen Gemach schläferte ihn ein, er spürte schwer und schmerzend alle Glieder, und der Kragen seines Waffenrocks beengte qualvoll seinen Hals. Er wußte, daß er nun allein war. Er sah die Gesichter seiner Gefährten vor sich, scherzend, besorgt, schreckensstarr. Das Antlitz des Generalobersten B. tauchte vor ihm auf, mit geschlossenen Augen, wachsgelb, an die Stuhllehne vor dem Schreibtisch hingesunken, während in den Korridoren des Hauses in der Bendlerstraße noch eine verspätete Handgranate krachte. Er sah genau die Rauchringe einer verglimmenden Zigarette, den Blutfaden, der unter dem kurzgeschnittenen grauen Haar des Generalobersten hervortrat. Indem er in dumpfer Betäubung die Fäuste regierungstreuer Soldaten gegen sein Gesicht spürte, hatte er noch immer in das spitz werdende Antlitz des Generalobersten gesehen. Er merkte auf die unbestimmten, erstickten Geräusche des Hauses. Vor dem Fenster, das blind in die Nacht hinausstarrte, musterte er die verletzlichen Schläfen und seine Schultern, die in der Uniform nach unten fielen. Ohne daß er sich die Ereignisse der letzten Jahre im einzelnen ins Gedächtnis zurückgerufen hätte, fühlte er in dieser Stunde, daß eine Last von Zögern, Lähmung und Unklarheit auf seinem Herzen war und seine Kraft überkommen wollte.

Yorck, dies überdenkend, spürte noch den schrägen Blick eines barhäuptigen Franzosen unbestimmten Alters, den man an ihm vorbei mit sieben anderen zum Erschießen geführt hatte. Der Augusttag war blau gewesen. Yorcks Blicke glitten über die Wälder, die in der Ferne flimmerten. Er betrachtete den bestäubten Wegerich, der aus dem Pflaster der Dorfstraße wucherte. Er hörte Schritte und wußte, daß man sie in die Lichtung hinausbrachte. Aufschauend verlor er sich in die kühlen, hellen Augen eines der Gefangenen. Der Ausdruck des scharfen, leicht schielenden Blickes war jenseits aller Verzweiflung, unbeschreiblich versunken, wägend, erkennend. Nur wenige Sekunden hindurch hatten sich ihre Blicke gekreuzt – wie kam es, daß Yorck sich dieser Augen jetzt entsann? Es schien ihm auf einmal, daß er seit dieser Sekunde durchschaut war, daß er wie nackt war vor aller Welt. Er spürte keine Bewegung in sich, nur ein ermüdendes, ja zermalmendes Bewußtwerden, und, ohne sich zu rühren, sagte er zum Fenster hin: »So kann man nicht leben!«

Ein Seufzer schien ihm zu antworten. Er warf sich herum und sah Anna an der Tür stehen. Seine unvorsichtige Bewegung jagte ihm Wellen des Schmerzes durch Kopf und Nakken. Während er sich mit beiden Händen zum Halse griff, entsann er sich der Bemerkung des Freiherrn. Anna, kaum zwanzigjährig, war Yorcks Verlobte. Sie war von süßer und schwacher Schönheit. Mit einem von weit her kommenden Blick schaute er quer durchs Zimmer zu ihr hinüber.

»Peter!« sagte sie mühsam.

Er machte ein paar langsame Schritte. Er betrachtete sie aufmerksam. Dies war Anna, die seine Frau werden sollte. Er dachte mit einer Art düsterer Ungeduld an gewisse mißbilligende Andeutungen älterer Verwandter, wie seltsam es sei, daß ein Yorck von Wartenburg eine Bürgerliche zu ehelichen gedächte, und sei es auch die Tochter eines Konsistorialrates. Sie sah auf zu ihm, der immer noch kein Wort sprach. »Peter!« wiederholte sie. Ihre Augen füllten sich sogleich mit Tränen. Er entsann sich, daß er sie liebte, und küßte sie.

»Es ist alles gut!« sagte er und lauschte seiner Stimme nach, die viel zu laut klang.

»Alles!« fuhr er fort und wandte sich ab. Langsam ging er an den Wänden hin. »Sie kamen rechtzeitig.« Dabei fiel ihm ein, daß er nichts von seinen Gefährten wußte. Bisher war es ihm nicht in den Sinn gekommen, nach ihrem Geschick zu fragen. »Und die anderen?« fragte er, innehaltend. »Was ist aus den anderen geworden?« Sie sah ihn an. Offenbar verstand sie ihn nicht.

Die Tür öffnete sich. Der Freiherr trat ein, gefolgt von dem Diener, der die Tafel gerichtet hatte.

»Darf ich bitten?«

»Was ist mit den anderen?« fragte Yorck zu ihm hinüber.

Der Freiherr, im Begriffe, sich niederzusetzen, sah auf. Er antwortete ausweichend, undeutlich. Yorck fühlte die Schmerzen in seinem Hals auf einmal sehr heftig. Die Atmosphäre über dem Tisch schien sich zu verdichten, trübe und drohend brannten die Kerzen. Der Leutnant lauschte den Worten des Freiherrn, die er nicht verstand, aber etwas hemmte ihn, seine Frage zu wiederholen. Mit ungläubigen Augen, in denen sich plötzliches Grauen regte, sah er den basiliskenhaft gewordenen Blick des anderen. Die Gesichter seiner Gegenüber verzogen sich. Er mußte an ein Stück aus den »Serapionsbrüdern« denken, wo ein Mensch plötzlich einem Fuchs und dann wieder einem Menschen ähnlich sieht. Er legte die Stirn in die Hände.

Als er wieder aufschaute, war der Spuk vorbei. Er mußte über sich lächeln. Sicherlich war seine Übermüdung zu entschuldigen. Er sehnte sich plötzlich danach, allein zu sein, die Lichter zu löschen, traumlos zu schlafen.

Sie aßen schweigend. Der Diener räumte ab und brachte eine Flasche Kirsch. Anna saß regungslos vor einem Glas Wein, das sie kaum berührt hatte. Der Freiherr sprach in kurzen, bestimmten Worten über die militärische Lage, während er eine Zigarre anzündete.

»Wir haben zu spät gehandelt. Die Entschlossenheit, die unsere Namen auf bronzene Standbilder in den Stadtgärten und auf die Seiten der Schulbücher bringt, hat uns jedesmal verlassen, wenn wir sie am notwendigsten brauchten. Ich sage dir, Peter – überall erblicke ich Abgründe. Schon einmal habe ich gesehen, wie sie Knaben schlecht bewaffnet gegen Feuerschlünde schickten. Jeden Tag zerfällt eine Stadt. Und jeden Tag verdunkeln die Schatten von zweihundert Geiseln die im Mittagslicht weißen Mauern. Wer wird uns noch glauben, daß wir das nicht gewollt haben? Ich habe nachgedacht und bin zu Schlüssen gelangt, die dir und den anderen aus deinem Kreis vielleicht unannehmbar erscheinen werden. Wir waren stumpf...«

Yorck sah ihn an. Der Freiherr sprach nun halblaut, mit langen Pausen zwischen den Sätzen. Seine rechte Hand fuhr gleichmäßig nach rechts und links über das Tischtuch.

»Stumpf. Oder vielleicht feige. Unter uns gibt es allzu viele Feiglinge mit EK I und Ritterkreuz. Was uns fehlt, ist die Fähigkeit, die Frage neu zu stellen.«

Yorcks Gedanken irrten ab. Er sah sich über einen Feldweg reiten, im weißen Hemd, auf »Apollon«, dem ostpreußischen Hengst, der sich später in Karlshorst das Hüftgelenk zersplittert hatte und den man erschießen mußte. Wann war das doch? Er mußte damals sechzehn oder siebzehn Jahre alt gewesen sein. Wernicke folgte auf der grauen Stute, einen Schritt zurück. »Was war da gestern abend los, Wernicke? All die Leute vor den Remonteställen?« – »Nichts weiter, Herr Graf...« Die leichte Verlegenheit in Wernickes Stimme. Damals sagte er noch »Herr Graf«, später nannte er ihn »Herr Leutnant«. – »Immer heraus mit der Sprache.« Yorck ahmte die Sprechweise des Vaters nach. – »Der Verwalter hatte den Folgmann entlassen.« – »Folgmann? Aha, ich weiß schon. Aber das ist doch wohl nicht alles?« Den Kopf halb zurückgewandt, spricht er in den dunkelglühenden Himmel hinein, der über Heide und braunen Roggenfeldern liegt. – »Den Folgmann haben sie geholt, Herr Graf. Er soll gehetzt haben.« – »So... Sieh einer an...« – Wie lange waren sie so geritten? Yorck sieht starr zwischen den spielenden Ohren des Pferdes durch. »Wernicke?« – »Herr Graf?« – »Was war eigentlich Ihr Vater?« – »Mein Vater? Heuerling beim gnädigen Herrn, er starb schon anno dreizehn. Blutvergiftung. Die Mutter wohnt ja noch drüben im Heidedorf. Die hält ihre Kate immer noch recht.«

Der Hengst strauchelt. Yorck zieht die Zügel an und wendet sich im Sattel. »Was denken Sie von den Roten, Wernicke? Sprechen Sie aufrichtig.« – »Aber, Herr Graf... Herr Graf müssen wissen, ich und die Politik...« – »Nein, Wernicke, das gilt nicht... Ich hab mal was darüber gelesen, verstanden hab ich's nicht ganz... Man müßte mehr wissen, Wernicke, wirklich...« – »Ja, Herr Graf, ich hab noch nicht weiter über das Zeug nachgedacht. Achtzehn, als ich aus dem Felde kam, wählte ich sozialdemokratisch, das sag ich Herrn Graf ganz offen... Später hab ich's sein lassen, da wählte ich gar nicht mehr.« – »Sagen Sie, Wernicke, glauben Sie, daß das alles einen Sinn hat? Sie und ich... Ich meine, wozu leben wir eigentlich?« – »Herr Graf stellen schwierige Fragen... Ich bin man bloß ein ungebildeter Mann. Man lebt, um zu arbeiten. Tut seine Pflicht, nicht?... Und außerdem ist das alles heutzutage ja sowieso verboten, ja...« – »Vor vier Jahren, als wir in Berlin waren, Vater und ich, sahen wir einen Kommunistenumzug... Arbeit und Brot! schrien sie immer. Und: Nieder mit den Kriegsbrandstiftern!... Das war so komisch für mich. Vater schimpfte. Aber ich merkte doch, wie elend die aussahen. Und so ernst...« – »Ja, Herr Graf, davon wird es auch nicht besser.« – »Wer weiß... Man müßte mehr wissen, Wernicke. Sprechen können mit jemand, der sich auskennt...« Seine Augen sind verschleiert, die Reitgerte trifft den Stiefel. »Ich bin müde, Wernicke. Also, zurück...«

Yorck sah nun wieder den Freiherrn vor sich, der immer noch sprach. Anna sagte kein Wort, sie hielt den Kopf gesenkt. Mit halbgeschlossenen Augen lauschte Yorck dem Reden seines Freundes, das wie das Rauschen eines Gewässers an sein Ohr drang.

»... die Frage neu stellen. Aber wer stellt sie neu? Bei uns hat keiner den Mut. Oder fehlt es einfach an der Erkenntnis, sagen wir, an der zur Erkenntnis notwendigen Geistesschärfe? Was wir Mut nennen, ist vielleicht nur ein gewisses Quantum an Intelligenz. Ja, bei uns gab es die Suttner, Schönaich, Gerlach… Aber ich kann den Krieg nicht einfach verwerfen…« Der Freiherr stand auf. »Die anderen, Peter… Siehst du, die anderen, ich sage es, weil ich es weiß… Die in Paris, London, Moskau: sie haben recht mit ihrem Krieg…« Leise, mit gesenktem Haupt: »Weil wir mit dem unseren unrecht haben.«

Yorck hörte wieder kaum hin. Über seine Augen fiel Bild um Bild wie Falten eines Vorhanges, vage, wechselnd und bezaubernd wie karelisches Nordlicht. Musik tönte dazwischen. Woher kamen diese fernen Trompetenstöße? Leonorenouvertüre. In einem unbegreiflichen goldenen Nebel sah er die Karyatiden der Berliner Philharmonie, die Leuchter…

Aber auf einmal war er in einem Zimmer. Zwei Männer saßen an einem Tisch. Von Kerzen tropft Wachs auf die ausgebreiteten Karten. Draußen knirscht der Frost in den ostpreußischen Wäldern. Alles das hatte er in Tagträumen schon hundertmal gesehen. Diebitsch beugt sich vor, seine Augen leuchteten, und er sagt (man hört die R rollen): »Ich beglückwünsche Ew. Exzellenz. Darf ich den Entschluß Ew. Exzellenz als den ersten Schritt zu einem Bündnis aller freiheitliebenden Völker Europas werten?«

Der andere wendet sich um. Im Schein des Kaminfeuers, das sein offenes, nun fast lächelndes Gesicht beleuchtet, sieht man ihn nachdrücklich nicken. »Ja, Herr General.« – Diebitsch erhebt sich, seine Augen sind verzückt, er öffnet auf feierliche und ein wenig komische Weise die Arme: »Le nom du général Yorck sera désormais lié à la chute du sanglant Bonaparte. La liberté est en marche. Permettez, que je vous embrasse…«

Wieder die fernen Trompetenstöße. Oder war es der Beethovensche Yorckmarsch?

Aus seinen Träumen emportauchend, hörte er wie eine Antwort die Worte des Freiherrn: »*Sie* haben es gewagt. Sie gingen bis zum Letzten.«

Eine Pause. Yorck kämpfte gegen das Versinken, sein Hals schmerzte, er war unaussprechlich müde, doch zugleich wußte er, er würde nicht schlafen können.

Der Freiherr sagte: »Seydlitz.«

Yorck blieb stumm. Er lauschte begierig auf alle Laute, die an sein Ohr drangen: das schwere Atmen des Freiherrn, Schritte im Gang, die gedämpft näher kamen und vergingen, den gemächlichen, hohlen Schlag der Standuhr.

»Neu stellen, die Frage: das heißt, Vaterland, Pflicht, Ehre, Eid neu erleben, neu denken. Einmal diese verdammten Türen durchbrechen: Angst vor der Ahnung, dem Denkenmüssen, Furcht um die Privilegien... Ich las Michelet in diesen Wochen. Der vierte August, weißt du? Diese unerhörte, welterschütternde Nacht, die Grafen und Barone in Bürger eines Landes umbricht. Söhne einer Nation, die sich zur ersten macht, weil sie für die Freiheit aller Nationen kämpft.«

Der Freiherr hatte sich halb erhoben. Yorck sah verwirrt ein unbekanntes Zucken auf seinem Gesicht.

»Das war Frankreich!... Und wir? Unser SS-Pöbel erschießt die Kinder von Charkow. Sie haben recht, wiederhole ich. Mit Reichstagsabgeordneten, Kommunisten sich an einen Tisch setzen... Wie weit mußte es erst kommen, daß unsereiner das natürlich fand. Ich habe sie sprechen hören. Still, hör zu...«

Der Freiherr stand auf, ging zum Apparat hinüber und suchte eine Station. Der Empfänger rauschte, dann kam plötzlich schwach und deutlich das Zeichen des Senders. Der Gott, der Eisen wachsen ließ. Yorck sah die Schule vor sich. Der wollte keine Knechte. Knechte... Man muß nachdenken. In Blut müssen wir waten bis an die Knöchel, um mit dem Denken zu beginnen.

»Sie stören wieder.« Aus dem Apparat drang Krachen und Heulen. Der Freiherr stellte ab und kam zurück. »Verzeih. Ich denke auch gar nicht an dich. Du mußt schlafen gehen. So bist du also in Sicherheit unter meinem Dache, Peter. Wer weiß, wie lange noch? Bald wirst du weiter müssen. Nun aber schlafe – und denk nicht an morgen. Gute Nacht.«

Er ging, Yorck die Hand drückend. Yorck ging durch die Verbindungstür in das ihm angewiesene Zimmer. Anna brachte ein leises »Gute Nacht« hervor, die ganze Mahlzeit über hatte sie geschwiegen. Yorck seufzte, entkleidete sich langsam, verriegelte die Tür und blies die Kerzen aus. Im Dunkel tastete er, sich erinnernd, noch nach der Pistole, entsicherte sie und legte sie auf einen Stuhl, den er ans Bett rückte. Yorck verbrachte die folgenden Tage auf dem Gut. Sein Zimmer verließ er kaum. Vor dem Fenster sitzend, ließ er seinen Blick über die Seiten des aufgeschlagenen Buches hinweg den Wäldern am Horizont entgegenfliegen. Manchmal blieb Anna bei ihm, er vermochte kaum zu ihr zu sprechen, nur ihre Hand hielt er lange in der seinen. Den Ausblick aus dem Fenster kannte er von seiner Knabenzeit her, unter dem wechselnden Tageslicht traten Stürme und Ahnungen von einst wieder mächtig in sein Herz ein. Über jene Höhen hinweg und durch die blauschattenden Wälder hindurch mußte man auf die breite Straße kommen, die durch die bienentönende Heide zum Meere zog. Er kannte sie besser als alles, was »heute« hieß, inniger als das unsägliche Entsetzen, das ihm in den letzten Jahren so nahe gewesen war. Am Bahndamm wuchs immer noch der Ginster, unter dem er den »Malte Laurids Brigge« gelesen hatte, während aus den vorbeidonnernden Zügen die schwarzen Gesichter der Heizer grüßten.

Am Waldrand abends begegnete man Unbekannten, die freundlich blickend stehenblieben und nach Neuigkeiten aus der Hauptstadt fragten. Die Dörfer lagen im Rauch des Abends, aus den offenen Türen duftete das neue Brot, im Schatten der Scheunen hämmerten die Knechte die Sensen für den morgigen Tag, und hinter den Gardinen lächelten scheu und verloren fremde Mädchen.

Dann kam man von den Straßen ab, ging nur noch auf Feldwegen, die immer heller und sandiger wurden, und als der Pfad einmal auf besondere Weise in den Horizont hinaufstieg, wußte man: das Meer, obwohl es noch nicht gleich das Meer war. Aber der Wind in den Wäldern roch anders, die ersten Dünen kamen auch bald, Brackwasser tauchte auf, und auf einmal mußte man stehenbleiben, lange, lange, und es war gut, daß man allein war. Aber es war überhaupt gut, allein am Meer zu sein, allein im ganz frühen Morgen, in dem die ersten Türme der Segelschiffe am Horizont standen, die See in ungeheuer alter, verschleierter Schönheit ruhte, allein im Mittag, wenn die letzten Badegäste über die splittrigen Laufstege zu ihren Hotels hinaufgestiegen waren, allein am späten Nachmittag, wenn ein feierlich scheidendes Licht die eisernen Verzierungen an den Landungsbrücken verzauberte und die ferne Musik von Kurkapellen ins Erhabene wuchs. Die tragische Gemessenheit des Meeres reinigte das eigene unwägbare Leid, das sonst den Knaben erschreckte und zur Klage trieb. Er empfand undeutlich dieses Leid als untersten Träger seiner Existenz und als Brücke zugleich zu jenem allgemeinen Leid, dessen bestimmte und ruhige Bejahung erst ihm seinen Platz in der Welt zuwies. Im Anblick des Meeres schien ihm die noch leise, aber gewisse Antwort auf die Frage nach dem Sinn des Lebens zu werden, dergestalt, daß er seine Einsamkeit in eine Vielzahl von Einsamkeiten gestellt und in ihr bewahrt zu wissen meinte.

Deutlich zogen die Bilder der Jugend an seiner Stirn vorbei: Ritte im klirrenden Wald, die Pferde straucheln auf dem abschüssigen Weg – plötzliches Weinen im Schoß der Mutter, die nicht fragte und alles wußte – Abende, an denen die Eltern fremd und schön in festlichen Kleidern den Knaben umarmten, während das Haus die Gäste erwartete. Im Musiksalon geht er am geöffneten Flügel vorbei, die Erzieherin bringt ihn in sein Zimmer, rasch versinkt er in Schlaf und erwacht plötzlich im Dunkel: niemals erhört, dringt süßeste Musik durch die Wände. Er weiß, sie spielen das Tschaikowski-Trio und jetzt Brahms, und in unendlicher Geborgenheit sinkt er zurück in den Traum, den noch Musik durchweht.

Und später sah er die drohende Schönheit der Städte, lauschte er dem rascheren Atem fremder Frauen, sprach die Nächte durch und hörte andere sprechen, und die Jugend wollte nie enden. Deutlicher verstand er, daß alles, was sich an ihm vollzog, ihn nur in der einen Richtung bestärken wollte: das Leben näher zu fühlen und dieses stärker Gefühlte ins Große, ja Unvergängliche zu steigern. Die Angst, mit der er in Wernickes Augen geblickt hatte, als er ihm einst auf dem Ritt jene Frage stellte, war nur die letzte Abwehr eines früheren Seins, das er von sich abfallen spürte wie eine verbrauchte Schale. »Ich habe nur ein Leben«, hörte er sich manchmal laut sagen, wenn er allein war. Er las Bücher und sprach Menschen, die er Kameraden und Eltern nicht zeigen durfte. Das Regime verachtete er zunächst stillschweigend in der Weise, die ihm Stand und Familie vorschrieb. Später erst, er war Leutnant und hatte zwei Feldzüge mitgemacht, begann er sich darüber zu verwundern, daß in all seine Überlegungen und in sein Drängen nach einem erfüllteren Leben der Gedanke an die politischen Zustände seines Landes kaum getreten war. Fast gleichzeitig fühlte er, daß er die Diktatur nicht länger aus den gleichen Gründen verachten konnte, sondern daß er sie neuer Erkenntnisse wegen haßte.

Am vierten oder fünften Tage seines Aufenthaltes teilte ihm der Freiherr mit, daß die Geheimpolizei mit ihren Nachforschungen in die Nähe des abseits gelegenen Gutes gelangt und seine schleunige Abreise geboten sei. Er fügte hinzu, daß alles getan worden wäre, um Yorck in endgültige Sicherheit zu bringen. An welchen Platz der Freiherr ihn zu senden gedenke, fragte Yorck ahnungsvoll, worauf jener erwiderte, es gäbe nur eine Rettung: die Durchquerung der deutschen Linien im Osten und die Flucht nach Rußland, wo der dem Tode Entronnene mit den aufständischen Generälen in Verbindung treten würde. Yorck fühlte sein Herz in Freude und Bedrängnis stürmisch schlagen, während er in ruhigen Worten dem Freunde dankte. Der Freiherr versicherte, alles sei aufs beste vorbereitet, die Abreise auf den kommenden Tag festgelegt, die Überquerung der Weichsel gesichert. Als einige Stunden darauf – es dämmerte schon – Anna bei ihm eintrat, schritt er ihr schnell entgegen, um sie von seiner Abreise zu unterrichten. Aber sie neigte das Haupt zum Zeichen, daß sie bereits wisse. Er führte sie zu einem Stuhl in der Nähe des Fensters. »Ich vermute, es wird das Beste sein für dich«, sagte sie förmlich. Er sah, sich vorbeugend, ihre junge und etwas hinfällige Schönheit. Der Kontrast zwischen dunklem Haar und blaugrünen, sehr leuchtenden Augen, ihr durchsichtiger Teint hatten ihn eines Tages bezaubert, ihr etwas gedrücktes, ungesprächiges Wesen belebte immer von neuem seine Teilnahme. Er betrachtete ihre abfallenden Schultern, die schön gebildete Fläche von Wange und Schläfe und fühlte sich unbegreiflich gerührt. Wieder empfand er die leise, fremde Erregung und Niedergeschlagenheit bei dem Gedanken, dieses unbekannte und nie zu erreichende, ihn nie erreichende Wesen zu lieben.

Aber während er zu ihr sprach und ihr die Notwendigkeit seiner Flucht auseinandersetzte, fühlte er, daß sie ihm entglitt. Unwiderruflich, dachte er und wußte nicht, ob er es ausgesprochen hatte. Ihm war, als löse sich ihr Antlitz vor seinen Augen in einen weißen Schaum auf, zusehends vergingen ihre Züge, ohne daß er sie in seinem Innern wiedererstehen zu lassen vermochte. Vielleicht, dachte er, ist Anna nur die Verkörperung eines Lebens, von dem ich für immer Abschied nehmen muß. Entrinnen und wieder entrinnen – nur das ist die Zukunft: Verwandlung und Vergessen.

Er war nicht erstaunt, als er plötzlich ihre Stimme hörte, lauter und erregter, als er sie je zuvor vernommen hatte. Durch den Nebel erschienen ihm ihre Züge wieder deutlicher. Er mußte eine Weile warten, bis es ihm gelang, den Sinn ihrer Worte zu verstehen. »Geh nicht hinüber, Peter!« hörte er sie sagen. »Ich weiß, du wirst mir nicht zurückkehren... Warum nicht für eine kurze Zeit nach O...? Dort könntest du unerkannt bleiben, und du weißt, daß du dort sorgende Freunde hast.«

»Wie soll ich dir erklären...« Er sprach sehr langsam, als erwäge er jedes Wort. »Nicht allein, daß die Straßen nach O... gesperrt sind, wie die Kundschafter berichten...« Er schwieg lange. »Mein Weg hinüber zu den andern ist vielleicht die letzte Möglichkeit...«, sagte er zögernd. Er fühlte ihren verständnislos fragenden Blick. »Das erhöhte Leben«, setzte er mühsam hinzu. Ihr Blick wich nicht von ihm, und mit geschlossenen Augen und einem halben Lächeln schien er, während seine Hand sich abwehrend ausstreckte, seine Worte auslöschen zu wollen.

Er wußte auf einmal, daß er sie verzweifelt liebte und sie verlassen mußte und sie vielleicht nicht wiedersehen dürfte und sie nicht wiedersehen würde. Ihr Gesicht war zu ihm aufgehoben wie das eines Kindes, das begreifen möchte, und sein Blick, der in dieses Gesicht stürzte wie in einen Schacht, löste wie Schichten andere Gesichter unter ihm los, junge und sehr junge, lockende, fragende, wissende, gütige und gefährliche. In ihren schönen, schwachen, ergebenen

Augen sah er es sich wie Verrat erheben, und zugleich empfand er ganz sicher, daß sie einem frühen Tode bestimmt war. Aber als er in leisem Grauen, angerührt vom Flügelschlag ahnender Offenbarung, zurücktrat, fand er wieder ihr ursprüngliches Antlitz, angstvoll und ohne Verständnis und voll eines Flehens, das ihm ein tiefes Erbarmen mit ihr eingab. Er drückte sie sanft auf den Sitz nieder, von dem sie sich erhoben hatte, dann kehrte er ans offene Fenster zurück, in das er sich setzte, ein Knie in den verschränkten Händen. Auf den golden strömenden Abend schauend, fühlte er eine starke, verzichtende Ruhe in sich, und sein rückwärts über die Schulter gewendetes Antlitz suchte die Wälder. Die ersten Sterne traten aus der verdunkelten Bläue hervor. Verse gingen ihm durch den Sinn:

...Bei meinem Saitenspiele
Segnet der Sterne Heer
Die ewigen Gefühle.
Schlafe! Was willst du mehr?

Halblaut begann er das Gedicht zu sprechen. Eine süße und schmerzende Gewißheit sagte ihm, daß sich an ihm ein Unabwendbares vollziehe und daß die verhängte Zukunft das ihm Notwendige, das Befreiende bereithalte.

...Bannst du mich in diese Kühle,
Gibst kaum im Traum Gehör...

Als er aus seinen Gedanken zurückfand, war er allein, und das Zimmer lag völlig im Dunkel. Er läutete nach dem Diener, bat um Licht und ließ sich bei dem Freiherrn entschuldigen.

Am nächsten Tag, als das Gesinde beim Essen saß und der glühende Hof im blendenden Licht des Mittags erstarrte, fuhr Yorck ab, von Wernicke und einem Vertrauten des Freiherrn begleitet. Der Freiherr umarmte ihn stumm,

Annas Hand lag einen Moment lang kühl und trocken an seinen Lippen.

Man hatte ihm neuerlich falsche Papiere mitgegeben. Auch die Abzeichen an seiner Uniform waren geändert worden. Sein Ausweis lautete diesmal auf den Namen eines Oberleutnant R. im Stab eines Armeekorps, der sich von einer Dienstreise nach Berlin zu seinem Standort im Abschnitt von Sandomierz zurückbegab. Desgleichen war ihr Wagen gewechselt worden. Sie fuhren den ganzen Tag und bis in die Nacht hinein, schliefen im Wagen, den sie in einem Gehölz versteckt hatten, und waren am nächsten Abend in der Nähe der Weichsel. Yorck kannte die Gegend nicht, in ruhiger Betäubung überließ er sich seinen Begleitern und stellte kaum Fragen. Gegen zehn Uhr abends hielten sie mit gelöschten Scheinwerfern an einer Waldlichtung, über die bald zwei Männer auf sie zuschritten. Die beiden, ein Unteroffizier und ein Oberfeldwebel, salutierten straff, ohne daß Yorck in seiner Ermüdung bei der gemurmelten Vorstellung ihre Namen verstand. Sie nahmen im Wagen Platz, der Unteroffizier am Steuer, und rollten noch einige Kilometer mit abgeblendeten Lichtern. Der Vollmond trat selten durch ein bewegtes Meer schwarzer Wolken. Hier und da blinkten Sterne hervor, um gleich wieder in der Schwärze zu verschwinden. Einige Panzer klirrten an ihnen vorbei, von einer Ambulanz gefolgt. In der Ferne hämmerten MGs (wie Spechte, mußte Yorck denken). Weit vorn stampfte russische Artillerie. Ab und zu erschien über fernen Baumwipfeln, die in der Nacht versanken, der Widerschein von Leuchtkugeln.

Sie bogen von der Straße ab, fuhren über holprige Wege. Einmal sah Yorck in der Schwärze Geschützrohre, hörte im Wind den gedehnten Schrei: »Battriee!« und zuckte gleich darauf unter dem Schlag der Abschüsse zusammen. Dann verließen sie den Wagen, Yorck verabschiedete sich von seinen Begleitern und tastete sich, vom Unteroffizier begleitet, das Ufer hinab. Im Dunkel fanden sie das Boot, stießen ab und hörten nach wenigen Minuten den Kiel auf Sand knirschen. Der Unteroffizier flüsterte Yorck einige Worte zu und verschwand mit seinem Boot. Yorck lauschte auf die schwachen Ruderschläge, stolperte hangaufwärts, glitt im nassen Lehm aus und stieß die Schulter an einem niederen Baum. Auf dem Kamm des Hügels stand er kurze Zeit still, ein starker Wind kam in Stößen aus dem Unbekannten und kühlte seine feuchte Stirn. Wie ein Schlafwandler schritt er in die Nacht hinein. Er achtete nicht auf den Weg und erstarrte erst, als er einen Anruf aus dem Dunkel vor sich vernahm: »Stoj!« Ein gedrungener Mann mit einer Maschinenpistole im Arm schritt auf ihn zu: »Kommandant!« sagte Yorck. Er mußte plötzlich lächeln.

Im Unterstand empfing ihn der Diensthabende. An der lehmverschmierten Uniform sah Yorck im Kerzenlicht eine Reihe von Auszeichnungen. Sie sprachen englisch miteinander. Der Russe ging ans Telefon. Yorck dämmerte auf einem Sitz dahin, bis ein Unteroffizier ihn in die zweite Stellung brachte. Nach kurzem Verhör wies man ihm einen Platz zu.

Die nächsten Tage vergingen mit Fahrt und Aufenthalt. Yorck fühlte sich befreit und ermüdet, eine merkwürdige Schlafsucht war in ihm. Mitten im Gespräch vergingen vor ihm die Gesichter, aber manchmal war er ganz wach, zitternd vor Erregung, als sollte sich ihm nun ein großes Geheimnis erschließen.

Das ungeheure Land glitt an ihm vorbei mit holpernden, staubbedeckten Straßen. Niedergebrannte Kollektivwirtschaften lagen am Wege. In den weißgelben Feldern ratterten die Mähdrescher. Ein nicht abreißender Strom von Panzern, Geschützen, Pontons flutete westwärts an ihnen vorüber. An den Dorfstraßen standen winkende Kinder. Durch zerstörte Städte fuhren sie, Yorck zwischen Schlaf und Wachen, bis er eines Nachmittags, aus schwerem Traum hochfahrend, das Wort »Moskwa« vernahm.

Yorck sah Straßen und Gebäude, die ihm von Abbildungen her wohlbekannt waren. In seine Benommenheit hefteten sich Bilder: Kopftücher in einer Gruppe von Frauen, der Eingang zu einer Station der Untergrundbahn, die Schlote eines Kraftwerks, die Rubinsterne auf den Türmen des Kreml, den er aus dem vorüberfliegenden Wagen erblickte. Er hatte seit langem keine so bewegte Stadt gesehen und erinnerte sich mit zornigem Lächeln der Zeitungsberichte, die behauptet hatten, die feindliche Hauptstadt sei durch die deutschen Flieger völlig zerstört worden. In einem Zimmer stand er dem General gegenüber, dessen Ahnherr einst die Schlachten des großen Friedrich geschlagen hatte. Er sah vertraute Uniformen, gespannte Gesichter, wurde Männern vorgestellt, deren Namen er insgeheim so manches Mal vernommen hatte; Männer einer Partei, die ihm von jeher als der Inbegriff des Vaterlandslosen, des Übels, des unter keinen Umständen Annehmbaren dargestellt worden waren. Tief angerührt hörte er diese Männer Dinge beim Namen nennen, die er nur zu ahnen gewagt hatte, in grenzenlosem Erstaunen begriff er, daß sie die ganzen Jahre hindurch um das gleiche gebangt hatten wie er selbst, nur war alles von ihnen schon ganz durchdacht und entschieden worden. Er dachte an sein Zögern, seine Zweifel und verstand sich kaum mehr. Sie lauschten seinem Bericht. Es fiel ihm schwer zu sprechen, Namen zu nennen, oftmals verwirrte sich wieder alles in ihm. Die Erschöpfung wollte nicht von ihm weichen, obwohl er froh war, unendlich erleichtert. Selten gedachte er seiner Flucht, mit Anstrengung entsann er sich manchmal Annas oder des Freiherrn. Aber die Zeit verwirrte sich ihm, er zählte nicht mehr die Tage, die Wochen, die Monate, und gelegentlich hätte es ihn nicht verwundert, zu erfahren, daß seit seiner Ankunft ein ganzes Jahr verstrichen sei. Er fühlte sich von einer mächtigen Bewegung umgeben wie ein Träumender auf einer Barke. Aus dieser Bewegung leuchtete hier und da ein Antlitz hervor, ein Gespräch, eine Frage, eine Landschaft, in der er sich aufhielt. Manchmal, sich unvorsichtig umwendend, spürte er den Schmerz in seinem Hals, aber an die Umstände, unter denen er sich diese Schmerzen zugezogen hatte, erinnerte er sich nur nebelhaft und ungern.

Irgendeinmal wuchs die Bewegung um ihn ins unermeßliche. Nur allmählich teilte sich Yorck die ganze Erregung seiner Umgebung mit, und erst ungläubig, dann in erschütternder Freude, erfuhr er, die Heimat habe sich erhoben. Nach den eingetroffenen Meldungen zu urteilen, war der Aufstand gleichzeitig in fast allen Teilen des Reiches erfolgt und hatte die Unterstützung der verschiedensten Schichten der Bevölkerung. Arbeiter hatten, mit den aus dem Ausland verschleppten Arbeitssklaven verbündet, Hütten und Minen besetzt, im Odenwald und Spessart hatten sich die Bauern, mit Sensen und Hacken bewaffnet, auf die Städte in Marsch gesetzt, in der Hauptstadt war der Generalstreik erklärt und der Rundfunksender von den Aufständischen in Besitz genommen worden. Die Wehrmacht meuterte an verschiedenen Abschnitten der Front und erhob sich gegen die Prätorianergarden der Diktatur.

Das Haus hallte Tag und Nacht von eilenden Schritten und Gesprächen wider. Kurz darauf verkündeten die alliierten Oberbefehlshaber in einem gemeinsamen Aufruf an ihre Truppen den Beginn der allgemeinen Offensive an allen Fronten.

Nachts jagt Yorck mit mehreren Offizieren nach Westen. Auf den Straßen der Stadt wogen dunkel rufende Menschenmassen, während die Salven der Salutgeschütze sich vielstimmig an den Häuserwänden brechen.

Der nächste Morgen beleuchtet fahl die von jähen Regenstößen geschwärzten Vormarschwege. Durch die zerrissenen, von neuer Sonne beleuchteten Wolken ziehen Jagdgeschwader feindwärts. Links und rechts, über die abgeernteten Felder, preschen die Hundertschaften der Kosaken.

Yorck fühlte das Glück wie eine machtvolle Sicherheit. Die Müdigkeit, die nie ganz von ihm wich, trieb ihn zum Sprechen. Er wollte in diesen Stunden den anderen nahe sein, wie er das erfülltere Leben sich nahe fühlte. Sein Nachbar lächelte ihm zu. Yorck betrachtete neben seiner Wange die Fensterscheibe, an der Regentropfen sich sammelten und vom Winde weggerissen wurden.

»...und es ergreift ihr Schicksal den, der es leidet und zusieht...«, sagte er plötzlich laut. Der andere wendet sich zu ihm und beendet, in gedämpftem Ernste lächelnd: »...und ergreifet den Völkern das Herz.«

Der Wagen macht eine jähe Schwenkung. Wohin? denkt Yorck, während eine unwiderstehliche Kraft ihn nach rechts drückt. Gibt es denn keinen Halt? Er fühlt einen schrecklichen, nicht enden wollenden Sturz, der ihn blendet, der nicht aufhören will, ihn zu blenden...

Er war ganz wach, in dem letzten, furchtbaren Wachsein seines Lebens. Es war die weite Sandfläche, die er zuerst erkannte. Sie war nicht mehr rostrot, sondern von einem Grau, als ob es nie eine Sonne gegeben habe. So war er also nicht befreit worden, hatte nicht zu Anna und dem Freiherrn gesprochen, war nicht in das große Land entkommen, in dem man alles ganz verstanden hatte: Ehre, Treue, Pflicht, Heimat. So war er also nicht zurückgekehrt...

Yorck, an der Schwelle des Todes, fühlte keinen Schmerz und hatte keine Furcht mehr. Der Tod hatte ihn zu spät geweckt. Auf der mitleidlosen Fahlheit zu seinen

Füßen schaukelten Schatten. Er war der letzte, den sie an den Galgen würden hissen müssen wie eine schwere, dunkle Fahne.

Mit einem unendlichen Blick maß er das Gelände. Gleich würde er den großen Schritt machen. Seitwärts schauend, gewahrte er die Hand seines Henkers, die an der Schraube lag. Wie unter einer Linse, noch einmal, hob sich die erbarmungslose Landschaft dieser Hand seinem Auge entgegen. Er sah die dunkle Behaarung wie gelichtetes Unterholz, die schmutzigen Gruben der Poren, die Schieferteiche der gebrochenen Nägel, Narben und Falten wie die Hieroglyphen der Verruchtheit und eines Lebens ohne Trost.

Aber nichts mehr erreichte ihn. Kein Schmerz war in ihm und keine Enttäuschung. Er war ganz allein, und auf die Hand, die nun die Schraube zu drehen begann, spiegelte sein ruhiger Blick den letzten Widerschein von Städten, Menschen, Gefühlen und Erkenntnissen seines geträumten Lebens.

REISE EINES MALERS IN PARIS

In jenem Sommer, der dem Ausbruch des Zweiten Weltkrieges voranging, betrat der Maler Hans Reichmann gegen Mittag eine Bar am Boulevard St. Michel, schräg gegenüber dem Jardin du Luxembourg, den er eben ziellos durchschritten hatte. Die Schwüle war schon am Morgen unerträglich gewesen, die Geräusche der Straße klangen wie zersplitterndes Glas, die wenigen Passanten in dem gewöhnlich belebten Viertel stelzten wie an Drähten gezogen. Reichmann, auf seinen Aperitif niederstarrend, fühlte in machtlosem Ärger die Unentrinnbarkeit des verlorenen Tages, der vor ihm lag. Müde dachte er an die vergangene Woche, die er, einmal mehr Beute einer alten und gefährlichen Gewohnheit, in übermäßigem Weingenuß verbracht hatte. Seit einer Reihe von Jahren gehörte Reichmann zur keineswegs seltenen Gattung Ausschweifender, die man Quartalstrinker zu nennen pflegt. Arbeit und Genuß standen zueinander in geheimnisvoller, beglückend-quälender Wechselbeziehung, und zwei freiwillig unternommene Aufenthalte in Entziehungsanstalten hatten ihm nur bestätigt, was er bereits geahnt hatte: daß nämlich der Verzicht auf den Wein das Versiegen der Arbeitskraft nach sich zog. Später bedeutete er sich mit dem gleichen melancholischen Humor, der sein Gespräch mit Freunden bestimmte, daß Malen und Trinken nur zwei Spielarten ein und derselben Ausschweifung seien, er selbst aber, sofern er seinem

Leben einen Sinn geben wolle, zur Ausschweifung gewissermaßen verurteilt: man werde weitersehen.

Hans Reichmann stammte aus Würzburg und hatte später in München gelebt. 1914 steckte man ihn, nach vergeblichen Versuchen, einen Soldaten aus ihm zu machen, in die Militärzensur. Seinem Dienst kam er mit durch böse Indifferenz gemildertem Ekel nach, erfüllt von Gesichten der Revolte und Verzweiflung, die damals in den Zeitschriften und auf den Leinwänden Schwabings sichtbare Form annahmen. Er malte und schrieb, vorerst ohne die ausdrückliche Bestimmung für das eine oder andere. Der Zusammenbruch fand ihn immer noch in München; er empfand eine große und ungewisse Befreiung. Wie träumend bewegte er sich unter Hingerissenen und Erregten, teilte ihre wirren Hoffnungen, ohne die Bereitschaft zum tätigen Mitwirken in sich finden zu können. Als die Räteregierung die entscheidende Niederlage erlitt, entschloß er sich, den Kriegskommissar, einen von den Weißen verfolgten revolutionären Dichter, in seinem Hause zu verstecken. Doch wurde der Flüchtling bei ihm gefunden und Reichmann wegen dieser Begünstigung für ein halbes Jahr ins Gefängnis geworfen. Nach einigen Jahren verließ er Deutschland und nahm seinen Wohnsitz in Paris, nachdem er sich seit langem endgültig der Malerei zugewandt hatte. Im Kriege hatte er übrigens geheiratet, später jedoch sich gütlich von seiner Frau getrennt, mit der er sich, gemäß einer Vereinbarung, alle fünf Jahre traf. Diese wenigen Wochen des Wiedersehens, Wochen, die man einmal in Malaga, ein andermal in Neapel verbracht hatte, kamen einem vorläufigen Abschluß und einem Neubeginn gleich; sie dienten der Selbstverständigung und bewiesen die Möglichkeit menschlicher Beziehungen jenseits des Kreises von Verstellung, Ermüdung und verpflichtendem Opfer, in dem sie sich zu bewegen pflegen.

Reichmann hatte sein Atelier in einem alten Haus in der Rue de La Harpe. Er verbrachte seine Tage nicht ohne ein gewisses Glücksgefühl bei der Arbeit, mit wenigen Menschen und Gesprächen, mit unsteten Wanderungen durch die Bars des Montparnasse und in Ausstellungen. Er verdiente wenig Geld, jedenfalls genug, um nicht hungern oder der Bitterkeit anheimfallen zu müssen, die unerfüllte Wünsche allmählich in uns wachsen lassen.

Reichmanns Kunst, eine Wunderwelt von Graswäldern und submarinen Landschaften, die unter Glas den Glanz zauberkräftiger Steine annahmen, war nur einem kleinen Kreis von Kennern bekannt. Jedes Jahr veranstaltete der Maler eine Ausstellung, und die handgroßen Aquarelle bereicherten jedesmal einige private und öffentliche Sammlungen diesseits und jenseits des Ozeans. In seiner Heimat hatten indessen politische Umwälzungen die unerfreulichsten Folgen für Leute seiner Art und Arbeitsweise gehabt, und dieser Umstand hatte ihm endgültig jeden Gedanken an eine auch nur vorübergehende Rückkehr ausgetrieben.

Die letzten im Trunk verbrachten Tage konnten der Vorbereitung der jährlichen Ausstellung gefährlich werden. Am Schanktisch stehend, dachte er finster an die bevorstehende Woche, die ihn von dem wichtigen Eröffnungstag trennte. Er verlangte einen zweiten Apéritif. Der Mann hinter der Theke klagte über die Hitze. Reichmann nickte gedankenlos. Paris glich einer evakuierten Stadt. Durch die flimmernden Ebenen pfiffen die Züge, die die lebensgierigen Ferienreisenden des letzten Vorkriegssommers nach allen Himmelsrichtungen entführten. Die Fassaden des Quartier Latin schienen wie Papier zu wallen, aus dem jeden Augenblick die Flamme schießen konnte. Ein fahles Licht brodelte in den Straßen.

Reichmann gewahrte es im Spiegel, der den Widerschein der Blätter an den Straßenbäumen ins Gelbliche färbte. Plötzlich entsann er sich eines Morgens in Neapel, der einem Erdbeben vorausgegangen war – damals hatte dieses fremde Gelb die Atmosphäre gefüllt, in der sich nicht atmen ließ und die Geräusche jede Beziehung zu ihren Urhebern verloren. Sein Blick versenkte sich in das eigene, aus tausend Selbststudien vertraute Gesicht: da war ein Fünfundvierzigjähriger, der wie ein Sechziger aussah, mit lederfarbener Haut, breitem Mund und breiter Stirn, ein fränkischer Bauer, dem das eisengraue Haar unordentlich über die Augen fiel. Diese Augen – sie waren wohl am schwersten festzuhalten; dem eigenen Blick entglitten sie immer wieder, die weit auseinandergestellten Augen eines Trinkers oder Rhapsoden von sanftem und verwirrtem Ausdruck, deren Pupillen mit der verwaschenen Iris sich leicht nach oben kehrten und das Weiße sehen ließen.

Hinter ihm sprachen zwei Männer halblaut über die Kriegsgefahr. »Diesmal ist es soweit. Diese ständigen Mobilmachungen... Dann ist es schon besser...« Reichmann drehte sich um und überblickte den Raum. Der fahle Schein, der von außen hereindrang, schien ständig stärker zu werden. Fünf, sechs Gäste saßen einzeln oder zu zweit in den tragischen Stellungen von Marionetten vor ihren Gläsern. Jetzt erst wurde Reichmann eines pausenlosen Summens gewahr, eines Zischelns und Flüsterns, von dem er nicht wußte, ob es aus dem Raum kam oder das Geräusch seines Blutes war. Mit einer jähen Wendung, die ihn einige Anstrengung kostete, kehrte er sich dem Spiegel zu. Vergeblich suchte er in ihm die Konturen wieder, denen er einen Augenblick zuvor noch im Geiste nachgegangen war. Die Gespräche, das Rücken der Stühle, das Klappern und Klingen von Flaschen und Gläsern – das alles erreichte ihn quälend hohl und ward dermaßen bedenklich, daß er in seinen Taschen nach Münzen zu suchen begann und aufstand. Ach, welch ein Tag war da noch zu verbringen! Sich und den

Wein heimlich schmähend, versuchte er sich einzureden, daß er immerhin noch einiges für die Ausstellung zu tun vermöchte. Er legte das Geld auf den Tisch und wollte gehen, aber etwas hielt ihn fest und zwang ihn, sich noch einmal den beiden Männern zuzuwenden, die hinter ihm gesprochen hatten. Sein schweres, geblendetes Auge traf ihre ihm zugekehrten Blicke, die voll frechen Hohnes auf ihm ruhten. Sie mußten ihr leises Gespräch schon eine Weile unterbrochen haben. Reichmann maß sie unsicher, und in plötzlicher, ihm selbst unbegreiflicher Erregung stürzte er hinaus, wie einer, der sich ins Wasser wirft.

Die schattenlose Straße empfing ihn mit einem Licht, das die Augen wie ein Keulenschlag traf. Die Kleider hingen an ihm wie dampfende Tücher. Reichmann stöhnte leise auf und ging den Boulevard hinab. Drei- oder viermal kamen ihm Passanten entgegen, und jedesmal glaubte er, neugierig-unverschämte Blicke oder ein ironisches Lächeln zu erspähen. Wohin ging er eigentlich? Seine Wohnung war nicht weit, auch wäre es Zeit gewesen, ein Restaurant aufzusuchen, um das Mittagsmahl einzunehmen, aber der Gedanke an Speisen und Speisengeruch brachte ihm ein Würgen in die Kehle. Er fühlte sich einer Ohnmacht nahe, und immer stärker meinte er versteckten Haß und anonyme Drohung um sich zu spüren. An der Ecke des Boulevard St. Germain stieß er fast mit zwei jungen Männern zusammen, die ihm anscheinend den Weg verlegen wollten. Der eine, dunkelhäutig und mit ölig schillerndem schwarzem Haar, schnitt eine Grimasse, während sein Kumpan etwas Unverständliches rief und heiser auflachte. Sein Blut strömte dem Maler vom Herzen weg. Die Straße füllte sich Stück für Stück mit sausender Stille – nur die rätselhafte Bewegung der beiden Fremden blieb, ihre unverständlichen Worte, ihr herzbeklemmender Hohn. In diesem Augenblick erblickte Reichmann an der gegenüberliegenden Ecke einen Polizeibeamten, der, die Mütze schief auf dem Kopf, das Mäntelchen kokett um die Schultern geworfen, mit träger Grazie seinen weißen Stab kreisen ließ. Reichmann legte sich keine Rechenschaft ab über sein Tun – in aufwallender Erleichterung ging, ja lief er auf den Beamten zu und bat ihn in hartem Französisch um Schutz vor der Belästigung, deren Urheber seine zitternde Hand über die Schulter hinweg bezeichnete. Der Polizist maß ihn, ohne sein Spiel mit dem Stab zu unterbrechen, mit jener übertrieben höflichen Aufmerksamkeit, die das gerechtfertigte Mißtrauen des Gesetzesvertreters gegenüber dem ordinären Bürger nicht verbergen, sondern unterstreichen soll. »Machen Sie, daß Sie weiterkommen«, pfiff er plötzlich durch die Zähne, und einer erneuten Beteuerung seines Notstands seitens des Malers kam er durch die nochmalige schroffe Aufforderung zum Weitergehen zuvor: »Hauen Sie ab, Herr, ehe ich mich ärgere! Allez-y, circulez!« Der Beamte faßte den Dachfirst des gegenüberliegenden Hauses ins Auge, während Reichmann, die hinter ihm aufklingende Lache noch im Ohr, blind vor Scham und Angst den Boulevard hinabtaumelte. Er erreichte die Rue de La Harpe und blieb, nach der nächsten Wand greifend, einen Moment aufatmend stehen. Die Straße brütete, tausend Abfallgerüche hingen wie ein verwesungsfarbener Schleier zwischen den schiefen Fassaden, magere Katzen strichen langsam durch die Gossen, vor den arabischen Cafés standen dunkelblickende Männer. Als Reichmann in die Moderluft des Treppenhauses einbog, das er durchqueren mußte, um in seine Wohnung zu kommen, blieb er noch einmal erleichtert stehen. Auch hier war nicht der leiseste Luftzug zu spüren, doch nach dem strömenden Gelb, das überall da draußen wie flüssiges Feuer herabregnete, tat das Halbdunkel den schmerzenden Augen wohl.

Reichmann lehnte die Wange an die verschmutzte, abgestoßene Wand, an der obszöne Kreidezeichnungen leuchteten. In den Vertiefungen der ausgetretenen Stufen lief die Finsternis wie die dunkelschäumende Spur Tausender von verlorenen Schicksalen zusammen. Auf dem ersten Treppenabsatz warf er gewohnheitsmäßig einen Blick in die Loge der Concièrge. Die Alte war nicht da. Nur ihr gelber Kater blinzelte schmal über den Tisch hinüber. Während er weiterstieg, griff Reichmann nach dem Schlüssel in seiner Tasche. Irgendwo übte jemand Tonleitern auf dem Klavier. Der Schweiß rann Reichmann in den Nacken. Auf dem obersten Treppenabsatz blickte er durch die Windungen des Geländers hindurch in die Tiefe. Das Klavier war verstummt. Zwei streitsüchtige Stimmen drangen einen Augenblick lang von der Straße her durch die Haustür. Dann war wieder völlige Ruhe. Reichmann hörte sein Herz laut schlagen. Er öffnete und dachte sogleich: Mein Gott! Mein Gott! Er dachte und rief es gleichzeitig, und der Ausruf, jeden Sinnes bar, widerhallte in seinem Kopf wie in einem Gewölbe, während er die Tür hinter sich zuzog.

Das Atelier war von geisterhafter Bewegung erfüllt. Das erste, was ihm auffiel, war wieder jenes Zischeln und Flüstern, das aus allen Ecken und Richtungen zu dringen schien. Dann erst sah er, daß eine Anzahl Unbekannter den Raum erfüllte. Sie strichen in müder, unentschlossener Haltung an der Wand hin, saßen auf Stühlen und Diwan, standen in Gruppen vor den ungerahmten Bildern, die an den Wänden lehnten. Immer noch sprach Reichmann sein »Mein Gott! Mein Gott!« zu sich selbst, während er krampfhaft darüber nachdachte, wie die Fremden in das verschlossene Zimmer gelangt sein mochten. Und doch mußte er sich voller Verwunderung gestehen, daß seine Überraschung bereits nachzulassen begann. Er trat von einem Fuß auf den andern, ging schließlich zum Waschbekken hinüber und fing an, sich die Hände zu waschen. Mit schnellem Blick bemerkte er, daß das Handtuch auf dem ungemachten Bett lag. Er empfand etwas wie Verlegenheit, als er mit nassen Händen quer durch das Zimmer zum Bett hinüberging. Selbst hier saßen einige der Fremden. Sie waren alle sichtlich bemüht, ihm nicht im Wege zu sein, und hielten sich immer in einer gewissen Entfernung. Mit ihrem wehenden Schritt kamen sie nur einige Male nahe an ihm vorüber, so daß er in ihre undeutlichen Gesichter zu sehen vermochte. Sie sprachen nicht, schienen ihn kaum zu bemerken. Ihre Unruhe drückte ein ungewisses Suchen, eine schon halb enttäuschte Erwartung aus. Die Gruppen vor den Bildern machten sich unverständliche Zeichen. Die Mützen ins Gesicht gezogen, das Kinn auf der Brust, standen andere schweigend an die Wände gelehnt und schienen Reichmann aus den Augenwinkeln zu beobachten.

Der Maler empfand keine Furcht. Seine Überraschung war geschwunden. Mit wachsendem Unbehagen sah er auf das unordentliche Bett, das schmutzige Geschirr. Er fingerte am Hahn des Gaskochers, dann ging er zu einem Fenster hinüber und öffnete es. Kaum sichtbar wölkte der Mittagsgeruch aus hundert Schornsteinen. Reichmann sah in die Straßenschlucht hinab, in der sich jetzt nichts mehr regte. Nur vom nahen Boulevard kam schwach der Lärm von Wagen herüber. Die Fenster der Häuser auf der anderen Seite waren trotz der erbarmungslosen Schwüle fest geschlossen. Reichmanns Blicke glitten suchend von Viereck zu Viereck, als erhoffte er Hilfe, Ratschlag oder auch nur ein Zeichen, das ihn an der Welt festhalten könnte. War er denn hier noch zu Hause? Er sagte sich immer wieder, daß er keine Angst habe, aber dann mußte er doch daran denken, daß die Fremden plötzlich auf ihn losgehen und ihn aus dem Fenster stürzen könnten. Ein Aufruf entfuhr ihm. Hinter einem gerafften Vorhang war eine Frau erschienen, aber ihr Bild verschwand so schnell, wie es aufgetaucht war. Er war allein mit seinen Besuchern, die sich, wie ihm zum Bewußtsein kam, hinter seinem Rücken nicht mehr rührten. Er blickte über die Schulter ins Zimmer. War es möglich? Die Zahl der unbekannten Gäste mußte sich in der kurzen Zeit, während er die Straße betrachtet hatte, vervielfacht haben. Eine dichte Menge belebte das Atelier mit der nach Bewegung drängenden Lautlosigkeit von Figuren eines Schattenspiels. Nun aber kehrten sie alle ihm ihre Gesichter zu, in denen eine zurückgedämmte schwere Drohung zu lesen war.

Reichmann schloß langsam das Fenster, ohne sie aus dem Auge zu lassen. Wie bin ich allein, dachte er, wie kann ich wissen, wo die Wirklichkeit anfängt oder wie viele Wirklichkeiten es gibt. Er griff nach der halbgeleerten Flasche auf dem Tisch und stürzte hastig zwei, drei Gläser hinab. Dann stellte er Flasche und Glas auf den Tisch zurück, wobei er sich bemühte, jedes Geräusch zu vermeiden, griff nach dem Hut und eilte mit vornübergeneigten Schultern aus dem Zimmer. Im Hausflur erst fiel ihm ein, daß er die Wohnung nicht abgeschlossen hatte. Aber er zögerte keinen Moment und trat auf die Straße, die ihn erneut mit ihrem Licht wie mit flüssigem Blei überschüttete. Nach wenigen Schritten stand er auf der Place St. Michel. Hier verweilte er eine Minute, schaute den Taxis nach, die über die Brücke enteilten, und warf sich dann in den nächsten Eingang der Métropolitain. Er wischte sich den immer wieder ausbrechenden Schweiß von der Stirn, während er die Stufen hinabstieg und gedankenlos die weißen Kacheln und metergroßen Reklamebilder betrachtete. Ein schläfriger Beamter, mit einem von der Hitze gedunsenen Gesicht über dem geöffneten Kragen, reichte ihm seinen Fahrschein. Der Maler fühlte eine so tiefe Erschöpfung, daß er sich am liebsten auf den steinernen Weg niedergelassen hätte; aber mechanisch setzte er Fuß vor Fuß – in geringer Entfernung erwartete ihn eine Bank oder der hölzerne Sitz in einem der Wagen des nächsten Zuges.

Er wußte nicht, wieviel Zeit verstrichen war, als es ihm klar wurde, daß er seinen Weg verfehlt hatte. Schon längst hätte er auf dem Bahnhof sein müssen, und er schüttelte den Kopf über seine Achtlosigkeit, die ihn auf der vertrauten, täglich benützten Station diesen Durchgang hatte übersehen lassen, in dem er sich gerade befand. Er ging jedoch in der Gewißheit weiter, daß der Tunnel, wie alle anderen auch, auf den Bahnsteig münden würde, und er empfand eine Art belustigten Ärgers, als er nach weiteren Minuten feststellen mußte, daß der Gang sich teilte: während das eine Ende in Stufen nach oben führte und den Himmel sehen ließ – der Maler wähnte das Rauschen der Fontäne auf der Place St. Michel deutlich zu vernehmen –, lief der andere Zweig, von wenigen Glühlampen da und dort beleuchtet, in ein ungewisses Halbdunkel, in das sich Reichmann nach kurzem Zögern verlor.

Er ging erstaunlich lange, ohne einem Menschen zu begegnen, und seine beinahe behagliche Selbstverspottung wich allmählich einer Betretenheit, die noch von der Ahnung vermehrt wurde, daß Ärgernis hinter ihm läge und nichts anderes ihn erwarten könne als Ärgernis. Der Gang wies einige Krümmungen auf, aber kein Zeichen deutete darauf hin, daß er ein Ende haben könne. Reichmann entzündete im Gehen eine Zigarette. Ärgernis, sagte er bei sich, Ärgernis; er nannte sich einen Narren und gedachte noch einmal der Tage beim Wein, aber unwillig und flüchtig – sein Unbehagen war so groß, daß jeder Selbstvorwurf es ins schlechthin Unerträgliche steigerte.

In diesem Augenblick hallten vor ihm Schritte, die näher kamen. Also doch, sagte er sich, als bezichtige er sich eines Mangels an Vertrauen: also doch. Der Mann, der ihm im trüben Schein der Lämpchen entgegenkam, trug Hose und Hemd und sah wie ein Arbeiter aus. Reichmann erkundigte sich nach dem Bahnsteig und begegnete einem erstaunten

Blick. Die Züge würden nicht fahren, sagte ihm der andere, dem eine Fremdländischkeit die beflissen-höfliche Sprache reizvoll färbte. Italiener, dachte der Maler, oder Spanier. Der Fremde lächelte freundlich und schien keine Eile zu haben. Aber warum fahren die Züge nicht? überlegte Reichmann verwundert. Ein Jahr vorher hatten die Pariser Verkehrsarbeiter versucht, in den Streik zu treten, und die Regierung hatte Truppen eingesetzt. Inzwischen fuhr der Fremde in suchenden Worten und mit schleifendem Akzent fort, Reichmann zu bedeuten, er sei fast am Ausgang angelangt und habe bis dahin nur noch hundert Meter vor sich. Reichmann dankte und schickte sich an weiterzugehen, als der Fremde hinzufügte, er habe lange in Paris gearbeitet. Diesmal war es an Reichmann, erstaunt aufzublikken. Was sollte diese Erklärung? Ob du seit langem hier lebst oder nicht, mein Freund, dachte er, das kümmert mich wenig, allenfalls den Präfekten. Beide waren schon, ihren Weg fortsetzend, einige Schritte auseinandergeraten, da rief ihm der Fremde nochmals eifrig nach, der Ausgang zum Platz sei beinahe erreicht (er sagte »Plaza«, und Reichmann entschied sich befriedigt für den Spanier), er möge sich heute aber links halten, sonst... Mit einer unbestimmten Gebärde verlor er sich hinter der nächsten Krümmung.

Sollte Vorsicht geboten sein? Er hatte seit Tagen keine Zeitung mehr in der Hand gehabt. Aber vor wem sollte er sich hüten? Was ihn bedrohte, war vielleicht in keiner Zeitungsspalte der Welt zu finden.

Der Fremde hatte übrigens wahr gesprochen. Reichmann näherte sich dem Ausgang dieses lächerlichen Ganges, der sich kilometerweit unter der Erde hin erstreckte, um schließlich an die Oberfläche zurückzuführen. Im Weitergehen befiel ihn eine knabenhafte Neugier, und er dachte an längst vergessene Entdeckungszüge durch die heimatliche Stadt, an Strom und Weinbergen hin. Die Stufen langsam höher steigend, war er ganz mit diesen Erinnerungen beschäftigt, so daß er die Augen erst erhob, als er auf dem Platz angekommen und schon einige Schritte weitergegangen war.

Was er sah, vermittelte ihm die Empfindung eines Sturzes aus sehr großer Höhe, eines Sturzes ohne Halt und Rettung, wie man ihn manchmal im Traum erlebt. Er schaute zum Himmel auf, der derselbe geblieben war, eine Glocke aus fahlen Flammen. Die Tageszeit war weiter vorgerückt, die Leere der Straßen noch schreckensvoller, aber dieser Platz, auf dem er stand, war weder die Place St. Michel noch irgendeine Stelle, die ihn an Paris gemahnte, die Paris war. Und doch hatte er hier schon einmal gestanden, schon einmal hatte sich die Sonne in den langen Fensterreihen der grauen, abweisenden Fassaden gespiegelt, schon einmal hatte der Geruch des Meeres, der mitleidlosen Glut vermählt, ihn so bedrängt. Das Meer? Welches Meer atmete hinter dem Feuerhauch der Mietskasernen, hinter den staubverzuckerten Straßenbäumen und stumpfblinkenden Bogenlampen?

Reichmann war, als könne er sein eigenes Gesicht sehen, wie es grau wurde hinter dem Schweiß, der zäh und bitter die Wangenfurchen hinabfloß. Wo war sein ihm entfremdetes Heim, wem konnte er noch vertrauen, wohin ging die Reise, die er nicht angetreten hatte, deren preisgegebenes Geschöpf er war, wer hatte ihn auserwählt? Die Augen schließend, spürte er das ununterbrochene Sterben in seinem Leibe, das Vergehen und gierige Werden der Zellen, aus denen sein ungetreues Bewußtsein hervorging. Die Übergänge beherrschten die Stunde. Er sprach den Namen aus, diesen unglaublichen Namen, während die Stille um ihn pfiff, dröhnte, kreischte – Barcelona. Dies war Barcelona; es gab keinen Zweifel.

Als müsse er zum zweitenmal in seinem Leben gehen lernen, bewegte er sich, von Furcht und Sonne geblendet, die nächste Straße hinab, die sich breit vor ihm auftat. Er schaute um sich, und aus den Tiefen der Vergangenheit erhoben sich blaß die Erinnerungen an diese Stadt, in der er sich einige Tage aufgehalten, ehe er damals Herta in Malaga getroffen hatte. Dabei war es, als suche sein verstörtes Bewußtsein Schutz vor dem Unbegreiflichen, schon nahm es die Nachbarschaft der beiden Städte als gegeben, die Reise als vorsätzlich, die Zukunft als ungewiß hin. Und er überraschte sich bereits dabei, die Chiffren der Schatten auf den steinernen Schwellen, der Risse in den Mauern, der Ladenschilder und Gitter enträtseln zu wollen.

Bis dahin war ihm niemand begegnet. Ein paarmal glaubte er weiter oben einige Menschen hastig dahineilen zu sehen. Männer schlüpften an den Häuserwänden entlang und verschwanden unversehens in einem Haustor; zwei Frauen, schwarze Tücher eng um den Kopf gezogen, flatterten mit eckigen Bewegungen über die Fahrbahn. Das pathetische Schweigen der Fassaden wurde nur selten von fernem Geräusch gestört: vom Gellen einer Hupe oder einem trokkenen Knacken und Prasseln, das zuweilen wie dürre Erbsen über die Dächer lief.

Die Stadt quoll in der stickigen Luft wie ein Schwamm. Er erkannte die Ramblas wieder; plötzlich befand er sich auf dem Paseo de Gracia. Wie ungeheure Tropfsteinhöhlen, über die sich sodomitisch der Himmel wölbte, brannten die Fassaden, auf denen der Stuck phantastische Blasen warf. Phosphoreszierende Schwaden zogen um Erker, Türmchen, Stelen und Karyatiden.

Näher kommender Motorenlärm ließ ihn an einer Querstraße innehalten. An dem kleinen geschlossenen Wagen, der von weitem schon durch Signale Einfahrt in die Hauptstraße forderte, war nichts Ungewöhnliches zu bemerken. Dennoch empfand Reichmann bei seinem Anblick eine unsinnige Freude, deren er sich beinahe im gleichen Moment schämte. Wie ein Schiffbrüchiger, der von seinem Floß aus dem immer höher über den Horizont emporwachsenden Dampfer zuwinkt, lächelte Reichmann dem kleinen Wagen entgegen, in dessen blauem Lack Glanzlichter flammten. Dieser Moment sollte dem Maler immer im Gedächtnis haftenbleiben; die kleine Limousine, die jetzt langsamer fuhr, in der nichts erkennbar war außer einem braunen Handschuh auf dem Lenkrad – der Retter, nach dem Reichmann der Ruf schon auf die Lippen stieg.

Das kleine blaue Auto setzte zu einer Kurve an. In diesem Augenblick dröhnte über Reichmanns Kopf eine lange Kette von Explosionen. Der Feuerstoß lief durch Eisenblech und Fensterglas wie Nadeln einer riesigen Nähmaschine. Das Maschinengewehr verstummte sofort, und Reichmann sah, wie der braune Handschuh durch das Fenster flog und vor seine Füße rollte, während der kleine Wagen in seine Kurve hineinschoß, den Bürgersteig erkletterte und mit einem dumpfen Stoß gegen die Mauer zum Stehen kam. Die Stille in der Straße war wieder vollkommen. Aus dem Innern der Limousine kam kein Laut. Unsichtbare Flammen krochen über den blauen Lack, brachten ihn zum Sieden und ließen die Luft erzittern.

Vor der andrängenden Hitze wich Reichmann zurück, ohne die Augen von dem brennenden Wagen abwenden zu können. Seine Beine bewegten sich unter ihm wie eine schleimige, gelenklose Masse. Er bebte so heftig, daß er vermeinte, eins zu sein mit der tanzenden Luft, die über der Brandstätte flackerte. So ist es also, dachte er wie im Traum. Was war das, was ihn an diese Stelle bannte? Wie durfte er diesem Schauspiel zusehen, unter dem ewig schwelenden Himmel, neben diesen gleichgültigen Fassaden, den dahindämmernden Palmen, in dieser unverwundbaren Lautlosigkeit? Er bemerkte die schwarzen Pfützen schmelzenden Asphalts, die sich auf der Straßendecke ausbreiteten. Ein Mann an der Schwelle des Alters, fühlte er, daß ihm jetzt erst unwiderruflich die Jugend entglitten war. In ungeheurer Feindseligkeit schwieg die leere Straße um ihn, lebendig und verändernd wogte nur das glühende Element, das die Maschine und ihren menschlichen Inhalt ergriff, entstellte und verzehrte. In der Ohnmacht des Alpdrucks sah der Maler, wie durch zahllose Lichtjahre von ihm getrennt, das Ende eines verwandten, gänzlich unbekannten Universums. Mit einemmal begriff er, daß der Handschuh, unter dem jetzt ein dunkler Fleck entstand und sich verbreiterte, nicht leer war. Er wankte und tastete nach einem Halt.

Jemand schrie aus dem Fenster über ihm. Reichmann begriff, stolperte in den Hausflur und zog sich die Treppe hinauf, auf der es nach Knoblauch und Katzen roch. Man hatte ihn vor dem Benzintank gewarnt, der jeden Augenblick explodieren konnte. Eine Tür im ersten Stock stand weit offen wie ein toter, schreckverzerrter Mund. Reichmann trat in ein ziemlich großes, verwahrlostes Zimmer, das fast leer war. Vorn zwischen den beiden von Sandsäkken halbverdeckten Fenstern unterhielten sich leise zwei Männer, die nachlässig die Straße beobachteten. Auf einer Kiste stand ein altes Hotchkißgewehr, dessen Mündung schräg nach unten zeigte. Ein paar Gurte lagen am Boden. Über den Rand einer Kuchenschachtel erhob sich ein kleiner Hügel runder, gerippter Handgranaten.

»Guten Tag«, sagte Reichmann und setzte hilflos auf französisch hinzu: »Ich störe doch wohl nicht...« In diesem Augenblick flog draußen krachend der Benzintank in die Luft. Der ältere und größere der beiden Männer zog mit einer Grimasse den Kopf zwischen die Schultern.

»Na also«, sagte er zu dem Kleineren. Er wandte sich halb nach Reichmann um. »Franzose?«

Reichmann nickte. Er fühlte sich zu müde zum Erklären. Obwohl die Fenster halb verdeckt waren, erfüllte die gleiche schweflige Glut Zimmer und Straße. Der Kleinere, barhäuptig, im Monteuranzug, winkte ihn heran und trat ein wenig beiseite. Reichmann blickte kurz auf den zerfetzten Wagen hinab, über den jetzt eine brausende, kaum sichtbare Flammenfahne schlug.

Der Kleine im Monteuranzug wies auf die brennende Maschine und nickte mit vielsagendem Ernst: »Der kommt auf unser Konto. Vier Tage haben wir auf ihn gewartet.«

Der andere sah Reichmann in die Augen. »Falange. Mit einer falschen Diplomatennummer am Wagen. Mal in Figueras, mal in Gerona, mal hier.«

Reichmann schwieg. Die Schreie, die Salven der Exekutionskommandos, die Aufrufe und Anklagen belebten plötzlich den geisterhaften Mittag, um in den Schluchten der Pyrenäen zu ersterben. Berichterstatter von den Katalaunischen Feldern, fiel ihm ein, wer hat mich dazu bestimmt?

Der Kleine kauerte sich am Fenster zusammen und lauschte mit vor Anstrengung geblähten Halsadern. »Irgendwo schießen sie wieder, die Idioten, die Hurensöhne. Ich möchte wissen, wann wir endlich Schluß mit ihnen machen, ich meine, richtig Schluß.«

In unregelmäßigen Abständen knackten und rollten gigantische Erbsen über die Dächer. Reichmann sah sich um. Neben der Tür bemerkte er ein zerstoßenes Klavier. Er ging hinüber, hob den Deckel von den Tasten, schloß ihn wieder. Sein Blick streifte ein paar abgegriffene Notenhefte: La Cucaracha, Waldteufel, ein Menuett von Beethoven.

»Bist du Musiker?« fragte man hinter ihm.

»Nein, Maler«, sagte Reichmann, während er weiter Gegenstände und Tapeten musterte, in deren Verwahrlosung und Ermüdung er eine stolze Strenge, eine verborgene Schönheit wahrnehmen zu können glaubte.

»Maler? Beim Bau? Oder bist du Künstler?« fragte der Ältere.

Der Kleine, dicht am Fenster, sagte: »Schweine. Diese Schweine. Da kommen sie wieder.«

Fast im gleichen Augenblick erhoben sich die verwirrten Schreie der Sirenen über der in der Hitze geronnenen Stadt. Blaue und goldene Schatten fielen über die Dächer; ein Geschütz hustete hoffnungslos.

»Ich male Bilder«, sagte Reichmann, und ihm war, als kehre sich sein Inneres nach außen. Die Schatten liefen über die Dächer, übersprangen die Straße, flohen die Wände entlang.

»Du solltest Plakate malen«, sagte der Ältere, »ein Plakat zum Beispiel, das sie dazu bringt, uns ein paar gottverdammte ›aviones‹ zu schicken.«

»Sie kommen natürlich von der See her«, sagte der Kleine am Fenster, »zehn, zwölf, achtzehn.«

Die Sirenen murrten dumpf und verstummten. Das seidige Dröhnen eines Hummelflugs drang aus dem schwefelfarbenen Himmel.

»Caproni«, sagte der Kleine.

»Savoia«, sagte der Ältere, ohne hinauszublicken.

»Stimmt, Savoia!« sagte der Kleine und seufzte. »Wollen wir einpacken?«

Das undeutliche, blinde, planlose Laufen beschuhter und nackter Füße drang durch die Fenster. Plötzlich wußte man die Straße geisterhaft belebt. Einmal schrie eine Frau unterdrückt auf. Dann verstärkte sich das Rascheln und Huschen laufender Füße, als flüsterte ein Chor entsetzter Stimmen die Litaneien der Furcht. Reichmann stand mit dem Rücken zur Straße, und seinem Ohr entging nichts. Ein Kalender fiel ihm auf, der kalkbefleckt über der rissigen Tapete hing: er zeigte den 26. Juli 1936. In Reichmanns Innerem zerriß etwas. Ihm war, als müsse er sich sofort, ohne

Verzug eines Umstandes entsinnen, der, wenn er leben wollte, so wichtig war wie das Atmen.

Dann hörte er wieder die Stimme des Älteren: »Bist du in der Gewerkschaft?« Reichmann antwortete nicht. »Wenn du Zeit hast, kannst du im Gewerkschaftshaus nach mir fragen. Du erkundigst dich nach Antonio. Zimmer 16.«

Die Luft begann sich zu rühren. Reichmanns Adern zuckten wie Fische, die eine Springflut am Strand zurückgelassen hat. Er sah nach den Fenstern hin und rang nach Atem. Die fahle Glut der Straße hatte sich dunkel verdichtet und ergoß sich wie ein tintiger Strom ins Zimmer. Ein hohles Kreischen, ähnlich dem Geräusch einer riesenhaften Säge, riß die Stadt in der Mitte auseinander, vervielfältigte sich und verstummte. Dann schmetterte ein Bündel von Explosionen hoch. Die Wände schwangen langsam vor und zurück. Schleier aus Glas und Kalk verhüllten die tanzenden Fassaden. Nach dem Brüllen der Bomben zog sich die Stadt wieder in ihr Schweigen zurück, in ein noch tieferes Schweigen, in dem allein das Klirren von Splittern und das Knakken brennenden Holzes lebte.

Als er nach einer langen Pause zu sich kam, waren die beiden Männer verschwunden. Das insektenhafte Drohen neuer Geschwader zog vom Meere her. Reichmann stieg die Treppe hinab und schlug mechanisch die Richtung ein, aus der er gekommen war. In der Gegend des Hafens mußten Petroleumtanks brennen. Fetter Rauch erhob sich träge und formte einen gigantischen Pilz am Himmel. Kein Mensch war zu erblicken, kein Getrappel mehr zu hören. Der Maler sah nach der Uhr, die stehengeblieben war und sechs Minuten nach zwölf zeigte. Drüben auf dem Trottoir lag ein kleines Mädchen mit offenem Rücken; sein Kopf hing über die Bordschwelle, als wolle es aus der Gosse trinken.

Reichmann ging weiter. Er bemühte sich, geradeaus zu blicken. Das schluchzende Rauschen der Motoren schien gerade über seinem Scheitel zu sein. Die Schüsse der Abwehr mußten schon lange verstummt sein, und er zuckte die Achseln. Er mußte sich ganz auf das Atmen und Gehen konzentrieren. Neue Einschläge dröhnten aus größerer Entfernung. Die erstorbenen Straßen füllten sich mit Wirbeln heißer Luft, um die Ecken pfiff es in Stößen und trieb Papierfetzen und leere Blechbüchsen über die Fahrbahn. Ein aufgerissenes Haus schlug mit geblähten Vorhängen wie ein gespenstisches Schiff, das alle Segel gesetzt hat.

Später entsann er sich, daß er den Platz erreicht, den Tunnel wieder betreten hatte. Die Zahl der brennenden Lampen hatte sich noch vermindert. Schatten suchten einander mit rauhen, abgebrochenen, klagenden Rufen. Man stieg über Essende, Rauchende, Schlafende. Vor Reichmanns innerem Blick erschien die Vision eines unterirdisch lebenden Kontinents – dem Zustand ward Dauer vorhergesagt, ja bereits Dauer verliehen durch die Versuche der Vertriebenen, sich einzurichten, und hier und da wurde – heitere Stimmen und Gelächter bewiesen es – von ihnen unzweifelhaft schon etwas wie Behaglichkeit empfunden.

Es mußte inzwischen längst Nacht geworden sein. Der Maler wähnte ein paarmal das ferne Heulen der Sirenen zu hören, aber er stolperte immer weiter, ohne sich aufzuhalten, mit brennendem Blick, ermüdetem Hirn und lechzendem Mund. Irgendwo fiel er zusammen und schloß die Augen.

Er wußte nicht, wie lange er geschlafen hatte, als ihn ein beharrliches, heftiges Rütteln an der Schulter weckte. Der Strahl einer Taschenlampe traf einen Moment lang sein Gesicht. Das Dunkel war einer Dämmerung gewichen. Ohne Anstrengung erkannte Reichmann die Gesichter, die sich ihm zukehrten. Zunächst kümmerte er sich wenig um das Anliegen, das man an ihn hatte. Er war verwundert, sich auf einer Bank zu finden, Gebüsch, Bäume, ein Denkmal in geringer Entfernung vor sich zu erblicken. Die letzten Sterne verblaßten im Geäst. Weit im Osten wuchs ungewisse Helligkeit.

»Ihre Papiere!« sagte der Mann, der vor ihm stand. Die Aufforderung hatte er wohl schon mehrere Male wiederholt, denn er blickte aus dem Augenwinkel auf seinen Kollegen, als riefe er für die bewiesene Geduld und Nachsicht seine Zeugenschaft an.

»Ihre Papiere, nom de nom!« setzte der zweite hinzu.

Reichmann, die Hand zur Tasche führend, hielt inne. Warum sprachen sie französisch? Wohin war er wieder geraten? Er erkannte jetzt die schwarze Uniform, die die beiden vor ihm trugen: eine Streife der französischen Gendarmerie. Eine Erleichterung kam über ihn: der Traum, das Abenteuer war zu Ende. Es war nicht das erstemal, daß Polizisten ihn auf nächtlicher Straße gestellt hatten. Mit innerer Belustigung wurde er sich der Tatsache bewußt, wie tief ihn, den Ausländer, der Anblick der gefürchteten Uniform in diesem Augenblick beruhigte. Mit einer fast übermütigen Bewegung griff er in die Tasche.

»Ihre Papiere? Ja oder nein...«

»Ich habe sie nicht«, sagte Reichmann ohne Verlegenheit, »ich muß sie verloren haben.«

»Natürlich. Man verliert sie immer, wenn man sie gerade bei sich haben sollte«, bemerkte der erste. »Ausländer?«

»Ja.«

»Sie kommen mit uns. Befehl des Präfekten.«

Reichmann überlegte, während er aufstand. Wie konnte der Präfekt seine Verhaftung befohlen haben, da man nicht einmal seine Identität festgestellt hatte? Er versuchte sich zu orientieren. Wo war er? Das war nicht der Bois de Boulogne. Mechanisch überzählte er bei sich die Parks von Paris, die ihm bekannt waren. Übrigens war dies hier kein Park. Im stärker werdenden Licht erschien eine kleine Anlage, umgeben von Boulevards und den Kulissen vernachlässigter Häuser. Er wollte über seine Empfindungen ins klare kommen: zweifellos fühlte er Furcht – Furcht vor einer neuen Erkenntnis, einer Wahrheit, die er nicht ertragen zu können glaubte und die sich ihm gleich in den Weg stellen würde wie ein Straßenräuber. Er stand den uniformierten Männern gegenüber, betrachtete ihre Mützen, das Riemenzeug, die mysteriösen Zeichen, die sie am Kragen trugen, das Weiße in ihren Augen. Angesichts ihrer Gegenwart begriff er, daß das Abenteuer weitergehen würde. Die Reise war nicht zu Ende.

Er folgte den Männern über den Platz. Tiefe Schatten nisteten noch in den Straßen, während sich über den Dächern ein Morgen voll grüner Kälte auftat. Hunderte von unsichtbaren Vögeln erhoben ihre grellen, unerklärlich erregten Stimmen. Die Häuser schienen zu schlafen, die Fensterläden blieben geschlossen. Aber in den Torbögen und Einfahrten blitzten Taschenlampen auf, hallten die Tritte benagelter Stiefel, wurden harte Befehle laut. Zwei Motorräder, von Behelmten gesteuert, rasten den Boulevard hinunter und füllten die Straßenschlucht mit dem Geknall der Fehlzündungen. An der nächsten Ecke hielt ein mächtiger Wagen mit laufender Maschine. Ein Offizier wies den Maler mit einer Kopfbewegung zu den übrigen Insassen, die sich unruhig, mit den zerfahrenen Bewegungen von Gelähmten, im Schatten des Verdecks bewegten. Reichmann ertastete einen freien Sitz; seine Nachbarn rückten schweigend auseinander. Im Halbdunkel weinte eine Frau auf.

Das Flüstern und Raunen, die ständige Regung dieses menschlichen Waldes nahm er mit seltsamer Wachheit in sich auf. Er begann, sich selbst als Teil dieses Waldes zu fühlen. Die Explosionen des Motors drangen als fast unhörbare Erschütterungen aus dem Boden und ließen die Leiber erzittern wie ein ferner Gebirgsstrom die Stämme der Fichten. Mit unregistrierbarer Beharrlichkeit, dachte Reichmann, würden er selbst und all diese Unbekannten an seiner Seite Wurzeln schlagen, würde sich alles Leben in ihr Innerstes zurückziehen, würden sie nun eine völlig neue Existenz beginnen, eine Existenz der Handlungslosigkeit, des pflanzenhaften Dahindämmerns. Die im Flüsterton geführten Gespräche, aus denen sich manchmal ein Wort ohne Zusammenhang erhob, waren nur die phantastische Kulisse, hinter der die Verwandlung sich vollzog.

»Wieder eine kleine Sache, die sich die Deutschen ausgedacht haben. Damit werden sie bestimmt den Krieg gewinnen.«

Das Flüstern erstarb während einer halben Minute. Reichmann horchte auf. Die Stimme hatte sich, ohne Hast, voll ruhiger Kraft aus der Ecke hinter ihm erhoben. Der Maler drehte sich nicht um. Man hätte den Sprecher nicht erkennen können. Das ohnmächtig-weiche Schleifen und Flüstern der Schatten begann von neuem. Wieder war es Reichmann zumute, als zerrisse etwas in seinem Innern. Immer wieder hatte er Überraschungen hinzunehmen, mit denen er sich nicht auseinanderzusetzen, deren Berechtigung er nicht anzuerkennen vermochte. »Damit werden sie bestimmt den Krieg gewinnen.« Wie ein Ertrinkender fühlte er gleitende Wasser zwischen seinen Lidern und einer Wirklichkeit, deren Abbild sein vergehendes Bewußtsein nur gebrochen erreichte. »Damit werden sie bestimmt den Krieg gewinnen.« Der Krieg, von dem die Stimme gesprochen hatte, war vielleicht schon seit langer Zeit im Gange, während er, den gelegentlich Zeitungen und Gespräche aufmerken ließen, sich nur einer ungewissen Drohung, einer Gefahr bewußt gewesen war. Es war zu spät, Fragen zu stellen.

Unaufhaltsam schlugen die Uhren, wie gerade jetzt, als von allen Türmen der unbekannten Stadt die fünfte Stunde nach Mitternacht verkündet ward.

Mit dem letzten Schlag wurde eiliges Laufen hörbar. Befehlsgewohnte Stimmen sprachen lauter; Wagentüren wurden zugeworfen. Das Automobil setzte sich in Bewegung. Nun erst schien die Straße zu erwachen und den sich Entfernenden nachzublicken. Ein paar Gendarmen waren noch auf den anfahrenden Wagen gesprungen und nahmen im Halbdunkel Platz. Man sah ihre Zigaretten aufglühen und hörte das Scharren der Karabinerkolben auf dem Boden.

Sie fuhren sehr schnell aus der erwachenden Stadt hinaus. Sobald die Häuser zurücktraten und das Band der Landstraße sich vor ihnen entrollte, wurde die Sonne sichtbar: blutig und klein stand sie über dem Horizont, ließ die Julilandschaft herbstlich erstarren und verlieh Gesträuch und Geäst die Züge prophetischer Runenschrift. Alles war voller Vorbedeutung, Schrecken, wüstenhafter Versunkenheit. Das Licht des Morgens entkleidete die Gesichter der Fahrenden, eines nach dem anderen: Müdigkeit und der Schmutz der Zeit flossen trübe die Wangenfurchen jählings gealterter Frauen hinab und hingen klebrig an den Bartstoppeln der Männer.

Die Blicke wichen einander aus. Ein tonloses Jammern kroch aus den Ecken des holpernden Wagens. Manchmal erhoben sich Stimmen durcheinander; die Leute sprachen lauter, um den Motor zu übertönen. Hilflose, idiotische Satzfetzen, hinter denen nichts als Furcht stand, drangen an Reichmanns Ohr. Man sprach französisch, ungarisch, polnisch, jiddisch:

»Was können sie uns schon tun…«

»Im übrigen soll es dort nicht so schlimm sein…«

»Du hättest mich an den Wollschal erinnern sollen…«

»Aber nein! Nur eine Überprüfung der Papiere...«

Die Stimmen erstarben im Licht, das sich unerbittlich wieder ins Fahle kehrte. Der trügerische blaßgrüne Himmel, der erfrischende Morgenkühle versprochen hatte, war verschwunden. Geruch von Asche, Öl und stehendem Wasser schlug wolkenhaft über dem Wagen zusammen. Eine böse Glut stieg auf, als habe sie, in Gras und Korn geduckt, in der Ebene genächtigt. Die Gendarmen, den Karabiner zwischen den Knien, blau rasiert, mit schlagflüssigen Gesichtern über dem engen Kragen, starrten in den gelben Dunst. Ihre Augen waren ohne jeden Ausdruck wie die Augen von toten Fischen.

Reichmann sah über die Schulter nach dem Unbekannten hin, der über den Krieg gesprochen hatte. Ein Gesicht, das unerschüttert nach vorn gekehrt war, gleichförmig wie die Straße, die es gebildet hatte, ein Gesicht, an dem nichts auffiel, außer den sehr hellen entschlossenen Augen. Der Mann trug einen grauen, sauberen Anzug ohne Form; ein zerdrückter Hut lag auf seinem Schoß. Hinter seinem Profil flog die Landschaft vorbei, Häuser, die in der Hitze schief hinsanken, staubgeschwärzte Gärten, rostige Geleise, die zusammenrannen, sich wieder trennten, Weichen aufwarfen, sich vervielfachten. Am Ende der Welt, dachte Reichmann.

Das Bahngelände zog sich von der Landstraße zurück. Ein massiger dunkler Komplex verdeckte es völlig: meterhohe Palisaden umschlossen von vier Seiten her lange, geteerte Dächer, die sich, von Unebenheiten des Bodens begünstigt, hier und da zeigten. Der Wagen verlangsamte die Fahrt. In den Palisaden, die der Straße zugekehrt waren, wurde ein Tor sichtbar, vor dem Uniformierte lungerten. Schwere Wagen waren einige Meter weiter zusammengestellt: Polizeiautos und langgestreckte, bunte Autobusse, wie man sie zu Vergnügungsfahrten verwendet.

Sie fuhren noch langsamer. Der Chauffeur schien die Breite der Straße abzuschätzen. Keiner sprach, aber alle Augen hingen voller Qual, Haß und Hoffnung an dem näher kommenden Tor. Ein Gendarm stand auf, kam auf Reichmann zu und beugte sich zu ihm hinab. Der Maler starrte in seine Augen, diese bebende, trübe Gallerte, auf der Äderchen wie eine Morgenröte schwammen. Der Mann bewegte die Lippen, und Reichmann hörte, wie er durch die Zähne stieß: »Fliehen Sie! Keiner von uns wird schießen!«

Reichmann kehrte seinen Blick nicht von ihm ab. Aus dem Augenwinkel sah er gleichzeitig, wie der Wagen dem Tor entgegenschaukelte, wie die müßigen Hüter sich den Ankömmlingen zuwandten. Mit Schauder und Wollust fühlte er, daß er in diesem Moment nur einen Wunsch hatte: hinter dem Tor zu verschwinden, einzugehen in das unbekannte Reich der schwarzen Dächer, über denen sich hölzerne Türme mit unbeweglichen Bewaffneten erhoben, und er wußte auch, daß diese Begierde ihm fremd, aber unabweisbar war – plötzlich verstand er, daß all die fremden Gefährten um ihn her unter der gleichen Verzauberung standen und einer den anderen fester in diesen Bann schloß. Die unsichtbare Sonne schlug auf die Schläfen wie mit Fäusten ein. Ein erstickender Duft von Teer und Harz kroch schwer über den knirschenden Sand: der süße Geruch der Verzweiflung, der die Herzen überwältigt und den Verdammten die Sehnsucht nach Selbstvernichtung einflößt.

Immer noch zuckten die Lippen vor ihm. Der Wagen hatte gehalten. Reichmann bewegte den Kopf von rechts nach links, von links nach rechts, noch einmal und noch einmal, als weise er eine Zumutung von sich. Er stand hastig auf. Fast alle waren bereits ausgestiegen; er durfte nicht zu spät kommen. Sie standen eng zusammengedrängt vor dem Tor, das man für sie zur Hälfte öffnete, und zwängten sich hindurch, als eine rauhe Stimme es ihnen befahl. Reichmann hatte noch einmal zu dem Gendarmen zurückgeblickt, der ihn angesprochen hatte. Er stand neben dem Wagen. Seine Lippen bewegten sich, als flüstere er ein stupides Gebet. Reichmann begegnete einem langen Blick und ging durchs Tor.

Es gab gleich wieder einen Halt. Man notierte ihre Namen. Der zehnte war der Unbekannte aus der Ecke, der einige Meter vor Reichmann stand. Eine Pause entstand. Der prüfende Beamte suchte in seinen Papieren.

»Sie heißen?«

»Herzog, Georges, geboren in Straßburg.«

Der Beamte sah auf. Er sah dem Unbekannten voll ins Gesicht, und Reichmann beobachtete, wie seine Lippen sich mit einer langsamen, schrecklichen Bewegung auseinanderzogen und die Zähne freigaben.

»Es nützt nichts, Moreau. Wir kennen uns schon. So einen guten Fang haben wir lange nicht mehr gemacht. Du bist mehr wert als alle die Jüdchen zusammengenommen.«

Das Antlitz des anderen zeigte keine Regung. Aber Reichmann wähnte es sterben zu sehen. Es starb eines allmählichen, heimlichen, strengen Todes, der vom Munde her langsam bis zur Stirn wanderte.

»Ich heiße Herzog.«

»Halt dein Maul! Raustreten! Der nächste!«

Sie wurden in die Baracken verteilt, nachdem man ihnen eine Decke in den Arm geworfen hatte. Über die polternden Laufstege verschwanden die Männer nach links, die Frauen und Kinder nach rechts, zwei menschliche Rinnsale, die von in Abständen postierten bewaffneten Wächtern nicht ohne eine gewisse bösartige Höflichkeit in die gewünschte Richtung gelenkt wurden. Die nervöse Unruhe, die angesichts der im Vollzug befindlichen Trennung aufkam, zerstreute sich rasch, als sich herausstellte, daß der Stacheldraht, der die beiden Abteilungen voneinander trennte, an einigen Stellen durch Verbindungswege unterbrochen wurde, über die man jederzeit zu Fremden und Verwandten im anderen Teil des Lagers gelangen konnte.

Reichmann betrat eine Baracke – einen sehr langen, halbdunklen Raum aus schmutzigweißen, splittrigen Latten, die außen von schadhaftem Teerpapier überspannt waren. Das erste, was er wahrnahm, war das Summen unzähliger Fliegen, die über Wände und Scheiben krochen und in dichten Haufen auf den zum Trocknen ausgespannten Wäschestücken saßen. Die zweistöckigen hölzernen Bettstellen, in zwei Reihen mit den Kopfenden aneinandergestellt, ließen an den Längsseiten des Raumes zwei Gänge frei, über die zu jeder Tageszeit rastlose Schritte schlurften. Die fahle Glut der Außenwelt gerann hier zu einer schwerflüssigen, sich verdickenden Masse, in der zahllose Gespräche immer rätselhafter, unzusammenhängender, unverständlicher wurden, bis sie schließlich im Ohr des dahindämmernden Zuhörers eine drohende, unmenschliche Bedeutung anzunehmen begannen.

Reichmann belegte einen freien Platz in der oberen Reihe, warf seine Decke über einen fleckigen Strohsack und bemerkte mit einer von Spott gestachelten Unruhe, daß er anfing, sich wohnlich zu fühlen. Schon? dachte er erschrokken, gedenkst du denn hier zu bleiben? Und doch mußte er sich gestehen, daß die übelriechenden Kleider und Schuhe, die auf Betten und Gängen verstreut umherlagen, daß die zerstoßenen, ungesäuberten Eßgeschirre auf den Strohsäkken keinen Abscheu in ihm erweckten. Widerstände waren geschwunden, ehe sie aufgerufen werden konnten, Gewöhnung hatte Platz ergriffen, bevor Prüfung und Einspruch sie hätten rechtfertigen können. Schon hatte man Namen erfahren, sich für Zuneigung oder Ablehnung entschieden. Schon sprach man einen ganz neuen Jargon mit nachlässiger Vertrautheit, belehrte man Neuankömmlinge über den geheimnisvoll verhangenen Tagesplan der Sinnlosigkeit. Ehe man wußte, wie es geschah, war die fahle Glut dem Abend gewichen, mit brandigem Horizont, aufstrahlenden Bogenlampen, die jeden Quadratmeter des Geländes aufmerksam bewachten, mit der Suppe, die man, an die Wand gelehnt, gierig schlürfte, und der Blechdose Wasser, die man sich vom rostigen Kran holte.

Die Nacht brach herein, eine Nacht ohne Kühle und Stille unter dem harten Licht der Bogenlampe und den trüben Barackenlichtern, die nicht erloschen. Während der letzte Schein des Tages dahinschwand, war Reichmann durch das Lager gewandert. Die Menschen standen in Gruppen zusammen, sprachen überlaut und mit weit ausholenden Gebärden, als müßten sie sich über Berge hinweg miteinander verständigen. Schrilles Gelächter, Kinderweinen, Aufschreie hingen wie eine Wolke aus Elmsfeuern über den Dächern. Junge Mädchen spazierten Arm in Arm wie in den gepflasterten Straßen der heimatlichen Kleinstadt und summten die ersten Takte eines Schlagers, wenn sie an den Burschen vorbeizogen. Überall lächelte man, während in den Augen die Panik flackerte. Reichmann glaubte plötzlich, in einem Wirbel des Entsetzens das gleißende Lächeln von tausend Gebissen zu sehen und Tausende von Augen, die der Schrecken langsam auslöschte. Er flüchtete nach der Rückseite des Lagers, wo eine breite Lücke in den Palisaden dem Blick über schräg abfallendes Gelände Raum gewährte. Hier gab es nur wenige, unbewohnte Baracken. Rostiges Gerät, halb im Sand versunken, hatte das Aussehen von Strandgut und ließ den Geist williger in die Vorstellung eintreten, da unten, jenseits des Stacheldrahts, liege ein ruhiges, nun sich verdunkelndes

Meer. Irgendwo pfiffen immer wieder rangierende Lokomotiven, Lichter wechselten Farbe und Stand, und Reichmann glaubte plötzlich zu wissen, daß auf der unbekannten Station etwas Entsetzliches geschehe, etwas, wofür es keinen Namen gibt. Er spähte über den verlassenen Bereich. Niemand war in der Nähe außer den beiden Bewaffneten auf den Ecktürmen, in sich gekehrt und ohne Bewegung. Einen Moment lang dachte er an Flucht – die Drahthindernisse mußten sich ohne viel Geräusch und Mühe überwinden lassen, Schüsse von den Türmen her konnten im Halbdunkel nicht allzu gefährlich werden. Dann aber sah er, wie auf einer vergrößerten Photographie, das sich senkende Gebiet im Geist vor sich: eine tödliche, verräterische Lockung breitete sich da vor ihm aus – schwertscharfes Gras über schwankendem Land, aus dem träge Blasen quollen; Wolfsfallen und Fußangeln; Scheinwerfer, die mit einem Schlag die Gegend in blauweißes Licht zu tauchen vermochten. Drüben pfiffen und rasselten unaufhörlich die Lokomotiven. Er ging in seine Baracke, warf sich auf sein Lager und blieb bis zum Morgen im Halbschlaf, unter dem schwelenden Licht der niedrig hängenden Lampen und von Geräuschen gewiegt, die sich in der nächtlichen Schwüle umeinander zu drehen schienen wie rastloser Rauch.

Es gab keine Grenze zwischen Nacht und Tag. Einmal wurde es heller; die Menschen sahen mit fiebrigen Augen aneinander vorbei. Die gleiche rotglühende Sonne lauerte am Horizont und löste sich nur wenig später in feurigen Regen auf. Um diese Zeit flüsterte man einander zu, um Mitternacht werde ein Transport das Lager verlassen. Reichmann, der sich in einem Zustand schmerzlicher Ermüdung befand, wurde aufgefordert, in der Baracke des Kommandanten vorzusprechen, wo eine Kommission eine Anzahl von Fällen nachprüfte.

Er mußte mehrere Minuten warten und stand dann einem Beamten in Zivil gegenüber, der eine Zigarette an der anderen anzündete und Schriftstücke hin und her schob, ohne ihn dabei anzusehen. Reichmann beantwortete schließlich die in zerstreutem Ton gestellten Fragen nach Namen, Geburtsdatum und Domizil. Er betrachtete die hölzernen, mit Verordnungen und aus Zeitungen herausgetrennten Bildern beklebten Wände, als sähe er auf einer weit entfernten Bühne zum erstenmal das Schauspiel der Trostlosigkeit. Der Beamte spielte mit einem Bleistift und griff mit der Hand in die Staubsäule, die die Sonne quer durchs Zimmer legte. Reichmann hatte Zeit, ihn zu beobachten, dieses Antlitz voll unerträglicher Spannung, das gelassen, ja gelangweilt erscheinen wollte; diese Handbewegung von unüberbietbarer Traurigkeit.

»Sie sind Jude?«

»Nein«, sagte Reichmann.

Der Beamte sah ihn nicht an. »Wie wollen Sie das beweisen?« Als wolle er eine Antwort aufhalten, hob er abwehrend die Hand: »Ich mache Sie darauf aufmerksam, daß körperliche Merkmale weder in positivem noch in negativem Sinne beweiskräftig sind.«

Reichmann hatte nicht beabsichtigt zu antworten. Er hörte das Echo dieser Sätze in sich widerhallen, wie von einem unsichtbaren Klöppel niedergeläutet in die unterste Schicht seiner Existenz. In dieser Sekunde, da der Raum in Qual erstarrte, begriff er, daß jene Fragen und ihre Beantwortung, wie die Antwort auch immer ausfallen mochte, eine Katastrophe in sich schlossen, eine Katastrophe, deren Ausmaß ihm verborgen bleiben mußte. Er sah auch, daß die Spannung, die sich auf dem Antlitz hinter dem Tisch ausprägte, nur eine äußerste Erschöpfung bedeutete, den Schrecken vor der Leere, die mit gorgonischen Zügen das

Zimmer, das Gelände, vielleicht den Kontinent zu durchdringen begann.

Der Beamte entließ ihn, indem er kurz bemerkte, man würde seinen Fall im Auge behalten. Reichmann hörte die Tür hinter seinem Rücken zuknarren. Die Dächer der Baracken glänzten schwarz; die unermeßlich strömende Glut riß das Lager in einen tobenden feueratmenden Strudel. Die Luft war erfüllt von Lauten, die dem Schluchzen näher waren als dem Gelächter, das sie vorstellten. Reichmann strich am Krankenrevier vorbei, aus dem das Stöhnen und Schreien von Frauen tönte. Über alle Wege kamen schief schwebend die Bahren, auf denen von Krämpfen Befallene lagen. Reichmann war Zeuge des ersten Selbstmordversuchs. Man brachte den Mann mit aufgeschnittenen Pulsadern ins Revier, von dessen niedriger Decke Fliegenschwärme sich brausend auf ihre Opfer stürzten.

Als es zu dunkeln begann, wurden die Bewohner jeder Baracke versammelt. Funktionäre des Lagers eröffneten ihnen, die Aufgerufenen hätten ihren Abtransport gegen Mitternacht zu gewärtigen. In der Stille, die jäh auf dem Lager lastete, hörte man von fern das Pfeifen der rangierenden Maschinen. Wie im Alpdruck vernahm man die gleichen Sätze, die der Mann vor einem sprach, von anderen Baracken her. Dann begann das Verlesen der Namen, endlos, mit einer sekundenlangen Pause nach jedem Namen, wie der eintönige Anruf dämonischer Gottheiten.

Reichmann spürte während der ganzen Verlesung eine hohe, schwebende Leichtigkeit. Mit Überraschung, beinahe mit Enttäuschung wurde er sich bewußt, daß sein Name zu den wenigen gehörte, die nicht aufgerufen worden waren. Die ersten Schreie gellten, die ersten Ohnmächtigen lagen im Staub: Mitglieder von Familien, die der Befehl teils zum Dableiben, teils auf den Transport zwang. Ein Taumel von kraftlosem Aufbegehren und ungehemmter Verzweiflung umfing das Lager, als die Sonne unter den Horizont hinabsank.

Die Bogenlampen brannten nicht an diesem Abend. Im Dunkel vernahm man Kommandos und den Marschtritt von Gendarmerieabteilungen, die das Lager durchzogen. Gegen elf Uhr flammten die Lampen mit einem Schlag grell auf, Signalpfeifen schrillten, und hastende Füße flogen ziellos auf den Laufstegen dahin. Hans Reichmann beobachtete, in den Schatten einer Baracke gelehnt, die Treibjagd, die den Verfolgten nicht den geringsten Ausweg ließ. Die Schreie wurden häufiger. Wie Luftwirbel sprang das Entsetzen in den Lagerstraßen, an den Eingängen, zwischen den Baracken auf. Es wurde nun offenbar, daß man Männer von den Frauen, Eltern von den Kindern zu trennen begann. Dabei lehnte sich nur eine Minderzahl gegen das unbekannte Geschick auf: Flucht ohne Ziel bot sich dem Blick und unmittelbar daneben das Schauspiel eifrigen Gehorsams, als liege im Befolgen des Befehls die Rettung selbst. Aber auch die Schreie der Gehetzten, ihr schluchzendes Stöhnen, ihre von jähem Verstummen gleichsam dementierten Protestworte – auch dies war nur die Darstellung der Hilflosigkeit. Unter dem kreidigen Licht eines Bahnhofs oder eines Operationssaales entrollte sich ein Ballett von feierlich-grotesker Besessenheit: die Hysteriker, die verhinderten Amokläufer, die Kinder, die mit aufgerissenen Augen eine Puppe im Sand nachschleifen ließen, huldigten der medusischen Stunde. Von einem unsichtbaren Regisseur machtvoll gelenkt, stellten sie eine höllische Szene, deren Akteure sich selbst zuschauten.

Reichmann ging in seine fast leere Baracke. Ein schreckliches Zittern stieg ununterdrückbar aus seinem Innern, riß ihm die Kiefer auseinander und brach als heiseres Stöhnen aus seinem Mund. Er hatte drei Schritte über die Schwelle getan, als eine Hand ihn an der Schulter faßte und ihn zwang, sich umzudrehen. Zwei Gendarmen hatten hinter der Tür gestanden.

»Was wollen Sie hier?«

»Ich gehöre nicht zum Transport«, sagte Reichmann. Unmöglich, das Zittern zu verbergen. Sie mußten es sehen.

»Kommen Sie mit.«

Es war nicht möglich. Er hatte noch nichts sagen können, weil er seine ganze Kraft brauchte, um die Zähne aufeinanderzupressen.

»Sie kommen mit! Machen Sie keine Geschichten!«

Man führte ihn in einen kalkweiß erleuchteten Raum. Hinter einer Barriere zogen die zum Transport Bestimmten vorbei. An einem Tisch saßen mehrere Uniformierte. Eine Anzahl Männer stand vor ihnen in einer Ecke: man stellte Reichmann dazu. Der Lichtbogen einer Lampe sang schneidend.

»Die Aufgerufenen haben sich ebenfalls dem Transport anzuschließen. Sie haben fünf Minuten Zeit, um sich fertigzumachen.«

Die Stimme, unmenschlich, härter als Diamant, hart wie das Licht, dem kein Auge standhalten konnte, begann Namen zu verlesen, Namen von bisher Verschontgebliebenen. Der Raum war völlig von der Stimme beherrscht, von dem bösen Summen der Lampe, den fernen Pfiffen der rätselhaften Lokomotiven.

»Abramowitsch, Marcel!«

»Hier!«

»Raustreten! Fertigmachen!«

»Alkaley, Ernest!«

»Hier!«

»Raustreten! Transport!«

»Bernhard, Isaak!«

»Hier!«

»Raustreten! Fertigmachen!«

Die Aufgerufenen stießen Reichmann rechts und links an, wenn sie vorwärts traten. Wie im Traum hörte er ihr tonloses Schluchzen. Der leere Raum um ihn wuchs. Und durch den Nebel der Unwirklichkeit zogen, wie die Figuren eines Glockenspiels, die für den Transport Bestimmten stockenden Schrittes weiter.

»Palewski, Serge!«

»Hier!«

»Transport! Los!«

»Perlmann, Joseph!«

»Hier!«

»Fertigmachen!«

Diesmal waren es nur Männer. Der Lichtbogen schrillte. Die Puffer entfernter Lokomotiven krachten zusammen. Die Herde der Abreisenden kreiste vor seinen Augen. Reichmann atmete tief, verzweifelt, als fänden seine Lungen keinen Sauerstoff mehr. Schweiß lief in seinen trockenen Mund, er trank ihn in kleinen Schlucken.

»Reichmann!«

Keine Antwort.

»Reichmann!«

Keine Antwort.

Er fühlte neben sich noch sechs, acht, vielleicht zwölf andere. Er sah sie nicht an, aber er spürte ihre Gegenwart, ihre Gegenwart als Zahl. Ein infernalischer Irrtum. Nun, warum nicht? Man konnte nicht entrinnen, nicht dieser Stimme. Und dann: hier war man einzeln, deutlich erkennbar, dort ein Teil der Masse, ununterscheidbar von all den Getriebenen. Man würde eine Gelegenheit finden, später, später…

»Reichmann, David!«

Neben ihm stammelte jemand: »Hier!«

»Na also! Endlich! Transport!«

Ein kleiner grauer Mann trat hinter dem Maler hervor und verschwand. Reichmann spürte eine ungeheure Kälte, die aus dem Boden hervordrang, die Knie erreichte, den Leib ergriff. Das ist der Tod, dachte er.

»Die übrigen zurück!«

Er sah undeutlich die wenigen, die neben ihm durch die Tür hinausglitten. Er entkleidete sich nicht. Er fiel auf seinen Strohsack und war eingeschlafen.

Am nächsten Morgen rief man ihn ins Büro.

»Reichmann, Hans? Sie sind entlassen.«

Reichmann blieb stehen. Aus den Ritzen quoll der Teer und benahm ihm den Atem. Die unerhörte Hitze brannte in den Handflächen und auf den Schläfen, nur die Kälte in der Brust wollte nicht weichen.

»Machen Sie, daß Sie hinauskommen! Melden Sie sich am Tor!«

Er ging mühsam hinaus. Unterhalb der Hüften begann ein Widerstand, als wate er in tiefem Wasser. Reichmann, David. Reichmann, Hans. War er nicht aufgerufen gewesen?

Aus irgendwelchen Gründen hatte er bis zum Abend zu warten. Er nahm die Mittagsmahlzeit mit den anderen ein, ging mit einigen von ihnen hin und her, lächelte ermunternd, als jemand die Nachricht brachte, der nächste Transport gehe erst in drei oder vier Tagen ab. Eine Fremdheit gegenüber diesen Leuten wuchs in ihm. Manchen erzählte er von seiner bevorstehenden Entlassung; überall drückte man Freude darüber aus. Man beglückwünschte ihn. Zwei oder drei gaben ihm unerhebliche Aufträge mit, eine Nachricht, einen Gruß. Er fühlte die wachsende Fremdheit mit einer tiefen Ungeduld, ja mit einem verzweifelten Ekel gegen sich – er sah in Gesichter, beobachtete Hände, Haare, Kleidung, Bewegungen. Plötzlich meinte er zu sehen, wie diese Haare aus der Haut fallen würden, die sie beherbergte, wie die Augen anfingen, Pfützen zu gleichen, kleinen flüssigen Monden, langsam verdunstend zwischen Kraut und Gebüsch im heißen Licht eines Tages, der sein würde wie dieser.

Er war schon lange vor Sonnenuntergang am Tor; man ließ ihn weiter warten. Er war voller Unruhe, als plage ihn das böse Gewissen. Geradeso müßte die Hölle aussehen wie diese trostlose Küstenlandschaft, die an keinem Meere lag, mit ihren geteerten Dächern, auf die Fluten fahlen Lichtes wie ein brennender Niagara herabstürzten, mit den unerkennbaren Gesichtern, die sich um ihn sammelten, ihm Glück wünschten, weiterschwebten, zurückkehrten.

Es wurde Nacht, eine heiße Nacht ohne Mond, ohne einen Stern, als er das Tor durchschritt. Er hatte fast eine Stunde zu gehen, ehe er den Bahnhof der nächsten Kleinstadt erreichte, und den ganzen Weg über hörte er das Pfeifen und Rangieren der Maschinen auf der geheimnisvollen Station, die irgendwo rechts von der Landstraße gegen die Wälder zu liegen mußte, an die er schon nicht mehr recht glaubte und die er rasch vergaß.

Auf dem Bahnhof verging noch fast eine Stunde, ehe sein Zug eintraf. Die Leute neben ihm musterten ihn betreten und scheu, als wüßten sie, wer er sei und woher er käme. Jeder schien voll Ungeduld, als gelte es, so schnell wie möglich weiterzukommen. Die Nacht war von ungewisser Gefahr erfüllt. Einmal glaubte Reichmann das Wort »Razzia« gehört zu haben. Unwillkürlich griff er nach dem Papier in seiner Tasche, das seine Überprüfung und Entlassung bestätigte. Aber nun kam schon der Zug, mit einiger Mühe fand er einen Platz, legte das Brot, das er bei sich trug, auf seinen Schoß und versank in Schlaf, kaum daß er das Knirschen der anfahrenden Räder vernommen hatte.

Er erwachte in völliger Finsternis, und eine lange Frist verstrich, ehe er sich zurechtfand: er saß in dem verlassenen, dunklen Abteil, in das kein Lichtschimmer von außen fiel. Er überlegte und schalt seine Schlaftrunkenheit. Schließlich stand er auf und verließ den Waggon. Die Nacht war von einer unirdischen Dunkelheit. Kein Anzeichen von Leben war ringsum, nur der Wind strich ab und zu durch die Landschaft und fing sich in den unsichtbaren Bäumen. Reichmann stieß einen Ruf aus. Nicht einmal ein Echo antwortete ihm. Er hätte in den Waggon zurückkehren können, um die Dämmerung abzuwarten, aber eine Art Trotz ließ ihn weitergehen, geradenwegs in das Dunkel hinein.

Er blieb nach ein paar Schritten in der Finsternis stehen, die seine Spuren tilgte. Zum erstenmal seit undenklicher Zeit fühlte er sich frei von Furcht – verlassen, doch nicht verloren. Nur der Wind war um ihn, der Wind, der wie ein Tier voranlief, umkehrte und an seinen Knien entlangstrich, wenn er ihn überholte. Ein paarmal wich er noch rechtzeitig Bäumen aus, die in der Nacht standen, nicht unvertraut und ohne Drohung. Einmal vernahm er das traumhaft-kehlige Geräusch fließenden Wassers. Unter seinen Füßen spürte er kurzes Gras, eine Strecke weiter einen unebenen Pfad. Er hätte noch Stunden weitergehen können, keine Müdigkeit war in ihm, aber er hatte keine Eile. Die Nacht war von einer unbeschreiblichen tröstenden Wachheit. Irgendwo setzte er sich nieder und lehnte den Rücken an einen Stamm. Sein geängstigtes Herz schlug beruhigt und regelmäßig. So wollte er den Morgen erwarten.

Er war in tiefen Gedanken, als der eintönige Ruf eines Vogels ihm zum Bewußtsein brachte, daß die Nacht zu Ende war. Er lauschte bewegt dem ruhigen, fremdartigen Ruf. Aus der Ebene, die hinter ihm lag, wuchsen Wälder empor und erstiegen die Berge, über die das Dunkel sich allmählich zurückzog. Ein unsichtbarer Flußlauf verriet sich durch einen langen, tiefschleifenden Vorhang aus perlgrauem Nebel, den er über die Wiesen emporsandte. Hinter den niedrigen lehmfarbenen Hängen, die sich am anderen Ende der Ebene erhoben, erschien plötzlich in reinem, gleichsam mühelosem Aufschwung eine Sonne von mattem

Gold. Tausende von Gräsern blitzten auf, ein Chor von gurrenden und flötenden Stimmen vereinigte sich mit dem gemessenen Ruf des unbekannten Tagverkünders.

Reichmann stand auf. Eine wunderliche Leichtigkeit erfüllte ihn, die er nicht an sich kannte. An einem kleinen Gewässer wusch er sich und trank das kalte, scharf schmekkende Wasser. Er aß ein Stück Brot und steckte den Rest in die Tasche. Langsam begann er den Weg zu ersteigen, der in den bergwärts gelegenen Wäldern verschwand. So kam er langsam höher, ohne Anstrengung, wie ihm schien, als stieße ihn die Erde sanft weiter, dem Gebirge zu, das manchmal das körnige Grau einer Felswand durch eine Lichtung aufschimmern ließ. Die Mittagssonne konnte die goldene Kuppel der Kronen nicht durchbrechen. Er begegnete keinem Menschen, wenn er auch Spuren menschlicher Tätigkeit fand. Nachmittags rastete er neben einem mächtigen Stoß geschlagenen Holzes, fand später eine verlassene Hütte, die Holzfällern oder Hirten als Unterkunft dienen mochte, und vernahm schließlich ohne Unruhe die ersten Rufe der Waldtiere, die in der Dämmerung erwachten.

Er nächtigte am Wege, als habe er es nie anders gekannt. Ein einsamer Stern durchbrach an einer Stelle das Blätterdach, das sich hoch über ihm wölbte. Das Rauschen der Wasserfälle kam von allen Seiten wie die Stimme der Nacht.

Am nächsten Tag setzte er seinen Weg fort, der durch niedriger werdendes Gehölz unablässig nach oben stieg. Er ging den ganzen Tag über mit ein oder zwei kurzen Unterbrechungen, in einem tiefen, ruhigen Glücksgefühl, das in ihm nicht einmal die Frage nach der Art und dem Ziel seines Weges aufkommen ließ. Über einer Schlucht, in der ein Wildbach donnerte, konnte er auf die dichten Wälder hinunterschauen, die ihn wie in einer unwiderstehlich kraftvollen Bewegung eingeschlossen und auf diese Höhe emporgetragen hatten. Der Wind fing sich im niederen, zähen

Gesträuch, ließ Schatten über die Moosbänke laufen und riß an den knorrigen Ästen der Föhren. Gegen Abend setzte er sich unter einen Felsvorsprung, verzehrte den Rest seines Brotes und schlief ein.

Als er in der Morgendämmerung seine Wanderung wieder aufnehmen wollte, fand er, daß er die Höhe des Gebirges erreicht hatte. Ein mächtiges Plateau erschien jenseits des Buschwaldes, in das der Pfad, vom Tau dunkel gefärbt, gerade hineinlief. Von feierlicher Fremdartigkeit war die Landschaft; die seltenen Bäume, an deren Fuß noch Nebel hing, hielten ihre Äste im Morgenlicht mit schmerzvoll-bedeutender Geste gegen den blaßblauen Himmel. Aber eine Erinnerung reichte aus äußerster Ferne hier herüber, machte das erste Wegzeichen kenntlich, die Wagenspuren, die blauen Konturen der Hügel. Der Weg bog nach rechts und schien gerade in den Horizont laufen zu wollen, an dem weißgrüne Federwolken ins Nichts vergingen. Der Pfad überquerte einen Bach, ein eiliges, dunkles Wasser, aus dem kein Stein leuchtete. Eine hohe, hölzerne Brücke spannte sich darüber und half dem Weg weiter. War ihm nicht diese Brücke bekannt und die beiden Götterlampen, die rechts und links das Geländer schmückten? Reichmann wußte in diesem Augenblick, daß er gerettet war, und im gleichen Augenblick sah er einen Mann.

Er stand am anderen Ende der Brücke, als habe ein Windstoß ihn plötzlich hergeweht mit dem Lehmstaub, der über die Planken rieselte. Der Mann war alt und sah wie ein Bauer aus. Über der bloßen mageren Brust hing eine dünne blaue Jacke; schmutzige Hosen fielen auf die breiten, nackten Füße. Er trug ein Joch über der Schulter, wie Reichmann es noch nicht gesehen hatte, und der Maler ertappte sich dabei, daß er es im Geiste mit dem Joch verglich, mit dem die Bauern in der fränkischen Heimat zu pflügen gewohnt sind. Der Bauer stand unbeweglich im Schatten der Brücke und sah ihn an. Reichmann wußte, daß er wirklich dort stand mit den schwarzen, schrägen Augen im gelben Gesicht. Er fürchtete sich nicht. Mit einigen schnellen, behutsamen Schritten überquerte er die Brücke und stand vor dem anderen. So nahe stand er bei ihm, daß er das vogelhafte zarte Schlagen der dünnen, rauchfarbenen Schläfen sehen konnte, das Gitterwerk zahlloser Runzeln, die weißlichen, dünnen Strähnen des Bartes, der über die Mundwinkel nach unten fiel. Er versuchte nicht, zu sprechen; er wußte, daß der andere ihn nicht verstehen konnte. Vielmehr verneigte er sich vor ihm, ohne daß er vorher daran gedacht hatte, und nahm ohne Überraschung die Verneigung des Alten entgegen, der plötzlich zu lächeln begann, sich umwandte und ihm über die Schulter einen Wink gab. Reichmann folgte ihm ohne Zögern.

Nach einer halben Stunde erreichten sie die ersten Hütten eines Dorfes. Heller Rauch stieg steil in die Luft, die erfüllt war von den Zwitscherlauten halbnackter Kinder. Neben einem kleinen Tempel kämpften zwei weiße Hähne. Aus einer Schmiede kam unregelmäßiger scharfer Hammerschlag. Der Alte führte ihn in eine Hütte, vor der ein junger zeitunglesender Bursche im Staube hockte. Zwei ältere bebrillte Männer starrten auf Reichmann, hörten die Rede seines Begleiters an, lächelten und baten den Maler durch Zeichen, in den Nebenraum zu treten. Man wies ihm einen Sitz auf dem Boden an und stellte ein Tablett vor ihn hin, auf dem kleine Schalen mit Fleisch und Reis und heißem Wasser standen. Reichmann aß und wartete. Alle paar Minuten hob jemand den Türvorhang, und ein höflich erstauntes Gesicht musterte den Fremden und verschwand.

Es mußte gegen fünf Uhr sein, als vor der Hütte aufgeregte Rufe laut wurden. Der Lärm eines Automobils näherte sich und verstummte. Gleich darauf trat ein junger Mann in europäischer Tracht ins Zimmer, in das ihm die beiden Bebrillten folgten. Er sprach den Maler in englischer Sprache an, und als dieser zögernd antwortete, nannte er lächelnd seinen Namen. Er hieß Feng und erbot sich, Reichmann zum »General« zu bringen, doch klang dies kaum wie ein Vorschlag, vielmehr wie ein höflicher, jeden Widerspruch ausschließender Befehl.

Während der Wagen über den staubigen, holpernden Weg schaukelte, hatte Reichmann Gelegenheit zu erfahren, wo er sich befand und wohin man ihn brachte. Der General war Tschou En-lai, einer der höchsten Befehlshaber im »Besonderen Gebiet« der achten chinesischen Armee. Obwohl er meist in Tschungking weile, berichtete Feng, wo er an den Regierungsarbeiten und der Kriegsführung den regsten Anteil nehme, sei er von Zeit zu Zeit in Yenan, um die hiesigen Behörden über die Pläne und Leistungen der Zentralregierung zu unterrichten.

Die letzten Worte schien Feng nicht ohne Bitterkeit zu sprechen. Doch achtete der Maler wenig darauf. Er sann darüber nach, wie einfach und überraschungslos die weltentlegenen Namen ihm ins Ohr gingen. Alles schien auf einmal die Bestätigung einer seit langem tief verborgenen Ahnung zu sein: Fengs ruhige Stimme, sein langsames, ein wenig feierliches Englisch, der an- und abschwellende Gesang des Motors, die Schläge eines Gongs, die aus einem Hain tönten. Feng fragte ihn nicht, woher er käme, was er beabsichtigte, als wisse er alles. Er zeigte auf die Bauern in den Feldern und sprach von ihrer Arbeit, als gäbe es nichts Wichtigeres. Seine Stimme wurde lauter; nicht ohne Leidenschaft erzählte er, man habe den Ertrag durch eine sinnvollere Einteilung der Arbeit, durch besseres Pflügen und andere Maßnahmen trotz der kriegerischen Verwicklungen um ein bedeutendes erhöhen können.

Yenan, dachte Reichmann, als sie die ersten einstöckigen Häuser erreichten. Er fragte sich nicht, wie er hierhergekommen war. Es genügte, zwischen dem Hier, der Zuflucht, und dem Dort, der unverständlichen und tödlichen Welt, die Ebenen zu wissen, in denen die Nacht wachte, die undurchdringlichen Wälder, das menschenleere Gebirge. Man sah im Vorbeifliegen einige beträchtliche Gebäude, eine Benzinstation, Ochsenkarren, lärmende Gruppen von Herbergen und Teehäusern, eine kleine Pagode in einem verwilderten Garten. Die Hügel waren näher gerückt, sie erschienen höher und ernster.

Tschou En-lai erwartete sie in einem Haus, das voll war von Schritten und Stimmen. Der Abend begann Schwalbenflüge und blaue Schatten in die Fenster zu zeichnen. Der General trug eine Uniform ohne Abzeichen und war barhäuptig. Reichmann hatte seinen Namen manchmal in den Zeitungen gefunden. Wann war das gewesen? In ferner, schmerzhaft ferner Zeit, in Gefahr und Wirrnis. Er hörte mit Staunen, daß Tschou ihn deutsch anredete. Der General bemerkte seine Verwunderung und erklärte, als wolle er sich entschuldigen, er habe in Deutschland studiert. »Bleiben Sie ein wenig hier. Es soll Ihnen an nichts fehlen, soweit das in unserem Vermögen steht. Sie sind Maler? Vielleicht werden Sie den Drang zur Arbeit spüren.« Er unterbrach sich, und eine tiefe Ermüdung zeigte sich in seinem kurzsichtigen Blick, der voll freundlicher Strenge war.

Der Maler fand in einem Zimmer des Schulhauses ein Feldbett, einen Tisch, zwei Stühle, einen niedrigen Schrank. Das alles hatte Feng hinschaffen lassen. Tagsüber drang das chorische Summen der Schüler durch die Wände. Der Blick ging über Gärten, die abends der weiche, irre Flug der Fledermäuse erfüllte, den Hügeln zu. Manchmal ließ Tschou ihn holen, erzählte von den Sorgen des Tages, den Arbeiten, die man in diesem Teil des Landes in Angriff genommen hatte. Reichmann fiel auf, wie ungern er vom Kriege sprach, der viele Meilen entfernt tobte. Auch Feng schien diesem

Gegenstand auszuweichen, wenn die Rede darauf kam. Die Menschen sprachen nicht weiter, wenn das Wort »Krieg« fiel, ihre Gesichter verdüsterten sich, tiefe Falten schnitten sich in ihre Stirnen zwischen die schrägen Augen. Doch sah man oft junge Leute sich versammeln und zu Feldübungen ausrücken. Aus den Feldern und Häusern sah man ihnen nach, wie sie, von einer Trommel begleitet, dahinzogen – ohne Freude, doch mit einer Entschlossenheit, die etwas Furchtbares an sich hatte und den Beobachter ahnen ließ, ihr Leben werde nicht mehr lange dauern.

Und doch schien es Glück zu geben bei all diesen Menschen, ein ernstes und armes Glück allerdings, das sich weniger in äußeren Errungenschaften nachweisen ließ als in der gemeinsam empfundenen Notwendigkeit eines klarer geordneten und gerechteren Lebens. Die Aufgabe, der sich viele dieser Menschen zu widmen schienen, war für den Fremden nicht leicht zu begreifen – sofern er nicht achtlos oder stumpf dahinlebte, mußte er die Besonderheit der Atmosphäre spüren, in die er versetzt war. Reichmann entsann sich nicht, je zuvor eine derartige Teilnahme an einer Umgebung empfunden zu haben. Er liebte es, die Menschen in den Straßen, auf den Feldern bei ihren Beschäftigungen zu besuchen und sich von ihrer gelassenen Zuversicht beschwichtigen zu lassen. Feng wurde ihm unentbehrlich. Er sah ihn täglich und stellte ihm viele Fragen.

Eines Morgens brachte ein Bote ein Geschenk des Generals: Wasser- und Ölfarben, Leinwand, Papier und manches andere. Die Ruhe der vergangenen Tage hatte in Reichmann den Trieb zur Arbeit geweckt. Mit Feng war er durch die Felder gefahren, hatte er Schulen besucht und selbst Theatervorstellungen, wo Rezitatoren und Schauspieler dem aufmerksamen, Süßigkeiten verzehrenden Publikum das neue Leben erklärten. Der Maler hatte allmählich hinter all diesen Unvollkommenheiten, dieser fremdartig-vertrauten Armut eine geheime Kraft verspürt, einen unbeirrbaren Ernst, der sich unwiderstehlich auf den Beschauer übertragen wollte. Er malte ein kleines Bildnis Tschous; Bauernbrigaden bei der Arbeit – ihre Pflüge wendeten geschwadergleich die Erde um; Yenan als Traumstadt, mit hohen weißen Häusern vor abendlichen Hügeln. Tschou En-lai dankte ihm, ohne ihn zu loben. Er betrachtete lange schweigend die Bilder, nickte ein paarmal und lächelte. Es war ein schwaches, trauriges Lächeln, das Reichmann manchmal an ihm gesehen hatte; der Maler empfand eine jähe Freude, er wußte nicht, warum, aber Tschou begann von etwas anderem zu sprechen, mit klugen, nüchtern-wissenden Worten, die an Reichmanns Ohr vorbeirauschten wie das Geflüster des hohen Grases auf den Hügeln vor der Stadt, wie eine Melodie der Kindheit, die man nicht mehr singt und nie vergißt. Es waren Worte ohne große Bedeutung: Tschou sagte, überall lebten die Menschen ein grausames, qualvolles Dasein; es gäbe zwar einen Weg aus diesem sinnlosen Leben, aber dieser Weg schrecke die meisten: er sei hart, einsam und voller Kämpfe. Wenn man die Qualen der Vergangenheit in sich lebendig erhalte und an eine künftige Schönheit glaube, könne man sich der nützlichen Teilnahme an der Gegenwart nicht entziehen.

Als wisse Tschou um alles, was Reichmann widerfahren war, hatte er von der Vergangenheit gesprochen. Dabei hatte man ihm niemals Fragen nach dieser Vergangenheit gestellt. Wie in stummem Einverständnis überwand man das unbegreifliche Gewesene durch tägliche Tätigkeit. So verlor die Zeit immer mehr alle inneren Grenzen und Maße. Reichmann lebte ohne Angst, ohne Sehnsucht, ohne Zweifel. Er arbeitete und beobachtete. Die Rätsel, die seinen Weg nach Yenan begleitet hatten, beunruhigten ihn nicht. Er wußte um das Gestern, ohne seiner in Unruhe zu gedenken. Mit Eifer ging er einer neuen Arbeit nach: Feng unterrichtete ihn täglich in der Sprache und Schrift des Volkes.

Er liebte es auch, vor der Stadt zu sitzen und ins Land zu sehen, neben einem Grabhügel, an dem noch ein Brandopfer schwelte. Dann war das Treiben der Menschen hinter die Grenze des Sichtbaren gerückt und doch allgegenwärtig.

Am Tage nach dem ersten Herbstregen gellten Gongs durch die Straßen. Reichmann, vor einem Buch sitzend, schaute auf. Menschen eilten schweigend, geduckt vorbei. Über dem Schreien der Gongs füllte ein langes, schmelzendes Schluchzen den Himmel. Er stürzte hinaus: vom abendlichen Horizont, an dem der Wind die Wolken auflöste, rauschten die schwarzen Reiherzüge der japanischen Flugmaschinen heran. Als er ins Haus zurückgehen wollte, traf er Feng, der ihn ohne ein Wort an der Hand nahm und ihn die Straße hinabzog. Die ersten Bomben fielen noch ziemlich weit im Süden. Sie mußten außerhalb der Stadt niedergegangen sein. Flüchtlinge schwenkten auf ihren Weg ein: Frauen, die Kinder auf dem Rücken trugen und eine Ziege vor sich her trieben, Männer und Halbwüchsige mit Körben und Säcken. Feng zog ihn weiter, durch enge Gäßchen, an leeren, sich verdunkelnden Gärten vorbei. Die Häuser und Hütten traten zurück. Auf dem lehmigen Weg standen gelbe Lachen.

Die Flieger schienen gerade über ihnen zu sein, als sie zwischen Feldern einen Hohlweg erreichten, der die Sicht auf die Hügel versperrte. Explosionen dröhnten von unten her; Reichmann sah im Widerschein aufkommender Feuer seinen Schatten auf der Böschung. Eine schneidende, unstillbare Trauer erfaßte ihn. Der Hohlweg wurde tiefer, es war, als wachse er über ihm zusammen. Plötzlich hatte Feng seine Hand losgelassen, war von seiner Seite verschwunden. Eine nahe Explosion warf ihre Helligkeit in den Hohlweg.

Er sah zwei, drei Schatten vorbeistürzen, rief Fengs Namen, erhielt keine Antwort und lief weiter. Der Hohlweg wurde finster. Er blieb stehen und rief noch einmal: »Feng!« Keine Antwort kam. Heiße Luftstöße fegten an den Wänden entlang. Langsam ging er weiter. Es war ganz dunkel geworden.

Irgendwoher kam ein Hahnenschrei: es wurde lichter. Der Schein fiel schräg von oben über eine steinerne Treppe in den Gang. Das war kein Hohlweg mehr. Sein Herz schlug heftig, ahnungsvoll, als er den Fuß auf die erste Stufe setzte. Ihm war, als müsse er etwas von sich weisen, als müsse er umkehren vor dem nächsten Schritt und zurückgehen, ohne Zögern den Weg zurückgehen, den er gekommen war. Oben erschien der Himmel, der kalte, leer gestrichene Himmel eines frühen Morgens.

Auf einmal wußte er, daß die große Woge, die ihn damals fortgerissen hatte, gleich, in diesem Augenblick noch sich am Gestade der Gegenwart brechen würde. Er atmete tief und schloß die Augen. Ausgesetzt bei sich selbst, blieb er ohne Antwort, ohne Zeichen, ohne Erlösung. Er war oben angelangt. Dies war kein Traum; diese Reise, unbeabsichtigt, ohne Vorbereitung unternommen, war zu Ende. Klar und kühl wie die Dämmerung der Kindheit lief der Windstoß des Erwachens durch seine Brust. Auch in Yenan hatte er nicht bleiben dürfen, das bedroht war wie die unbekannte Welt, wie Paris. Dies war Paris, aber ohne die Flammengüsse von Sodom, ohne die Schwefelglut des Deliriums. Der gewaltig verhaltene Ernst der Stadt belehrte ihn, wenn er es nicht schon geahnt hätte, daß kein Zufall, kein Narkotikum, kein Verhängnis die orphische Reise rechtfertigte oder erklärte.

Der Hahnenschrei erklang wieder, viel näher jetzt, über dem Fluß, der im grünlichen Morgennebel seine Toten unter den Brücken dahintrug: die Seine. Die Fontäne der Place

St. Michel rauschte gläsern im letzten Schatten der Nacht. Reichmann ging langsam über den Platz, auf dem das harte Rollen und der ungleichmäßige Hufschlag früher Gespanne erscholl. Er wußte seine Wohnung nahe, sein Atelier, seine Arbeit. Ein nicht vorauszusehender Zufall könnte ihn daran hindern, an all dem wieder teilzuhaben. Von Gewalten überkommen, er wußte nicht wie, hatte er eine lange Reise beendet, die ihm nicht aufgetragen gewesen war. Nun schloß sich die Stadt wieder um ihn – was hieß Dauer an ihr, Gewißheit, Bestand, Überleben? Wie oft war sie inzwischen von Invasionen und Sintfluten erreicht, in Trümmer gelegt, wieder und wieder errichtet worden – diese Stadt, die, vom Geschrei der Hähne, vom kühnen Licht des Gestirns belebt, wie ein Schiff die Flut des Morgens teilte.

Im Schlagschatten der Einfahrt warteten vielgesichtig die Möglichkeiten. Die ersten Cafés öffneten ihre Türen. Die Kioske kleideten sich in die Zeitungen einer unentschiedenen Welt, und voller Angst griffen tausend magische Hände nach ihnen. Zwischen den schamlos fleckigen Tapeten der Hotelzimmer, in den von rasenden Telefonen erfüllten Büros, in den Hörsälen und Werkhallen tobten die Gefechte des Tages wie die durcheinanderschießenden Fäden eines gefährlichen Gewebes.

Auf Reichmann senkte sich die tiefe Müdigkeit, die der erwählten, unaufschiebbaren Arbeit vorausgeht und sie begleitet. Die Stadt, im Morgen hochgereckt, unschuldig wie die Schwalben, die ihr Himmel barg, bot der verhangenen Zukunft die steinerne Brust. Das Atelier würde leer sein, kein ungebetener Gast die Arbeit stören. Er wandte dem Fluß den Rücken. Der Hahn schrie wieder. Weiter unten rief nun auch das Horn eines Schleppers unüberhörbar nach dem neuen Tag.

DIE ZEIT DER EINSAMKEIT

Neubert saß gegen zwei Uhr morgens auf seinem Stuhl immer noch in der Haltung, die er nach dem Eintreten und der Begrüßung eingenommen hatte – ein wenig zu weit vom Tisch entfernt, um sicher einschenken zu können. Das Tischtuch war fleckig vom Wein. Die Stuhlkante schnitt ihm ins Fleisch; er dachte: ›Ich bin mager geworden.‹ Die unbequeme Haltung würde ihn daran hindern, sich zu betrinken. Giacometti und der Polizeichef bemerkten es bereits nicht mehr, wenn er von drei Gläsern zwei unter den Tisch goß. ›Ich vertrage nichts. Ich habe niemals viel vertragen. Es ist nicht der Moment, mich wieder einmal selbst auf die Probe zu stellen.‹ Er hatte genug damit zu tun, auf die anderen zu achten und nach einem Ausweg zu suchen. Der Polizeichef war trotz seiner Trunkenheit höflich und nannte ihn »Monsieur Wald«. Giacometti, in Hemdsärmeln, das fettige schwarze Haar aus der Stirn wischend, sagte zu ihm »mein Lieber« und prostete ihm zu.

Vor fünf Stunden noch hatte Neubert geglaubt, er könne keinen Fehler machen. Neubert, seitdem er Dufour getötet hatte, war von einer Art lethargischer Neugier besessen. In dieser Kleinstadt, in der er niemanden kannte – außer dem Mann, bei dem er angelaufen war – und die er am nächsten Morgen zu verlassen beabsichtigte, hatte er ohne Absicht, aber auch ohne jeden Widerstand im Café des Montagnards die Bekanntschaft Giacomettis gemacht, der aus Toulon stammte, wie er bereitwillig erzählte, aber schon seit 1920 ein Baugeschäft am Platz betrieb. Giacometti war schwatzhaft und jovial. Jovial gab sich auch Neubert zur eigenen Verwunderung; er glaubte sich selbst zu sehen, wie er, ein wenig müde, mit nachlässiger Behaglichkeit die Fragen des anderen beantwortete; freilich auch ein wenig maulfaul. »Man merkt, daß Sie aus dem Norden sind«, sagte Giacometti und sah ihn an, wie man einen Exoten ansieht. Neubert lächelte und fragte sich, ob in Giacomettis Tonfall eine Spur von Bewunderung gewesen war. Es gab Leute zu dieser Zeit in diesem Lande – nicht viele, aber immer noch genug –, bei denen das Nordische für schick galt. Er dachte auch an die Papiere, die erst seit ein paar Stunden in seiner Tasche steckten, gute Papiere, denen zufolge er François Wald war aus Bitche in Lothringen. Die Photographie war ausgezeichnet, viel besser als das Bild, das auf dem Steckbrief sein würde. Der Steckbrief beunruhigte Neubert kaum. Es gab so viele Steckbriefe in diesem Land und zu dieser Zeit; die Leute sahen kaum noch hin. Wie Giacometti dachte, wäre schwer zu sagen gewesen. Neubert überlegte. In zwei oder drei Stunden hatte der Bauunternehmer gewiß ein paarmal von den Boches gesprochen. Das sagte sich so hin, ohne Leidenschaft, ohne irgendein Interesse, so wie man auch gelegentlich »Armes Frankreich!« sagte und einen schnellen Seufzer folgen ließ. Giacometti, mit seinem olivfarbenen Teint, seiner schwarzen Strähne unter der Baskenmütze, mit der beweglichen Fettleibigkeit eines Mannes nahe Fünfzig, war offenbar einer von denen, die der Politik nicht zugetan waren, weil es sich, alles in allem, nicht lohnte. Man war nicht veranlaßt, ihm volles Vertrauen zu schenken, aber was konnte es schaden, mit ihm im Café des Montagnards zu sitzen.

Als Giacometti ihn später eingeladen hatte, einen Freund zu besuchen, hatte er, ohne sich zu zieren, angenommen. Der 4-Uhr-Zug würde ihm nicht wegfahren. Übrigens sollte der Freund immer ein paar gute Flaschen im Schrank haben, und dazu war heute ein alkoholfreier Tag. Neubert erschrak erst, als Giacometti ihm in der Ferne das Haus zeigte und gleichzeitig von dem Freund als dem Polizeichef sprach. Die nächste halbe Minute hindurch suchte er sich Rechenschaft darüber zu geben, ob er bei der Eröffnung Giacomettis zusammengefahren war. Es war zu spät, nach Entschuldigungen zu suchen und umzukehren. Er hätte mit Sicherheit einen Verdacht erweckt, der sich immer noch vermeiden ließ.

Seit nahezu fünf Stunden saß man jetzt beisammen; man hatte eine Belote gespielt, man trank und rauchte. Der Polizeichef erzählte von dem Geiz seiner Schwiegereltern, die ihren Wein in der Gegend von Montpellier bauten und gerade ihre Tochter als unerwünschten Besuch hatten aufnehmen müssen. Giacometti fragte den Polizeichef, wann der Krieg zu Ende sein würde. Der Polizeichef wußte es nicht; er fügte hinzu, man habe den Eindruck, daß die Gegner gleich stark seien. Neubert dachte: Diese Antwort entspricht nicht deinen Vorschriften, mein Lieber, wo bleibt da die Neue Ordnung? Er dachte das und noch anderes, nur um nicht an das Eigentliche denken zu müssen: daß er, der Gesuchte, freiwillig zu einem Polizeivorsteher gegangen war, um mit ihm zu trinken. Der Polizeichef fragte ihn jetzt nach Lothringen, wo Neubert nie gewesen war; er war vierunddreißig nach Holland geflüchtet und von da später nach Paris gegangen. Neubert sprach von Bitche und Forbach – die Namen kannte er von der Karte, außerdem waren sie zu Beginn des Krieges manchmal in den Heeresberichten aufgetaucht – und erzählte dann ein paar Schmugglergeschichten, die er irgendwo gehört hatte. Die beiden anderen waren unaufmerksam. Neubert kam es auf einmal zum Bewußtsein, wie heiß es im Zimmer war. Er saß immer noch auf der Stuhlkante, um wach zu bleiben, und spürte, daß seine

Beine zitterten. Eigentlich war es lächerlich, daß Giacometti und der Polizeichef seinen norddeutschen Akzent für Lothringer Französisch hielten. Lächerlich war Giacomettis verschwitztes Gesicht, das schmutzige Tischtuch, er selbst auf der Stuhlkante, alles, nur nicht die Nacht, die ohne Laut vor den Fenstern stand.

Sie können mich nicht erkannt haben, sagte sich Neubert. Der Steckbrief ist vielleicht schon gedruckt, in dreißig Stunden kann viel geschehen, hier am Ort ist er jedenfalls noch nicht. Er sah Dufour hinter der Tür liegen, massig, mit eingeknickten Armen, mindestens so schwer wie Giacometti, aber fast einen Kopf größer. Er überraschte sich dabei, wie er die Zähne fletschte, als er an Dufour dachte, und er warf einen Blick auf die beiden Partner, die seiner nicht achteten und sich tiefsinnig-trunken in die Augen sahen. Der Polizeichef hatte begonnen, eindeutige Geschichten zu erzählen, Giacometti gluckste und rollte eine Zigarette. Neubert versuchte, bei den Pointen rechtzeitig zu lachen. Der Polizeichef quälte sich hinter dem Tisch hervor, schlurfte kichernd durchs Zimmer und begann in einer Ecke gebückt etwas zu suchen. »Monsieur Wald, das müssen Sie sehen!« Neubert dachte: Pornographische Postkarten, etwas anderes kann ihm jetzt nicht eingefallen sein. Er stand auf und schwankte auf unsicheren Beinen. Es tat gut, nicht mehr auf der Stuhlkante sitzen zu müssen. Der Polizeichef stand immer noch gebückt in der dunklen Ecke.

Neubert spürte den scharfen Stoß im Rücken und brauchte sich nicht umzudrehen, um zu wissen, daß es ein Pistolenlauf war. Er hob die Arme, noch ehe er den lauten, geschäftsmäßigen Befehl Giacomettis hörte. »Sieh seine Taschen durch. Vielleicht hat er eine Kanone bei sich«, sagte Giacometti. Der Polizeichef gehorchte, als sei er sein Untergebener. »Nein, er hat keinen Revolver«, sagte er und schneuzte sich. Giacometti ging um Neubert herum und stellte sich vor ihm auf. Neubert sah abwechselnd auf den Pistolenlauf, der ihm in den Magen stieß, und in Giacomettis Gesicht, in dem keine Spur von Trunkenheit mehr war. Giacometti riß ihm die Brieftasche aus dem Rock und warf einen Blick auf die Papiere. »Wir wissen, wer du bist!« Neubert sah ihn an. Also hatten sie Dufour schon gefunden, also gab es schon einen Steckbrief, also hatte der Zettel an der Tür nichts genützt oder hatte jemand gewußt, wohin Dufour gegangen war. »Wald, François. So etwas suchen wir doch wegen antinationaler Propaganda. Irgendein Elsässer, der sich in der Gegend herumtreibt.« In Neubert war alles unheimlich still, in seiner Brust fühlte er eine taube Stelle, die breiter wurde wie Ringe in einem Wasser, in das ein Stein gefallen ist. Dufour lag noch hinter der Tür, ein Bündel Verwesung in zerknüllten Kleidern.

»Sie irren sich«, sagte Neubert laut und hörte seine Stimme, die auch taub klang, unmenschlich, wie von einem Mechanismus erzeugt, »ich bin Lothringer.« Giacometti sah gelangweilt aus. »Elsässer, Lothringer, Lothringer, Elsässer... Hat sich was! Bei dir sind wir richtig, oder ich will Wald heißen. Außerdem irre ich mich nie. Wir haben genug Scherereien mit deinesgleichen gehabt in den letzten Monaten, und dabei nichts wie Ärger, immer danebengegriffen. Daß ich dir das sage, beweist schon, daß du dein Testament machen kannst. Du wirst das mit der Gestapo ausmachen oder mit der Miliz. Natürlich irre ich mich...« Seine Miene zeigte aufrichtigen Ekel. Neubert sagte zu sich selbst: ›Beinahe wünschte ich, er hätte recht. Ich brauche nur noch eine Gelegenheit, der zu sein, den Giacometti in mir sieht.‹

»Und so etwas setzt sich ins Café des Montagnards«, sagte Giacometti, »und so etwas spielt mit uns Belote und gießt unseren Wein unter den Tisch.« Er zeigte mit dem Lauf der Waffe, daß Neubert vorangehen sollte. Draußen war es noch Nacht.

Man hatte ihm alles gelassen; ein Versteck für das Messer war gefunden. Heute früh hatte er den zweiten Strich in die Wand geritzt, neben die Monogramme und Flüche der Vagabunden und die Schreie der Verzweiflung und Zuversicht der Unbekannten, die vor ihm die Zelle bewohnt hatten: Vive la France, Es lebe die Rote Armee, Tod den Verrätern, Victoire... Die sechsunddreißig Stunden hatten genügt, um ihn davon zu überzeugen, daß der Gendarm, der die Zelle aufschloß, kein schlechter Kerl war. Neubert hatte keinen Tabak bei sich, seine letzten Zigaretten waren auf dem Tisch des Polizeichefs liegengeblieben. Er mußte einfach etwas zu rauchen haben.

Gerade jetzt, dachte er – das hatte nichts mit dem Tabak zu tun, sondern mit seinem Vorhaben. Vier Wochen, dachte er, vier Wochen hätten genügt. Dann hätte es mir gleich sein können! Gerade jetzt! und Vier Wochen!, das wiederholte sich in seinen Schläfen, blitzte vor seinen Augen wie die Speichen eines Rades. Wenn es wieder Nacht würde, mußte Dufour wiederkommen, wie er quer vor der Tür lag, und Magdas Gesicht, weiß und fremd, in das er hineinredete, mit dem er rechtete. Das Fenster war leicht zu erreichen. Die Zelle lag im Erdgeschoß an der Rückseite des zweistöckigen Gebäudes, in dem anscheinend einige Büros der Gendarmerie untergebracht waren. Draußen wuchs hohes Gras, das Gelände lief flach über fünfzig Meter zu einer nicht sehr hohen Mauer hin, deren Kante man im Sprung vielleicht festhalten könnte. Es war nicht zu erkennen, ob sie mit Scherben besetzt war.

Der Gendarm sprach abends wieder seine drei, vier Sätze. Er sagte jedesmal irgendwelche Unerheblichkeiten, ohne sich direkt an Neubert zu wenden. Er sprach, im Ton bärbeißigen Bedauerns, gewissermaßen in die Luft hinein; es war immer etwas von den schlechten Zeiten, vom Wetter, vom Fraß. Diesmal antwortete Neubert. Er fragte einfach nach Zigaretten. Der Gendarm sah ihn an. Neubert zog den Füllfederhalter aus der Tasche, legte ihn dem anderen in die Hand, der Gendarm ging.

Neubert spürte auf der Pritsche den Abendhauch, der durchs Fenster unter der Decke hinzog und an den Wänden herabglitt. Es begann zu dunkeln. Er hörte Schritte im Freien, das Gebrüll von Rindern. Plötzlich sah er einen Wald an der Decke, massiges Gehölz, das sich in Nebel hüllte; er sah sich selbst, wie er zwischen den Stämmen verschwand. Und daneben erschien nun wie in einer Fibel, Buchstabe um Buchstabe, das Wort WALD. In welche Existenz war er da eingetreten, welches Schicksal war ihm hier auferlegt worden? Er hätte ihm recht sein können, dieser Platz, den er einnahm, dieser Tod, den er für seinen unbekannten Feind seiner Feinde sterben sollte. Aber da war noch sein Plan und etwas, was Adresse zwei hieß, und darum lag sein Messer nun in einer Vertiefung der Wand, darum hatte er die Stäbe geprüft und den Abstand zur Mauer drüben. Und bis zu diesem angeeigneten Tode die Begegnungen mit der toten Magda, das Abwägen fremder und eigener Schuld, die stummen, bitteren Gespräche, in denen es immer wieder Raum für Entgegnungen gab – das war am wenigsten zu ertragen, daß es hier keine Lösung, keine Versöhnung geben sollte. Er hatte Dufour getötet, aber die Erniedrigung war geblieben. Die Erniedrigung lebt in dieser Welt, füllt sie aus wie ein sattes Tier seine Höhle. Er entsann sich der Zeit der Verhaftung, vier Tage nach dem Reichstagsbrand. Man trieb sie mit Hetzpeitschen und Stahlruten durch die Gänge der Kaserne. Sie waren halbnackt, und Neubert riß die Augen auf, um vor seinem versagenden Blick Karls schwarzen Rücken zucken zu sehen. Orton, der Kommissar der ersten Kompanie, der später beim Rückzug von Belchite gefallen war, hatte ihm einmal erzählt, wie er den Dritten Grad erlitten hatte. Orton, ein fröhlicher blonder Vierziger, war damals Parteiorganisator in Kalifornien gewesen. Um diese Zeit verbarrikadierten sich Orton und seine Frau jede Nacht. Er schlief im Lehnstuhl neben dem Feuer, das Gewehr über den Knien. Sie hatten ihn doch gekriegt, und er mußte durch den Dritten Grad. Sie pumpten ihm Wasser in den Bauch, bis er einer Trommel glich. Der Polizist, der ihm erst den Kiefer brach und dann die Nase zuhielt, hieß Wills. Neubert dachte, wie merkwürdig es sei, daß er sich dieses Namens zu entsinnen wußte, während Orton schon seit Jahren bei Belchite verscharrt lag.

Er fuhr an einem Sommerabend mit dem Rad die Straße entlang, die von der Ferme La Barbastie, auf der er damals arbeitete, genau zweiundzwanzig Kilometer bis zum Marktplatz von V. hinunterlief. Die Straße zog sich in weiten, schönen Schwingungen durch das Hügelland, erreichte bald ihren höchsten Punkt, von dem man weit hinaussah bis über die Türme der Kathedrale von V. Neubert pflegte jedesmal auf der Höhe ein paar Minuten zu halten; dann blickte er hinüber in das blaue Auf und Ab der vulkanischen Kuppen, auf denen zerfallene Kastelle standen, hinab in die reiche, herzbewegende Ebene. Der Himmel war von tiefer, furchterregender Bläue, und dieser dunkle Glanz quoll und strömte wie aus einer mächtigen Wunde des Universums. Neubert da oben im Höhenwind hätte nicht zu sagen vermocht, was eigentlich ihn da festhielt. Er dachte an die Gegenwart der Mörder, an das, was man Heimat nennt und was der Vergangenheit angehörte, an Magda, die irgendwo da unten im Dunst der Ebene war – an Menschen und Umstände, ohne seine Gedanken ordnen zu können oder zu wollen; während des Weiterfahrens, in dem nun folgenden Selbstgespräch bezeichnete er verzerrten Mundes diese Momente als eine Übung, als die Technik der schönen Erinnerung. Er fand sich mit diesem Titel ab, obwohl er wußte, daß er das Wesen der Sache nicht traf. Die Ebene und die Höhen, deren dichte Besiedlung man mehr erriet als wahrnahm und deren unsichtbare Belebtheit eine hohe, beweiskräftige Bedeutung annehmen wollte, bildeten ein lieblich-verhängnisvolles Panorama von verräterischer Beständigkeit: auf ihm vollzog sich im Donner der Dekrete und Geschütze der Triumph der alten Gesellschaft, und jede Sekunde Erhabenheit bedeutete, wenn nicht die Hinrichtung eines lebendigen Herzens, so doch den Tod eines Gefühls. Magdas blasses Gesicht, das sich aus seinen Gedanken nicht mehr verdrängen ließ, sobald es sich gezeigt hatte, war das anklägerische Wahrzeichen dieser Vorgänge: in ihm war eingezeichnet die Furcht, die Entfremdung, die Vereinsamung.

Eine halbe Stunde später fuhr Neubert über den Marktplatz, der an solchen Abenden als Korso diente. Magda wohnte ein Stück weiter, in einem der alten Häuser, die um die Kathedrale standen. Sie war mit den ersten Flüchtlingen im Sommer 1940 nach V. gekommen und hatte ein gutes Quartier erhalten. Man erreichte das Zimmer im zweiten Stock über die kühle Hintertreppe; von seinen Fenstern sah man in eine enge, wenig belebte Gasse hinab. Die Vermieterin, eine taube, schreiende Siebzigerin, ließ sich nie blicken.

Neubert verdiente auf den Höfen und in den großen Gärtnereien der Umgebung seine dreihundert Franken im Monat, was lächerlich wenig war. Aber man hätte es schlechter treffen können – er hatte sein Essen, brachte am Wochenende stets ein paar Eier und einen Käse nach Hause, und für die Miete kam die Stadt auf; ganz davon zu schweigen, daß eben alles besser war als das Lager. Er hätte in den größeren Städten in einem Betrieb mehr verdienen können, aber er wollte nicht in ihre Kriegsmaschine einsteigen. Magda war nach zwei Operationen kränklich geblieben, sie ermüdete leicht; hier hatte sie etwas zu essen, während die Leute in den größeren Städten beim Anstehen zusammenbrachen; hier erfreute sie sich auch einer gewissen Ruhe, denn nur selten geschah es, daß die schweren Lastwagen mit Deutschen oder singender Miliz vorbeidröhnten und die Stadt vereiste. Dabei wurde Neubert das Gefühl einer bitteren Vergeblichkeit nicht los. Die Verbindung zu den Genossen war abgerissen. In dem Strudel, der das Land erfaßt hatte, fühlte er sich unablässig an ihnen vorbeigetrieben; und zugleich mußte er sich gestehen, daß er sie nicht suchte. Er lebte nicht, er lebte hin, und nicht anders stand es um Magda. Sie begrüßte ihn mit leiser, freudiger Geschäftigkeit an jedem Samstagabend, wenn er das Rad in die Küche stellte. Aber sie beide waren müde, er sah auf seine verarbeiteten Hände, in ihr weißes Gesicht, in dem sich der Mund allzuoft nach unten zog. Wenn sie durchs Zimmer ging, bemerkte er die schiefen Absätze ihrer Schuhe und kleine Nachlässigkeiten in ihrer Kleidung. Eben noch war sie eine hübsche und elegante Frau gewesen, der man auf der Straße mit den Blicken gefolgt war. Es lag nicht nur daran, daß man heutzutage kaum einen Schuhmacher fand, der nicht die Achseln zuckte, wenn man in die Werkstatt trat. Neubert atmete in dem heißen, hohen Zimmer, auf den staubigen Straßen die Luft der Selbstaufgabe, und er erschrak kaum darüber, daß seine Lungen sich mit ihr abfanden.

An jenem Abend, nachdem der Tisch abgeräumt war, sagte ihm Magda, daß sie schwanger sei. Neubert sah betroffen vor sich hin. Sie hatten nie Kinder gehabt, weil sie immer geglaubt hatten, Emigranten dürften keine haben. Viele ihrer Freunde dachten anders. Gut, diese Meinungsverschiedenheiten gehörten bereits einer fremden Zeit an; Neubert wäre heute geneigt gewesen, den anderen recht zu geben. Die hatten, wenn sie noch am Leben waren, etwas, das sich schon gekräftigt hatte an einer vier- oder acht- oder zehnjährigen Existenz ohne Erbarmen, etwas, wofür zu kämpfen sich lohnte. Neubert aber konnte in diesem Moment nur Magdas Schwangerschaft und Entbindung sich vorstellen und ein allzu verletzliches, verteidigungsloses Leben. Er sah seine Schuld. Magda sprach von ungefährlichen Mitteln. Hätte er sich nicht verwundern müssen über sie, die ohne äußeren Zwang und ohne Beeinflussung von diesem Ausweg sprach? Neubert aber widersprach nur, und er sprach in dem Bewußtsein, daß diese Minute andere Worte erforderte, die er doch nicht finden konnte. Er sagte: »Es wäre doch eigentlich schön«; er sagte: »Auf keinen Fall einen Eingriff!«; er sagte: »Du wirst sehen, wir werden auch so weiterkommen.« Auch Magda redete weiter, leise, in abgebrochenen Sätzen. Es war, als seien beide durch Kilometer getrennt oder als sprächen sie mit sich selbst. Neubert hatte eigentlich Angst. Und das, was er in Magdas Augen sah, schien ihm gerade die gleiche Angst zu sein.

Der Gendarm hatte ihm am nächsten Morgen zehn Zigaretten, ein paar Streichhölzer und ein Stück Reibfläche zugesteckt. Neubert lag rauchend auf der Pritsche. Er hatte nachts begonnen, mit dem Messer und dem aufklappbaren Pfriem die Stäbe zu lockern. Es ging langsam, aber es war möglich. Die Stäbe waren flach, von geringem Durchmesser, der Zement bröckelte. Neubert konnte nicht warten. Sie würden ihn weitertransportieren, oder die Miliz würde ihn herausholen und ein paar Kilometer weiter an einen Chausseebaum hängen. Der Tabak machte ihm den Kopf klar, er freute sich, wie ruhig und schnell zugleich er zu denken vermochte. Er drückte den Stummel aus und steckte ihn in die Tasche. Als der Schlüssel sich im Schloß rührte, sprang er auf. Diese neue Freundschaft mußte man pflegen. Aber es war nicht der Gendarm, es war Giacometti, der die

Tür hinter sich zumachte. Er sah Neubert an, mit einem undeutbaren Blick, der nicht ohne Wohlwollen war.

»Sie handeln mit Füllfederhaltern, Monsieur Wald?«

Er sprach leise, ohne Spott, mit einem kaum merkbaren Zögern.

Dann begann er zu lächeln.

»Oder fragen wir lieber: Sie rauchen gern?«

Neubert hätte nicht antworten können, selbst wenn er es gewollt hätte. Giacomettis Schlag kam blitzschnell, von unten her, und traf ihn in die Nieren. Neubert krümmte sich zusammen, und Giacometti brachte ihn mit einem Tritt gegen das Schienbein zu Fall. Der Tritt war schlimmer als der Schlag; Neubert hörte durch das Dröhnen in seinem Kopf, wie Giacometti im gleichen Ton, fast nachdenklich, sagte: »Nein, das war nichts; versuchen wir es einmal anders...«

Neubert spürte, wie man ihn hochzerrte. Giacometti hatte ihn mit einer Faust am Rock vor der Brust gepackt und stellte ihn auf die Füße. Merkwürdig stark war dieser dicke Mann. Er schlug Neubert noch einmal mit zwei Hieben gegen das Kinn zu Boden. An die Kehle, dachte Neubert, mit dem Messer; aber es war gut, daß das Messer in der Vertiefung lag. Neubert wollte nichts als leben, und darum hingen seine Hände schlaff an den Seiten, als Giacometti ihn gegen die Wand lehnte. »Von euch lassen wir nicht so viel übrig...«

Giacometti sprach mit unveränderter Gelassenheit. Er ging um Neubert herum wie ein Handwerker um ein Werkstück. Schließlich holte er ihm den Rest der Zigaretten aus der Tasche und ging. Neubert stand noch immer an die Wand gelehnt. Er schluckte das Blut, das ihm im Munde zusammenlief, er hatte Angst vor dem ersten Schritt. Das Bein schmerzte, als habe man es mit Eisenstangen zerschlagen. Er trat von der Wand weg und fiel wie ein Pfahl nach vorn. Es tat gut, das Gesicht an den kalten Steinboden zu legen. Einen Moment lang fürchtete er, nie mehr gehen zu können, aber er wußte, daß das Unsinn war. Er kroch zur Pritsche hinüber und zog sich an ihr hoch. »Von euch lassen wir nicht so viel übrig.« Neubert dachte an die kommende Nacht, in der er nicht untätig bleiben durfte.

»Nein, sie hat mir nicht das mindeste angedeutet«, sagte Neubert. Und er fügte hinzu, während er mit großer Anstrengung dem Arzt in die Augen sah: »Ich hätte natürlich nie meine Zustimmung gegeben.«

Der Arzt nickte und wandte sich ab. In seinem Notizbuch blätternd, erklärte er Neubert noch einmal, daß jede unmittelbare Gefahr gebannt sei, aber Magda strenger Bettruhe bedürfe. Neubert hörte, wie hinter seinem Rücken eine Nachbarin, die Frau des Photographen aus dem Erdgeschoß, sich leise mit der Kranken unterhielt.

Das war das erste, was Neubert an einem der nächsten Samstage erblickt hatte, als er sein Rad die Treppe hinauftrug – die Nachbarin, die mit einem Krug in der Hand in der offenen Tür stand, und neben ihr den Arzt. Er hatte seine Visite gerade beendet und war schon im Fortgehen begriffen gewesen.

»Übrigens, mein Lieber«, sagte er jetzt, »haben Sie beide Glück gehabt: dem Kind ist nichts geschehen.« Er stockte und sah schräg vor sich nieder. »Ich begreife Ihre Lage. Aber der Krieg kann nicht ewig dauern. Ihre ›Landsleute‹« (er dehnte das Wort und sah Neubert mit einem guten Blick ins Gesicht) »werden schneller verschwinden, als sie gekommen sind.«

Neubert war ihm dankbar. Gewiß, das Leben ging weiter, auch für Magda und ihn selbst. Er empfand mit Verwunderung, wie eine Welle von Zuversicht in ihm emporstieg. Das Zimmer erschien ihm auf einmal hell. Er setzte sich an Magdas Bett und streichelte ihre Hände.

»Du darfst das nicht noch einmal tun«, sagte er.

Sie lächelte schwach, mit herabgezogenem Mundwinkel.

Er stand auf. Er wußte nicht, was er mit sich anfangen sollte, und begann, das Abendessen zu richten. Sie sah ihm zu, auch später, als er sich an den Tisch setzte. Nein, sie sei nicht müde. Neubert fragte sie, ob er ihr ein wenig vorlesen solle. Sie nickte, und er nahm das Buch, das auf dem Stuhl neben dem Bett lag. Während er las, spürte er ihren Blick unverwandt auf sich gerichtet.

»Ich muß mit dir reden!«

Ihre Stimme klang unerwartet stark. Er schloß das Buch, aber seine Augen blieben gesenkt, auf der Höhe der Seiten. Neubert hörte, wie sein Herzschlag unerträglich laut in die gleichmäßigen, verworrenen Geräusche des Sommerabends fiel.

»Ich habe nur dich ...«

Dieser Aufschrei war nur mehr ein Flüstern. Neubert wußte auf einmal, daß in den nächsten Minuten etwas geschehen würde, dem er nicht gewachsen sein konnte, obwohl alles in seinen Sinnen und Nerven Alarm rief.

»Ich darf dieses Kind nicht haben! Ich darf nicht, hörst du? Es ist nicht deines. Es ist nicht meines ...«

Neubert saß bewegungslos. In einem Universum, das mit taumelnden, fallenden, aufgeschreckt stürzenden Worten gefüllt war, Worten, die er manchmal zu spät, manchmal gar nicht verstand, mußte er versuchen, aufrecht zu bleiben inmitten von Wänden auch, die zu fließen schienen mit den Schatten der an den Fenstern hinschießenden Schwalben.

Vor mehr als einem Vierteljahr hatte jemand an ihre Tür geklopft. Der Besucher, ein Beamter der Präfektur, hatte mit einigen Höflichkeitsphrasen begonnen, um dann mitzuteilen, daß die Präfektur zur Zeit gewisse Erhebungen unter den in ihrem Amtsbereich ansässigen Ausländern anstelle. Es folgten mehrere in zerstreutem Ton gestellte Fragen; wenn Magda antwortete, warf der Mann einige Notizen auf einen Zettel, öfter noch beschäftigte er sich mit dem Zeichnen von Ornamenten und Figuren. Lange Pausen entstanden. Der Beamte sah vor sich nieder, ab und zu sah er Magda ins Gesicht mit einem Blick, der zuerst ihren Augen ausgewichen war, dann aber allmählich sicherer, mit einem Ausdruck von frechmitleidiger Zudringlichkeit an ihrem Antlitz gehaftet hatte. Magda fühlte nichts außer der Beklemmung, die ein Ausländer in diesen Tagen, da jeder ohne Ausnahme schuldig war, dem Angehörigen einer Behörde gegenüber empfinden mußte. Der Mann seufzte höflich und begann, von der Schwere der Zeit zu sprechen. Magda wich aus.

»Sie, als Jüdin...«

Es hatte sie doch überrascht, obwohl sie seit langem sich auf diesen Moment vorbereitet hatte. Nichts in ihren Papieren wies auf ihre Abstammung hin, die amtlichen Aufforderungen zur freiwilligen Meldung hatte sie bisher ignoriert, außerdem war sie die Frau eines nichtjüdischen Mannes. Sie mußte blaß geworden sein, denn sie hörte ihr Gegenüber sagen:

»Ah, la pauvre jolie dame... Nun, nun, es wird schon nicht so schlimm werden.«

Magda hatte an die Gerüchte über Deportierungen gedacht, die zäh und undeutlich in das Städtchen gesickert waren. Sie dachte auch an alles, was sie zu verteidigen hatte.

»Man hat Sie ja bisher kaum belästigt. Dabei müßte Ihr Mann eigentlich woanders sein, wenn es mit rechten Dingen zuginge...«

Seine Stimme klang gutmütig, wenn man wollte. Magda schloß eine Sekunde lang die Augen. Auch das wußten sie also, daß Neubert in Spanien gewesen war.

»Aber es geht sozusagen nicht mit rechten Dingen zu, weil Ihre Sache in meinen Händen liegt, in, ich darf es wohl sagen, guten Händen…«

Magda sah unwillkürlich auf diese Hände, die plump, muskulös, mit kurzen, rauchverfärbten Nägeln besetzt, auf dem Tisch ruhten. Und während er im Aufstehen halblaut und galant hinzufügte: »Und versuchen Sie, ein bißchen nett zu sein«, lächelte sie wie blind in sein Gesicht hinein, weil auch er lächelte und weil es ein Lächeln war.

Sechs Tage darauf war er wiedergekommen. Er ging mit selbstverständlicher Sicherheit durch das Zimmer und setzte sich auf den Stuhl zwischen Tisch und Fenster wie beim erstenmal. Und wie beim erstenmal suchte er nach Papieren in seiner Aktentasche und erklärte, weitere Fragen stellen zu wollen.

Magda lauschte dieser gönnerhaften, gemächlichen Stimme eines Provinzschwerenöters wie unter einem Alp. Der frühe Nachmittag drang süßlich und feucht in den Raum. Magda dachte an Neubert, wie er im grillenschwirrenden Licht, die Ochsen mit eintönigen Rufen antreibend, auf der Mähmaschine saß. Der Mann am Tisch ließ sich Zeit. Er überlas zum zwanzigstenmal ein maschinegeschriebenes Dokument, rauchte eine Zigarette, sah sich im Zimmer um und ließ immer öfter sein gieriges Lächeln zu Magda hinübergehen. Wie ohne Absicht griff er nach ihrer Hand, die sie ihm entzog, und beantwortete ihre Geste mit einem erneuten Lächeln, das Vorwurf und Resignation ausdrückte.

Plötzlich war er aufgestanden, und seine Hände lagen auf ihren Schultern. Sie versuchte ihm auszuweichen, floh um den Tisch und hörte durch einen Nebel von widerstrebender Schwäche sinnlose, drohend-zärtliche Worte, die aus einem großen, geröteten, gleichsam verwischten Gesicht kamen. Sie standen neben dem offenen Fenster, als er sie umfaßte. Einen Moment lang sah sie in die leere Gassenschlucht hinab. Ich müßte nur einmal schreien, dachte sie. Aber etwas hielt sie davon zurück. Sie schloß die Augen und schlug blindlings in das Gesicht, das ihre Wange mit feuchten Lippen streifte. Dann wollte sie die Tür gewinnen, aber der Mann war schneller als sie; sie hörte, wie er den Schlüssel umdrehte und ihn auf den Boden warf. Wieder mußte sie sich gegen die unsichtbaren Hände wehren, die von allen Seiten nach ihr griffen. Sie hörte nichts als ihren eigenen Atem und das zornige, beschwörende Flüstern über ihr. Nein, sie durfte nicht rufen. Skandal, dachte sie dann, Skandal, keinen Skandal... Und das lächerliche, verbrauchte, jeden Sinnes entleerte Wort schaukelte, stieg in ihrem schwindenden Bewußtsein hoch wie eine träge Blase in einem Wasser. Sie schlug wieder nach dem Mann, während er sie gegen das Bett drängte. Und sie hörte sein schreiendes, heiseres Flüstern, das nichts mehr war als Wut und Gier: »Judenschickse! Stell dich nicht so an, du, mit deinem Bolschewisten! Oder soll ich dich durch den Kamin schikken?«

Sie verstand die Drohungen nur zur Hälfte. Als er sie über das Bett schleuderte, sah sie Neuberts Gesicht wie am Ende einer Woche, verzweifelt, müde, ausgehöhlt von Unfrieden und Entfremdung. Sie fühlte einen unaussprechlichen, lähmenden Schmerz. Wozu, dachte sie, wozu auch. Das Wort, als sei es an die Wand da drüben geschrieben, stand vor ihrem Blick wie eine Leuchtschrift. Es blinkte auf und erlosch: wozu, wozu...

Neubert lag auf der Pritsche und dachte daran, wie er Ernst getroffen hatte. Er war eines Nachmittags auf dem großen Platz gewesen, zwei Wochen vielleicht nach dem Tag, da er bei Magda den Arzt angetroffen hatte. Sie hatten sich auf eine Bank gesetzt, und nach zehn Minuten wußte er, woran er mit Ernst war, daß Ernst all das vorstellte, worauf er so lange gewartet hatte. Er erfuhr von Genossen, die man verhaftet hatte, andere waren bei der Arbeit; er stellte keine überflüssigen Fragen, er wußte, daß er so viel erfuhr, wie zu verantworten war, es war eigentlich alles natürlich und gewohnt. Ernst fragte nach Magdas, nach seinem Befinden mit der ruhigen, herzlichen Wärme, die Neubert an ihm kannte, aber er vermochte nur an Ernst vorbeizusehen auf den Platz, der von Kindern wimmelte. Jedesmal, wenn er eine Antwort gab, sah er über den Platz und spürte Ernsts Blick auf seinem Gesicht.

»Weißt du, niemand will dich in etwas hineindrängen«, hörte er Ernst sagen, »und daß du immer noch unser Vertrauen hast, das siehst du ja. Hast du übrigens ein paar Paßphotos?« Neubert verneinte. »Laß ein paar machen. Heute noch. Morgen mittag erwarte ich dich auf dieser Bank und nehme die Photos mit. Du wirst bestimmt bald einen anderen Namen brauchen. Morgen erfährst du die beiden Adressen und lernst sie auswendig; bei der ersten wird dein neues Papier liegen, die zweite...« Neubert zündete hastig eine Zigarette an. »Die zweite wirst du aufsuchen, wenn du dich entschlossen haben wirst.«

Jetzt sahen sie beide den Kindern zu, und Ernst sagte nach einer Weile und lächelte dabei: »Man müßte Zeit haben für Kinder wie die da...« Neubert fingerte an seiner Zigarette und sagte, nur um etwas zu sagen: »Die wissen gar nicht, wie gut sie es haben.«

Ernst lächelte nicht mehr. Er widersprach langsam:

»Die wissen oft noch nicht, wie schlecht sie es haben. Manchmal wissen sie es allerdings, in diesen Zeiten.« Er schüttelte den Kopf. »Wie schnell man sich aus den Augen verliert. Wir müssen uns schon ein paarmal über den Weg gelaufen sein. Ich bin hier schon früher durchgekommen.«

Er war bei diesen Worten aufgestanden. Neubert entsann sich, daß er mit aller Kraft nur an eins dachte: Ernst zurückzuhalten, ihm alles zu erzählen, ihn um Rat zu fragen. Aber er sagte nur: »Also, bis morgen!« und gab Ernst die Hand.

Er sah Ernsts Gesicht vor sich, wie es damals gewesen war, als er aufschließen hörte. Giacometti war es, der Ernsts Gesicht aus seinem Bewußtsein löschte: er stand breitbeinig, eine Zigarre zwischen den Zähnen, neben der Pritsche und sah auf Neubert hinab.

»Langeweile, Wald? Macht nichts, du kommst bald weiter. Dort wird es erst interessant...«

Neuberts Züge blieben unbewegt. Giacometti wartete, dann bückte er sich und schlug Neubert nachlässig mit der offenen Hand ins Gesicht. Neubert sah ihn an, und seine Blicke hakten sich in den Blicken Giacomettis fest. Ihm war, als sähe er nicht hinauf, sondern in irgendeine Tiefe hinab, in der andere Blicke wohnten, andere Gesichter: Augenwülste, Tierhauer, gefletschte Gebisse, von weither erinnert.

Giacometti zog an seiner Zigarre und blies ihm den Rauch ins Gesicht. Plötzlich packte er mit zangenhaftem Griff Neuberts Füße, klemmte sie unter die rechte Achselhöhle und drückte die Zigarre in die nackte Sohle. Neubert stemmte sich auf den Ellbogen in die Höhe. Sein ganzer zerschlagener Körper rang eine Sekunde lang gegen die Fessel, er stieß den Kopf gegen die Wand und sich selbst ins Bewußtlose.

Die Schwalben schossen vor den Fenstern immer noch hin und her. Magda lag schon tief im Schatten; undeutlich sah er ihren Kopf auf dem Kissen. Sie sprach nicht mehr, nicht einmal ihr Atem war vernehmbar, aber er wußte, daß sie weinte.

Mit kaltem Blick übersah er in dieser Minute sich selbst wie eine dürre, steinige Landschaft. Etwas warnte ihn: er ahnte, daß er sich hier und nun zu bewähren hatte: was von ihm verlangt war, hieß freilich nur Liebe – er fand kein anderes Wort. Zugleich wußte er, daß Magdas Geständnis ihn nur durch sein eigenes Wesen, in seinen eigenen Reaktionen erreichte, daß er also nicht mit Magda, sondern nur an sich litt. Nichts anderes konnten andere, Frühere, gemeint haben, wenn sie von Hölle und Verdammnis gesprochen hatten. Gandesa ist leichter gewesen, dachte er, auch die SA-Kaserne. Hatte er sich also, ohne es gewahr zu werden, verbrauchen lassen von dieser Welt, die er ändern wollte?

Er stand auf und ging zum Bett hinüber. Magda lag ohne Bewegung. Er streckte die Hand aus, um ihr Haar zu streicheln, aber er tat es nicht, sondern hörte sich sagen: »Du darfst dich nicht noch einmal in Gefahr bringen.« Nach einer Pause setzte er mühsam hinzu: »Das Kind wird unser Kind sein.« Er lauschte ins Dunkel, aus dem keine Antwort kam. Aber vielleicht wartete er auf keine Antwort, sondern lauschte nur den Worten nach, die eine unbekannte, ihm nicht zugehörige Stimme gesprochen hatte. Er wünschte mit aller Kraft, Magda möge ihm glauben, aber er wußte, daß sie ihm nicht glauben würde. Er streckte noch einmal die Hand aus, ließ sie sinken, ging lautlos durchs Zimmer. Die Tür schloß sich hinter ihm, und er ging die Treppe hinab.

Neubert stand auf dem Schemel, mit pochenden, schmerzenden Schenkeln, und lockerte den ersten Stab. Er fühlte seinen Körper kaum. Der Wind hatte sich wieder aufgemacht und trug die Schläge der Turmuhr herüber. Zwei Stunden alt war der neue Morgen. Neubert hielt vergebliche Zwiesprache mit Magda, deren weißes Gesicht er gegen die flatternden Nachtwolken sah.

Auch jetzt wieder konnte er keinen Glauben an ihren Tod finden. Sechs gemeinsam verbrachte Jahre erwiesen sich als stärker als die unwiderleglichen Bilder, die noch an der Netzhaut hafteten: ein blutleeres, ausgelöschtes Antlitz gegen eine gelbliche Schulter geneigt; und der schlechte Brettersarg, der in die Grube hinabpolterte.

Neubert hob den Stab etwas an, setzte ihn wieder in seine Vertiefung und füllte sie vorsichtig mit Mörtel- und Zementbrocken.

Der Arzt war noch zweimal wiedergekommen. Er zeigte sich zufrieden und ließ Magda wieder aufstehen. Neubert und Magda redeten wenig miteinander. Wenn Neubert zu ihr sprach, waren es leise, freundliche Worte. Er ließ sich in diesen Tagen öfters von seinem Bauern Urlaub geben; die Ernte war eingebracht, und mit dem Dreschen hatte man noch nicht begonnen. Er fuhr dann mit dem Rad hinunter in die Stadt, nicht ohne jedesmal auf der Paßhöhe anzuhalten und Gebirge und Ebene die gewohnte Reverenz zu erweisen. Magda sah ihn sanft und traurig an, wenn er ins Zimmer trat, aber manchmal schien ihm, als verberge sich eine harte, verzweifelte Entschlossenheit hinter ihrem stummen Gesicht. Neubert tat dies und jenes, spaltete Holz für den Winter, gipste einen Haken in die Wand, sah blicklos in eine Zeitung; er fürchtete sich vor den Stühlen; schon beim Hinsetzen verspürte er eine dumpfe Erschöpfung, und als zöge ihn etwas nach unten, fielen ihm die offen ineinanderliegenden Hände zwischen den Knien durch.

Einmal fragte er Magda nach dem Namen des Mannes. Sie schrie flüsternd auf: »Ich werde ihn dir nicht sagen! Ich will nicht, daß du dich unglücklich machst.«

Er war erbittert, daß diese Frau auch in diesem Moment an seinen Gedanken und Absichten teilhatte. Während er begriff, daß Magda ihm den Namen nie nennen würde, hatte er schon seinen Plan geändert und sagte sich mit einer Art belustigten Ingrimms, wie leicht er es doch habe, zu seinem Ziel zu gelangen.

Am gleichen Nachmittag ging er zur Präfektur und betrat das Vorzimmer der Ausländerabteilung, das ihm bekannt war. Er ließ sich auf einer Bank nieder. An der Wand hingen fleckige Verfügungen neben einem Bild von Pétain. Es roch nach Staub und Chlor. Als entwiche tükkisch alle Luft aus dem Raum, rang Neubert nach Atem. Sechs oder acht Wartende scharrten mit den Füßen, starrten gelangweilt auf die Plakate und sprachen das langsame Französisch der Belgier.

Neubert ließ zehn Minuten verstreichen und fragte den ihm zunächst Sitzenden, wie viele Beamte hier arbeiteten. Der Belgier musterte ihn gleichmütig.

»Zwei, wie immer.« Er schwieg und setzte hinzu: »Wollen Sie zu einem bestimmten Beamten?«

Neubert antwortete zögernd, wie ratlos: »Ja. Das heißt, ich kenne seinen Namen nicht. Es ist ein jüngerer Mann...«

Wer sagt mir, dachte er kalt, daß es ein jüngerer Mann ist. Und wenn beide jüngere Leute sind, was dann? Magdas Bericht, diese von Schluchzen begleitete, flüsternd geschriene Beichte, hatte sich in seinem Gedächtnis eingegraben wie in eine Wachsplatte. Aus keinem Wort konnte er Physiognomisches, Identifizierbares entnehmen.

»Sie meinen sicher Dufour. Der andere – er heißt, glaube ich, Guilbaux – ist mindestens sechzig Jahre alt. Der ist es sicher nicht.«

Neubert lehnte sich an die Wand und sagte: »Ja, ich glaube, Sie haben recht. Es muß Dufour sein.«

Er hätte weggehen können, aber eine schreckliche, herzjagende Neugier zwang ihn zum Bleiben. Ab und zu öffnete sich die Tür zum Büro, jemand kam heraus, ordnete Papiere und verließ grußlos das Vorzimmer. Neubert stand auf und ging ans Fenster. Das ermüdete Grün des Laubes stand stumpf vor dem Himmel. Die Luft über den Dächern zitterte. Stimmen im Hof klangen, als kämen sie aus einem Phonographen.

Hinter seinem Rücken hörte er die Tür gehen, und eine Frauenstimme sagte: »Monsieur Dufour, ich komme noch einmal wegen der Unterstützung...«

Eine Männerstimme knurrte in phlegmatischer Ungeduld: »Ich habe Ihnen doch gesagt, Sie müßten eine Eingabe machen.«

Neubert, ganz um seinen Atem bemüht, sah den Mann über seine Schulter. Er war groß, schwer, von verkommener Eleganz, und trug am Rockaufschlag das Abzeichen mit der Doppelaxt. Während er der Frau, die vor ihm stand, ein Papier aus der Hand nahm, zupfte er an seinem kurzgeschnittenen Schnurrbart. Er starrte mit unschlüssigem Mißmut auf das Papier und entschloß sich zu einem undeutlichen »Kommen Sie mit!«. Die Frau beeilte sich, ihm zu folgen, und schloß die Tür des Amtszimmers hinter sich.

Die Belgier, die bei Dufours Erscheinen verstummt waren, nahmen ihr Gespräch wieder auf. Neubert befahl sich, ruhig zu sein. Er machte vom Fenster her ein paar Schritte ins Zimmer und setzte sich auf seinen alten Platz. Sein Nachbar wandte sich ihm zu.

»Ja«, sagte Neubert, »Sie hatten recht.«

Er wartete noch eine Weile und steckte sich eine Zigarette an. Er überraschte sich dabei, daß er vor sich hinzählte wie ein Kind beim Versteckspielen. Als er bis fünfhundert gezählt hatte, stand er auf. »Ich habe etwas vergessen«, sagte er, »ich komme später noch einmal vorbei.«

Neubert hätte damals nicht zu sagen gewußt, worin sein Plan bestand. Er hatte nur den Namen des Mannes erfahren müssen und die Züge seines Gesichts. Eine dumpfe Befriedigung erfüllte ihn, als er die Präfektur verlassen hatte. Und in den folgenden Tagen geschah es nur selten, daß in dem unaufhörlichen Zwiegespräch, das in ihm stattfand und das er zumeist hinter die Grenze des Bewußtseins zurückzudrängen vermochte, ihm das Gesicht eines imaginären Partners deutlich wurde: es war Dufour, der mit ihm sprach, oder Magda, manchmal auch Ernst. Waren es Ernsts Züge, die er im Geist erblickte, so wurde ihm auch schon der Begriff der Rache bewußt, denn es war Ernst, der in ihm dieses Wort aussprach, in heftig verneinendem Sinne nämlich, und Ernst gerade war es, den Neubert zu vergessen suchte, teils, weil er Ernsts Widerspruch nicht ertragen konnte, teils auch, weil sein Auftauchen den fiebrig-lautlosen Dialog aus dem Bereich des Automatischen ins Überlegte, Verstandhafte hob. Zuweilen wollte es Neubert scheinen, als übersehe er inmitten der verworrenen Unruhe, die ihn erfüllte, Entwicklungen und Möglichkeiten, denen all seine Aufmerksamkeit zu gelten hatte.

Er war wieder an seine Arbeit gegangen. Und die vegetative Wollust, die aus der Ebene brach, die erbarmungslose Hitze, die die Hänge und Straßen des Hochlands erstieg und unter der die Luzerne einen dritten Schnitt erwartete, ließen ihn beängstigend die ohnmächtige Unentschiedenheit empfinden, in deren Bereich er sich befand. Ich muß einen Entschluß fassen, dachte er an einem Sonnabendnachmittag, als er auf dem Rad den Hof verließ, einen Entschluß für Magda und mich. Er stellte sich einen Augenblick lang vor, wie das sein könnte: alles zurücklassen, nur Magda und er mit einem kleinen Koffer in einem Abteil, der Erniedrigung entrinnend, mit neuen Papieren in der Tasche, irgendwo auf dem Weg zwischen Adresse eins und zwei. Aber er vergaß das alles, als er die Ebene erreicht hatte und, angestrengt die Pedale tretend, gegen einen glühenden Wind kämpfte, der plötzlich in den Maisfeldern raschelte und Staubsäulen schräg über die Straße drehte.

Die Sonne stand hinter den Dächern, als er um die Kathedrale bog. Da war das Haus, und in dem Moment sah er Magda, die mit einem Fahrrad aus dem Tor kam. Er bemerkte, daß sie kräftiger aussah; eine schwache Röte stieg ihr ins Gesicht, als sie ihn erblickte.

»Ich habe dir das Abendbrot hingestellt«, sagte sie, »ich muß noch einer Freundin etwas ausrichten. Gegen zehn Uhr werde ich zurück sein.«

Neubert konnte sich später nicht erinnern, was er erwidert hatte; ein paar freundlich-gleichgültige Worte ohne Zweifel, aber er entsann sich des Gewebs aus Licht und verworrenem Lärm, das über der Stadt hing, und der Beklemmung, die er empfunden hatte, als er die Treppe emporstieg.

Er entfernte den Zettel, den Magda an die Tür gesteckt hatte und der eine Mitteilung für ihn enthielt. Während er seine Brote verzehrte, dachte er daran, wie wenig er eigentlich von Magdas Umgang in V. wußte; er kannte gerade jene Nachbarin mit Namen, die Frau des Photographen, eine lebhafte, immer lächelnde, geschäftig-hilfsbereite Dreißigerin. Neubert hörte, wenn Magda ihm an jedem Sonntag von der vergangenen Woche berichtete, den oder jenen Namen, den er gleich wieder vergaß – es waren Frauen, die Magda kennenlernte beim Anstehen vor den Läden, auf dem großen Platz, am Geländer der Brücke, von der man die Angler beobachtete. Magda traf diese Frauen auf einer Bank in den Anlagen, wo man bei einer Strickarbeit Tagessorgen und Zeitläufte erörterte. Die Frauen rückten eng zusammen in dieser Zeit, erfüllt vom Leid um die gefangenen Männer, in der haßvollen Angst vor dem Feind, dessen Soldaten kaltblickend auf grauen Lastwagen die Stadt durchrasten und dessen Befehle und Erschießungslisten feucht an den Mauern hingen, wenn der Morgenwind wehte. Magda war nicht dafür geschaffen, allein zu sein; sie brauchte einen Halt, und es konnte ihrer verführerischen Zartheit, die erhöht wurde durch die offenbare Schutzlosigkeit des gefährdeten Fremdlings, nicht schwerfallen, die Freundschaft oder doch zumindest die Teilnahme dieser herzlichen und gern sorgenden Kleinstädterinnen zu erringen. Neubert wunderte sich auf einmal, daß es ihm nie eingefallen war, Magda während ihrer Bettlägerigkeit zu befragen, ob eine oder welche ihrer Bekannten ihr bei dem gefährlichen Versuch beigestanden hatte. Wie dem auch gewesen sein mochte, er zweifelte keinen Moment, vielmehr erschien es ihm gewiß, daß Magda den tieferen, verhängnisvollen Grund für ihr Handeln niemanden außer ihm selbst anvertraut hatte.

Die Beklommenheit, die er vorhin empfunden hatte, wuchs. Er säuberte hastig Tasse und Teller und ging ans Fenster. Das letzte Tageslicht schwelte über der Gasse. In den harten Windstößen, die durchs Dunkel fegten, tat sich auf einmal der Herbst kund. Neubert ging ziellos durchs Zimmer. Ihm war auf einmal, als hätte er unter allen Umständen Magda am Fortgehen hindern müssen. Er öffnete die Tür nach der Treppe und warf sich im Dunkel aufs Bett. Dann hörte er die Uhr neun und halb zehn schlagen. Und plötzlich wußte er mit entsetzlicher Gewißheit, daß er Magda nie mehr so wiedersehen würde wie vorhin, als sie mit ihrem Rad vor dem Haus gestanden hatte. Er fühlte, wie ihm mit einem Schlag der Schweiß Gesicht und Körper entlanglief, aber er war unfähig, sich zu rühren: er lag ausgestreckt auf dem Rücken, auch als die nächste volle Stunde schlug.

Mit ungläubiger Spannung hörte er, wie jemand das Haustor öffnete und ein Rad klirrend gegen die Flurwand lehnte. Er sprang auf, drehte am Schalter und stieß die Tür weit auf.

Es war nicht Magda; der da die Treppe heraufgekommen war und nun, die Mütze in den Händen drehend, vom Treppenabsatz her blinzelnd ins Licht sah, war ein junger Mensch, den Neubert nicht zu kennen glaubte. Er atmete heftig von der schnellen Fahrt und sagte stotternd: »Monsieur Neubert... Ihre Frau...« Neubert fragte mit ganz fremder Stimme dazwischen: »Ist sie tot?« Der Junge versuchte seinen Atem zu bändigen. Er schien durch Neuberts Frage an Sicherheit zu gewinnen, ja beinahe heiter zu werden. »Nein, nein, nein... Wo denken Sie hin! Es geht ihr ganz gut, den Umständen entsprechend. Aber sie blutet, verstehen Sie? Wir brachten sie gut unter. Aber es sollte jemand bei ihr bleiben.«

Neubert warf die Jacke über die Schultern und drängte ihn hinaus. Er suchte im dunklen Flur sein Rad und sprang in den Sattel.

»Sie kennen mich doch«, hörte er im schnellen Fahren seinen Begleiter mühsam hervorstoßen, »ich bin der Apotheker oder vielmehr sein Gehilfe...«

»Ja«, sagte Neubert gleichgültig durch die Zähne und sah starr geradeaus. Ihm war, als habe sich ein Abgrund geöffnet, aber dieser Abgrund war banal, ohne Geheimnis, ohne Tiefe – Menschen, die ihn seit Jahren umgaben, die ihn kannten und die er beharrlich übersehen hatte, bestimmten auf einmal Magdas Geschick und das seine. Sie vernichteten – ohne Haß, – ohne Sucht nach Gewinn; vielmehr aus gutmütiger Nachlässigkeit und stumpfer Hilfsbereitschaft. Die Straßen waren verdunkelt, zu früher Stunde bereits menschenleer. Sie bogen um Ecken, die Neubert nicht kannte. Die Stadt zog sich zäh in die nächtliche Ebene hinein; hier und da legte sie große Gärten und Felder zwischen die Massen der niedrigen Häuser.

»Wir sind da«, sagte Neuberts Begleiter. Neubert bemerkte ein einstöckiges Haus undeutlich hinter einem Vorgarten, mit einer trüben Lampe über der offenen Eingangstür. Sogleich öffnete sich nach links und rechts ein Korridor mit vielen Türen. Auch hier brannten Lampen mit rötlich glimmendem Licht. Kein Mensch war zu sehen, nichts rührte sich, und nur das unbestimmte Geräusch fließenden Wassers erfüllte das Gebäude. Der Fremde ging voran und öffnete eine der Türen zur Linken. Und Neubert erblickte Magda, so wie er sie eine Stunde zuvor an der dunklen Zimmerdecke gesehen hatte. Sie war weiß, gerade so weiß wie die Laken, in denen sie lag, und nur ihre Augen lebten mit einem bösen, furchterregenden Glanz.

Neubert hatte sie vieles fragen wollen; wie sie hierhergelangt war, wer dieser lächerliche junge Mann sei, der hinter seinem Rücken beruhigende Worte murmelte, aus denen sowohl Zuversicht als auch die Versicherung seiner Uneigennützigkeit zu entnehmen war. Neubert vernahm das sinnlose Gezischel dieser Worte über dem Rauschen des Röhrenwerks in den Mauern; neben dem Bett kniend, blickte er in Magdas schrecklich glänzende Augen, in dieses Antlitz, das eine Welt eifersüchtig gehüteter geheimer Katastrophen war. Er wußte sie verloren, und wenn er nun, nahe an ihrem Ohr »Warum, Magda, warum?« fragte, so nicht, weil er auf eine Antwort hoffte, sondern weil es ihn nach einem menschlichen Laut in dieser flüsternden Versteinerung verlangte, und sei es auch nur seine eigene Stimme. Magda schloß die Augen.

Neubert richtete sich auf und begegnete dem unruhigen, bettelnden Blick des jungen Menschen, der hinter ihm stand und nun mit gezwungener Forschheit Neubert zuzureden begann, er solle sich keine Sorgen machen. Im Sprechen schien er das Zimmer nach verräterischen Spuren seiner vorangegangenen Tätigkeit abzusuchen.

»Madame wird jetzt schlafen«, ließ er sich vernehmen und versuchte, seiner Stimme einen Ausdruck von Herzlichkeit zu geben, »ich verstehe Ihre Lage, so wie ich auch Madames Lage verstand. In diesen Zeiten muß man einander helfen, nicht wahr?«

»Gewiß«, sagte Neubert und wandte sich von ihm ab. Ohnmacht im Herzen, sah er wieder auf Magda hin. Er hörte abwesend den anderen noch einige Worte murmeln, hörte, wie die Tür sich hinter ihm schloß. Magda rührte sich nicht. Er verhängte die Lampe auf dem Nachttisch und zog einen Stuhl neben das Bett. Am Morgen würde er sie mit Hilfe des Arztes ins Krankenhaus bringen. Er wollte auf einmal nicht an diesen Tod glauben; und gleichzeitig sagte ihm etwas, daß er sich an den Tod hier und nun erst werde gewöhnen müssen.

Magda lächelte, als sie ihn am Abend nach der Operation sah. Sie lag blaß und hübsch mit dreißig anderen Frauen im großen Saal des Krankenhauses, den man von der Treppe her im ersten Stock gleich erreichte. Neubert hatte sie von der Schwelle aus schon gesehen und ging eilig und verlegen zwischen den Betten durch, aus denen man ihn aufgeräumt und spottlustig musterte. Er nahm ihre Hand, die feucht und heiß war, und küßte sie. Sie ließ es, mit geschlossenen Augen, lächelnd geschehen und sagte leise und deutlich: »Nun wird alles gut. Es war notwendig, und nun wird alles gut.« Neubert beugte sich zu ihr und sagte: »Wir fahren miteinander fort, Magda.« Sie lächelte immer noch.

Die Aufmerksamkeit hatte sich von ihnen abgewandt; der Saal summte von erzählenden und lachenden Stimmen. Die Oberschwester machte ihre Runde und fragte, neben Magdas Bett stehend, mit dem Blick auf Neubert, wie das Befinden sei. »Übrigens«, fügte sie, ohne Neubert aus den Augen zu lassen, mit bedeutsam gesenkter Stimme hinzu,

»liebt der Chef keine derartigen Operationen. Er hält es mit dem Marschall: Arbeit, Familie, Vaterland.«

Neubert entsann sich, als er am nächsten Tag wieder an Magdas Bett stand, daß er unbegreiflicherweise diese vierundzwanzig Stunden nur allzu willig im Selbstbetrug verbracht hatte. Im Selbstbetrug, formulierte er in Gedanken; denn war der Selbstbetrug nicht ein Zustand wie der Rausch?

Magda schlief, aber das war kein guter Schlaf. Sie hatte sich seit dem vorigen Tag verändert, auf nichts Gutes verheißende Weise, und ihr Gesicht zeigte den Ausdruck heftiger, wie von einem Alp bedrängter Mühsal. Neuberts Herz schlug ganz langsam und hart. Eine Schwester stand in der Nähe und beobachtete ihn, und er wandte sich zu ihr und stellte wie ein Automat die Frage: »Wie geht es ihr?«

Die Schwester zuckte die Achseln. »Sie sehen selbst...«

Neubert sah allerdings, daß ein böses, giftiges Gelb Magdas Gesicht, ihre Arme und Hände färbte. Er nahm auch wahr, daß es im Saal nicht so laut zuging wie gestern. Überall flüsterte man müde und scheu. Die trockene bewegungslose Glut, die seit Tagesanbruch wieder herrschte, drang durch die geöffneten Fenster herein. Und in dieser hitzeschwirrenden Stille waren nun die großen, trägen Fliegen vernehmbar, die über Magdas Bett kreisten und sich auf ihre Stirn und Hände niederließen. Sie machte im Schlaf keine Bewegung.

Neubert selbst war in diesen Tagen wie ein sterbender Leib, in dem, für niemanden sichtbar, die Schlacht der Zersetzung tobte. Pflichtgemäß hatte er ein Telegramm nach La Barbastie geschickt, in dem der Zustand Magdas geschildert und um Urlaub gebeten wurde.

Magda war fast nie bei vollem Bewußtsein, wenn er zu ihr kam. Man hatte einen Gazeschleier über sie gespannt, um sie vor den Fliegen zu schützen. Wenn sie sprechen konnte, so versuchte sie ihr angstvolles Staunen über die Gewalt und Beständigkeit des Kopfschmerzes auszudrükken, der sie Tag und Nacht folterte. Einmal schlug sie die Augen weit auf und sagte laut und mit eigensinniger Feierlichkeit: »Ich habe immer nur dich geliebt.« Aus welcher Verwirrung heraus drangen diese Worte, gegen welche Vorwürfe glaubte sich ihr vergehendes Bewußtsein verteidigen zu müssen? Neubert spürte, wie ein rasendes Feuer ihn von innen her verzehrte, ausglühte. Er empfand es mit Befriedigung, als sei dies das einzige Klima, in dem zu leben ihm noch erlaubt sei, diese Glut aus Zorn, Entsetzen und Mitleid.

Am vierten oder fünften Tag schob der Postbote am frühen Morgen ein Telegramm unter seine Tür. Es kam vom behandelnden Arzt, den Neubert die ganze Zeit nicht einmal zu Gesicht bekommen sollte, und besagte, daß Magda nicht mehr zu retten sei. Neubert sah, wie die Buchstaben sich unter seinen zitternden Fingern verwischten. Er dachte nicht an diese Tränen, die ihn hätten überraschen müssen und rätselhaften Ursprungs waren wie jene sprühenden Sommerregen, die plötzlich aus der unheimlichen Tiefe des Azurs stürzen, um ebenso jäh zu versiegen. Dieser Tod war unbegreiflich und unannehmbar, weil man ihn mit allen Mitteln und in letzter Stunde hatte korrigieren wollen: die Korrektur hieß Abreise, hieß Adresse eins und zwei, hieß Aufgabe der falschen Selbstschonung, die Überleben, Weiterleben bedeuten sollte und nun in weiter nichts mündete als ins Nichtmehrsein.

Der Krankensaal hatte sich in den letzten Tagen geleert. Man hatte Magdas Bett an die hintere Wand geschoben, sie hatte keine Nachbarinnen mehr, und das nächste belegte Bett lag mehr als zehn Meter von dem ihren entfernt. Ein geheimes Organ schien ihr seine Gegenwart anzuzeigen, er sah, daß seine Nähe sie beruhigte, aber sie flüchtete vor dem

Bewußtsein, das nur voller unmenschlicher Schmerzen war. Und in die Haut, auf die Neubert einmal kindisch stolz gewesen war, grub die Sepsis orangefarbene Striemen.

Er durfte nun kommen, wann immer er wollte. So betrat er, leicht taumelnd wie ein Trunkener, fünf-, sechsmal am Tag den Saal, saß jedesmal eine oder zwei Stunden am Bett und irrte im übrigen in fiebernder Bewußtlosigkeit durch die stickig brodelnden Straßen der Stadt. Man ließ ihn aus Barmherzigkeit, wenn er keine Anstalten zu gehen machte, noch nach Anbruch der Dunkelheit sitzen. Er saß dann dem galgenartigen Gerüst gegenüber, an dem das Glas mit dem Serum hing, und starrte ins bläuliche Nachtlicht. Manchmal beugte er sich zu Magda hinab und flüsterte lange in leidenschaftlicher Lautlosigkeit Geständnisse und Beschwörungen, die seit Jahren hinter seinen Lippen geblieben waren. Er lauschte auf das leichte Röcheln, das aus den Kissen drang und in der nächtlichen Stille nicht abreißen wollte. Magdas Zahnfleisch und Schleimhäute hatten zu bluten begonnen, und das gerinnende Blut versperrte die Atemwege.

Dieses Sterben hatte keine Ähnlichkeit mit dem Tod von Gandesa. Neubert rief die toten Italiener an der Straße von Mora del Ebro als Zeugen an; er sah in Ortons treue, qualvoll starre Augen und auf das hellrote, blasige Blut, das ihm hinter dem staubrasselnden Gebüsch über die Lippen getreten war.

Er empfand eine verzehrende, überwältigende, physische Begierde nach Leiden, nicht nach jenen erbärmlichen Seelenschmerzen, denen man nachhängt und von denen die Romane berichten, sondern nach wirklichen Leiden, wie Magda sie erlitt, denn dies, nur dies waren Leiden; es waren die Leiden der Beleidigten, die gen Himmel schrien.

Unversehens war man zum Akteur im Melodrama des Lebens geworden, ihres Lebens, das man beobachtet, verneint, bekämpft hatte. In diesem Melodrama waren die Gifte wirkliche Gifte, die Dolche besaßen keine verborgenen Federn, die die Klinge beim Stich zurückfahren ließen, und wenn der Vorhang gefallen war und sich wieder hob, verbeugten sich nur die Mörder – die Opfer blieben liegen.

Am Morgen des neunten Tages hielt eine Schwester Neubert an der Schwelle des Saales an. Magda war vor zwei Stunden ohne Qualen gestorben. Ja, antwortete Neubert, er wolle sie sehen. Er wandte sich steif um, als bewege er sich in einem mit zerbrechlichen Gegenständen angefüllten Raum, und stieg hinter der Schwester die Stufen hinab. Das Treppenhaus war auf einmal erfüllt von einer Kakophonie streitender, überredender, sich überschreiender Stimmen.

Die Totenkammer, die diesem Flügel des Gebäudes schräg gegenüberlag, ähnelte einem Gang, der sein Licht nur von einem Fenster an der Schmalseite empfing. Auf den Steinplatten, deren entferntere sich im Dunkel verloren, lagen drei Bündel, von denen das eine zweifellos ein kleines Kind verbarg. Neubert erkannte Magda, ehe die Schwester ihr das Laken vom Kopf auf die Brust hinabgestreift hatte – er erkannte ihren Fuß, der nackt und hilflos unter dem Tuch hervorkam.

»Gehen Sie bitte hinaus«, sagte Neubert und hörte, wie die Frau sich entfernte und vor der Tür stehenblieb.

Magdas Gesicht, der linken Schulter entgegengeneigt, zeigte die flüchtige Spur eines Lächelns, das doch nichts weiter war als Verzicht und Erschöpfung; und selbst die riesigen Schatten, die sich um die geschlossenen Augen gebreitet hatten, waren nur Nachahmung des Lebens: Magdas Gesicht hatte in langen Jahren schon behutsam und geduldig die Züge des Todes vorgebildet.

Die Stimmen, die Neubert vernommen hatte, waren verstummt. Auf diesem glatten Stein endeten die gemeinsamen nächtlichen Wanderungen in den märkischen Wäldern; die leidenschaftlichen Briefe, um derentwillen man gelegentliche Trennungen gesucht hatte; das Zusammensein in erleuchteten Sälen, wenn vorn auf dem Podium vier Männer Beethoven spielten; die fremden, immer wechselnden Hotelzimmer; die verschlungenen Hände und erregt einander zulächelnden Gesichter, während über der Dünung der marschierenden Masse rote Fahnen schwankten. Hier endete das Unausgesprochene und die Resignation vieler Jahre. Und hier endete auch die Botschaft einer Welt an Magda – die drohend geflüsterte Frage, ob sie durch den Kamin gehen wolle…

Die Stimmen um Neubert setzten wieder in betäubendem Chor ein. Da draußen ging ihre Welt weiter, mit Geschützsalven hinter dem Horizont, mit den Bekanntmachungen an den Mauern, den Güterwagen, die, stacheldrahtumwickelt, nächtlich auf den verdunkelten Stationen rangiert wurden, mit den Schlangen vor den Läden, mit den Beamten, die Schriftstücke stempelten. Neubert sah die Rache wie eine Wolke am Rand des Himmels. Sie wuchs, sie würde weiterwachsen, die Welt der Mörder erreichen; aber noch unter der Wolke würden Mörder mit unschuldigen Gesichtern weiterleben. Alles war vielleicht zu ertragen, nur das eine nicht. Und Neubert begriff, daß er selbst ein Teil jener Wolke war, die er heraufziehen sah. Während er die tote Magda betrachtete, wurden die Stimmen leiser. Er streckte die Hand aus und berührte den Stein und dann die Wange der Toten, dieses unaufhaltsam verfallende Fleisch, das sich endgültig von ihm trennte.

Die Schwester begleitete ihn ins Büro des Hospitals, wo man ihm nach Erledigung der Formalitäten mitteilte, daß das Begräbnis am Nachmittag stattfinden müßte. Neubert erwiderte trocken, er habe keine Einwände zu machen.

Er ging nach Hause, setzte sich an den leeren Tisch und vertiefte sich in den Fahrplan. Der Zug nach Adresse eins würde einige Minuten vor elf die Stadt verlassen. Wenn er sich die Papiere besorgt hatte, konnte er von dort um ein Uhr nachmittags weiterfahren bis A. Dort aber würde er bis Mitternacht oder auch bis um vier Uhr morgens warten müssen, um den Anschlußzug nach Adresse zwei zu bekommen. Die Strecke war von deutschen Militärtransporten in Anspruch genommen. Er fragte sich, ob er die Papiere überhaupt benötigen würde, aber sein Mißtrauen gegenüber derartigen aus Trägheit geborenen Zweifeln war zu tief, als daß er seinen Plan irgendwelchen Änderungen unterzogen hätte.

Er ging ein paarmal durchs Zimmer. Es war merkwürdig, wie klar und knapp seine Gedanken einander folgten, die Atmosphäre um ihn war in eisige Klarheit getaucht, und in sich selbst fühlte er eine frostige Glut, die ihm guttat. Vor dem Spiegel blieb er stehen und erblickte ein ganz fremdes Gesicht, in dem die Haut sich scharf über die Knochen spannte und die Augen kühl brannten. Er nickte, als sei er mit seinem Gegenüber zufrieden.

Er nahm aus der Schublade einen Bogen Papier und einen Briefumschlag und begann langsam zu schreiben. Die Schrift, die er nachahmte, war ihm vertraut; im übrigen war nicht anzunehmen, daß der Empfänger die echte Schrift überhaupt kannte. Mit halbgeschlossenen Augen überlas er drei Minuten später, was da stand:

»Kommen Sie heute abend nach neun Uhr. Ich bin allein. Magda Neubert«

Seine Oberlippe zog sich nach oben und legte die Zähne bloß, als er sich noch einmal über das Blatt beugte und das Wort »Ihre« hinzufügte: »Ihre Magda Neubert«.

Er konnte sich nicht enthalten, laut ins Zimmer zu sagen: »Dufour, ich verurteile Sie zum Tode.« Dann adressierte er den Umschlag an »M. Dufour. Präfektur. Hier« und schloß den Brief.

Vom rechten Fußsteig der Hauptstraße aus konnte er die Straße bis zur Präfektur überblicken. Er ging langsam weiter und winkte schließlich einen Jungen von fünf oder sechs Jahren heran, der neben einer Haustür spielte.

»Willst du fünf Franken verdienen? Dann gib diesen Brief beim Concièrge in der Präfektur ab.«

Der Junge nahm Geld und Brief in Empfang, und Neubert sah, wie er an dem Polizisten, der vor dem Portal stand, vorbeirannte und im Innern des Gebäudes verschwand. Eine Minute darauf kam er langsam zurück, und Neubert beeilte sich, nach Hause zu kommen.

Nachmittags ging er um die angegebene Stunde die Landstraße hinunter und erwartete auf dem leeren Friedhof die Ankunft des Leichenwagens. Unter den Zypressen warfen die Totengräber das Grab aus. Gebein, ein halber Schädel flogen mit der aufgeschaufelten Erde vor seine Füße. Er zuckte die Achseln und verzog das Gesicht, weil ihm Hamlet einfiel und der Gedanke abgeschmackt war. Dann kam der Wagen. Neubert sah starr zu, wie der billige hellbraune Sarg abgeladen und in die Tiefe hinabgelassen wurde. Er ließ sich von einem schwarzgekleideten Herrn die Hand drücken und verließ den Friedhof, nachdem er gewartet hatte, bis der Wagen abgefahren war. In seinem Zimmer packte er Wäsche und Waschzeug in einen kleinen Koffer, in den er auch einige Andenken an Magda legte. Leer vor sich hin blickend, aß er einen Kanten Brot und ein Stück Käse. Er zog seine Uhr auf und blickte öfters auf das Zifferblatt. Gegen sieben Uhr abends zog er aus dem untersten Fach des Schrankes ein kurzes Bleirohr hervor und legte es aufs Bett. Er saß später im Dunkel, bis er kurz vor neun das

Licht andrehte und sich neben die Tür in den kleinen Verschlag stellte, der ihnen als Waschraum gedient hatte.

Neubert verließ, den Koffer in der Hand, sein Zimmer genau eine Stunde darauf. Er befestigte einen Zettel an der Tür, der seine Rückkehr auf den Anfang der nächsten Woche festsetzte. Mit einem anderen zerdrückten Zettel und einem Briefumschlag – beides hatte er Dufours Tasche entnommen – entzündete er im Schatten einer Einfahrt sorgfältig seine Pfeife und ließ die Papierfetzen gänzlich verbrennen. Er fuhr mit dem 11-Uhr-Zug ab, sprach bei Adresse eins vor, reiste nach A. weiter und betrat dort, auf der Suche nach einem Sitz und einem Getränk, das Café des Montagnards.

Am Nachmittag, der der Nacht voranging, in der Neubert fliehen wollte, brachte Giacometti selbst einen Neuen in die Zelle. Neubert war von der luziden, zuversichtlichen Ruhe erfüllt, die er an Magdas Todestag so eindringlich an sich erfahren hatte. Dieser schmächtige, zitternde Bursche von sechzehn oder siebzehn Jahren, der keinen Laut von sich gab, ein Plakatabreißer vielleicht oder ganz einfach ein Schwarzhändler, konnte seine Pläne so wenig stören wie Giacometti selber, der, ehe er hinausging, Neubert noch einen Tritt in die Seite versetzt hatte.

Die Pritschen standen einander gegenüber. Der Bursche kroch auf die seine, noch bevor das Licht gelöscht war, und Neubert sah im Mondlicht seine weitgeöffneten Augen, die ihn in der Finsternis suchten. Er hatte beschlossen, die Stäbe um drei Uhr herauszuheben. Um diese Zeit würde der Vollmond nicht mehr stören, und bis dahin hatte er genug Zeit zum Überlegen. Er mußte riskieren, möglichst kurz vor Abfahrt des Zuges zum Bahnhof zu kommen. Jetzt galt Adresse zwei. Der Papiere hatte er sich nicht lange erfreuen können.

Er brauchte nicht gegen den Schlaf anzukämpfen. Aber der Junge drüben schlief so wenig wie er selbst. Auch als der Mond weitergewandert war, sah Neubert ihn in der dunklen Zelle auf der Seite liegen. Seine Augen standen immer noch offen.

Als die Uhr vier helle und drei tiefe Schläge getan hatte, stand Neubert leise auf. Er holte das Messer aus dem Versteck und ging zur Pritsche des Jungen hinüber. Er kniete neben ihm und ließ die Klinge aufspringen. »Nicht ein Wort!« hauchte er in die Richtung des fremden Gesichts. Obwohl er ihn noch weniger zu sehen vermochte als vorher, weil sein eigener Schatten auf ihm lag, nahm er wahr, wie der Junge heftig den Kopf schüttelte.

Zehn Minuten später hatte er den ersten Stab entfernt und zerrte voll wütender Ungeduld am zweiten, der irgendwo Widerstand leistete. Der Stab gab nach, glitt ihm aus der Hand und klirrte auf den Zementboden. Das Geräusch zerriß die Lautlosigkeit wie eine Explosion. Neubert wartete mit angehaltenem Atem. Nichts rührte sich. Der Junge hatte sich neben ihn gestellt. Auf Neuberts Wink zog er sich gehorsam hoch und ließ sich drüben hinunterfallen. Neubert sah ihn von oben, wie er einige Sekunden lang im Gras liegenblieb und dann auf die niedere Mauer zu lief. Er sprang und lief dann selbst.

Kurz vor Mittag stieg Neubert aus dem Zug. Er hatte sich die Fahrt über meist auf dem Gang oder in der Toilette des Wagens aufgehalten, weil er nicht in fremde Gesichter blikken und weil er sich säubern wollte. Er fühlte sich auf einmal sehr unsicher ohne Hut, Mantel und Koffer, ohne Papiere. Sein Gesicht war voller Bartstoppeln, sein Hemdkragen schmutzig wie der eines Vagabunden.

Die Station war gefährlich, weil sie in der Nähe der Grenze lag. Er wußte, daß ihn noch hundert Meter von der

Adresse zwei trennten, aber auf dem Bahnsteig sagte er sich, daß er das Hotel nie erreichen würde. Sein Blick, von Furcht und Verzweiflung geschärft, flog zur Sperre hinüber, glitt an den ausdruckslosen Gesichtern der drei Herren entlang, die, neben dem Beamten stehend, dem einen oder anderen erbleichenden Passanten ein Wort zuraunten, indem sie an ihre Hüte griffen. Die Betreffenden beeilten sich, ihre Papiere zu zeigen, aber einige von ihnen waren trotzdem schon beiseite gewinkt worden und harrten erloschenen Blicks auf die weiteren Anordnungen der Herren. Neubert verlangsamte den Schritt, wandte sich plötzlich, ohne zu wissen, was er tat, nach rechts und stand auf dem Platz vor dem Bahnhof. Er war aus der Herde ausgebrochen.

Die Stadt zog sich die Hänge hinauf, hinter denen Berge in der regenverkündenden Luft nahegerückt waren. Der Platz war belebt. Leute eilten nach allen Richtungen, und selbst die Müßiggänger schienen voll geheimer Unruhe zu sein.

Von allen diesen Leuten, dachte Neubert, ist kaum der dritte harmlos. Die Stadt wimmelte von Deutschen in Zivil und Uniform, von Widerstandsmännern, von Milizionären. Den Platz werde ich nicht überschreiten, dachte Neubert weiter und war schon im Gehen begriffen. Er sah die verschnörkelten Buchstaben eines Schildes »Hôtel« deutlich vor sich, und während ihm eine Stimme zuraunte: ›Schneller, schneller‹, stemmte er die Füße gegen den Boden, als steige er einen steilen Hang hinab. Er wiederholte lautlos die Losung. Hinter der Theke stand der Wirt in Hemdsärmeln, ein Mann mit trägem Blick und hochstehendem blonden Haar. Er sprach mit einem Kunden, dem er ein Glas Bier hingeschoben hatte. Der Kunde erzählte, und beide lachten. Neubert stellte sich dazu, konnte aber trotz aller Anstrengung kein Wort verstehen. Er fühlte sich auf einmal müde und gleichgültig und warf die Worte hin: »Ich komme wegen der Lieferung von Darrigrand Fils.« Ich sehe bestimmt wie ein erstklassiger Vertreter aus, dachte er. Der Wirt, abgelenkt, sah ihn von der Seite an, schien aber von der Erzählung des Biertrinkers so eingenommen, daß er erst eine halbe Minute später Neubert fragte: »Was soll es sein?« Vielleicht ist er es gar nicht, dachte Neubert und wiederholte wie ein Schlafwandler: »Ich komme wegen der Lieferung von Darrigrand Fils.« – »Ach so, na, dann kommen Sie mal mit«, sagte der Wirt ruhig, ohne ihn anzusehen, und entschuldigte sich bei dem Biertrinker, der höflich abwehrte mit: »Aber ich bitte Sie« und »Ich habe ja Zeit« und »Die Geschäfte gehen vor«. Neubert war so müde, daß er mit der Schulter gegen die Tür stieß, die der Wirt für ihn geöffnet hatte. Hinter der Tür lag das Künftige: Wesen, Handlungen, Ereignisse, denen man begegnen würde, als gäbe es nichts Verbindendes zwischen ihnen und allem, was vorher gewesen war. Und was danach? Vielleicht das Ende des Duldens, der Beginn des Handelns. Zuvor aber kam nur der Schlaf. Neubert ließ sich auf ein Bett fallen, das er kaum noch sah. Sein Gastgeber hatte ihn verlassen, ein Schlüssel drehte sich im Schloß. Der Schlaf… Er kam mit dem Geräusch sich nähernder Brandung. Und Neubert erblickte noch einmal Magdas Antlitz, so wie beim letztenmal, gegen die linke Schulter geneigt und zerbrochen unter der schrecklichen Liebkosung des Todes.

ARKADIEN

Charlot, der in seiner ganzen Mächtigkeit auf der Schwelle stand, in der schwarzen Lederjacke, die ihn noch breiter machte und sich um die Waffen bauschte, die er darunter trug, Charlot fand, daß Marcel sich nicht verändert habe. Der sich am anderen Ende der Zelle von seinem Schemel erhoben hatte, sah aus, wie er immer ausgesehen hatte, wie ein dreiundzwanzigjähriger Hirtenjunge aus der Auvergne eben aussieht; sein Gesicht drückte Gesundheit und Ruhe aus, nur daß eine begreifliche Verwunderung es jetzt gewissermaßen von den Rändern her in Unordnung zu bringen begann: es erblaßte, langsam, unaufhörlich, als würde in dem langen Schweigen zwischen den beiden Männern auf dieses Gesicht alle paar Sekunden eine neue Schicht Blässe aufgetragen. Dabei hatte Charlot sich mittlerweile bestätigen müssen, daß Marcels unverändertes Äußeres die natürlichste Sache der Welt war. Seit den Vorfällen vom Dezember 1943, während der sie sich zum letztenmal gesehen hatten, waren gerade sechs Monate verstrichen.

»Na, Marcel, es ist soweit«, sagte Charlot.

Marcel erwiderte nichts.

Der sieht mich an, dachte Charlot, als ob ich eine Erscheinung wäre.

»Gib mir deine Hand«, sagte er.

Es war nicht eine Hand, die Marcel ihm entgegenstreckte, es waren beide. Er hatte sie aneinandergelegt, so daß sich Gelenke und Daumen berührten. Charlot trat auf ihn zu, während er ein Paar Handschellen aus der rechten Tasche seiner Jacke zog.

An der Tür salutierte der Gendarm vor Charlot, der ihn nicht beachtete. »Was soll man machen, Monsieur«, hörte Charlot ihn sagen, »wenn man könnte, wie man wollte, aber Sie wissen ja, wie es ist...« Charlot, der Marcel vorangehen ließ, warf noch einen flüchtigen Blick auf das zu einem ängstlichen Lächeln verzogene Gesicht des Mannes, der in seiner verschossenen schwarzen Uniform an der Tür stand, einen Schlüsselbund in einer Hand und an der unförmigen leeren Pistolentasche herumfingernd, während er die Fortgehenden mit seinem Geplapper begleitete.

»Schon gut. Adieu!« sagte Charlot über die Schulter und trat hinter Marcel auf die Straße und auf die schwarze Limousine zu, in der Louis saß.

In diesem Juni, da an den Brückenköpfen in der Normandie die Artillerieschlacht raste und Paris sich zum Aufstand rüstete, zogen die Deutschen in Aurillac es vor, dem Maquis aus dem Wege zu gehen. Die deutsche Garnison in der Stadt, die kleinen Kommandos in der Nähe, die Straßensperren und Hochspannungsleitungen bewachten, spürten den Zugriff der Partisanen, deren Stab ihnen geraten hatte, sich ruhig zu verhalten. Sie befolgten diesen Rat. Erst recht die französischen Gendarmen, die keinen Finger mehr rührten und sich, wenn die Forderung an sie erging, widerstandslos entwaffnen ließen. Allein die Miliz erwartete mit Haß und Grauen die Abrechnung. Es war nur natürlich gewesen, daß man Charlot, sobald er aufgetaucht war, ins Gefängnis eingelassen hatte. Kein Mensch hätte daran gedacht, ihn an der Entführung eines Gefangenen hindern zu wollen.

Charlot öffnete die hintere Tür des Wagens für Marcel, dem Louis schon Platz machte. Marcel stolperte über die Maschinenpistole, die auf dem Boden lag; in sein Gesicht trat von neuem die Unordnung, die er gerade daraus weggebracht hatte. Charlot drehte sich nicht um, er war bereits mit dem Starter beschäftigt und sah aus wie ein Mann, der ganz an seinem Platz ist. Louis beobachtete ihn bei seinen Handgriffen, wie er mit der Rechten die Handbremse losmachte und nach dem Schalthebel griff; die Apparatur war eigentlich zu zierlich für diesen Obersten, der die meiste Zeit seines Lebens Fahrer von Fernlastzügen gewesen war. Selbst wenn Charlot sich nicht um ihn kümmerte, konnte Louis der Freundschaft dieses Mannes sicher sein; der väterlichen, achtungsvollen, ein wenig brummigen Freundschaft, die der klassenbewußte Arbeiter dem Intellektuellen entgegenbrachte, von dessen Wert er sich überzeugt hatte. Louis meinte in diesem Augenblick zu wissen, daß Charlots Zuneigung zu ihm ihre ganze zuverlässige Festigkeit dem Umstand verdankte, daß er, Louis, ein Deutscher war; weil vielleicht seine, Louis', Existenz die Richtigkeit bestimmter Ansichten Charlots bestätigte, auf die der Bataillonskommandant nicht einmal in dieser Zeit verzichten wollte. Louis, ehemaliger Offizier in einer Internationalen Brigade, hatte ohne Überheblichkeit, aber auch ohne falsche Schüchternheit das am Anfang noch ziemlich mangelhafte Bataillon durchorganisiert und gute und böse Tage mit ihm ertragen. Louis fühlte sich wohl beim Bataillon; in Charlots Freundschaft zu ihm empfand er die Freundschaft aller.

Kaum daß der Wagen angefahren war, zeigte Charlot schon Zeichen von Unzufriedenheit. Er murmelte etwas vor sich hin und schüttelte ärgerlich den Kopf. Schließlich warf er Louis die Worte zu: »Zum Teufel noch mal, so kann man doch nicht einfach aus der Stadt fort!« Louis erwiderte nichts, er war nur unruhig geworden. Charlot hatte unschlüssig einen Moment lang mit dem Steuer gespielt und den Wagen gebremst. Von seinem Rücksitz aus sah Louis über Marcels gefesselte Hände weg die Leute, die auf der Straße in der Sonne standen, Frauen vor einer Epicerie, Kinder im Kreis um einen Abbé versammelt. Sie fuhren wie mit einem Satz bis auf die Mitte des Marktplatzes, wo Charlot den Wagen anhielt. Louis hatte schon halb begriffen, worum es ging.

Charlot stieg mit beschäftigter Miene aus, kam an die Hintertür, sagte durch die Zähne: »Komm, Freundchen!« Er zerrte Marcel an den Handschellen auf die Straße. Louis stand auf einmal der Schweiß auf der Stirn. Während Charlot Marcel festhielt, wandte er sich den Leuten auf dem Platz zu und machte eine weite, rufende Bewegung mit dem freien Arm.

»He, ihr Leute«, brüllte Charlot, »kommt einmal her!« Überall auf dem Markt bröckelte der Lärm ab; Louis sah, wie sich von allen Seiten die weißen Gesichter ihnen zuwandten, wie Händler und Kunden auf der Schwelle der Läden erschienen, wie alles auf einmal eine Menge wurde, die rasch auf sie zulief wie Wasser nach einem tiefgelegenen Abfluß. Die Menschen hatten einen Halbkreis um den Wagen gebildet, die vordersten standen kaum zwei Meter von Charlot und Marcel entfernt. Louis dachte: Die Stadt ist voll von deutschen Soldaten und Miliz; und wenn sie kommen? Wie soll man bloß den Wagen loskriegen aus dieser Masse? Charlot ist verrückt geworden.

»Paßt einmal auf!« sagte Charlot laut, während die Leute in den vordersten Reihen auf die Handschellen des Gefangenen blickten, als wüßten sie schon, was Charlot ihnen erzählen würde. Sie bemühten sich, ihren vom Lauf heftigen Atem ruhig zu machen, und riefen Ruhe! hinüber zu den Spätergekommenen, die sich geräuschvoll an den äußeren Rand der Menge hefteten.

»Paßt einmal auf!« wiederholte Charlot. »Seht ihr den hier?«

Er machte eine Pause und zeigte auf Marcel. Seine Stimme wurde fast zu laut, wie auf einer Kundgebung: »Franzosen! Hier steht der Verräter vom Dezember! Erinnert ihr euch noch? Dieser Bursche hat den Maquis von S. auf dem Gewissen!«

Marcel war Chauffeur beim Maquis gewesen, ein anstelliger Kamerad, ein guter Kumpel, wie man sagte. Im Dezember 1943 hatten ihn die Deutschen mit seinem Lastwagen gestellt. Louis hätte im Augenblick nicht mehr das genaue Datum sagen können. Einen Tag nach seiner Verhaftung griffen SS und Miliz das Berglager des Maquis von S. an; Marcel hatte ihnen den Weg gezeigt. Die Partisanen waren nachlässig gewesen; sie hatten keine Posten aufgestellt; der Überfall, der sich gegen fünf Uhr morgens ereignete, überraschte sie im Schlaf. Sie verloren neunzehn Mann. Die Überlebenden stießen später zur benachbarten Formation, die von Charlot und Louis geführt wurde. Marcel fuhr von da an den Wagen des Gestapochefs in Aurillac. Man hörte ab und zu von ihm. Einige Angehörige des Bataillons hatten sich einmal nach Aurillac gewagt; Marcel bekam Wind davon und ließ sie verhaften; man sah sie nicht mehr wieder. Die Leute in der Umgebung sahen Marcel am hellichten Tage sinnlos betrunken die Straße entlangtaumeln; nicht nur einmal; er trank jetzt so viel, daß die Leute mit Hoffnung von der Stunde sprachen, da Marcel und der Gestapochef aller Wahrscheinlichkeit nach in einem Haufen qualmender Blechtrümmer enden würden. Marcel mußte eine ganze Masse Geld haben; er warf in den Bistrots Händevoll davon auf den Tisch, obwohl keiner mit ihm trinken wollte außer einem bemalten Frauenzimmer, das früher vor der Kaserne der Deutschen herumgelungert hatte und jetzt mit Marcel ging.

Am Tage, da in R. die Nachricht eingetroffen war, daß die Deutschen Marcel wegen eines Diebstahls im Polizeigefängnis von Aurillac festgesetzt hatten, war Louis mit dem Vorschlag zu Charlot gekommen, den Mann herauszuholen.

»Er hat neunzehn Mann, neunzehn Patrioten massakrieren lassen«, sagte Charlot und hielt Marcel fest, der mit dem starren Blick eines Blinden über die Herumstehenden hinsah. »Er hat Roger, Victor, Emile, Jacques angezeigt, sobald er sie durch das Kneipenfenster auf der Straße entdeckt hatte. Dafür gibt es Zeugen. Auch diese vier sind tot. Dieser Lump ist dreiundzwanzig Jahre alt und hat dreiundzwanzig Kameraden auf dem Gewissen, einen für jedes Jahr seines verdammten Lebens.«

Es ging Louis wahrscheinlich nicht anders als jedem einzelnen in der Menge: er spürte eine dumpfe, zersprengende Wut in sich, nachdem der Fall Marcel sechs Monate hindurch für ihn eine abgeschlossene Sache gewesen war, eine Sache, deren Ausgang man kalt voraussah, sobald man sie durchdacht hatte. Louis bemerkte, daß ihm, während er Marcel beobachtete, die Nägel in die Handflächen gedrungen waren.

Eine Frau in den Fünfzigern hatte sich nach vorn gedrängt, mit strähnigem Haar, in dem sich die Nadeln gelokkert hatten, und mit einer abgeschabten Einkaufstasche, deren einer Henkel ihr entglitten war. Sie hatte als einzige die unsichtbare Linie überschritten, an der sich die Menge staute. Mit dem Kopf beinahe im Nacken, um ihm ins Gesicht schauen zu können, stand sie vor dem Gefangenen und blinzelte durch die Tränen, die ihr übers Gesicht liefen.

»Das ist doch der Kleine von meiner Schwester Pierrette in Carlat«, sagte sie.

Während alles stumm blieb, begriff Louis mit einer Art Schrecken, daß es nicht Angst oder Mitleid war, was die Frau weinen machte. Er blickte von der Frau zu Marcel, der fahl war wie die Mauer zwischen den Gärten und der

Straße; Marcel hatte die Augen geschlossen, als wüßte er genau, was dieses Weinen zu bedeuten hatte.

»Du Lump«, sagte sie mit einer Stimme, die vom unterdrückten Schluchzen gebrochen klang. Louis versuchte sich ihre Stimme vorzustellen, wenn sie in früheren Jahren zu Besuch nach Carlat gekommen war, in Pierrettes armseliges Pächterhäuschen, eine gute Tante, die ihrem kleinen Neffen ein neues Messer oder eine Tüte Süßigkeiten aus der Stadt mitgebracht hatte.

»Du Schuft«, hörte Louis sie sagen, und jetzt wußte er, daß nicht das Schluchzen mit ihrem Stimmklang zu tun hatte, sondern eine übermächtige Wut, die sie schüttelte wie eine Kreißende. »Du Schuft! Meine arme Pierrette!« sagte die Frau. »Du Verräter! Du Mörder!« Während die Tränen über ihr Gesicht liefen, das die Jahre den Gesichtern all der anderen alten Frauen ringsumher ähnlich gemacht hatte, schien sie zu überlegen. Plötzlich spie sie Marcel zwischen die Augen. »Hängt ihn auf!« sagte sie leise, aber alle hatten es gehört.

Die Menge rührte sich. Von hinten rief jemand: »An den Galgen mit ihm!«

Charlot öffnete hastig die Tür und stieß Marcel auf seinen Sitz. Er ließ den Motor anspringen und fuhr den Wagen vorsichtig durch die Ansammlung, die für sie Platz machte.

Während der Wagen die Straße nach R. hinaufzog, beobachtete Louis Marcels Gesicht von der Seite her. Es hatte schnell seine gewöhnliche Farbe wieder angenommen; alle paar Sekunden striemte es der Schatten eines vorbeizischenden Chausseebaumes. Was ist das nur für ein Gesicht, fragte sich Louis. Es war durchschnittlich, gutherzig, rosig unter dem blonden Haar.

»Alles dir zu Ehren«, sagte Charlot und lachte auf. »Deinetwegen haben wir den besten Wagen aus dem Stall geholt.«

Der schwarze Matford war der einzige Wagen des Maquis, der mit Benzin und nicht mit Holzgas fuhr; man hatte bei einem Ausflug wie diesem kein Versagen riskieren können. Mit dem Wagen hier waren die siebzig Kilometer zwischen Aurillac und R. ein Kinderspiel. Sie gingen gerade in die Kurve kurz vor der Barriere, und Louis berechnete nach der Uhr, daß sie schneller gewesen waren als auf der Hinfahrt. Der Schlagbaum war geschlossen, und vorsichtshalber griff Louis nach einer Handgranate. Charlot nahm das Gas weg und hupte ungeduldig. Sie fuhren fast im Schritt durch den Schlagbaum, den der feldgraue Posten hastig in die Höhe zog, ohne nach dem Wagen zu blicken. In diesen Tagen handelte ein Landser, der Dienst an einer Straßensperre tat, immer vorsichtig, wenn er durchfahrende Wagen überhaupt nicht beachtete.

Der Schlagbaum kam außer Sicht, sie näherten sich dem Hohlweg, hinter dem die Straße wie ein schrägliegendes Brett schnurgerade bis R. hinaufstieg. Charlot seufzte ärgerlich und hielt den Wagen an.

»Jetzt sieh dir das einmal an…«

Holzfäller hatten über dem Hohlweg gearbeitet und die geschlagenen Stämme auf die Straße stürzen lassen. Louis war die Unterbrechung der Fahrt nicht unlieb; die Straße hatte auf einmal das Gesicht ungestörter Stille, man hätte glauben können, daß die quer über der Bahn liegenden Stämme schon seit Urzeiten da ruhten, allmählich versteinernd in dem Wind, der die Gräser an den Boden legte. Im Augenblick, da der Motor schwieg, sprachen die Männer nicht mehr. Louis sah über dem Hohlweg den Himmel, durch den der Wind, unablässig an ihren Rändern nagend, violette Wolken trieb. In den Kulissen der Landschaft verbarg sich eine unaufhörliche, blinde Bewegung; die Wälder, die sich da emportürmten, waren voll von Grotten, unsichtbaren Gewässern, Lichtungen, zyklopischen Wegen, auf denen halbwilde Ziegenherden weideten. Hinter den Höhen, dachte Louis, könnte eine Bucht liegen mit ihrem zwischen Sonnenaufgängen und Sonnenuntergängen wechselnden Licht; man sieht keine Menschen; gerade nur irgendwo das Stück eines fliegenden Gewandes oder einen Schimmer nackter Haut. Er stemmte sich bereits mit Charlot gegen das unbewegliche Holz, keuchend, schweißnaß.

»Du könntest«, sagte Louis, »wenigstens Marcel holen.«

Charlot sah ihn zweifelnd an. »In Handschellen?«

»Du hast ja schließlich etwas zum Öffnen«, sagte Louis.

Charlot überlegte einen Moment, lachte. »Na schön«, sagte er, ging zum Wagen und schloß Marcels Fesseln auf. Marcel sagte nichts; er sah eine Minute lang neben den anderen stehend, mit zusammengekniffenen Augen den Bergkamm entlang, indem er sich die Handgelenke rieb. Dann spuckte er abwesend in die Hände, und sie nahmen zu dritt die Arbeit wieder auf.

Louis wunderte sich noch über die Selbstverständlichkeit, mit der Marcel ihnen geholfen hatte, als sie in R. einfuhren. Es war noch kein rechter Sommer; man fröstelte an diesem späten Nachmittag, der ein goldenes, kraftloses Licht zwischen die Häuser hing. Eine Gruppe von Partisanen, die an der Viehtränke gesessen und den Rindern zugesehen hatte, stand auf und stürzte auf das Auto los. Louis bemerkte drei Überlebende von S. unter ihnen. Sie zogen im Laufen ihre Pistolen.

»Ça va«, sagte Charlot kurz, »die Verhandlung findet morgen früh um sechs vor einem Tribunal der Republik statt. Wer etwas vorzubringen hat, sollte anwesend sein.«

Die drei Leute von S. hatten ihre Waffen wieder eingesteckt. Louis ließ sich vom Diensthabenden Bericht erstatten. Dabei dachte er nach, wo man Marcel unterbringen könnte. »Wir setzen ihn in die Wachtstube«, entschied er.

Er ließ den Gefangenen auf einer Bank festbinden, ihm etwas zu essen geben und schärfte der Wache ein, daß während der Nacht außer dem Kommandanten und ihm selber kein Mensch die Stube zu betreten habe; der Posten bürge für Marcels Leben mit seinem Kopf.

Dann schlenderte er noch eine Weile auf der Dorfstraße umher, unterhielt sich mit Bauern und Partisanen, die vom Heuen nach Hause kamen, sah durch die Fenster in die Küchen, wo der Suppenkessel über dem Reisigfeuer hing. Der erste Lichtschein fiel auf die dämmernde Straße. Die alten Frauen und die Mädchen von R., seit jeher in der Gegend bekannt für ihre Kunstfertigkeit im Sticken, saßen schon seit Tagen über den Fahnen und Armbinden, die das Bataillon am Tag der Befreiung beim Défilé in Aurillac zeigen würde. Unter dem Bild des Gekreuzigten neigten sich die Frauenköpfe über die rote Seide, aus der sie einmal Kirchenfahnen hergestellt hatten. Jetzt erschienen darauf unter der Jakobinermütze in Gold die Lettern F. T. P. Den Essenden, die in Hemdsärmeln vor ihren Kartoffeln saßen, sahen, an der Wand aufgereiht, Trikoloren in allen Größen über die Schulter.

Louis scharrte mit dem Fuß in einer Lichtlache, die im Straßenstaub geronnen war. Die ersten Sterne erzitterten im Nachtwind. Er zog sich den Schal dichter um den Hals. Nein, das war wahrhaftig noch kein Sommer. Er dachte an Marcel. Immerhin, sagte er sich, geht das Feuer in der Wachtstube die ganze Nacht nicht aus; er wird, festgebunden, wie er ist, nicht schlafen können, aber zu frieren braucht er nicht. Louis ging unschlüssig über die Straße. Ich kann ja auch nicht schlafen, dachte er, während er in die Wachtstube trat.

Marcel lehnte an der Wand, gegen die man seine Bank geschoben hatte. In seinen gefesselten Händen drehte er eine geröstete Kastanie. Louis blieb neben ihm stehen und vergewisserte sich, daß sein Gesicht die zufriedene Gleichgültigkeit ausdrückte, die man darin zu finden gewohnt war.

»Weißt du«, sagte Louis, »ich habe mich die ganze Zeit gefragt, wie das geschehen konnte.«

Marcel ließ die Kastanie fallen; man hörte sie auf dem Holzfußboden kollern. Er sah Louis mit seinen leeren, unschuldigen Augen an, und seine Brauen hoben sich langsam bis hoch in die Stirn. »Was denn, mon Capitaine?« fragte er.

Als Louis zum zweitenmal seinen Gedanken zu äußern versuchte, war ihm, als sei die Frage falsch gestellt, als wüßte er Marcels Erklärung im voraus, als müsse es in Rede und Gegenrede immer einen Rest von Ungenauigkeit oder einfach Ungesagtem geben.

Marcel dachte sehr lange nach, ehe er erwiderte: »Wie soll ich das wissen... Ich habe mir selber so oft die Frage gestellt. Ich hatte eben Angst.«

»Haben sie dich damals geschlagen«, fragte Louis, »als sie dich schnappten mit deinem Camion?«

Zu seiner Verwunderung bemerkte er, daß Marcel nach diesen Worten rot wurde.

»Sie brauchten mich doch nicht zu schlagen«, sagte Marcel und blickte auf seine Handschellen; in seinem Ton lag eine Spur von Verwunderung über Louis' Frage, als wolle er sagen: Hast du das noch nicht begriffen? »Wie hätten sie mich denn schlagen sollen, wenn ich doch Angst hatte. Ich habe gleich alles gesagt.«

»Und dann hast du ihnen den Weg gezeigt?«

»Ich hatte ihnen gleich gesagt, daß ich ihnen den Weg zeigen könnte.«

Louis schwieg. Er versuchte, sich das einfache dreiundzwanzigjährige Leben Marcels, soweit es ihm bekannt geworden war, vorzusagen wie eine Schulaufgabe, um den

Moment herauszufinden, in dem für Marcel alles ins Gleiten gekommen war, in dem sich für ihn alles zum Unguten und damit gegen ihn selbst gewendet hatte. Aber es gelang Louis nicht, den Zusammenhang zu finden zwischen dem Marcel, der vor ihm saß, und dem Hütejungen, der den Hund nach der Kuh Marquise laufen ließ, um sie aus dem Hafer des Nachbarn herauszubringen. Er erblickte Marcel nur momentweise vor sich, jedesmal ohne Schuld, jedesmal voller Rätsel; mit dem Kinn gerade über den Tisch reichend, während Pierrette, die Mutter, ihm auftrug, im Gemeindewald Ginster für den Winter zu schneiden; wie er über die Schwelle getreten sein mußte, vor fast genau vier Jahren, mit Augen, denen der Schrecken vor lauter Müdigkeit nichts mehr anhaben konnte, mit seiner zerfetzten Uniform, die von Dünkirchen her mit Brandflecken übersät war. Louis sah ihn auch, wie er ihn wirklich gekannt hatte – wie er neben seinem Lastwagen stand, den er immer tadellos in Ordnung hielt; wie er überhaupt gewesen war: guter Laune, eifrig, nicht immer diszipliniert, aber kein Kriecher, beliebt bei den Kameraden.

»Ich weiß nur eins, mon Capitaine«, sagte Marcel so ruhig, als rede er vom Wetter, »ich habe mich wie ein Schuft benommen, und die Leute haben recht. Natürlich werden sie mich hängen; es ist wohl auch das beste. Ich wünschte nur, es wäre bald vorbei.«

Louis erschrak. Er spürte, daß Marcel mit diesem Vorbeisein nicht die Verhandlung und die Hinrichtung meinte, sondern sein Leben. Er öffnete das Fenster, vor dem der Posten auf und ab ging, und sah hinaus. Der Wind war stärker geworden; er schnob manchmal hart über die Kuppe weg, auf der das Dorf lag. Der Himmel war klar und schwarz.

»Nun, gut!« sagte Louis vor sich hin und schloß das Fenster. »Schön!« wiederholte er laut und wandte sich nach dem Gefangenen um, der sich nicht rührte und sich eine blonde Strähne ins Gesicht fallen ließ. »Also, bis morgen«, sagte Louis noch und ging hinaus. Draußen ermahnte er den Posten zur Wachsamkeit und ging durch die Dunkelheit hinüber in das Haus, in dem Charlot und er ein gemeinsames Zimmer bewohnten. Beim Auskleiden – er hatte kein Licht gemacht – hörte er Charlots ruhigen Atem; er war auf einmal selber müde und schlief sofort ein.

Glockenläuten weckte ihn am Morgen. Er hielt eine Weile die Augen geschlossen und erinnerte sich, daß der heutige Tag ein Sonntag war. Charlot polterte schon mit den Stiefeln über die Holzdielen. Als Louis eine Viertelstunde später aus dem Hause trat, stand er unter einem dunkelblauen, wolkenfreien Himmel. Der Wind mußte sich gegen Morgen gelegt haben; die rosa und weißen Kerzen der großen Kastanie gegenüber standen unbeweglich in der warmen Luft. Louis bemerkte die harte, zarte Linie, die Berge und Dächer vom Himmel trennte, die riesigen, schrillenden Kurven der hochfliegenden Schwalben, das Gleichmaß der Glocken in der bewegungslosen Bläue. Hinter dem jungen Grün der Gartenbäume rollten die Wälder dunkel an den Hängen hinab. Das drohende Schreien der Hähne stieg wie Stichflammen gerade in die Höhe.

Auf der Straße, über der sich Vogelrufe mit dem Knarren von Stalltüren und dem Klappern von Eimern mengten, stand der Bürgermeister von R. mit zwei alten Bauern. Louis gab ihnen die Hand, und sie traten zusammen in den Hof, in dem eine Menge von Partisanen und Bauern das Gericht erwartete. Man hatte einen Tisch und fünf Stühle in einen Schuppen gestellt, vor dem Charlot auf sie zuging: das Tribunal war nach den Vorschriften komplett. Louis sah, während er auf seinem Stuhl Platz nahm, Marcels Gesicht vor sich als weißen Fleck in dem dunklen Raum, an den sich seine Augen nicht gleich gewöhnten. Zwei Partisanen hatten den Gefangenen hereingeführt.

Die Verhandlung dauerte nicht länger als zwanzig Minuten. Marcel hatte mit lauter, ruhiger Stimme die notwendigen Personalangaben gemacht und sich für schuldig erklärt an dem Tod von dreiundzwanzig französischen Patrioten. Er schilderte den Verlauf der Ereignisse mit einer Vollständigkeit, die eine Intervention der Zeugen unnötig machte. Das Urteil, nach sehr kurzer Beratung, lautete einstimmig auf Tod durch den Strang. Charlot hatte sich erhoben und begonnen: »Im Namen der Republik...« Er fragte jetzt Marcel, ob er das Urteil annehme. Marcel antwortete deutlich und unbewegt: »Ja.« Louis hatte ihn genau ins Auge gefaßt; er konnte nicht das leiseste Anzeichen von Angst an ihm finden. Hättest du Dummkopf, sagte er lautlos in sich hinein, nicht damals im Dezember sterben können? Charlot, immer noch aufrecht, verkündete: »Das Urteil wird sofort vollstreckt.«

Einer der beiden Partisanen, die Marcel hereingebracht hatten, ein breitschultriger blonder Bursche, den man nur den Lockenkopf nannte, ging auf Charlots Befehl hinaus, um einen Strick zu holen. Die Leute im Schuppen und die anderen, die vor der Tür standen und aus dem sonnengleißenden Hof her ins Dunkel spähten, hatten eine halblaute Unterhaltung begonnen. Der Lockenkopf kam zurück; in der Hand hielt er eine Gardinenschnur, die er irgendwo abgeschnitten hatte. Marcel hatte einen Blick darauf geworfen. »Das ist ja unmöglich«, sagte er, daß es alle hörten; Louis dachte: ›So laut hat er in der ganzen Zeit seit Aurillac nicht gesprochen.‹ »Du bist ja verrückt, wenn du glaubst, daß du mich an so einem Bindfaden aufhängen kannst.« Mit einer Bewegung seiner gefesselten Hände, des ganzen Körpers schien er allen Leuten auf dem Hof seine physische Wucht ins Bewußtsein rufen zu wollen. Charlot fuhr scharf dazwischen: »Mach dir keine Sorgen! Das ist unsere Sache!« Marcel zuckte die Schultern. »Ihr werdet ja sehen«, hörte Louis ihn halblaut sagen, »immerhin wiege ich zweiundachtzig Kilo.«

Wie in einem Zug, den doch nur der Zufall geordnet hatte, bewegten sich Gericht, Verurteilter und Auditorium über den Hof mit seiner Sonne, seinen Vögeln, den Glocken, die wieder angefangen hatten zu läuten. Marcel sah zum erstenmal unzufrieden aus; sein Gesicht widerspiegelte die unerklärliche Tatsache, daß er in diesem Augenblick nur an die Gardinenschnur dachte, für die sein großer, gesunder Körper zu schwer sein würde. Ganz schnell und kalt fragte sich Louis: Habe ich Mitleid mit ihm? Es war nicht das erstemal, daß Verrat seinen Lebensweg gekreuzt hatte. Louis brauchte in seinem Gedächtnis nur einen Namen von dreiundzwanzig zu nennen oder nach dem Gesicht der weinenden Frau auf dem Marktplatz von Aurillac zu rufen, um wieder seine Nägel in den Handflächen zu finden. Er sah auch das versteinerte Gesicht des alten Bürgermeisters, der eben keinen Moment gezögert hatte, den Tod Marcels zu verlangen.

Die Menge stellte sich um einen Kirschbaum, der acht Fuß über dem Boden einen starken Ast schräg in die Luft sandte. Der Lockenkopf hatte seine Gardinenschnur schnell an dem Ast befestigt; nun hob er, zusammen mit seinem Kameraden, Marcel in die Höhe und legte ihm die Schlinge um den Hals. Louis gewahrte hinter dem Baum die Köpfe von Kindern, die sich an die niedrige Mauer lehnten und ernst auf die Leute im Hof blickten. Die Partisanen ließen Marcel in die Schlinge fallen; einen Moment lang schwebte er da in seinem weißen Hemd und den blauen Hosen, mit den Händen, die sie ihm vorher auf den Rücken gefesselt hatten, dann war die Schnur gerissen, und Marcel rollte am Boden.

Die Menge stand starr, während sich Marcel schon wieder auf die Füße gestellt hatte. Er machte ein paar krampfhafte Bewegungen mit dem Kopf, wie einer, den ein Insekt in den Hals gestochen hat.

»Da habt ihr es«, sagte er keuchend, »ich habe es gleich gesagt. So ein Blödsinn!«

»Holt ein anderes Seil!« sagte Charlot, ohne ihn anzusehen, »ein richtiges!«

Louis fiel ein, daß nach einem alten Brauch ein zum Tode Verurteilter, bei dem der Strick riß, in Freiheit gesetzt wurde. In unserer Zeit, dachte er kalt, haben diese Bräuche keine Gültigkeit. Zugleich drängte es ihn, seine Pistole zu ziehen und Marcel zu erschießen, ehe der Lockenkopf wiederkommen würde. »So ein Blödsinn!« sagte Marcel noch einmal und sah zu den Hängen hinauf, an denen die Wälder niederstürzten wie schwarzgrüne Kaskaden. Louis begriff, daß Marcel außer dem eigensinnigen Verlangen nach dem Tode nur die Befriedigung eines Mannes fühlte, der soeben offensichtlich, unbestreitbar recht behalten hatte gegen die Meinung anderer Leute. Louis empfand deutlich die leichte Verlegenheit der Menge, von der er selber ein Teil war, gegenüber dem Mann unter dem Kirschbaum, eine Verlegenheit, die um nichts die Feierlichkeit minderte, die auf Gesichtern und Gegenständen, sogar auf der Landschaft zu ruhen schien.

Diesmal hatte der Lockenkopf ein Seil gebracht, ein festes Zugseil, das er aus einem Geschirr genommen hatte. Louis vermerkte, daß Marcel bei diesem Anblick ein leichtes, kaum wahrnehmbares Nicken der Anerkennung zeigte. Zum zweitenmal legten sie ihm die Schlinge um den Hals, hoben ihn hoch und ließen ihn, diesmal langsam und mit Vorsicht, nach unten gleiten. Man hörte keinen Laut. Die Menge sah zu, wie Marcel allmählich und sehr ruhig starb. Seine Beine zuckten nicht ein einziges Mal. Er starb mit geschlossenen Augen, das Kinn immer fester auf der Brust, in der merkwürdig gestreckten und gesammelten Haltung, die Erhängte im Tode einnehmen.

Louis rührte sich nicht. Er lauschte auf die Rufe der Vögel im Geäst, auf die leisen Tritte der Menge, die wortlos auseinanderging, auf das Geklirr der Spaten, die neben der Mauer schon das Grab aushoben. Er empfand die ganze dunkle Unschuld der Landschaft, ihre Wärme, ihre unergründlich-staunende Redlichkeit, in der sich jetzt überall unter dem wolkenlosen Himmel das Gewitter der Befreiung zusammenzog. Die Kinder hinter der Mauer waren weitergegangen. Louis sah nur noch zwei junge Mädchen, von der Büste abwärts von der Mauer verdeckt wie auf einem Bild. Sie standen da, jede einen Arm um den Nacken der anderen geschlungen, mit leicht geöffneten Mündern, als sännen sie einem Liede nach, und sahen mit großen Augen an dem Erhängten vorbei nach den Gärten zu und den Bergen, während auf der Brüstung neben ihren offenen braunen Händen eine Eidechse sich sonnte.

DIE ZEIT DER GEMEINSAMKEIT

Das war zwei Tage nur, nachdem ich nach Warschau gekommen war, in diese unglaubliche Stadt, wie ein geheimer Kundschafter des vorzeitigen Sommers. Die Hitze hatte mich schnell eingeholt, als wolle sie alles selber prüfen. Jetzt erhoben sich über der windstillen Ebene Wolken von Mörtelstaub. Ich lief durch das Gebrüll der Lufthämmer und versuchte die Losungen auf den Transparenten zu entziffern, die auf heroischen Wind zu warten schienen. Der Lärm in den Straßen, auf den Baustellen wurde frenetisch; man hätte glauben können, daß die Stadt vor Zorn über die eigene Erschöpfung sich mit verdoppelter Wucht in die Arbeit hineinwarf. Aus ihren Dörfern vor die Pforten des Lazienki-Gartens verschlagene Bäuerinnen lauschten erstaunt auf die Vogelrufe der Eisverkäufer. Als sei ich auf meinen jahrelangen Wanderungen an einen Ort gelangt, in dem sich die Kontinente reflektierten und die Ereignisse meines Lebens in gewissen, für mich bedeutsamen Einzelheiten wiederholten, glaubte ich Gesichtern, Haltungen, Gesten zu begegnen, die mir vorzeiten in einer norddeutschen Kleinstadt, in einem italienischen Hafen, an einer spanischen Landstraße aufgefallen waren. So hatte ich auch den unaufhörlich wirbelnden Staub, der zum Ausruhen nur wieder Staub fand, die halbnackten Arbeiter, die eine Trasse durch die Stadt legten und heiser nach Wasser riefen, die im schweren Schatten hockenden Händler mit schmerzenden Augen einmal in Alexandria gesehen oder in

Haifa oder Beirut. Ich ging durch die unbekannte Stadt wie durch ein Panorama meiner vierunddreißig Jahre. So ähnlich, dachte ich, ist es Soldaten zumute, die auf dem Vormarsch links und rechts an improvisierten Wegzeichen die banalen Namen vertrauter heimatlicher Gebäude und Ortschaften wahrnehmen. Aber vielleicht war nur der Brief schuld an all dem, der Brief, den ich schon vierundzwanzig Stunden in der Tasche trug, geöffnet, so wie er mir gegeben worden war, dieser Brief, in dem ich drei- oder viermal gelesen hatte, als hätte meine Adresse auf dem nichtexistierenden Umschlag gestanden und als hätte ich ihn seit langem erwartet wie die Mitteilung eines Freundes, der einem vor Antritt einer Reise mit Bestimmtheit hatte versprechen müssen, möglichst gleich und ausführlich zu schreiben, und als würde ich, durch widrige Umstände an gründlichem Kennenlernen gehindert, hastig nach den Hebelpunkten des Schreibens suchen. Während ich durch die Stadt ging, dachte ich manchmal an diesen Brief, gegen den mich dann beinahe jedesmal ein Gefühl erfaßte, als enthalte er eine schlechte Nachricht, die ich vergessen müßte, nachdem ich sie doch schon gleichsam auswendig gelernt hatte.

Zwischendurch richtete ich meine ganze Aufmerksamkeit auf die Vorgänge in den Straßen. Hier bist du Zeuge, sagte ich mir, eines großen und seltenen Vorgangs: du erlebst das Sterben des Todes. Erschöpft von Hitze und Zuversicht erblickte ich im Geist wie einen Lavastrom, der hier und da Zungen dunkelflammender, schnell erstarrender Masse vorschickt, eine Mauer von flüssigem Zement, die das Flachland mit seinen Ruinen, seinen toten Zonen, mit den Gräbern, den geknickten Kandelabern und kopflosen Monumenten wie mit einer Decke überzog: dem Fundament der neuen Stadt.

Inmitten dieser Veränderung drängte mich auf einmal meine eigene Unveränderlichkeit zum Aufbruch. Ich *winkte einem Wagen und nannte mein Ziel. Mein Herz schlug schneller, als ich mir vorzustellen suchte, daß ich einer geheimen Verabredung nachkäme in dieser Stadt, in der ich niemanden kannte, in der ich nie zuvor gewesen war. Am Tag meiner Ankunft war ich bereits durch Warschau gefahren, um mir einen Überblick über die Zerstörungen und die im Gang befindlichen Arbeiten zu verschaffen. Ich hatte das Gebiet des ehemaligen Gettos durchquert, hatte undeutlich die Schutthalden links und rechts vom vorbeifliegenden Wagen wahrgenommen, das Denkmal für die Gefallenen auf einem viereckigen Platz. Während ich nun von neuem hinausfuhr, suchte ich mir die Anlage des Viertels zu vergegenwärtigen und bestimmte Markierungspunkte inmitten der beinahe erreichten Einöde vorauszubestimmen. Aber als hintertreibe das wallende, zähflüssige Licht jede Orientierung, mußte ich mir jedesmal gestehen, daß ich mich geirrt hatte – ich fand mich nicht mehr zurecht. Ich kann nicht mehr sagen, warum diese luminöse Tücke, diese vom Atmosphärischen ausgehende Hinterhältigkeit mich mit einem bohrenden, dumpfen Zorn gegen mich selbst erfüllte. In diesem Moment war ich, wenn ich mich recht entsinne, ebensowohl dazu bereit, in den Wagen gelehnt, mich willen- und richtungslos ins Ungewisse fahren zu lassen, als auch zum Abbrechen der Expedition. Wenn ich den Wagen halten ließ und den Chauffeur entlohnte, so geschah das wahrscheinlich, weil ich mir beweisen wollte, daß ich imstande sei, einen Entschluß zu fassen. Und erst, als das sich entfernende Wagengeräusch ganz und gar verstummt war, erkannte ich, daß ich kaum hundert Meter von dem Platz mit dem Denkmal entfernt war, der den Zugang zum früheren Getto darstellt.*

Ich ging die Straße zum Platz hinunter, eine Straße, die gerade so unbelebt war, wie man sie sich nur irgend vorzustellen vermag. Die Granitquader, die das Trottoir bildeten, waren gebrochen, aus ihrer Lage gebracht, von Explosionen zerschrundet. Die Straße, die wie ein Hohlweg zwischen zwei bis drei Meter hohen Böschungen hinlief, mußte der einzige Zufahrtsweg ins Getto sein. Unruhe und Überdruß, die ich nacheinander empfunden, waren einem fiebrigen, exaltierten Gefühl von Zufriedenheit gewichen; ich empfand auf einmal etwas wie Schadenfreude gegenüber den Umständen, die meinen Absichten hatten entgegenstehen wollen. Nun, dachte ich, während sich zugleich eine leise Abwehr gegen das eigene Verhalten in mir regte, nun, ich bin doch gekommen. Wirklich stand ich jetzt schräg vor dem Denkmal, dem eigentlich dunklen, aber wie auf einem falsch belichteten photographischen Bild farblos im farblosen Licht aufsteigenden Granit. Zum erstenmal sah ich das Monument aus der Nähe. Die Sonne stand genau im Zenit. Im Mittagslicht hätte die Gruppe der Aufständischen, die aus der Mitte des Denkmals hervortritt wie aus einer Bresche, geradenwegs aus der Hölle herausgekommen sein können, deren Flammen man hinter den Figuren noch hervorschlagen sah. Der ganze strenge Block, der sich nach oben verjüngt und so an die Pyramiden gemahnt, die die Urväter der Gefallenen für fremde Pharaonen auftürmen mußten, dieser Block war vielleicht nichts anderes als das Tor der Hölle, das die Kämpfer erreicht hatten, nachdem sie durch tausend Feuer gewandert waren, und von dem aus sie mit leeren Augenhöhlen und erstarrten Gesichtern in die verwüstete Landschaft blickten. Vielleicht war es gerade umgekehrt: gleich würde sich, nach einem letzten Blick ins Leere, der Stein hinter ihnen schließen; es gäbe dann nichts mehr außer dem glatten, dunklen Stein, hinter dem die Hölle wütete. Ich wurde nicht müde, die Gruppe zu betrachten, unaufhaltsam zurückgerissen in den Tartarus der Jahre, die erleuchtet gewesen waren von diesem Feuer.

Die Luft glühte immer noch, wenn auch der Himmel, der weiß gewesen war vor Hitze, sich allmählich dunkler färbte. Meine Uhr zeigte fünf Uhr nachmittags.

Ich setzte mich auf einen zerschlagenen Eckpfeiler, der am Ostrand des Platzes im harten Schatten eines Mauerrestes lag. Von hier aus beobachtete ich weiter Platz und Denkmal mit unverminderter Aufmerksamkeit. Durst quälte mich; nach heftigen Schweißausbrüchen war meine Haut so trocken geworden, daß ich sie bei einer Berührung als körnig-tote Substanz spürte, nicht anders, als handle es sich um erwärmten Staub oder Stein.

Die seltenen Fußgänger, die allein oder in kleinen Gruppen vorbeikamen, blieben vor dem Denkmal stehen, ohne auf mich zu achten. Nur die Bewegungen ihrer Hände und Lippen drangen bis zu mir – ein Geschehen auf entfernter Bühne, das man nicht begreift. Eine Zeitlang beschäftigte mich der Schatten des Monuments, wie er länger wurde und auf mich zuwanderte. Als er mich erreicht hatte, stand ich auf. Am Denkmal vorbei ging ich auf die Böschung zu, mit der das Trümmerfeld des ehemaligen Gettos schroff an der Seite des Platzes beginnt. Man ersteigt den drei Meter hohen Hang ohne Mühe. Ich tat ein paar Schritte nach vorn, hastig, ungewiß, wohin ich mich zu wenden hatte, als überschritte ich eine Grenze.

Von hier aus übersah ich das Gebiet, wo in gestaltlosen Schutt zusammengesunken ist, was im Zustand der unmittelbaren Vernichtung noch Ruine war, Mauerrest, stehengebliebener Pfeiler. Das Gelände, ein Gewoge gleichmäßig nivellierter Trümmer, stürzt richtungslos dem Horizont zu – ein Gewoge, sage ich, denn in der Tat bilden die Schuttberge eine starr gewellte Fläche, deren Kämme und Täler sich nicht weiter voneinander entfernen als die Scheitel- und Tiefpunkte einer leichtbewegten See. An einigen Stellen öffneten sich Krater, in denen gemauerte Teile von Kellern sichtbar wurden – hier hatte man später nach Getöteten, Verbrannten gesucht oder nach vergrabenen Dokumenten.

Ich war nach den ersten Schritten stehengeblieben. Nun ging ich weiter, stolpernd und beschleunigten Schrittes, aber ständig die Richtung wechselnd, als gehorchte ich den Weisungen im chaotischen Gefälle des Gesteins. Ich fühlte mich heimatlos und geborgen zugleich, vielleicht wie ein auf den Wogen treibender Gegenstand, besäße er Bewußtsein, fühlen würde. Hier könnte die geographische Mitte meines Lebens sein, sagte ich mir, und ich bückte mich nach eingebildeten Gegenständen, die doch nichts weiter waren wie zerschlagener Stein, als würden sich plötzlich vergangene Besitztümer, irgendwelche Andenken finden lassen, die die Flut der Jahre da zusammengespült hatte. Und wieder brach ich hastig auf, als gelte es, noch vor dem Einbruch der Nacht an ein Ziel zu gelangen, das das Leben oder ich selbst mir gesteckt hatte.

Denn es war Abend geworden. Eine späte Junisonne, die ihre Strahlen abgetan hatte und sich in rötliche Nebel hüllte, stand handbreit über dem Horizont und gab den bröckelnden Ziegeln und ausgeglühten Metallresten Kontur. Ich sagte mir in diesem Moment, daß es nun eigentlich genug sei an planlosem Schweifen und Träumen. Deutlich sah ich mein Hotel vor mir mit dem Speisesaal und der Tanzkapelle, und ich überlegte, wo ich ein Taxi würde nehmen können; schon hatte ich es mit dem nächsten Gedanken gefunden, stieg aus, setzte mich an einen Tisch zu meinen Zufallsbekanntschaften. Den ich jedoch in meiner Vorstellung sah, war bereits ein Fremder, der mir noch ähnelte, aber schon begonnen hatte, sich unwiderruflich von mir zu trennen, und den ich vielleicht nur mit dieser geheimen und schlecht verborgenen Ungeduld begleitete, um ihn schneller verlassen zu können.

Im Augenblick, da ich ihn aus den Augen verlor, hatte das Getto ganz von mir Besitz ergriffen, und die kaum wahrgenommenen Geräusche der entfernten Stadt hingen über mir wie ein Netz, in das ich blindlings hineingelaufen war. Die Laute des abendlichen Warschau verkündeten nur, daß die Toten unter den Trümmern des Gettos, diese fünfzig- oder sechzigtausend, bald nicht nur die Last des Schutts würden tragen müssen: über die unaufräumbare Wirrnis aus Stein und Eisen würde sich, nicht wie es mir vorhin die Phantasie eingegeben, sondern in aller Realität, die meterdicke Decke aus Beton ziehen, auf der, um drei oder vier Meter erhöht, ein riesiges Viertel der erneuerten Stadt sich erheben würde. Nur noch das Monument auf dem Platz würde laut in alle Ewigkeit mit all seinen Lettern reden: Dem jüdischen Volk seine Kämpfer und Märtyrer. Aber den Toten, so schien mir, würde diese Last leicht sein: die Stadt über ihnen – wäre sie möglich gewesen ohne ihr Sterben, das die Welt zu noch größerer Entschlossenheit gezwungen hatte? Zum erstenmal jetzt, nach ihrem Tode, würde die Stadt Warschau, in der sie ja nie ganz heimisch gewesen waren, ihre wahre Heimat sein. Die Toten selbst, sagte ich mir, sind es, die die Decke aus Beton über sich ziehen, um unter den Riesenbauten ihrer Kinder und Freunde auszuruhen.

Im letzten Schein des Tages sah ich noch einmal deutlich die tote, formlose Verwüstung um mich, das Unkraut, das zu meinen Füßen wie dunkelfettiger Rauch aus den Ritzen des zerschmetterten Gesteins puffte. Jeden Gedanken an Umkehr hatte ich abgetan. Ich ließ mich weiter in die Einöde treiben, deren Begrenzungen die Nacht verhüllte. Einmal stieß ich auf eine Art Senke, oder besser einen halbmeterbreiten Feldweg, der ziemlich gerade durch die Trümmer lief, aus dem Dämmer kommend, ins Dämmer gehend, und ich begriff, daß ich da auf eine ehemalige Hauptstraße des Viertels gestoßen war, die in der allgemeinen Einebnung ihre karge Spur hinterlassen hatte.

Dann war die Nacht endgültig gekommen. Ich fand mühseligen Boden unter den Füßen, tastete nach verräterischen Löchern, verbrannte mir die Hand an Nesseln. Immer noch hätte ich ohne große Schwierigkeiten zurückfinden können, denn einmal sah ich flach über dem Boden in der Ferne das weiße Licht der vier Scheinwerfer, die an hohen Pfosten hingen und nach Einbruch der Dunkelheit das Monument anstrahlten. Aber ich muß gleich danach auf abfallendes Gelände geraten sein, denn einige Sekunden später sah ich kein Licht mehr außer den wenigen Sternen über mir. Mich verlangte es jetzt nur nach einem Platz, wo ich mich niederlassen konnte. Wirklich fand ich nach einigem Umhertasten ein Gesteinsstück, das eine Stufe oder etwas Ähnliches sein mochte und eine bequeme Rückenlehne darstellte. Ich breitete meinen dünnen Staubmantel aus und legte mich ins Geröll. Den Kopf im Nacken, sah ich nach den Sternen oder ließ die Glut meiner Zigarette vor meinen Augen Figuren beschreiben. Einmal dachte ich an die Möglichkeit, daß man mich hier finden könnte, und ich malte mir belustigt die mißtrauischen Vermutungen der Personen, die an der Entdeckung beteiligt sein würden, und meine eigene Verlegenheit aus. Dann wieder beschäftigte mich ernsthaft die Antwort, die ich auf die Frage nach dem Sinn meines Hierseins zu geben haben würde. Es gab nicht nur eine, es gab viele Antworten, die sich mir auf die Lippen drängten. Wenn ich eine Frage als berechtigt empfunden hätte, so wäre es nur diese gewesen: wie ich heute anderswo hätte sein können. Ich habe, sagte ich mir, eine lange Totenwache nachzuholen für so viele Nahe und Unbekannte, die alle nicht in ihren Betten gestorben waren.

Hier stand nichts zwischen den Toten und mir, wie auch in dieser Stadt nichts zwischen dem Leben und mir gestanden hatte. Ich begriff die Lebenden und die Toten, ein ganzes Volk, dessen Sprache ich nicht verstand, dessen Boden ich niemals zuvor betreten hatte, das nur mit den Zeichen seiner Leiden und Anstrengungen zu mir redete. Nach der übermäßigen Spannung des Tages, der nervenreizenden Gegensätzlichkeit zwischen regloser Hitze und rasender Arbeitsbewegung, umgab mich die Leblosigkeit des kühlen Dunkels. Ich verspürte nicht die geringste Müdigkeit, sondern gab mich ganz dem Spiel der Gedanken und Assoziationen hin. Die Nacht war sehr finster, der Himmel, immer noch von Sternen fast leer, nur wenig heller als die Schwärze des Bodens.

Ich weiß nicht, wieviel Zeit verstrichen war, als ich mich abgelenkt fühlte, abgelenkt nämlich gerade von der Richtungslosigkeit meiner Ideen, von der trost- und beziehungsreichen Unbestimmtheit meines Dahindämmerns. Konnte schon jede Ablenkung nur eher eine Hinlenkung sein zum exakten Erfassen eines begrenzten und begrenzbaren Vorgangs oder Gedankens, so wäre ich doch in diesem Augenblick, hätte es sich um eine begriffliche Festlegung gehandelt, bei dem Wort »Ablenkung« geblieben: ich war entschlossen, jede Änderung in der Annehmlichkeit meines Zustands als Störung aufzufassen. Der Brief war es, der vom Moment an, da ich in den Taschen nach Zigaretten gesucht hatte, von neuem in mein Bewußtsein getreten war wie ein lästiger Schmerz oder eine bevorstehende Prüfung, dieser Brief, den ich gar nicht hätte lesen können in der herrschenden Finsternis, von dem ich aber bereits wußte, daß ich ihn nötigenfalls auch im hellsten Tageslicht mit geschlossenen Augen entziffern würde.

Ich war nie wacher und nüchterner gewesen, nie abgeneigter, mich Halluzinationen hinzugeben, nachdem ich schon mit Widerstreben die Unterbrechung meiner Träu-

merei hingenommen hatte. Und doch hätte es sein können, daß ich, beim Gedanken an den Brief, etwas gehört hätte wie ein ruhiges Atmen von mächtigem Gleichmaß, wobei ich an Wind gedacht hätte, ja, an ein nahendes Gewitter, wenn nämlich dieses Atmen oder Blasen, von allen Seiten zugleich kommend, begonnen hätte, einem fernen, sehr leisen Donner zu gleichen. Nichts würde eine solche Mutmaßung bestätigt haben, denn die Nacht war frei von Wolken und Wetterleuchten, und doch hätte das Geräusch unaufhörlich zugenommen – schon wäre es ein rauschender und polternder Lärm geworden, ein Prasseln, als fiele ein gigantischer Hagel über die Stadt. Und das alles hätte mir keine Furcht eingejagt, mir, der ich den Brief die ganze Zeit in der Tasche zwischen den Fingern hielt, als verberge sich das, was ich vernahm oder gleich erblicken würde, in diesen Seiten, die unvollständig waren wie die aufgefangenen Notsignale einer verschollenen Expedition. Finstere Flecken würden jetzt in den Himmel hineinwachsen, von geometrischer Gestalt. Es könnten keine Schatten sein – denn das Auge würde sogleich die Tiefe erfühlen , mit der Körper auch im Dunkel unseren Sinnen begegnen. Und nicht allein das : ich würde, immer den fremden, von einem Unbekannten geschriebenen Brief in der Hand, begreifen, daß die trockenen Geräusche eines in Bewegung gesetzten widerspenstigen Stoffs einer wirklichen Veränderung entsprächen. Und in den Lärm unbelebter Dinge hätten sich nun auch menschliche Stimmen und Laute gemengt, Rufe, Schritte, Pfiffe. Wie ein Ertrinkender würde ich um Atem gekämpft, würde einen Fuß vor den anderen gesetzt haben, um bei den anderen zu bleiben, die sich da ringsum vernehmbar machten. Und das alles wäre nicht mehr und nicht weniger gewesen als das Wiedererstehen des Gettos, ein geisterhaft-eigensinniges Sichwiederaufrichten des Schutts zu grauen, vierstöckigen Gebäuden, in Zeilen aneinandergereiht und von Menschen wimmelnd.

Der Brief in meiner Tasche war das Lebendigste in der Welt. Es wäre mir nicht eingefallen, daß man einen Brief nicht im Dunkel lesen kann; ich stellte mir auch nicht die Frage, warum ich ihn gerade jetzt lesen sollte, nachdem ich den ganzen Tag hindurch vielleicht selber Gründe vorgeschoben, die mich am Lesen gehindert hatten. Eher hätte ich geglaubt, daß B., der mir den Brief anvertraut hatte mit der Bemerkung, es handle sich um ein einzigartiges, so gut wie unbekanntes Schriftstück, das ihm in die Hände geraten sei, nachdem man es unter manchen von Regen und Schmutz fleckigen Dokumenten entdeckt habe, wobei er spüren ließ, daß ich die Überlassung des Briefs seiner besonderen Gunst zu danken hätte – eher hätte ich geglaubt, sage ich, daß B., der mir seit Jahren bekannt ist und dem ich nach langer Zeit wiederbegegnet war, ein Phantom gewesen sei, etwas ganz und gar Unwirkliches, ein Substitut des Bewußtseins gewissermaßen, und daß ich diesen langen Brief, den man nicht unbedingt einen Brief zu nennen braucht und dessen Beginn und Ende übrigens nicht aufgefunden wurden, von seinem Verfasser selbst erhalten hätte, weil er ihn für mich bestimmt hatte und weil mir seine Züge so nahe, so ähnlich sein mußten wie das Gesicht, das ich jeden Morgen im Spiegel erblicke.

»... und die Straßen nicht anders als gestern und vorgestern mit den Sängern und Händlern und Hungernden und den knüppelschwingenden Patrouillen und den Maueranschlägen und den Kindern, die auf ihren Fersen hocken. Wie lange beobachte ich das? Seit sechs Monaten wenigstens. Man neigt hier leicht dazu, auf eine normale Zeiteinteilung zu verzichten. Aber ich irre mich nicht: ich befinde mich in der Tat seit sechs Monaten hier. Aber wozu das... Mich beschäftigt viel mehr die Frage, wer Du bist, wie Du aussiehst, Empfänger der Flaschenpost, welchen Ausdruck und welche Farbe Deine Augen haben, wenn Du Dir vorzustellen suchst, wie dieses Leben, von dem ich berichte, sich immer wieder über seinem Gegensatz schließt wie Wasser über einem Stein, mit überwältigender Hartnäckigkeit, daß man an ein Naturgesetz zu glauben beginnt, mit einer blinden Folgerichtigkeit, als handle es sich nicht um das Zusammentreffen zufälliger, von Menschen ausgedachter und erlebter verhängnisvoller Momente, die wir Lüge, Selbstbetrug, Trägheit, Verzweiflung nennen und die damit schon etwas Absolutes, Unveränderliches zugesprochen bekommen, während sie in Wirklichkeit doch gemacht sind – ich finde keinen anderen Ausdruck –, und deren Fragilität, deren von Epoche und Bewußtsein abhängiger Charakter darum so wenig bezweifelt werden kann wie ihre Verwerflichkeit. Bin ich zu hart gegenüber meinesgleichen? Kaum, und ich spreche ja auch von mir, was wiederum Ungerechtigkeit von meiner Seele her nicht ausschließt, aber immerhin meine wiederholte Versicherung bekräftigen möge, daß ich nach bestem Wissen und Gewissen berichte.

Was ich Dir vor Augen stellen möchte, mutet wie ein riesiges verhängnisvolles Spiel an, wie eine kindliche Verschwörung gegen die Wirklichkeit, eine Verschwörung, die dem kollektiven Selbstmord gleichkommt. Die Einwohnerschaft des Gettos ist zum Zeitpunkt, da diese Zeilen geschrieben werden, auf ein Achtel ihres ursprünglichen Bestandes zusammengeschmolzen. Die nicht in den Aktionen fielen (man breitet Zeitungspapier über diese Toten, die verrenkt an den Hauseingängen liegen oder in den Gossen), gehen den Weg nach dem Umschlagplatz, von dem niemand zurückkommt. Wir sehen die Tausende unter Eskorte nach dem Umschlagplatz ziehen, wir hören das Rollen und Klirren der Züge, wir kennen das Wort Treblinka – aber unter dem Druck einer unheimlichen Vereinbarung reden wir von Umsiedlung, geben wir vor, von Treblinka nichts zu wissen, sagen wir »vielleicht«. Das Getto bebt von Lebenshunger, und dieser Lebenshunger gerade bedeutet den Sieg des Todes, so wie die einmalige Todesmaschinerie der Deutschen, die den Opfern selbst unglaubhaft erscheint, den Erfolg der deutschen Lebensart am sichersten verbürgt. Du begreifst natürlich, daß es eine echte Liebe zum Leben gibt, gegenüber der der Tod die Partie leicht verlieren könnte, jene Liebe zum Prinzip des Lebens, die die eigene Existenz zu opfern bereit ist um der anderen willen. Hier fällt alles auseinander vor dem irrsinnigen Trieb des einzelnen, sein Leben, nur sein Leben um ein Geringes zu verlängern. Die Sklaven, die bei Többens, bei Schultz, bei Hoffmann, bei der HUV arbeiten, sehen zu den deutschen Unternehmern und Treibern, die das Letzte aus uns herausholen, ehe wir zum Tode befördert werden, wie zu Göttern auf, deren Ohr ihnen geneigt sein möge. Aus den Todeszügen brüllt es: »Ich, Herr Schultz! Sie wissen doch, daß ich ein guter Arbeiter bin! Ich bin es, ich, ich, ich ...« Eben sprach ich von einer kindlichen Verschwörung: die Opfer blicken zu den Henkern auf wie zu strengen, doch gerechten Lehrern, und mit der gleichen eigensinnigen Einbildungskraft, mit der spielende Kinder einen Rasenplatz zum Ozean und ein Stückchen Holz zum Überseedampfer ernennen, erfinden meine Schicksalsgefährten unablässig optimistische Metamorphosen der Vernichtung.

Muß ich in diesem Zusammenhang nicht auch von mir mit bitterer Schärfe reden? Verbringe ich nicht meine Zeit, wenn der Betrieb mich freigibt, inmitten von Selektionen und Aktionen – vergib mir diesen Jargon des Todes, den die Deutschen uns aufgezwungen haben (die Deutschen, sage ich schon wieder...) – verbringe ich meine Zeit nicht mit diesem Buch, obwohl ich einen guten Teil meines Hölderlin auswendig weiß? Und was ist das anderes als der Versuch, mich mit der Gegenwart auszusöhnen, mir eine private Normalität zu schaffen, zu der, lassen sich auch keine anderen diesen Begriff kennzeichnenden Bequemlichkeiten aufführen, die Lektüre gehört. Vergeblich auch der Versuch, diesem Dichter oder vielmehr meiner Beschäftigung mit ihm eine militante, eine aktiv-moralische Bedeutung unterschieben zu wollen. Es gibt Situationen, in denen die Kunst, jede Kunst, dem Leben entgegensteht, in denen sie ihm eigentlich nichts mehr zu sagen haben dürfte. Schon wieder möchte ich Dich um Verzeihung bitten für diesen Satz. Haben wir denn nicht gerade stets jene Kunst gemeint, die dem Leben gewissermaßen helfen möchte, noch mehr Leben zu sein? Und ist die Blasphemie, die ich gerade niederschrieb, nicht vielleicht der deutlichste Ausdruck dafür, daß es dem Feind gelungen ist, uns dahin zu bringen, wohin er will? Ich weiß nur, daß wir keinen gefährlicheren Gegner besitzen als die Apathie; daß sie vor allem bekämpfenswert ist. Vergib mir, noch einmal, daß ich nicht zu entscheiden weiß, ob wir dabei in der Kunst einen Verbündeten haben oder ob sie nicht einfach eine Schlinge, einen Schachzug des Feindes darstellt.

Nach allem, was Du bisher durch mich selbst und von anderen erfahren hast, wirst Du wahrscheinlich geneigt sein, uns mehr an erlaubtem Selbstbetrug, an heilsamen Illusionen – wirst Du es nicht vielleicht so nennen? – zuzugestehen, als ich selber gern möchte. Wie merkwürdig ist die Vorstellung, daß Du in diesen oder ähnlichen Begriffen an uns und unseren Tod denken wirst. Daß du denken wirst: Es gab kein Entrinnen; hätten sie nicht das Recht haben sollen, sich über ihren unvermeidlichen Tod, diesen Schlachtviehtod, so lange und so weit wie möglich zu täuschen? Wie merkwürdig! Mich würgt etwas in der Kehle, wenn ich, der ich so unerlaubt ruhig an diesen Tod zu denken vermochte, mir vorstelle, daß jemand über unseren Tod Betrachtungen anstellen wird, daß Du imstande sein wirst zu sagen: Als sie noch lebten… Aber ich schweife ab, und gerade darum, weil ich nicht weiß, was aus meinem Brief werden wird, aus diesem Brief, der einem Bericht ähnelt oder einem Tagebuch und der am Schluß vielleicht einer Erzählung gleichen wird, obwohl er möglicherweise nur sich selbst gleicht, dem Lauf eines Pferdes, dem man die Augen verbunden hat und das ein Rad treibt, dem unverständlichen Gelall eines Stummen, der sich selbst beweisen will, daß er immer noch der Sprache mächtig ist. Oder solltest Du den Brief einfach nur darum mit dem gleichen Mißbehagen lesen, mit dem ich ihn niederschreibe, weil in ihm unsere auseinanderstrebenden Möglichkeiten zu ahnen sind, ohne sichtbar zu werden? Alles Geschriebene soll erklären, klarmachen. Der Zustand jedoch, den wir bis heute leiden, erleiden, ist der Zustand der Unklarheit selbst. Ich müßte es jetzt ganz einfach machen und sagen: Wir hatten nur noch zwischen einem klaren und einem unklaren Sterben zu wählen. Das Leben stand nicht mehr zur Diskussion. Und bei uns gab es Menschen wie Mlotek; das darf nicht vergessen werden.

Was ist denn mein Thema? Die Apathie, deren Berechtigung Du uns vielleicht nachträglich zubilligst, die Apathie in ihrer jeweiligen Gestalt, wie sie sich durch die Straßen schleppt zum Umschlagplatz – erinnere Dich dieses offiziellen Namens, der anzeigt, daß an dieser Stelle die zum Transport Bestimmten verladen wurden! – oder sich in ein Buch vertieft, in dem von hellenischen Göttern die Rede ist, bis der erwartete endgültige Befehl dem Lesenden das Buch aus der Hand reißt und ihn einreiht in eine der Kolonnen, die man mit Stimmen vorwärtsprügelt, als seien es Stöcke, und die neuen Stockhieben entgegeneilen, als riefe sie eine Stimme? Oder ist der Tod mein Thema, unser Tod, über den Ihr eines Abends dann redet, eines ruhigeren Abends, in dem die Fledermäuse fliegen, und eine Flasche Wein steht auf dem Tisch? Sich das vorzustellen, fällt einem schwer, wie gesagt, aber wenn es schon so sein muß, so sollte doch zwischen Gläsern und Flasche mein Brief liegen, der einer meteorologischen Karte gleicht; so wird er also doch noch zum Zeugnis, zum Meßgerät eines Prozesses. Er redet vom Wetter, das sich ändern kann. Weil es Mlotek gibt und andere seines Schlages, wird er bald die ersten Kundgebungen des Bebens anzeigen, das dieser Hölle ein Ende setzen wird. Man hört seit einigen Tagen von einer letzten gewaltsamen Aktion der Deutschen, die das Getto gänzlich menschenleer machen soll. Dann wird es vielleicht so weit sein, daß die Menschen um nichts weiter besorgt sein werden als um einen anständigen Tod.

Es ist wahr, daß die Apathie, deren ich mich und meine Schicksalsgefährten bezichtige, niemals ein allgemeiner und dauernder Zustand gewesen ist, und somit hätte ich schon manches korrigiert, was im Vorausgegangenen zum Nachteil unseres Rufes steht. Mir scheint, daß in dieser Sorge um unsere Reputation bei der Nachwelt der sicherste Beweis dafür liegt, daß es sich mit uns nicht so schlecht verhält, wie gewisse weiter oben geäußerte Zweifel und Urteile Dich glauben machen könnten. Das Bild der Transporte weinender, betender, verstummter, aber immer und immer gehorchender Menschen, hinter denen die Straßen sich wieder mit betriebsamen Schatten füllen, diese unaufhörliche, revoltierende Kundgebung ohnmächtiger Geschäftigkeit und selbstzerstörerischer Glaubenskraft ist natürlich schlimm genug.

Aber es gibt etwas in der Welt, was ich Dir erklären möchte, etwas Neues, das bis zu uns reicht und trotz allem den Namen Wendung verdient. Gewiß bin ich immer in Gefahr, der verführerisch-beschwörenden Kraft eines Wortes nachzugeben. Wenn ich an diesem Wort »Wendung« hängenbleibe – weißt Du, was ich dann sehe? Eine abendliche Straße in einer großen Stadt, in der ich meine Jugend verbracht habe und die ich nicht nennen will, weil ihr Name allzu schroff meiner derzeitigen Lage entgegensteht; und mitten in dem lebendigen und erregenden Gewoge erblicke ich mich selbst. Ich bin frei und kann den Mädchen ins Gesicht sehen. Ich weiß sogar, daß ich konvenabel gekleidet bin. Wenn Du wüßtest, wie wohl ich mich fühle! Ich habe meine Arbeit hinter mich gebracht und kann jetzt ins Kino gehen, wenn ich will. Es ist alles in Ordnung, weil der Krieg schon lange vorbei ist; wir haben gesiegt, es gibt kein Getto und keine Judensterne, und man kann nachts ruhig schlafen.

Die Wirklichkeit ist anders. Immer noch stehen die Deutschen tief in Rußland, und ich friere in der nebligen Nacht neben meinem vorletzten Kerzenstummel. Das Zimmer hat keine Fenster mehr. Man hat jetzt viel Platz. Ich bin beinahe der einzige im ganzen Haus, das sich in den letzten Wochen geleert hat wie durch ein Wunder. Immer noch kann ich die litauische Familie aus dem ersten Stock vor mir sehen mit den vielen kleinen Kindern, die schon längst nicht mehr vor Hunger schrien, und die drei steinalten Männer, deren Namen keiner wußte, die in ihrem Verschlag saßen, aufrecht, in ihre Gebetsmäntel gehüllt, mit unaufhörlich flüsternden Lippen, das junge Mädchen aus Bialystok, lautlos mit seiner Tuberkulose beschäftigt.

Aber es gibt etwas Neues in der Welt, das weit drüben begonnen hat, im Osten. Bei Stalingrad sind die Deutschen zerbrochen. In der Dunkelheit kann ich es hören; was macht es denn schon, daß Charkow von Warschau allzuweit entfernt ist, als daß sie noch rechtzeitig kommen könnten. Sie sind ja doch im Anmarsch. Ich höre im Dunkel das verworrene Getöse von Schritten, Rädern, Panzerketten, Motoren. Das Schlurfen durchgelaufener Stiefel, das Plätschern der Sohlen in den Lachen, die in den tiefen Straßenlöchern stehen. Und dann, vom Wind bald zugedeckt, bald hergeweht, das schrille Singen der Vorsänger, dem der Chor erwidert, dröhnend wie die Wälder, mit Bässen, schwarz wie die Finsternis.

17. April

Die Toten, die dem Hunger erlagen, über die man frühmorgens auf dem Weg zur Arbeit stolpert, Kinder und Erwachsene, sie tragen die strengen, wie von kalter Flamme geprägten Züge der Märtyrer eines primitiven Meisters. Und sind nicht auch die Trupps, die die Leichen auf Karren sammeln, aus dem Mittelalter aufgetaucht, geradewegs zu uns gelangt aus der Zeit des Schwarzen Todes – kaum haben sie sich Zeit genommen, Kleidung und Kopfbedeckung zu wechseln. In diesem gebrechlichen, durch ständiges Bedrohtsein schon fühllosen Körper glaube ich mich manchmal zurückgezerrt in Urzeiten: ich bin so alt wie Babylon. Bei Lebenden und Toten zeigt sich plötzlich in Antlitz, Haltung und Stimme der Gang der Geschichte: nur muß, dessen bin ich sicher, unter den ganz erstarrten Zügen Hiobs sich das Gesicht des Bar Kochba verbergen.

Als Mlotek mich vor zwei Tagen abends in seinen Keller mitnahm, glaubte ich auf einmal, dieses Gesicht in allen Einzelheiten entdeckt zu haben. Von den Anwesenden, die mir meist unbekannt waren, deren Gegenwart zudem mehr ihr Atmen, ihre Bewegungen verrieten, war ein Fremder offenbar dabei, den anderen Bericht zu erstatten. Mlotek hatte mir nicht gesagt, wohin er mich bringen würde. Ich war jetzt sicher, Zeuge einer Zusammenkunft des geheimen Jüdischen Nationalkomitees geworden zu sein. Zunächst hatte der Fremde seine Rede unterbrochen, als ich in sein Blickfeld getreten war. Er fuhr darin fort, sobald Mlotek ihm mit den Augen ein beruhigendes Zeichen gegeben hatte. Nicht so sehr seine Worte waren es, was mich fesselte, Worte, deren Zusammenhang ich nicht sogleich begriff und denen zu folgen ich im Anfang unterließ; es war vielmehr sein Blick, seine Haltung, die tragische Blässe eines Antlitzes unter so vielen Gesichtern, die alle ohne Ausnahme das Äußerste widerspiegelten, was Menschen widerfahren kann.

Die Revolte in diesen Zügen war es, die mich augenblicklich gebannt hatte: das Gesicht, das ursprünglich kindlich sanft gewesen sein mußte, enthielt das, was ich bisher so bitter vermißt, wonach es mich verlangt hatte; in ihm war die schreckliche Bereitschaft des völlig Verlassenen.

Beim Anblick dieses Antlitzes sah ich mich wieder, wie ich an einem frostigen blauen Januartag in meinem Versteck gestanden hatte, einem schmalen, vermauerten Gang, zu dem man durch die Rückwand eines gegen die Wand gestellten Schrankes Zutritt hatte und von dem ich durch ein Loch in der Fassade in die Straße schauen konnte. Ich hatte mit einigen Freunden am Radioapparat gestanden, der uns täglich die allmähliche Vernichtung der sechsten deutschen Armee vor Stalingrad vor Augen stellte. Die trockene Aufzählung der Toten- und Gefangenenziffern, der Waffenbeute, die die Rote Armee machte, wurde begleitet von unseren Atemstößen, die weißen Nebel in das kalte Zimmer wehten, und von den sinnlosen Ausrufen, die Haß und Freude uns aus dem Innern rissen. Jetzt stand ich in meinem Verschlag wie Hunderte von anderen in diesem Häuserblock und hörte das Gebrüll des Oberhenkers Brandt, der Frauen und Kinder mit Fußtritten auf die Lastwagen trieb.

Die riesigen Wagen der Deutschen standen in Abständen am Straßenrand, die Fahrer waren auf die Straße getreten und schlugen sich mit langsamen Bewegungen die Hände warm. Die Postenketten der SS spannten sich dunkel zwischen den Häuserreihen. Das Gebrüll Brandts sprang jedesmal in eine völlige Lautlosigkeit, die sich immer wieder aus sich erneuerte. Ich sah, wie die Zusammengetriebenen sich folgsam beeilten, wie sie sich die Hände reichten, um einander auf die Wagen zu helfen.

Brandt wandte sich plötzlich dem Block zu; er stemmte die Hände in die Hüften und musterte die Fassade, daß ich einen Augenblick lang glaubte, er habe mich gesehen.

»Kommt doch herunter, ihr Idioten«, brüllte er und gab seiner Stimme den Ausdruck vertraulicher Grobheit, »ich muß die Nummern prüfen. Wer eine Nummer hat, kann dableiben. Wer nicht kommt, wird erschossen.«

Die Aktion hatte uns überrascht; wir waren nicht gewarnt worden. Dennoch mußte man sich wundern, wie schnell die Leute nach dem Aufheulen der Bremsen ihre Verstecke gefunden hatten. Die Straße war wie von einem ungeheuren Luftzug gekehrt.

Wie gelähmt stand ich in meiner Nische. Ich sagte mir, wie lächerlich der Gedanke sei, daß Brandt mich bemerkt haben könnte. Gleichzeitig glaubte ich zu fühlen, wie es in den Häusern lebendig wurde, wie ein Raunen und Schleichen begann. Plötzlich hörte man Laufen. »Ich komme ja schon, ich komme ja schon«, sagte eine Frauenstimme, offenbar die Stimme einer sehr alten Frau, die so nahe war, daß ich mit der Hand gegen die Mauer langte. Überall hörte man jetzt halblautes Sprechen. »Geht nicht!« warnte flüsternd jemand. »Sie suchen die ohne Nummer«, sagte ein anderer dagegen. Ich sah die ersten unten aus der Tür treten, ihre Nummer in der Hand, die sie als Arbeiter in einem Wehrmachtsbetrieb auswies und ihr Leben um ein geringes verlängern sollte. Es gab eine kurze Pause, während die SS die Leute beobachtete, die aus den Häusern drängten. Dann begannen die Posten wie auf Verabredung zu lachen und zu schreien. Sie schlugen die Menge, die sofort vor Entsetzen still wurde, als sei dieses Entsetzen nichts als eine Erscheinung des Frostes selbst, mit den Kolben zu den Wagen hin. Brandt wandte der Fassade von neuem sein amüsiertes Gesicht zu. »Wer nicht freiwillig kommt«, rief er, bei jedem Wort den Blick lachend seinen Leuten zugewandt, »wird doch erschossen!«

Plötzlich hörte ich eine Frau aufweinen. Vor einem Haustor entstand Bewegung. Ich erkannte eine junge Frau mit einem Kind auf dem Arm, die ihre Nummer eigensinnig emporhielt und der SS Widerstand leistete. »Er hat es versprochen!« schrie sie. Die SS-Männer lachten. Mit einer entschlossenen Bewegung hatte sie sich aus der Menge losgemacht und jagte in hohen Sprüngen davon. Die ganze Straße schien in einer Welle von Schweigen der Flüchtenden nachzublicken.

Das dauerte nur drei Sekunden. Die Karabiner krachten, als splitterten Holzlatten. Die Schützen hielten nicht gleich inne, auch als die Frau schon mit dem Kopf auf der Bordschwelle lag; sie schossen jetzt nach links und rechts in die Masse, die sich zur Flucht wandte. Aber von der Zamenhofstraße kam nun wie zur Antwort Gewehrfeuer, in das die dumpferen Schläge von Handgranaten fielen.

In diesem Moment hatte ich die wahnsinnige Vorstellung, daß die Schüsse wirklich etwas zu tun hatten mit den Vorgängen, von denen wir vorhin am Lautsprecher gehört hatten. Endlich, konnte ich nur denken, endlich, endlich, endlich! Die SS-Männer, in einer jähen Stille, als seien sie auf unerklärliche Weise zusammengeschrumpft, standen über ihre Karabiner gebückt. »Das Judenpack schießt!« schrie eine Stimme, die sich überschlug.

Schon als die Wagen, in eine Wolke von Schreien und Flüchen gehüllt, davonstoben, wußten alle, die auf den Wagen und wir selbst, von gräßlicher Freude in unseren Verstecken geschüttelt, daß sich irgend etwas unwiderruflich geändert hatte, daß etwas Langerwartetes eingetreten war oder geschehen würde, etwas, was man nicht ganz erfassen konnte, so wie man sich im Traum manchmal vergeblich anstrengt, ein Gesicht zu erkennen oder ein Wort aufzufangen. Der Kampflärm, den wir in der Ferne vernommen hatten, zerrte aus uns mühsam zurückgestautes Schluchzen und Gelächter, er blähte uns wie ein tückisches Gas aus Haß und Triumph. Ein paar Straßen weiter lagen die ersten

Toten mit den SS-Runen am Kragen über der Fahrbahn, wie graue, mit Fleisch und Knochen gefüllte Säcke, die ein vorbeirollender Wagen verloren hat. Was immer auch geschehen würde, wie bald auch die Gewehre, die sie zur Strecke gebracht hatten, schweigen müßten – das Bild der getöteten SS-Männer würde über den Straßen stehen als Initiale vor dem ersten Kapitel einer aufgeschlagenen Chronik.

Während der Fremde sprach, waren alle Abende in diesem Zimmer gegenwärtig, die seither über das Getto hereingebrochen waren, jeder wie eine Faust, die uns die Augen zudrückt. Das Gerücht von entstehenden Kampfgruppen ging um, bald kein Gerücht mehr, sondern finster-heitere Gewißheit, die die Blicke der Verräter – denn auch hier, unter uns, gibt es Verräter, mußt Du wissen – unstet machte. Wie von einem ungewissen Echo der Stalingrader Kanonade füllte sich die Dunkelheit mit dem Klirren von Hacken und Spaten; in den Kellern und Treppenhäusern mischten Männer beim Schein von Kerzen und Petroleumlampen Zement: das Getto wühlte sich in den Boden. In diesen improvisierten Verstecken, die wir Bunker nannten, weil die Deutschen uns dieses Wort beigebracht hatten, sollten die Waffenlosen oder Kampfunfähigen oder auch einfach Verängstigten ihr Leben zu retten suchen, sobald die Deutschen von neuem vorgehen würden. Man hörte von Bunkern, die Hunderte würden aufnehmen können, die mit elektrischem Strom, mit Wasser, mit Lebensmittellagern und Kochstellen versehen worden waren.

Auch jetzt noch geisterte die Klage um die Toten und die dem Tode Verfallenen durch die Häuser, die endlose fürchterliche Klage, die die Juden seit zwei Jahrtausenden zu erheben gewohnt sind; mitten in der Nacht erwachten diese verlassenen, zerrissenen, gleichsam nackten Stimmen mit dem heulenden Klang des Schofar, das die Posaune des Gerichts vorstellt. Immer noch lebte die Neigung zur

Unterwerfung unter den Willen der Mächtigen, der fremden Waffenträger und Todverbreiter, der vielen, der Blondhaarigen, der Muskel- und Stahlmenschen, deren Anderssein man zugleich fürchtete und verachtete und deren barbarische Dummheit man beschwichtigen, deren Wohlwollen man erkaufen zu können hoffte. Während Mlotek vor ein paar jungen Menschen, unter denen ich, in eine Decke gehüllt, saß, über Lenins »Briefe aus der Ferne« sprach, erwachten in der Tiefe des nächtlichen Gettos die Legenden der Vergangenheit: irgendwo baute Rabbi Löw einen neuen Golem. Todmüde, von Hunger und Alter zusammengesunkene Männer mit Patriarchenbärten verkündeten das Nahen des Messias.

Der Fremde hatte seinen Bericht abgeschlossen. An seiner Stelle sprach jetzt eine unsichtbare Frau. »Das Entscheidende besteht darin, auch dem Letzten beizubringen, daß man das Wort Umsiedlung wie Gaskammer ausspricht. Die Menschen müssen endlich begreifen, daß ein kollektives Todesurteil gegen sie ausgesprochen wurde.« Jemand knurrte einen unverständlichen Widerspruch.

Man sah den Fremden im Schein der Lampe die Hand heben. »Ich stimme für den Aufstand. In Treblinka brennen die Scheiterhaufen Tag und Nacht. Worauf wollen unsere Freunde eigentlich noch warten? Ich bin der einzige bisher, der aus Treblinka flüchten konnte. Mein Bericht muß sofort verbreitet werden.«

»Bist du allein gekommen?« fragte eine gereizte Stimme.

Der Fremde lachte. »Allein? Eigentlich nicht. Ich hatte zwei Begleiter.«

Er hielt etwas mit beiden Händen ins Licht. Alle erblickten die zwei schweren Revolver.

Mir war auf einmal, als sei die Luft im Keller ganz frisch, eisig wie im Gebirge. Ich verstand, daß alles, was mich bisher aufgebracht hatte, nichts war wie eine dünne Kruste über einem Gebrodel, das durch die Kruste noch gefährlicher wurde.

Mlotek sagte: »Wer spricht von Alleinsein? Wir haben sogar Besuch aus dem Jenseits.« Er lächelte und nickte hinüber in die eine Ecke des Kellers. Jemand hob die Lampe, so daß ihr Licht auf zwei Männer fiel, die zu gleicher Zeit vortraten. Mlotek stellte die Fremden vor: »Jan, Stanislaus«, und wiederholte: »Aus dem Jenseits.« Das Jenseits war für uns das andere Warschau, das Jenseits der Gettomauern, die nichtjüdische Stadt, die in ihrer ganzen gegenwärtigen, von Qual und Angst entstellten Abscheulichkeit eine unerreichbare Freiheit repräsentierte. Es war nicht nur das gleichzeitige Auftauchen der beiden Männer, das ihnen eine Gemeinsamkeit verlieh. Auch ihre Gesichter, die deutlich erkennbar waren, hätten trotz aller Unterschiede in Alter und Ausdruck zwei Brüdern gehören können. Der Mann, der zuerst gesprochen hatte, stand neben ihnen und drückte ihnen die Hand. Sie waren beide blond, und ihre Augen hatten den gleichen hellen und gleichmütigen Blick. Ich blickte von ihnen immer wieder auf das dunklere, schmalere Gesicht des Mannes, der viel älter, erfahrener erschien als Jan und Stanislaus mit ihren breiten Gesichtern, die sich auseinanderzogen wie die Ebene, aus der sie stammten.

»Wir sind der Ansicht«, sagte Stanislaus, »daß der Bericht Davids eine Entscheidung fällig macht. Die Entscheidung liegt natürlich bei euch.«

»Wir brauchen euch nicht, um zu wissen, was wir zu tun haben«, sagte die gereizte Stimme.

Stanislaus schwieg und zog die Brauen hoch. Mlotek fiel ein: »Leider wissen das bei uns nicht alle. Stanislaus hat das Wort.«

Der fuhr fort: »Der Bericht bestätigt alle Annahmen und muß den letzten Zweifler zum Schweigen bringen. In den Schriftstücken der Deutschen, die wir abfangen konnten, hieß es immer nur: T 11. Jetzt muß der letzte Mann im Getto erfahren, was T 11 bedeutet.«

»Was mischt ihr euch ein«, begann die gereizte Stimme von neuem, »laßt doch die Juden endlich krepieren. Das ist unser jüdisches Sterben.«

Jetzt sprach die unsichtbare Frau. »Vielleicht sterben wir wirklich alle. Aber wenigstens nicht in Treblinka.«

Ein anderer fiel ein, überhastet, beinahe schreiend: »Wenigstens nicht in Treblinka. Die anderen schlagen sich. Wann werden wir uns endlich schlagen? Die Welt wird uns hören...«

»Richtig!« sagte Mlotek an meiner Seite, »so muß man die Frage stellen.«

Mit unverändert klagendem Ton erwiderte die gereizte Stimme: »Alle haben sie die Juden vergessen. Jetzt auf einmal müssen sie uns Ratschläge geben...«

Ich hörte, wie Mlotek um die Beherrschung seiner Stimme kämpfte: »Wir haben unseren Beitrag zu geben. Wer hat denn die Juden vergessen? Deine Freunde ganz sicher. Seien wir deutlich: sie stehen an der Seite unserer Feinde. Nun, das ist eure Sache... Die Juden hat man nicht vergessen. Niemand ist vergessen. Die Rote Armee bei Stalingrad hat sich für uns geschlagen.«

»Die Russen kämpfen für sich«, warf der Gereizte ein.

Mlotek sagte durch die Zähne: »Selbst wenn sie für sich kämpfen, kämpfen sie noch für uns alle. Ihr habt Waffen...«

»Wir geben sie nicht her«, erwiderte die gereizte Stimme.

Jemand schrie dazwischen: »Das sieht euch ähnlich!«

»Auch bei uns auf der anderen Seite«, sagte Jan mit sanfter Stimme, »gibt es Leute, die Waffen von wer weiß woher haben und sie nicht gegen Hitler gebrauchen wollen.

Übrigens«, fuhr er fort, »kommen wir nicht mit leeren Händen. Falls ihr den Aufstand beschließt, steht unsere Organisation bei euch. Stanislaus und ich werden hierbleiben, um euch zu helfen. Wir können euch dreihundert Pistolen und Revolver übergeben. Eine Anzahl unserer Genossen ist bereit, soviel Frauen und Kinder wie möglich durch die Kanalisation auf die andere Seite zu bringen.«

»Abstimmen!« rief der Mann aus Treblinka.

Mlotek sagte laut: »Wir kommen zur Abstimmung!« Man spürte den Luftzug der Hände, die sich erhoben.

»Der Aufstand ist beschlossen«, sagte Mlotek.

18. April

An diesem Morgen, der den Bewegungen, den Gesichtern der Menschen, ihren Gesprächen die unwirkliche Farbe der Entscheidung verlieh, entsann ich mich plötzlich eines anderen Tages. Ich war in den Kessel geraten, den die SS jählings zwischen Zamenhof- und Stawkistraße, Smocza und Gesia um uns geschlossen hatte; um uns, das heißt jene Gettobewohner, die sich aus irgendwelchen Gründen gerade in einer dieser Straßen aufhielten. Es war eine Selektion wie jede andere, nur nicht für mich, nur nicht für alle jene, die zum erstenmal dem Tod am Würfelbrett gegenübersaßen. Man kennt die Regeln: der Besitzer eines Arbeitsausweises hat die Chance, für eine meist kurze, aber unüberschaubare, unabsteckbare Frist am Leben zu bleiben. Ich entsinne mich der leichten, traumhaften Leere, die ich nach dem ersten Schrecken empfand, ehe ich, als Teil einer zusammengedrängten Masse, den Ausweis über den Kopf emporhaltend, auf die Stelle zuging, wo die Bewegung eines Peitschengriffs über Tod und Leben entschied. Das Brüllen der SS war verstummt. Über der Szene hing nur mehr ein Schleier halblauter, knochenharter Ausrufe: Los! Los!

Schneller! Tempo! Dazwischen antwortete das Schlurfen von tausend Füßen.

Die SS-Leute, jung, strahlend, mit offenen Pistolentaschen und bis zu den Ellenbogen hochgestreiften Hemdsärmeln, umkreisten uns peitschenwippend. Ich erkannte den Scharführer Handtke, der so gern tötete, jetzt aber nur in die Sonne blinzelte, in die blaugoldne, fröhliche Leere, die sich, von Vogellauten erfüllt, über die Geräusche der Straße gelegt hatte. Wir nahmen die Peitschenhiebe hin, als wären sie der Kaufpreis für das gelbe Papier, das wir emporhielten, für den blauen Himmel, für die Wendung, die sich schon in unseren Leibern vorbereitete, diese Drehung nach rechts, in Richtung der Lesznostraße, in Richtung des Lebens.

Die SS fiel uns an, ehe wir die entscheidende Stelle erreicht hatten. Aber sie hätten nicht so wahnsinnig in uns hineinzuschlagen brauchen, denn wir ordneten uns schon einer hinter den anderen wie Kinder auf einer Geburtstagsfeier, und es lag nicht an uns, daß auf einmal der Zug ganz ins Stocken geriet. Ich sah immer nur die Peitsche wippen, nach rechts und nach links, und die Reihe nach links und rechts auseinanderbröckeln, als dirigiere einer die Menschen mit einer Wünschelrute; ich sah die Uniform unter der Peitsche, die Beine in den Stiefeln, aber nicht das Gesicht darüber, denn in das Gesicht, das fällt mir jetzt erst ein, habe ich nicht einmal hineingeschaut.

Genau in diesem Moment begann unsere Reihe zu stokken, denn die SS wurde durch laute Hupensignale abgelenkt. An der Stelle, die wir Tor des Lebens und Tor des Todes nannten – Gott weiß, woher wir diesen Rest von Poesie nahmen –, war ein mächtiger schwarzer Mercedes vorgefahren, dem zwei andere Wagen folgten. Das eben war der Augenblick, da ich den deutschen Tod sah, die riesige Mütze mit dem Totenkopf, den unförmigen, in die schwarze Uniform gezwängten Leib, auf dem die Hände in weißen Handschuhen wie angenäht lagen.

Der deutsche Tod stand aufrecht im Wagen, und um ihn war eine Bewegung von goldenen und silbernen Schnüren und Litzen, von erhobenen Händen, die eine kleine Geste seiner eigenen Hand wieder zum Sinken brachte. Das ist er also, sagte ich mir, das ist er; dabei hätte ich genausowenig wie alle übrigen von uns sagen können, wen wir da vor uns hatten. Wir kamen wieder ins Gehen, während er uns beobachtete, mit einem Blick, der so leer war von Zorn oder auch nur irgendeinem Interesse, daß man gar nicht mehr länger leben wollte.

Der dritte Mann vor mir, ein hochgewachsener schöner Mensch mit einem Magyarenschnurrbart, der einen schweren Sack auf der Schulter trug, bekam das Zeichen nach rechts. Und plötzlich begann sich etwas im Antlitz des deutschen Todes zu regen: es war der Sack, der anscheinend seine Aufmerksamkeit erregt hatte. Ein Scharführer stürzte vorwärts, so schnell, als habe er den Befehl, der deutlich hörbar gewesen war, gar nicht zu vernehmen brauchen, als habe er den Willen hinter dem Befehl erraten. Er stürzte vor und riß dem Mann den Sack herunter, den Judensack, der sorgsam gehütete, geheimnisvolle Schätze enthalten würde wie die Höhle des Alberich.

In dieser Sekunde war kein Geräusch mehr zu vernehmen, nicht nur hier, sondern in allen umliegenden Straßen, ja in der ganzen Stadt, außer dem kalten Schrillen der Sperlinge irgendwo auf den Dächern.

Aus dem Sack fiel ein Kind, ein etwa siebenjähriges Mädchen, das gleich auf seinen Füßen stand, ein schwarzer, hilflos lächelnder Engel, über dem sich der Peitschenstiel nach links senkte. Ich bemerkte, daß das Kind auf rührende, auf lächerliche Weise dem Mann ähnelte. Und nun erst begann die Szene, für die der Platz als Bühne die ganze Zeit schon bereitgestanden hatte. Denn während ein SS-Mann den Schnurrbärtigen nach rechts zu prügeln begann, während der Schnurrbärtige mit uralter Geste die Hände über dem Kopf dem im Wagen Stehenden entgegenhob und die Peitsche nicht zu spüren schien, die ihm um die Schultern pfiff, während das Kind, plötzlich entsetzt, stehenblieb und aufweinend dem Vater nachsah, streckte der deutsche Tod, diesmal deutlich sichtbar, Einhalt gebietend die Hand aus.

Nur das Gellen der Sperlinge kam von oben. Der deutsche Tod lächelte. Er gab dem Mann mit dem Schnurrbart ein Zeichen. Auch der lächelte jetzt. Und als sich über mir die Peitsche nach rechts senkte, sah ich Vater und Kind, beide lächelnd und einander anblickend, Hand in Hand nach links, nach dem Umschlagplatz gehen.

19. April

Es war gegen drei Uhr morgens, als Mlotek mich wachrief – ohne Mühe übrigens, denn ich habe einen leichten Schlaf. Seit ein paar Tagen hatte ich eine geladene Pistole bei mir, aber sei es, daß mein Unterbewußtsein die Existenz der Waffe noch nicht aufgenommen hat, sei es, daß ich meinen Fähigkeiten, mich des Revolvers zu bedienen, zuinnerst mißtraute – wie immer fuhr ich hoch beim ersten Geräusch.

Mloteks Stimme kam durch die Tür. Er sagte: »Sie kommen!« Ich öffnete, ohne Licht zu machen. Während ich mich anzog, erzählte er, daß er vor einer halben Stunde einen Anruf aus dem Jenseits erhalten hätte. Die Deutschen würden gegen Morgen zur Aktion übergehen, in der Stadt seien in Richtung der Gettogrenze beträchtliche Bewegungen im Gange. Also sollte diesmal wirklich Warschau judenrein werden, um mit ihren Worten zu reden. Die ganze Zukunft mußte mir auf einmal leicht, einfach erscheinen: Überleben hieß Freiheit und Sterben hieß Freiheit. Vor mir dehnte sich etwas Ungeheures, das ich Freiheit nannte. Ich sah durchs Fenster auf die Straße hinab, in die Dunkelheit, die sich schon von Schritten rührte. Nach den Gerüchten, nach der Panik der letzten vierundzwanzig Stunden bedeutete jede Wahrnehmung, jede Vorahnung, jeder Gedanke nur noch Erleichterung.

Auch als wir auf die finstere Straße traten, konnte ich nur an das denken, was ich Freiheit nannte oder Befreiung. Im Vorbeihuschen der vielen unsichtbaren Füße glaubte ich nichts von Furcht zu spüren, sondern im Gegenteil einen Plan, der schon in Ausführung begriffen war, eine Entschlossenheit, die sich auch im halblauten Reden der beisammenstehenden Gruppen und in den Geräuschen des Aufbruchs kundtat. Mlotek trat auf eine dieser Ansammlungen in einem Haustor zu und bat um Feuer. Beim Schein des Streichholzes sah ich die Maschinenpistole, die ihm um den Hals hing und auf die er sich, die Zigarette im Mundwinkel, mit beiden Armen stützte. Schatten, die von Lasten gebeugt waren, glitten vorbei: Frauen und Kinder hatten begonnen, sich in die Bunker zurückzuziehen.

Wir waren durch Hinterhöfe und Durchgänge zur Zamenhofstraße vorgedrungen. Ich begriff, daß die Kampfgruppen nicht gesehen werden wollten. Unterwegs hatten sich Leute uns angeschlossen, die ich erst später als Mitglieder unserer Gruppe erkannte. Wir mußten hart an der Grenze des Gettos sein, Mlotek machte Umwege, ich folgte ihm, ohne mehr die Richtung zu kennen. Einmal stiegen wir eine Treppe hoch, hinter der ein Kinderweinen rann wie ein Faden Wasser: dann standen wir auf einem Dachboden, dem die Hälfte seiner Ziegel fehlte und von dem man in die frühe Dämmerung sah. Ich mußte überlegen, wieviel Zeit verstrichen war, seit Mlotek mich geweckt hatte. Der Himmel war wirklich schon grau, man sah übers Getto weg ins Jenseits, wo es von SS wimmelte, von Deutschen, Ukrainern, Letten. Mir war, als begriffe ich jetzt erst, was das sei, eine Absperrung, als sei das ein Griff an die Kehle. Wir sagten alle nichts, als wir da aus dem Gebälk hinunterspähten in das schwarze und graue Treiben. Mlotek wandte sich schließlich zu uns und stieß mit einem trockenen Lachen durch die Zähne: »Die werden sich wundern!« Auf unserer Seite war es so merkwürdig still, obwohl wir nicht die einzige Gruppe waren, die in der Gegend Stellung bezogen hatte.

Es konnte sechs Uhr sein, als die erste Abteilung SS, in Zugstärke vielleicht, ins Getto rückte und sich vor dem Haus des Gemeinderats aufstellte. Es waren offenbar Ukrainer; deutsche Offiziere liefen mit Lederpeitschen um sie herum und gaben ihnen Anweisungen. Wir warteten endlos, bis sie sich in Richtung Wolinskastraße in Marsch setzten. Jetzt, dachte ich, jetzt.

Dreißig Schritte weit gab es wahrhaftig nichts als das Geräusch der eisenbeschlagenen Stiefel in einem Abgrund von Stille. Dann fiel der erste Schuß gegen sie, ein einziger Schuß. Als sei alles nur ein verabredetes Spiel, liefen die Ukrainer auseinander, sie fielen auseinander wie ein Paket Karten, das man über den Tisch streut. Die Deutschen stürzten sich lautlos mit ihren Peitschen auf die Ukrainer und holten sie mit Hieben und Tritten aus Nischen und Torbögen. Ich hatte keine Angst gefühlt, die Szene war nun nur noch komisch, ich glaubte lachen zu müssen, aber statt dessen schlugen meine Zähne gegeneinander. Die Ukrainer unten waren wieder mühselig zusammengestellt worden, aber jetzt schienen die Deutschen zu zögern. Man sah sie, auf Zehen und Fersen wippend, in langer Besprechung beisammenstehen, bis sie die Ukrainer schließlich vor den Gemeinderat zurückbrachten. Wir blickten uns alle stumm an, mit einem schiefen Lächeln, als dächten wir alle: Den Schuß muß das ganze Getto gehört haben, jetzt ist es wirklich und endgültig vorbei mit dem Knien, jetzt stehen wir.

Aber vor dem nächsten Ereignis mußten wir noch eine Viertelstunde warten. In dieser Zeit wurde es ganz hell, drüben, hinter der Mauer, sahen wir, wie die Absperrung von Minute zu Minute stärker wurde. Eine Anzahl Autos war an das Getto herangefahren, Lastautos mit Mannschaften, Funkwagen, dazwischen knatterten Motorräder, endlich ließ sich ein dumpfes Heulen hören, Ketten rasselten auf dem Asphalt und ein kleiner französischer Panzer fuhr vor, dem ein Spähwagen folgte.

»Viel Aufwand für uns«, sagte jemand in meiner Nähe.

Mlotek hantierte pfeifend an den Brandflaschen.

»Habt ihr bemerkt, daß sie die Straßenbahn eingestellt haben? Seit einer Stunde ist kein Wagen mehr vorbeigekommen.«

Ich versuchte mit der Kälte fertig zu werden, die aus dem Boden mir bis in die Brust stieg und mich schüttelte. Mit einem leichten Ruck flatterte der Frühnebel auf und davon. Ich nahm das Magazin aus der Pistole und ließ es wieder einschnappen, nachdem ich die Patronen gezählt hatte. Wie das Zufahren einer Schere hörte ich das gellende deutsche »Ach-tung!«

Und sie kamen wieder mit dem Gleichschritt der Stiefel auf dem Pflaster. Der kleine Panzer jaulte auf und überholte sie, und nach ihm fuhr der Spähwagen in die Zamenhofstraße. Und was weiter kam, ereignete sich so schnell wie das Entgleisen eines Zuges oder eine seismische Veränderung, irgendein Vorgang, der aus einer rasenden Folge von unkontrollierbaren Stößen und Erschütterungen und Reaktionen besteht. Ich sah, daß Mlotek sich gegen einen Balken preßte und daß seine mir zugekehrten Schultern auf unbegreifliche Weise zuckten, und ich hörte das Schnellfeuer von den Dächern und aus den Haustoren und Fenstern. Jetzt erst wußte ich mit einem dummen Erstaunen, daß Mlotek als erster geschossen hatte; ich richtete die Pistole auf ein paar graue Gestalten, die ihre Maschinenpistolen gegen die Fassade entluden. Der kleine Panzer kurvte verrückt, gerade unterhalb der Stelle, wo ich stand, und fuhr einen engen Kreis, ehe er hielt und mit dem Geräusch einer angezündeten Gasflamme zu brennen begann. Der Spähwagen wendete und jagte mit Vollgas zurück. Aus dem Turm des Panzers fuhr bis zu den Hüften ein Mann, auf dem blaue Flämmchen wie Elmsfeuer tanzten, und aus einem Haustor war bereits ein Mädchen gesprungen und schoß auf ihn, bis er mit dem Gesicht flach auf der Maschine lag. Die Deutschen waren wie weggefegt, auf der Straße brannte langsam der Panzer aus, irgendwo krachte noch eine Brandflasche. Das Pflaster war gefleckt von einem Dutzend regloser Gestalten.

In der jäh eingetretenen Ruhe keuchten wir alle. Wir sahen uns an, als wolle einer dem anderen die neue Erfahrung vom Gesicht ablesen. Alle mußten das gleiche Schütteln und Zittern empfinden, das unerträglich in mir hochstieg, als wollte es mich in Stücke reißen. Jetzt begann auch noch eine Frau mit starker, fast schreiender Stimme aus einem Fenster des gegenüberliegenden Hauses die Hatikwah zu singen, in die immer mehr Leute einstimmten, Unsichtbare in ihren Verstecken und auf ihren Kampfposten. Ich wußte, daß es nicht Schreck oder Entsetzen war, was mich zum Zittern brachte, sondern eine wahnsinnige, vielleicht unerlaubte Freude, die mich hin und her rüttelte wie eine Faust, die einen vor der Brust gepackt hält. Da unten lagen die ersten toten Deutschen, nachdem ich so viele tote Polen und Juden gesehen hatte. Wir alle ahnten zum erstenmal vielleicht, daß wir mit unserem Sieg, mit diesem unscheinbaren Sieg, der in einem Heeresbericht der Welt zu lesen sein würde, der Geschichte den Weg verlegt und einen neuen aufgerissen hatten. Mit diesen Schüssen, deren Echo wir noch zu vernehmen meinten, hatten wir unsere eigene Vergangenheit besiegt.

Wir stiegen aus unserem Dachstuhl und begegneten auf der Straße Menschen, die genauso lachten und laut sprachen wie wir selber. Das Blickfeld war leer von Deutschen, die Toten ausgenommen, über die man sich hermachte, um ihnen Stahlhelme, Waffen und Munition abzunehmen. Eine Gruppe von Kindern war aufgetaucht; sie starrten auf die Leichen. Ein kleiner Junge jubelte plötzlich: »Haben die sich gefürchtet!« Ich hatte mich gegen die Hauswand gelehnt. Ganz oben sah ich die Wolken treiben, wie sie sich verdichteten, Inseln von sich losstießen, sie vergehen ließen.

In den zwei Stunden, die uns blieben, bevor die Deutschen von neuem ins Getto eindrangen, stand ich in der Straße wie in einem Strom von Disput, Gelächter, Gesang. Im halben Traum hörte ich die Gerüchte, die durch die Straße in die Türen liefen und aus den Fenstern zurück auf die Straße sprangen. Das eine sollte sich bewahrheiten: der Brigadeführer Stroop stand an der Spitze der Aktion auf persönlichen Befehl Himmlers. Was besagte schon der oder jener Name, uns konnte es gleich sein. Aber in diesen zwei Stunden war es so, daß wir glaubten oder zu glauben vorgaben, wir würden uns retten können. Eine ungeheure, sich ins Nebelhafte verlierende Hoffnung flößte uns die Vorstellung ein von einem Kampf, der siegreich sein würde, und dann wäre die Rettung da. Vielleicht würden die Deutschen, von unserem Widerstand erschreckt, ihre Maßnahmen rückgängig machen. Vielleicht könnten wir uns auch wirklich halten, nicht nur Tage, sondern Wochen, Monate, durch irgendein Wunder, und inzwischen würden die Deutschen an der Front zusammenbrechen. Jemand verbreitete die letzten Radionachrichten aus London. Der General von Arnim stände in Tunesien mit dem Rest seiner Truppen kurz vor der Kapitulation. Für Euch an Eurem abendlichen Tisch ist es natürlich leicht, den Kopf zu schütteln über all diese Hirngespinste.

Wir kamen dann sehr schnell wieder in den wirklichen, erbarmungslosen Ablauf der Geschichte hinein; Ihr könnt Euch ruhig ein neues Glas einschenken. Denn die Deutschen kamen noch am Vormittag wieder, sie brachen in die Straßen ein und holten uns aus den Böden und von den Dächern durch ein Feuer, das die Mauern wie Papier durchsiebte. Als wir später eine Radiobotschaft Stroops an seinen Vorgesetzten in Krakau auffingen, hieß es darin, daß es gelungen sei, Dach- und Fensterschützen zum Aufsuchen tiefgelegener Verteidigungspunkte zu zwingen. Wenn man will, erteilten uns die Deutschen Unterricht im Straßenkampf, aber es war vielleicht für uns immer ein wenig zu spät, um aus der jeweiligen Lektion einen Vorteil zu ziehen. Was unsere Gruppe anging, so ließen wir jeden dritten Mann tot auf der brennenden Treppe zurück, als wir das von uns besetzte Haus räumen mußten. Dann schossen wir uns durch einen deutschen Stoßtrupp, der uns den Weg verlegen wollte. So kamen wir bis an den Kanalisationsdeckel, den Mlotek hatte erreichen wollen. Schon zwang uns der überlegene Feind unter die Erde. Um uns brannte ein ganzes Viertel, in der Nähe knallten einzelne Schüsse wie Pfropfen und dann wieder betäubende Salven. Die Deutschen hatten das Czyste-Krankenhaus besetzt und erschossen die Kranken in den Betten. Die Salven kamen aus dem Hof des Gemeinderats, wo sie Männer, Frauen, Kinder hinrichteten, die ihnen gerade in die Hände gefallen waren. Das alles hörte man von verstörten Flüchtlingen, die durch die Straßen liefen, wie blind an einem vorbei, als hofften sie darauf, daß sie sich in Luft auflösen, unsichtbar werden könnten. Aber ich stieg bereits die schmierigen Stiegen des Kanalisationsgangs hinab, aus dem zum erstenmal um uns die kalte Finsternis wogte, der eisige Anhauch über dem Geplätscher, durch das wir gebeugt wateten. Mir fiel ein, ich weiß nicht, warum, daß alles, was ich besaß, die Pistole war, die mich in ein paar

Stunden zum alten Soldaten gemacht hatte, so wenig glaubte ich daran, daß mir etwas Ernsthaftes zustoßen würde, und außer der Pistole noch dieser Brief, an dem ich schrieb und der wahrscheinlich doch nur dazu bestimmt ist, eine Flocke Ruß zu werden.

23. April

Es war seltsam, wie sehr die Deutschen die Juden zu fürchten schienen, sobald die sich zu wehren begannen. Das wurde nicht nur jedesmal offenbar, wenn sie einen der Bunker aufgespürt hatten, in denen sich ja doch fast immer nur Unbewaffnete befinden – sobald der Abend hereinbrach, zogen sie sich aus dem Getto zurück, die Stoßtrupps mit ihren Bluthunden, die Flammenwerferträger, die Trupps mit umwickelten Stiefeln und Suchgeräten, bis an die Zähne bewaffnet. Sie flüchteten aus dieser schreienden Leere, die sich mit Dunkel füllte.

Im Morgen heulten die ersten Granaten über das Getto hin. Wir saßen im Gebäude der Heeresunterkunftsverwaltung, vor uns, hinter uns den noch unsichtbaren Feind, der so mühelos zu uns hinübergriff. Aus dem unbewohnten Teil des Gettos kam das Krachen der Handgranaten und das Feuer von Karabinern und Maschinengewehren. Die Deutschen arbeiteten sich dort schon wieder durch die von ihnen geschaffene Öde, aus der ihnen die Schüsse einsamer Verteidiger entgegenschlugen. Es war, als verteidigten sich noch die Toten in diesen Straßen, in denen nur Schatten hausen konnten. Denn nur Schatten vermochten die verödeten Zimmer zu bewohnen, aus denen die Bewohner seit langem schon den Weg nach Treblinka angetreten hatten, in denen vielleicht noch der Geruch lebte, den sie hinterließen, der Armeleutegeruch, der Schattengeruch, zusammengesetzt aus vergeblicher Mühe um ein wenig Sauberkeit in Räumen, die von zusammengepferchten Menschen barsten, aus armseligem Fraß, den die Kinder nachts heimlich aus dem Jenseits über die Mauer schleppten, aus Schweiß der Todesfurcht. Die Schatten verbargen sich hinter den heruntergefetzten Gardinen, die aus leeren Fenstern wehten, zwischen dem zerschlagenen Hausrat, der seit Monaten bis zur Auflösung in Regen und Staub in leeren Straßen lag.

Jetzt begann das alles zu brennen, widerwillig, mit schwerem Rauch, mit dem öligen Qualm der Flammenwerfer, aus dem grelle Feuerspitzen sprangen. Wir warteten auf die Annäherung der Öde, des Feuers, der vom Brand erstickten fernen Stimmen in diesem riesigen, von Flammen verstümmelten, hallenden Betonblock, absurd wie sein Name, den wir als metallenes HUV-Schild an unserer Brust trugen wie Haustiere. Ich hatte die Ungewißheit im Mund, einen trockenen Bissen, den man nicht hinunterwürgen kann. Auch jetzt wieder war es Mlotek, der als erster zu singen begann:

»Sog nit kajnmol, as du gejst dem letzten Weg,
Himmlen blajne ferschtellen bloje Täg...«

Die Deutschen schossen sich mit ihrer Artillerie auf uns ein. Vom Krasinskiplatz her rauschten die Geschosse schwerer Haubitzen. Luftwaffenleute waren auf einmal zu sehen. Sie rollten Flakgeschütze von der Gesiastraße heran. Stimmen über uns hatten Mloteks Lied aufgenommen:

»Kumen wed noch unser ojsgebenkte Schoh,
S wed a Poik ton unser Trott: Mir sajnen do!«

Riesige Windmühlenflügel aus Feuer und Geschrei schienen Himmel und Straße zu schlagen. Ich hatte die Luftwaffenleute vor mir mit ihren zerrenden, eckigen Bewegungen. Sie versuchten die Geschütze schußfertig zu machen, und unsere beiden Maschinengewehre, die am Muranowskiplatz erobert worden waren, brüllten dicht über meinem Kopf.

Gestalten hinter den Geschützen kamen wieder zum Vorschein und fielen aufs Pflaster. Mlotek schrie uns etwas zu. Als wir die Treppen hinunterstürzten, waren wir auch schon wieder die Beute der tollkühnen Selbstüberschätzung, der blinden Zuversicht, der wir bei jedem Erfolg verfallen waren. Das grausame Heulen der Geschosse, das uns mit heißem Wind die Haare strich, die Maschinengewehre in unserem Rücken, in deren Feuerschutz wir stürmten, eine torkelnde, von grünen und blaugrauen Marionetten belebte Straße waren eins im nächsten Augenblick, eins mit der Hoffnung auf das Unmögliche. Wie durch einen Feldstecher sah ich die Einzelheiten an den Uniformen der Deutschen, die kniend auf uns schossen und Handgranaten warfen. Splitter rauchten auf den Steinen. Ich hatte auf einmal das Profil der Geschützreifen in die Netzhaut gezeichnet; von links her schrie Mlotek eine Warnung, ich warf mich mit ihm in die gleiche Einfahrt, einen Schatten neben mir mit der Hand mitreißend hinter die Deckung, weg von dem Geschoß, das detonierte, wo wir eben gestanden hatten.

Die Deutschen hatten das Feuer eröffnen können, direkt, pausenlos, als müßten sie ein Pensum nachholen. Eine Frau war es, die neben mir lag, ein Mädchen, und die Stimme, die ich vernahm, war die Stimme der Unsichtbaren aus dem Keller, in dem ich am Vorabend des Aufstands gewesen war. Sie stammelte etwas Unverständliches; vielleicht war es einfach ein Schluchzen. Ihr Gesicht mit den weitgeöffneten Augen, die der Schrecken ganz blaß gemacht hatte, kann nicht weiter als eine Handbreit von meinem Gesicht entfernt gewesen sein. Auch ich empfand nachträglich etwas wie Schrecken, als sei diese Nähe noch zu weit für mich, weit wie das Leben, das unversehens weggleiten und verschwinden könnte. Zwei Meter vor mir sah ich Mlotek mit der Maschinenpistole hinter einer zerfetzten Matratze liegen.

Er lag flach auf dem Bauch hinter dieser Deckung, die keine war, und ich sah seinen Hinterkopf und seine Schultern, die bei den Feuerstößen der Sten wie vom Weinen geschüttelt zuckten, und die Hülsen, die über seine Hände rieselten und gegen die Matratze sprangen.

Die Flakgranaten rissen jetzt riesige Löcher in die Fassade des Blocks, von dem wir abgeschnitten waren, ganze Stücke des Gebäudes kamen in einem Wirrwarr von Gestein und Menschen auf die Straße, die Maschinengewehre schwiegen, dann begann eines von neuem aus dem obersten Stockwerk zu bellen. Ich sah das Mädchen an, das wieder lächeln konnte.

»Wie heißt du?« fragte ich.

»Franka«, sagte sie. Sie war jünger, als ich der Stimme nach geglaubt hatte, ein gut Teil jünger jedenfalls als ich, der ich mich so alt fühlte in der jähen Erschöpfung dieser Minuten. Wahrscheinlich hatte ich da schon begonnen, ihrem Namen in Gedanken nachzugehen, wobei mir, seltsam genug, so war, als dürfe ich den Namen nicht in Verbindung mit einer Vergangenheitsform nennen. In den Sätzen, die ich mir auszudenken begann, als wolle ich mir selber eine Geschichte erzählen, war immer nur von der Zukunft die Rede. Die Sätze begannen alle: Franka wird, oder: Franka und ich werden. Wie zur Antwort senkte Mlotek seine Waffe und rief mir über die Schulter zu: »Es hat keinen Zweck.«

Wir fingen an, uns durch die Ruinen zurückzuziehen. Zehn Minuten später hatten wir einen Feuerwechsel mit einem deutschen Stoßtrupp, aber es fehlte uns an Munition, und Mlotek führte uns so rasch und sicher aus der Gefahr, als sei das nur ein Schauspiel gewesen, nach dessen Beendigung die Beteiligten auseinandergehen. Wir waren die Männer im Feuerofen: Das Fauchen der Flammenwerfer blieb immer dicht in unserer Nähe.

Mitten im Schutt eines Hauses, das schon in den Bombenangriffen des Jahres neununddreißig zusammengesunken war, machte sich Mlotek an einem Betonklotz zu schaffen, den er leicht zur Seite schob: er stand auf einer eisernen Schiene. Wir waren in einem der großen Bunker, über die man untereinander gesprochen hatte.

In dem niedrigen Raum brannte eine einzelne Glühlampe. Die Luft hing einem ins Gesicht wie ein Tuch, das man nicht abschütteln kann. Mlotek war schon dabei, mir seinen Plan zu erklären. Wir wollten versuchen, gegen Abend zum Muranowskiplatz zu kommen, wo die meisten Gruppen in Stellung gewesen waren und wir möglicherweise Munition erhalten könnten. Ich konnte ihn kaum anhören. Wir setzten uns neben andere Leute auf eine Reihe von Kisten, die man an die Wand geschoben hatte. Ein paar Kinder kamen an uns heran mit hungrigen Augen in den kleinen schweißigen Gesichtern und tasteten nach unseren Waffen. Ich sah die Schatten der Bewohner gegen die Wände lehnen in der tragischen Starre des Wartens. Manche schweiften rastlos umher mit den blinden, jäh die Richtung wechselnden Schritten von Besessenen.

Der Bunker summte von Geraun, das, immer wieder von einer müden Ermahnung zur Ruhe unterbrochen, immer von neuem begann.

»Die können wirklich mit ihren Suchgeräten ganz in der Nähe sein«, hörte ich Mlotek sagen. Ich antwortete nicht. Unsichtbare Finger legten mir einen Kanten Brot in die Hand, den ich zu kauen begann, mit geschlossenen Augen und während mir der Schweiß herunterlief. In bösem Halbschlaf glaubte ich mich auf einem Unterseeboot zu befinden, das schräg auf dem Grund lag, in dem wir träge und leer von Widerständen und Wünschen auf das Ende warteten. Dann öffnete ich wieder die Augen. Ich beobachtete die Kinder, die sich an einer Stelle zusammendrängten und flüsternd und mit traumhaft-entzückten Bewegungen einem Spiel nachgingen, einem dieser Spiele, die sie in jedem beliebigen Moment auf einem Hof oder in einem Treppenhaus zu erfinden imstande sind. Ich bemerkte, daß sie an der Ventilation standen, einer Öffnung, die in einem Stück Ofenrohr zwischen den Trümmern an die Oberfläche reichte. Durch sie zog, wenn draußen der Wind günstig stand, ein schwacher Luftstrom durch den Keller. Mit Haaren, die der Schweiß lockig machte, und weißen, von Atemnot offenen Mündern versuchten die Kinder einander von der Öffnung zu verdrängen.

»Wir spielen Luftschnappen«, sagte eine hohe Mädchenstimme auf eine unhörbare Frage.

»Jetzt trinke ich Champagner«, fiel triumphierend eine andere Stimme ein, und man vernahm das Geräusch angestrengten, genußvollen Atmens.

Das Kreischen der Rollen auf der Schiene lenkte mich ab. Eine Sekunde lang erschien vor mir im hereinbrechenden Tageslicht die Masse, die den Bunker füllte, die geblendeten, naß glänzenden Gesichter von zweihundert Höhlenbewohnern. Durch den Eingang schob ein Mann einen Verwundeten, und hinter ihnen rückte der Betonklotz wieder an seine Stelle.

»Er ist vom Umschlagplatz geflüchtet«, sagte der Begleiter und ließ den Verwundeten neben uns gegen die Wand gleiten. Ich hörte ihn dann durch den Bunker gehen und nach einem Arzt fragen. Wieder hatte ich etwas, woran ich denken konnte, was mich wegrückte von diesem Ort, an dem man Angst bekam vor Schweiß und Luftmangel. Der Verwundete, nahe meinem Ohr, begann mit flüsternder Stimme zu erzählen. Ich hatte ihm meine Feldflasche gegeben, in der noch ein Schluck Wasser übriggeblieben war. Von meinem Nachbarn konnte ich nichts erkennen. Er beklagte sich nicht; er sprach auch nicht von seiner Wunde, die vielleicht gefährlich war. Ich wunderte mich nur, daß ihn die Dunkelheit und die Fremdheit zum Reden trieb. Alles, was ich von ihm wußte, bezog sich auf die Silhouette, die ich einen Moment hindurch gegen das grelle Licht gesehen hatte, auf den Umriß eines Mannes, der sich nach vorn beugt und die Hände gegen Unterleib oder Hüfte hält, als wollte er den eigenen Körper um den Schmerz legen.

»Du weißt doch, daß sie gegen die Wolinska vorrückten, gestern morgen. Ich hatte mich mit einigen anderen in einem Hausflur versteckt, und wir versuchten zu flüchten. Ich gebe zu, daß ich nicht kämpfen wollte, ich hatte Angst zu kämpfen, außerdem kann ich gar nicht schießen. Ich bin Schneider und habe in meinem ganzen Leben keine Waffe in der Hand gehabt. Wozu auch? Ich stelle es mir furchtbar vor, ein Gewehr abzudrücken, mit dem Knall am Ohr und dem Stoß gegen die Schulter. Vor allem aber: wir hatten ja gar keine Waffen, nichts, gar nichts. Wir waren Männer und Frauen, die sich untereinander nicht kannten, auch Kinder waren dabei, und ich denke mir, daß die anderen das gleiche empfunden haben wie ich: mein Körper vereiste, starb ab, nur die Beine bewegten sich unbegreiflich schnell, und ich fühlte sie wie Stöcke unter mir.«

Ich brauchte mir keine Mühe zu geben, um den Mann zu erkennen mit seinem grauen Gesicht, in dem die Augen hilflos umhertrieben, während er im Laufen begriffen war.

»Wir liefen aus der Gesia und aus der Nalewkistraße, und da waren sie schon, Deutsche und ein paar Letten unter dem Kommando von Brandt, der uns ein Lächeln entgegenhielt, bei dem man alles vergaß, sogar seinen eigenen Namen und jede, aber auch jede Hoffnung. Die Luft war grau wie in einem Traum, man hörte nichts, kein Weinen, keine Bitte um Schonung, nicht einmal atmen. Wir hatten alle die Hände im Nacken, als hätten wir von Kindesbeinen an nichts anderes gelernt, und von den Peitschen spürten wir nicht einen Luftzug. Ich sage dir«, setzte er plötzlich ganz langsam hinzu, und ich glaubte zu spüren, wie er den Kopf schüttelte, »ich hätte das nie für möglich gehalten.«

Ich wußte, was er meinte. Die Zeit, die seit dem Beginn des Aufstandes verflossen war, dehnte und leerte sich, während ich nachdachte, wie der Balg einer ungeheuren Schmiede.

»Sie führten uns an die Mauer neben den Gemeinderat und stellten uns in einer Reihe auf. Jetzt, dachte ich, werden wir erschossen. Ich sah auf die Häuser, so leblos, ohne Farbe, ineinander verkeilt wie eine Herde Lämmer, man spürte, wie das so weiterging, immer ein Haus nach dem anderen, Straßen und Straßen hindurch, und keine Rettung, kein Mensch in der Welt, der an uns denkt. Aber sie wollten uns nicht dort erschießen. Ich begann da übrigens wieder aufzuwachen. Man mußte aufpassen, daß man nicht die Stellung wechselte oder gar die Hände vom Nacken nahm, sonst hatte man leicht die Peitsche oder den Kolben im Gesicht. Sie liefen vor uns auf und ab; Brandt musterte jeden von uns, immer mit diesem Lächeln, als sei etwas zu schön, um wahr zu sein. Ich mußte, ob ich wollte oder nicht, auf seinen dicken Hals blicken, wenn er uns den Rücken zukehrte, und ich bemerkte eine kleine Ader an seiner Schläfe, die wie ein Uhrwerk pochte.

Dann begannen sie mit einem Maschinengewehr hinter der Mauer zu schießen, in gleichmäßigen kurzen Stößen, als fahre jemand mit einem Holzscheit einen Gartenzaun entlang. Auch im Getto wurde wieder geschossen; ich wußte, daß die Juden sich verteidigten. Nur wir standen da, bis auf die, die herausgewinkt wurden und von zwei SS-Männern begleitet, die Mauer entlanggingen bis zum Eingang, hinter dem sie verschwanden. Wenn die kleine Gruppe hinter der Mauer komplett sein mußte, kamen die Feuerstöße des Maschinengewehrs. Aber doch war es um uns so still wie am Ende der Zeit. Brandt ging von einem zum anderen, wenn er nicht gerade mit seinen Untergebenen sprach. Er spazierte an uns vorbei, lächelte und hob die Hand. Dann sah man nur seinen Zeigefinger, der sich krümmte und streckte, als wolle er uns lehren, wie man winkt, und man hörte seine Stimme: Komm! Nur das: der Zeigefinger und sein Komm! Komm!, gerade so, als sei die Figur in einem Lexikon lebendig geworden, die den Begriff des Winkens verkörpert, und die Figur habe den Namen Brandt angenommen und eine kleine Ader schlage ihr sichtbar in der Schläfe.

Ich wunderte mich die ganze Zeit darüber, mit welcher Bereitschaft die von Brandt zum Erschießen Bestimmten vortraten. Es gab keine Schreie, kein Weinen, nicht einmal eine Gebärde der Furcht. Ein junges Mädchen kam an mir vorbei mit einem Fältchen zwischen den Augen, die Zähne auf die Unterlippe gesetzt, vielleicht wie eine Angestellte in einem Büro, die zu ihrem Abteilungschef gerufen wird. Ich dachte, daß ich gleich selber mit der gleichen Selbstverständlichkeit vortreten würde. Dann sah ich ein Zögern in die Bewegungen der Davongehenden kommen, sie fixierte etwas an der Straße, und der SS-Mann hinter ihr mußte ihr schon mit dem Kolben zwischen die Schulterblätter stoßen, um sie zum Weitergehen zu bringen. Zehn Meter von mir bemerkte ich aus dem Augenwinkel, daß ein dünner, dunkler Faden aus dem Hof neben der Mauer vorkam. Wie in einem Vergrößerungsglas sah ich die Flüssigkeit, auf der Staubteilchen schwammen, an den Rändern überhängend, auf ihrem Weg gehemmt von der rauhen Trockenheit des Bodens. Plötzlich verbreiterte sich der dünne Faden, er schoß in die Abflußrinne, und das junge Mädchen verschwand hinter der Mauer.«

Ich stellte mir vor, wie er dort stand, zwei Stunden lang oder auch vier, schon wieder im Zweifel, ob er auch recht wach sei, ob es nicht ein Mittel gäbe, das alles von sich abzuschütteln und einfach davonzugehen. Ich stellte mir die

Gruppe vor, die sie zwischendurch in den Straßen zusammengefangen hatten und neben den Rest gegen die Mauer stießen.

»Auf einmal hatte das Stehen und Warten für uns ein Ende. Brandt ließ uns mit Gebrüll und Peitschenhieben von der Mauer wegholen und befahl uns, eine Kolonne zu bilden. Wir standen auch bereits da, immer drei Mann in einer Reihe, nicht zu viert, sondern so, wie es bei den Deutschen üblich ist. Man trieb uns durch die Zamenhofstraße, die Mila, die Muranowska; so wußten wir, daß uns das Gas zugedacht war an Stelle der Kugel, unser Weg führte zum Umschlagplatz. Brandt und seine Leute waren verschwunden; was uns jetzt mit Schreien und Schlagen umschwärmte, waren die Ukrainer, die uns am Tor nach Wertsachen untersuchten und uns mit Hetzrufen durch die Gänge jagten. Überall war auch das wahnwitzige Gebell der Hunde, die in die gestaute Menge sprangen und den Leuten die Kleider vom Leib rissen.«

Ich schloß im Dunkel die Augen. Auf meinen Lidern zeichnete sich ein weißes Gebäude ab, halb sichtbar durch den gelben Blätterregen eines Parks, mit der Sonne in den hohen Fenstern des Erdgeschosses, vor denen die Terrasse lag. Jagdhörner klangen durcheinander. Eine Meute bellte wild und fröhlich. Man sah keinen Menschen.

»Es gab auch immer wieder Ruhepunkte«, sagte der Verwundete, »wo man sich sagen konnte, daß man das Schlimmste überstanden hätte, wenn man erst in einem der Räume einen Platz gefunden hatte und auf dem nackten Boden saß, die Knie fast ans Kinn gezogen. Ich saß so im Innern eines Würfels, dessen Wände glatt waren von altem Schleim und Kot, in einem der Zimmer, deren ursprüngliche Bestimmung, Gegenstände zu enthalten und bewohnt zu werden von lebenden Wesen, schon längst hinter ihrer abstrakten Gegenwärtigkeit verschwunden war und in denen nur noch unausgesprochene Wünsche geisterten nach der Mauer, wo man so schnell und sauber hätte sterben können, nach dem Zug, der einen in zwölfstündiger Fahrt der Gaskammer zuführte, nach allem, was das unvermeidliche träge Ende zu beschleunigen vermocht hätte. Das Schlimmste war, daß es kein Wasser gab. Es gab kein Wasser und keine Toiletten, oder wenn es welche gab, konnte man nicht hingelangen.«

Ja, erwiderte ich lautlos, ich sehe die Menschen allmählich in Durst, Kot und Apathie versinken, ein Damm, den die Flut frißt.

»Wer aufstand«, sagte der Verwundete, »mußte auf seine Nachbarn treten. Wer das tat, wurde manchmal von den Getretenen zu Boden gerissen. Schweigende Kämpfe auf Leben und Tod brachen hier und da aus. Auf die Sitzenden und Liegenden trat auch die SS, die uns manchmal besuchte, um uns zu verhöhnen. Die Kinder wimmerten erst nach Wasser, dann begannen sie zu schreien. Ich denke an eine Frau, die aufsprang, weil sie das Weinen ihres kleinen Jungen nicht mehr ertragen konnte, und sich ans Fenster stellte, als wolle sie um Hilfe rufen. Sie verdeckte das Fenstergeviert, ihr Schatten fiel auf uns, und vom Hof knallte auch schon der Schuß, der ihr den Kopf durchschlug und sie zwischen ihre Nachbarn schleuderte. Sie war nur die erste, die in unserem Raum starb. Denn unter den Hockenden nahm nun der eine oder andere das Gift, das er bei sich verborgen hatte, oder er tat es mit dem Messer. Manche starben vor Erschöpfung oder einfach vor Entsetzen. Ein Dreijähriger spielte mit dem Haar seiner Mutter, die er schlafend wähnte.

Dazwischen kam dann die SS, um mit umständlichen Gebärden Feldflaschen zu entkorken und uns vorzumachen, was das heißt: trinken. Eine Frau schrie wie unter der Folter in rasendem Wortschwall einem zu, sie habe Geld, sie zahle fünfhundert Zloty für einen Becher Wasser. Und schon hatte sie den Saum des Kleides aufgerissen und wies das Geld vor. Die SS-Männer brüllten vor Lachen, während einer von ihnen die Frau aufforderte, ihm das Geld auf den Gang zu bringen, die Wasserleitung sei draußen. Sie tat's, und wir sahen, wie er, sie hatte kaum den Fuß über die Schwelle gesetzt, seine Pistole in ihren Hinterkopf abfeuerte, während er ihr mit der Linken das Geld entriß.

Manches habe ich wohl nur geträumt. Zum Beispiel war plötzlich ein Deutscher da, ein SS-Offizier von kaum zwanzig Jahren, der stumm und rätselhaft mit seinem schönen Gabrielsgesicht an der Tür aufgetaucht war, wie aus der Ferne durch mächtige Magie herbeigeeilt, und der nun ohne einen Laut und fast ohne Bewegung auf uns niedersah mit einem Blick, der durch uns ging wie etwa eine Hand durch Seifenschaum. Deutlicher als sein Gesicht noch sehe ich seine Uniform, von samtner Schwärze und anliegend wie eine zweite Haut, und seine Stiefel, die er aufsetzte, als fürchte er, sie an uns zu beschmutzen. Er sah uns an, dann wurde sein Blick auf einmal zerstreut, abwesend, seine Stirn faltete sich leicht, er hob die Hand und entfernte ein unsichtbares Stäubchen von seinem Ärmel.

Ich saß an der Wand und wußte, wie glühend mich mancher um diesen Vorzug beneidete. Ich konnte meine Stellung leichter wechseln als andere und hatte eine Stütze für den Rücken. Manchmal lehnte ich meine Wange an diese schmutzige Kühle und dann erblickte ich die Zeichen und Worte, die unsere Vorgänger aus tausend Transporten mit Fingernägeln oder Messern in die Wand gegraben hatten. Gleich neben meinem Gesicht stand das alte Zeichen der Liebenden, das von einem Pfeil durchbohrte Herz …«

Fortgehen aus diesem Bunker, sagte ich mir, aus der Stadt, einfach fortgehen. Und ich dachte an einen Wald, in dem ich stehen könnte, bis zu den Knien im Farn, vor dem silbriggrauen Stamm einer Buche, in den ein Herz geritzt war und zwei Namen, die man nicht lesen konnte.

»Die beiden Namen in dem Herzen«, flüsterte mein Nachbar, »waren so gewöhnlich wie die Sandkörner einer Düne. Blima – Hilek stand da, wer bei uns heißt denn nicht so. Dennoch versuchte ich mir die beiden vorzustellen, aber sie waren mir entglitten, ehe ich sie recht hatte fassen können, wirklich wie Sand, der durch das Glas läuft. Nur den Pfeil sah ich, der vielleicht die Richtung ins Unsichtbare wies, und in ihm rührte sich etwas Trübes – in der millimetertiefen Rinne seines Schaftes kroch eine fette Laus.«

In diesem Augenblick sagte der Mann, der den Verwundeten gebracht hatte und neben uns saß: »Halt!«

Er hatte es nicht einmal besonders laut gesagt, aber augenblicklich herrschte im Bunker völlige Stille. Ich spürte den Atem des Verwundeten auf meiner Stirn; er flüsterte: »Blumstein?«

Der Mann, der Blumstein hieß, machte ein ungeduldiges Geräusch mit den Lippen. Man spürte die ganze Masse des zurückgehaltenen Schreiens, das sich in den Kehlen staute, dann war auch der Atem der Umhersitzenden wie weggewischt, unhörbar geworden. Ich lauschte mit allen übrigen, und zugleich war ich noch bei der Geschichte des Verwundeten, die ich nicht zu Ende hatte hören können. Schade, sagte ich mir, wie ist er nur entkommen. Und ich sah ihn, wie von einer Tarnkappe beschützt, die Treppen des Gebäudes hinuntersteigen und geradenwegs durch die Posten über den Platz gehen. Vielleicht war er übers Dach entkommen, in einem Hagel von surrenden Kugeln über einen Holzsteg, der auf das Dach des nächsten Hauses führte. Auch hätte ich gern gewußt, was Blumstein mit dieser Sache zu tun hatte. Schade, dachte ich nochmals, und suchte im Dunkel bereits Mlotek, als müsse das so sein.

Von draußen kam deutlich ein Schaben und Kratzen

von Schritten und Geräten. Man hörte das Bellen von Kommandostimmen, die das Gestein dämpfte. Der Block knirschte, und mit ihm seufzten die hundert Stimmen von Unsichtbaren einmal auf. Die Deutschen waren da.

Man sah ihre Helme und Schultern gegen das helle Licht, und das Wogen von Schultern und Köpfen der Menschen drinnen bewegte sich auf sie und das Licht zu. Sofort hatte jemand, wahrscheinlich Mlotek, die trübe Birne zerschlagen, die im Keller brannte, ohne ihn weiter zu erhellen. »Ein schöner Rattenbau«, sagte jetzt eine deutsche Stimme in das erste Kinderweinen. Ich wußte Mlotek und Blumstein in meiner Nähe, hörte, wie der eindringlich flüsterte: »Der Notausgang!« und Mlotek nach hinten drängte.

Wir waren alle zusammen, Franka, Mlotek, ich und der Rest der Gruppe. Ich begriff, daß die Deutschen unsere Waffen und Helme von außen nicht sehen konnten, ihre Blicke reichten nur gerade knapp bis hinter den Eingang, an dem sie immer noch unschlüssig standen. Offenbar fürchteten sie sich, gewiß in geringerem Maße als ihre Opfer im Bunker, aber genug, um sie am Eingang laut lachen und sprechen zu lassen. Ihr eigener Lärm hinderte sie daran, das Tasten und Zerren Mloteks an der Hinterwand des Bunkers wahrzunehmen. Sie schienen unglaublich viel Zeit zu haben, wie Jungen in den Ferien, die, lange vor dem Mittagessen, ein unbekanntes Stadtviertel durchstreifen.

»Jetzt!« sagte Mlotek.

Blumstein hatte sich auf einmal von uns entfernt, dem Licht zu.

»Wohin, Jude?« hörte man eine Stimme.

Blumstein, hart an der Schwelle, sagte ruhig: »Hitler verrecke!«

Ich hörte ein Geräusch und erriet, daß er dem Deutschen ins Gesicht gespien hatte. Plötzlich gab es, wo Blumstein gestanden hatte, nur noch das gelbliche Blitzen von Pistolenschüssen in eine dunkle Masse am Boden; gleichzeitig hatte Mlotek den Ausgang geöffnet. Es war, als habe die Wand vor uns nachgegeben. Wir stießen ein paar Kinder und Frauen in unserer Nähe in den Gang, der da entstanden war, und jagten dann selber los, in einem Wirbel von Schreien, Explosionen, Flüchen, der den Bunker auseinanderzureißen schien und uns ins Freie schleuderte. Wir hätten von einem einzigen mächtigen Willen gelenkt sein können, der hinter uns zurückblieb, der uns durch die Trümmer rennen ließ, während MP-Geschosse um unsere Köpfe zischten.

Die Deutschen verfolgten uns nicht. Wir hatten den Rest unserer Munition gegen sie verbraucht. Jetzt konnten wir uns umsehen und uns in der beginnenden Dämmerung wiedererkennen. Wir standen alle beisammen in einem leeren, zerschossenen Durchgang, in dem die Stille zusammengelaufen war wie Wasser.

27. April

Alles, was von der Gruppe übriggeblieben war, strich langsam, fast geräuschlos an den Fassaden entlang, kämmte die gesprengten Blocks durch. Wir waren auf Deutschenjagd. Jetzt konnte es geschehen, daß einzelne Deutsche nach Einbruch der Dunkelheit und dem Rückzug der Truppe hinter die Absperrung sich ins Getto wagten: sie fürchteten die toten Juden nicht, und die meisten Juden waren unzweifelhaft tot.

Ich war der erste, der die Stimmen in der Ruine gehört hatte. Die Gruppe erstarrte, jeden nagelte der Sprechgesang, der sich da im Unbestimmten erhoben hatte, an den Platz, auf dem er gerade stand.

Wenn man am Tage hier und da, zwischen Salven und dem Brand, der sich weiterfraß, menschlichen Stimmen begegnen konnte, so war das Getto nachts nur noch lautlose Wildnis.

Wir schlichen uns an das Haus heran, dessen unsichtbare Zerstörung wir mit dem Geruch kalter Asche einsogen. Flackerndes Licht fiel aus einem türlosen Zimmer auf einen Flur, den Stein- und Glassplitter bedeckten. Eine Männerstimme sagte von drinnen: »Seid willkommen!«

Wir träumten nicht: das Zimmer, das wir betraten, war von Männern und Frauen erfüllt, die um einen weiß gedeckten Tisch saßen. Die Kerzen in den Leuchtern brannten. Sechs Becher waren mit Wein gefüllt. Wir dachten sicherlich alle zum erstenmal daran, daß das Getto in den Tagen des christlichen Ostern und des jüdischen Pessach unterging. Die unbekannten Alten um den Tisch, die uns nicht unfreundlich, aber ohne uns weiter zu beachten, Platz machten, trugen im Blick, in jeder Falte ihrer Gesichter nur den Eigensinn, mit dem sie des Auszuges aus Ägypten gedenken wollten und der Errettung aus höchster Gefahr.

Der Mann, der uns eingeladen hatte, wollte die Vorlesung aus der Hagadah fortsetzen. Mit zerstreutem Blick legte er das zerrissene Buch noch einmal hin, um an uns die Stücke einer der flachen Mazzoth zu verteilen, die vor ihm auf einem Teller lagen. Er schien sich noch einmal davon überzeugen zu wollen, daß alles Notwendige vorhanden war: die flachen, ungesäuerten Brote, die Becher, die bitteren Speisen aus der Zeit der großen Wanderung. Jetzt schob er das schwarze Mützchen höher aus der Stirn und las weiter, indem er die hergebrachten Melodien wiederaufnahm. Die Gesichter um mich hatten sich nur scheinbar geschlossen – sie lebten in einer geheimen, nur ihnen bekannten Freude, als hätten sie alle zugleich sich dafür entschieden, nur mehr ihre eigene Geschichte zu sein.

Wir hatten die Waffen neben uns gelegt, als hätten sie etwas zu tun mit den Gegenständen und Speisen auf dem Tisch, mit dem, was der Alte vorlas: mit den Peitschen der Treiber an den Pyramiden, mit den Plagen, mit dem Zug durch die Wüste und das Rote Meer, mit dem Geschrei der Hungernden um Manna.

Das Gesicht des Vorlesenden, so schien es mir, mußte einmal viel mehr Platz in allem verfügbaren Raum eingenommen haben; unaufhaltsam schrumpfte es ein unter der tödlichen Wucht der Ereignisse, die ein Volk durch die Zeit jagten. Ich sah mich nach dem Jüngsten im Kreise um, der die traditionellen Fragen an den Vorleser zu stellen hatte.

»Dieses Jahr«, sagte der Alte plötzlich die üblichen Worte, »dieses Jahr noch Knechte, nächstes Jahr Kinder der Freiheit. Dieses Jahr hier, nächstes Jahr in Jeruscholajim.«

Ich beobachtete bei diesen Worten Mloteks Antlitz, als sei er es, der nun zu sprechen hätte. Seine Stirn war nach vorn geneigt, und sein Blick kam darunter hervor wie der eines Mannes, der eine neue Erscheinung, die doch nicht so neu ist, als daß er sie nicht in seiner Erinnerung wiederzufinden vermöchte, in eine ganze Reihe, in ein System von vertrauten und oft durchdachten Tatsachen einzubeziehen bemüht ist. Aber Mlotek stand nur auf, und mit ihm erhoben wir uns alle. Wir wußten nicht recht, was wir tun sollten, und verließen den Raum mit einer Verbeugung nach dem Vorleser hin, der uns keine Beachtung schenkte. All das blieb wie eine Vision hinter uns zurück – die bärtigen Männer, die die Augen geschlossen hatten und den Oberkörper hin und her wiegten, und die alten Frauen mit ihren weißen, fest zusammengepreßten Lippen und dem kurzgeschorenen grauen Haar unter den dunklen Perücken.

In den zerschossenen Häusern um den Muranowskiplatz regte sich nichts. Jetzt, sagte ich mir, als ich neben Mlotek im ersten Stock einer Ruine lag, müßte man wie ein unaufhörliches Knistern das Geräusch der Herzschläge vernehmen, das nicht abreißende Flüstern der Schlaflosigkeit, die aus letzter Erschöpfung kommt.

Mlotek lachte leise.

»Für mich«, sagte er, »müßte es anders heißen: gestern in Jerusalem, heute im Warschauer Getto. Und morgen ...«

»Morgen sind wir alle nirgendwo«, erwiderte ich.

»Wenn es schon so sein muß«, sagte Mlotek. »Ich kam wirklich vor ein paar Jahren nach Palästina, ohne Zertifikat, als Illegaler. Heute könnte ich nicht einmal erklären, warum ich nicht das notwendige Papier hatte, warum ich überhaupt hinwollte. Was das erste angeht: ich war kein Handwerker, hatte mich ziemlich unruhig umhergetrieben, einmal dies, einmal das getan. Zweitens nannte ich bei mir selbst das Land Palästina, nicht etwa Erez Israel. Ich hätte mich nur zu gern davon überzeugen lassen, daß unsereins überall ungeschoren bleiben kann.«

»Du warst neugierig auf das, was sie da unten machten«, sagte ich.

»Gewiß. Es konnte so übel nicht sein, auf einem Stück Land zu arbeiten, das einem mitgehörte. Ich entsann mich, wie es zu Hause hieß, als ich klein war: Man schlägt in der Stadt die Juden!, und wie man dann tagelang bebend hinter den Vorhängen saß.«

Franka rührte sich leicht im Schlaf, und ich legte meine Hand an ihr Gesicht. Dabei versuchte ich mir vorzustellen, wie dieses Kind hinter dem Vorhang Mlotek geworden war mit seinem braunen Haar über der breiten Stirn, mit den Armen, die die Sten wie ein Stückchen Holz handhabten. Ich dachte: Das Leben müßte in dieses Gesicht mehr Ärger oder Lebenshunger oder Mißtrauen hineingegraben haben. Daß es finster war, machte nichts aus: Mloteks Stimme konnte nicht ruhiger sein als seine Züge, und ich wußte mit Sicherheit, daß diese Gesichtszüge mehr Ausgeglichenheit zeigten, als ich wahrscheinlich in meinem ganzen Leben gekannt hatte.

»Ich kam also schließlich ans Schwarze Meer, nach Warna, von da aus in Etappen bis nach Zypern. Unterwegs hatte ich noch drei Jungen kennengelernt, die den gleichen Plan hatten. Mit unserem letzten Geld kauften wir ein Segelboot und fuhren ab, aber auf der Höhe von Jaffa kenterten wir ungefähr acht Meilen vor der Küste in einem plötzlichen Windstoß; ich gebe zu, daß keiner von uns vom Segeln eine Ahnung hatte. Wir konnten das Boot nicht aufrichten, zu viert saßen wir mitten in der See auf dem Boot. Das Meer hatte sich sogleich wieder beruhigt. Du weißt, wie das ist, wenn man sich als Junge um keinen Preis blamieren will...«

»Natürlich«, sagte ich.

»So beschlossen eben ich und ein zweiter, an Land zu schwimmen, denn ich war ein guter Schwimmer und dachte mir, daß acht Meilen schließlich zu bewältigen wären. Damals las man täglich von irgend jemandem, der durch den Kanal geschwommen war.«

Ich steckte mir eine Zigarette an. Wenn Mlotek damals zur Küste gekommen ist, dachte ich sinnlos, müßten wir jetzt auch durchkommen.

»Heute träume ich manchmal noch davon«, sagte Mlotek, »wie ich der Küste zuschwimme. Wenn ich gewußt hätte, was das heißt: acht Meilen, wäre ich auf dem Boot sitzengeblieben, bis mich jemand aufgefischt und wer weiß wohin gebracht hätte. Du wirst dir sagen, daß ich ganz versessen sein mußte darauf, nach Palästina zu kommen, aber ich kann nur wiederholen: es war nicht das Land. Ich wollte vielleicht nur nicht immer aufpassen müssen auf das, was ich gerade tat und was andere von mir sagten.

Als wir losschwammen, war es Nachmittag, und wir brauchten dreizehn Stunden. Wenn ich davon träume, so sehe ich das Glitzern der kurzen Wellen vor den Augen, dieses unerträgliche Blinken. Dann begann mein Kamerad ein paar Meter hinter mir zu rufen, es ginge nicht mehr, das Land sei weiter weg als zuvor. Ich wollte um keinen Preis sprechen, um Atem zu sparen, aber dann mußte ich ihm doch zureden und faselte etwas von Bäumen, die ich deutlich am Horizont sehen könnte.«

Mich hatte eine unbestimmte Angst ergriffen, als sei es unausdenkbar, unerlaubt, daß ein Leben nach so viel Mühsal einfach ausgelöscht werden dürfe.

»Das Schlimmste«, sagte Mlotek, »waren die Muskelkrämpfe. Ich schärfte dem anderen noch ein, auf keinen Fall mit dem Schwimmen aufzuhören. Durch meine Hände zog es schon wie mit Messern und ich fühlte, wie meine Nackenmuskeln sich zu Knoten schlangen. Wir schwammen eine Weile durch ein großes Tangfeld, nur noch die Arme und Beine arbeiteten, das Hirn war wie ausgeleert. In der Finsternis spürte ich das Wasser, wie es mir ins Gesicht sprang. Ab und zu legte ich mich auf die Seite, um nach den Sternen zu sehen.

Dann kam die Dämmerung, die Sonne stand schon knapp unter dem Horizont, und die Küste war zum Greifen nah. Wir waren, wie sich herausstellte, oberhalb der Yarkon-Mündung nördlich von Tel Aviv an Land gekommen.

Du darfst dir nicht vorstellen, daß das so glatt ging. Als wir den Boden berührt hatten, konnten wir auf einmal nicht weiter. Wir waren so müde, daß ich es mir selber seither nicht mehr recht begreiflich machen kann. Ich weiß noch, daß es mir die erste Viertelstunde hindurch nichts ausgemacht hätte, auf der Stelle zu sterben. Die Muskelkrämpfe hatten uns am ganzen Körper wie eine einzige Klammer gepackt. Dann sagte ich mir, es wäre reichlich lächerlich, wenn wir nach dreizehnstündigem Schwimmen bis zur Brust im Wasser wie die Pfähle stehenbleiben würden. Ich hatte die ganze Zeit Angst, daß Leute uns sehen könnten, die uns nichts Gutes bringen würden, Engländer vielleicht. Wir wußten nichts von dem, was vor uns lag.

Ich bin ein paar Jahre dort gewesen, man verschaffte mir die notwendigen Papiere. Es gab übrigens genug von meiner

Art da unten. Ich arbeitete auf dem Land, schleppte Ziegel beim Bau, war Plantagenwächter. Mit der Zeit begriff ich die Dinge besser. Manchmal hatte ich mich gefragt, ob sich das Ganze gelohnt habe, ob es hier besser für mich sei als in Polen. Die Zusammenhänge waren komplizierter, als ich geahnt hatte, sie stellten sich, als ob sie unübersehbar wären, aber man kann hinter alles kommen. Die Frage nach dem Sichlohnen tauchte dann gar nicht mehr auf.«

»Das heißt«, sagte ich, »daß du eine Antwort auf sie hattest.«

Es war etwas heller geworden. Mlotek stand auf und machte ein paar Schritte durch den Raum.

»Ja«, hörte ich ihn sagen, »ich hatte vergessen zu bemerken, daß ich inzwischen in die illegale Partei eingetreten war. Die Genossen erklärten mir natürlich, daß wir für etwas kämpfen, das sich lohnt. Ich begriff, daß ich die Frage falsch gestellt hatte. Jetzt hatte ich auf einmal die Wahl, in Polen von den Pilsudskileuten als Jude oder in Palästina von englischen und jüdischen Polizisten als Kommunist verprügelt zu werden.«

Er unterbrach sich und lachte.

»Man könnte sagen«, fuhr er fort, »daß ich mir vorher aus den Kommunisten überhaupt nichts gemacht hatte. Seit ich Kommunist war, gingen mich die Juden mehr an als je zuvor, und wahrhaftig nicht nur die Juden allein.« Er schwieg einen Moment und fügte hinzu: »So kam es damals jedenfalls zu meiner Abreise. Meine Frau holte sich im Gefängnis von Jaffa eine Lungenentzündung und starb. Wir hatten uns da unten kennengelernt. Ich selber saß in Jaffa, in Nazareth, in Jerusalem. Dann beschloß man, mich zu deportieren.«

Ich meinte ihn sehen zu können, wie er auf dem Deck der »Marietta Pasha« stand, während unten am Kai in Haifa die blauuniformierten, blondbärtigen Polizeioffiziere hochmütig und gelangweilt auf die Abfahrt des Schiffes warteten. Hinter den Lagerhäusern stieg wie eine Wolke der Lärm der King George Avenue in den Abend, und die tiefstehende Sonne flammte in den Fenstern des französischen Klosters auf dem Carmel.

Mlotek lachte und schüttelte den Kopf: »Stell dir vor, daß sie einem das Visum für Kuba verschafften, ich weiß heute noch nicht, durch welchen Dreh. Natürlich interessierte sich von uns kein Mensch für Kuba, sondern man blieb mit dem französischen Transit in Frankreich sitzen, was damals nicht sehr schwer war.«

Ich war damit beschäftigt, das Schiff zu verfolgen, wie es langsam aus der Bucht dampfte, mit Mlotek an der Reling, der sein Zwischendeckbillett in der Tasche hatte, mitten unter arabischen Auswanderern und Fremdenlegionären aus Syrien; dieses Schiff, in dessen Laderäumen die Vierte-Klasse-Passagiere schliefen in einem Geruch von Anis und Erbrochenem, nichts weiter als Vehikel eines anonymen Befehls, der Männer, die einmal schwimmend diese Küste erreicht hatten, wegführte über Kilometer und Jahre bis vor die Gewehre der SS in Warschau.

»Ich fürchte mich, Mlotek«, sagte ich auf einmal.

Er lächelte und legte mir die Hand auf die Schulter; nur in seinem Blick war ein Schatten, der sich mit der heraufkommenden Frühe nicht auflöste.

»Es ist gleich vorbei«, sagte er.

Nach einer Weile sprach er weiter: »Natürlich muß man sich manchmal fürchten. Weißt du, wovor? Wenn man daran denkt, was die Menschen erlitten haben. Seit Jahrhunderten, Jahrtausenden Leiden, Leiden, Erleiden... Ich meine nicht nur die großen, ich hätte beinahe gesagt, die spektakulären Leiden. Das fängt damit an, daß die Frauen um vier Uhr morgens Feuer machen müssen. Manchmal ist das nicht zum Aushalten.«

Das ist es, dachte ich, das gerade ist es. Wir müßten uns beeilen, alles wartet auf uns. Schnell, schnell, schnell, schnell. Das, dachte ich, hat Mlotek eben gemeint: all diese Begünstigungen des Todes, die großen und kleinen Vergewaltigungen, sogar die Ängste der Kinder und das schweigende Hinnehmen, das sich von Geschlecht zu Geschlecht fortsetzt.

»Aber das ist Unsinn«, sagte Mlotek und sah abwesend durch das leere Fenster auf den wüsten Platz. »In ein paar Jahren werden es alle schon immer gesagt haben, daß die Welt durch uns ein Stück weiterkommen wird.«

»Ich möchte dir gerne glauben, Mlotek«, sagte ich.

Er blickte mich heiter an: »Schade, daß ich nicht sagen kann: Du wirst ja sehen, wer recht behält.«

Der Tag war jetzt ganz angebrochen. Wir lauschten auf den Platz hinaus, auf dem der Wind erwacht war mit Schleiern aus Ziegelstaub und verbranntem Papier, der Wind, der Zeit gehabt hatte, Kraft und Botschaften zu sammeln in den Tiefen des Flachlandes. Hinter dem Häusergewoge, in dem der Pilz der Brände und Explosionen fraß, rührte sich die deutsche Artillerie. Auf dem Platz wuchsen die Rauchsäulen der ersten Granaten.

Mlotek deutete auf sie: »Der Feind, um uns zu vernichten, löst unvermeidlich die Kräfte aus, an denen er selber zugrunde geht.«

»Mlotek!« rief ich noch, »wir möchten aber so gerne leben!«

Das Dröhnen einer straffgespannten Saite klang aus dem aufgerissenen Himmel. Eine Kette von Stukas fiel steil auf das Getto, als wollten sie die Dächer durchstoßen. Der Boden bebte unter uns. Mlotek verzog spöttisch den Mund: »Die scheuen keine Kosten!« Ich fühlte, wie Franka vergeblich gegen den Schauer kämpfte, der sie an meiner Seite schüttelte.

Jemand schrie aus dem oberen Stockwerk: »Es brennt!« Man hörte das Hasten von Leuten. Wir waren auf einmal in Qualm gehüllt, die Ruine brannte lautlos, gleichmäßig, als sei sie die ganze Zeit mit Feuer bis zum Bersten angefüllt gewesen. Und aus dem Keller kam das Gebrüll eines Empfängers, der die Mitteilungen des deutschen Befehlsfunkwagens weitergab: »Erfolg dieses Unternehmens: Sechshundert Juden und Banditen aufgestöbert und erfaßt. Achtundvierzig Bunker gesprengt. Durchsuchungsstoßtrupps haben für Auftragserfüllung Zeit bis achtzehn Uhr. Ich wiederhole...«

Schüsse gellten in der Nähe des Platzes.

»Wir gehen hinüber«, sagte Mlotek ruhig. Die überlebende Besatzung des schräg gegenüberliegenden Hauses lag im obersten Stockwerk, zu dem man nur durch einen Flaschenzug Zutritt hatte. Das Treppenhaus hatte der Kommandant der Gruppe zerstören lassen.

Wir ließen unsere Brandflaschen nach oben ziehen. Dann folgten wir, einer hinter dem anderen. Ich war der Vorletzte und sah unter mir Mlotek an einem zertrümmerten Pfeiler lehnen. Er winkte lässig mit der Mündung der Maschinenpistole, und ich erriet die Bewegungen seiner Lippen, die sagten: »Gleich komme ich nach!«

Der Kampflärm hatte sich sehr schnell genähert. Zwischen meinen Beinen durch sah ich, wie Mlotek feuerte und nach der Straße hin wegglitt. Man hatte mich nach oben gezogen, und ich lief zum Fenster, um hinter einem Mauerstück nach ihm auszuspähen. Mlotek war in die brennende Ruine zurückgelaufen, war unsichtbar im Rauch und kam an einem Fenster des ersten Stocks wieder zum Vorschein. Wollte er die Deutschen von uns ablenken? Ich sah ihn in unglaublicher, unerreichbarer Nähe, wie er bedächtig schräg nach unten hin schoß. Er verschwand nochmals und tauchte wieder auf. Sein geschwärztes Gesicht, ohne Haar und Augenbrauen, war der

Straße zugewandt, als habe er uns völlig vergessen, als gehörten wir einem längst vergangenen Abschnitt seiner Existenz an. Mit einem Schlage war der Rauch fort, und das Haus brannte still, gewaltig in einer einzigen, stetigen Flamme.

Mlotek kam noch einmal zum Vorschein, ohne Waffe diesmal, die er verloren oder von sich geworfen hatte. Er stand gebückt auf dem Dachfirst zwischen den beiden Fahnen, die man oben festgemacht hatte, der blauweißen und der rotweißen, durch die ein Hagel von Funken und Geschossen fegte. Er schien eine ganze Weile da zu stehen, und es waren doch nur Sekunden, während er mit den Armen eine merkwürdige Bewegung machte, als wolle er die Fahnen zu sich heranziehen. Aber schon waren keine Fahnen mehr da, sie hatten im gleichen Moment Feuer gefangen, und auch Mlotek brauchte sie nicht mehr. Er griff jetzt mit beiden Händen in die Flammen selber, wie nach einem Mantel, den man um sich schlagen will.

5. Mai

Ist überhaupt zu berichten, was seither geschah? Ablauf der Zeit und Ereignisse sind hier vielleicht anderen Gesetzmäßigkeiten unterworfen als in Eurer Welt. Schon kann die Schwerkraft des Geschehens aufgehoben sein: die registrierbaren Fakten fallen nach allen Seiten hin auseinander. Nach und nach haben wir alle aus den Augen verloren, sie liegen unter den gesprengten Häusern, manche mögen in der Kanalisation versteckt sein. Franka und ich sind nur noch zwei Stäubchen in dieser Wüste, die sich an ihrer eigenen Leere entzündet. Wir irren wie zwei Ameisen durch ihren zerstörten Bau, den ungeheure Explosionen um und um wühlen.

Die Deutschen sprengen jetzt Haus für Haus. Riesige Brände sengen uns Tag und Nacht die Haut, machen uns blind. Sie wissen, es geht dem Ende zu, wenn man irgendwo Schüsse hört, sind es fast nur noch ihre Gewehre, die losgehen. Ich habe noch vier Schuß bei mir, von denen zwei für uns selbst bestimmt sind, wenn es soweit ist. Wie viele Kämpfer können noch am Leben sein? Ich weiß es nicht. In den letzten zwei Tagen sind wir nur noch zwei alten wahnsinnigen Frauen begegnet und einem Trupp von Kindern. Zuweilen ist uns, als hörten wir es irgendwo in der Ferne: Sog nit kajnmol, as du gejst dem letzten Weg... Das kann Täuschung sein.

Vor drei Tagen lag ich im Schutt unter einem Balken, kaum verwundet, aber unfähig, eine Bewegung zu machen, während ich gegenüber an einer geschwärzten Mauer Jan und Stanislaus aus dem Jenseits stehen sah und noch ein halbes Dutzend von uns. Meine Pistole war unter mir im Gestein verschüttet, ich hätte ihnen auch nicht helfen können, wenn ich sie zur Hand gehabt hätte. Ich sah ihre Gesichter vor dem horizontalen Gitter der Gewehre, so gleichgültig, daß sie kaum mehr kenntlich waren, nur an den Stimmen erkannte ich sie wieder, laut und nachdrücklich, nicht anders als am Schluß einer Versammlungsrede: »Es lebe Polen! Es lebe die Sowjetunion!«

Meine Pflicht, mein Vorsatz war gewesen, zu berichten, Dir ein Zeichen zu geben. Meine Absicht setzt Beharrlichkeit, Treue voraus. Zwischendurch befielen mich Zweifel an der Beschreibbarkeit der Desintegration. Mlotek fehlt mir.

Wer weiß, vielleicht vermagst Du aus diesem fragmentarischen Rapport eine Kontinuität herauszulesen, um die ich mich beim Schreiben vergeblich bemühe.

Franka fand ich nachts in der Kanalisation, nachdem ich mir meine Pistole wiedergeholt hatte.

Drei Stunden später

Explosionen rüttelten uns in unserem Keller. In den toten Leib des Gettos hackten Fliegerbomben, Artillerie, Dynamitladungen wie gigantische Fußtritte, die einen Kadaver prüfen, ob noch Leben in ihm ist.

Wir hatten die ganze Last eines zusammengestürzten Hauses über uns und konnten nichts anderes tun, als den Deutschen zusehen, wie sie den gegenüberliegenden Häuserblock anzündeten. Sie brauchten sich längst nicht mehr zu decken. Plötzlich waren sie da, mit Wagen dazwischen, deren Türen hinter aussteigenden, Feldstecher tragenden Offizieren zuklappten, mit Pfiffen und Gebrüll: »Juden raus!«

Ich hatte geglaubt, daß das Haus leer sei. Es wehte ohne Laut seine Gardinen aus den Fenstern den Deutschen entgegen, die Maschinenpistolen und Karabiner im Anschlag hatten. Nichts rührte sich. Eine Minute darauf rollten Benzinfässer an unserem Kellerfenster vorbei. Die Deutschen leerten sie drüben vor das Tor und warfen ein Streichholz auf den Bürgersteig. Wir hörten das hohle Donnern der Flamme, die in den Hausflur schoß und die Fassade ansprang.

Sofort schien das Haus sein Inneres nach außen zu kehren: es wimmelte von Menschen, die an den leeren Fenstern standen und blindlings schrien. Bis es zu uns kam, war das Schreien schon dünn geworden, denn die Straße knisterte vom Feuer, und die Deutschen lachten wie in einem Film von Heinz Rühmann. Ein SS-Mann streifte einem Offizier höflich einen Funken von der Uniform.

Dann kamen an der Fassade Schatten herunter, Matratzen und Kissen vor den Menschen selbst. Ich zwang mich, ganz kalt zu werden; noch jetzt hätte ich etwas Übereiltes tun können. Mechanisch sprach ich Frankas Namen in mich hinein, als müsse ich mich an eine Pflicht erinnern, während die Menschen herabstürzten. Sie waren nicht immer tot, sondern begannen manchmal wegzukriechen, nicht nach der Straße zu, wo die Deutschen standen, die gar nicht weiter böse zu sein schienen, sondern nur neugierig starrten und lachten – die Herabgestürzten krochen mit gebrochenen Gliedern zurück ins Feuer, aus dem sie gekommen waren.

Die Deutschen sahen ihnen nach, ohne ein Wort, kopfschüttelnd, mit einem Ausdruck, den ich von sonntäglichen Spaziergängern in Erinnerung hatte, die einem Betrunkenen nachsehen. Statt der Gardinen wehten nun lange Flammen aus den Fenstern. Kleine Schatten glitten an der Fassade herab; die Karabiner krachten, um sie noch im Flug zu erhaschen. Eben hatte man noch die Mütter, die ihre Kinder hinabschleuderten, mit dem Kreisrund der geöffneten Münder am Fenster erblickt. Doch schon waren sie hinter dem schweren Vorhang aus Qualm verschwunden, der sie mit dem Feuer zugleich zudeckte.

10. Mai

An der Rückwand des sich langsam verdunkelnden Zimmers sah ich den Schein naher Brände. Frankas Kopf lag in meinem Schoß. Wie die Salamander, dachte ich, leben wir in diesem Getrümmer, das nicht ausbrennen will. Um uns war das Stöhnen der Luft, das Gebrüll unsichtbarer Maschinen, die Eisen in die Öde spien.

Ich vernahm auf einmal ihre Stimme. Ich hatte geglaubt, sie sei eingeschlafen, aber sie hatte ganz leise zu singen begonnen: Sog nit kajnmol, as du gejst dem letzten Weg... Sie sang nicht weiter, sondern wandte mir ihr Gesicht zu und sah mir in die Augen.

»Ich will mich nicht mehr verbergen«, sagte sie und lächelte.

Ich wußte nicht, was sie meinte. Sie hatte sich aufgerichtet. »Ich will mich nicht mehr verbergen«, wiederholte sie, und ihre braunen Augen blickten zu mir auf. »Wir wollen zusammen hinausgehen, solange es noch hell ist. Weißt du denn nicht, daß wir Frühling haben?«

Ich erschrak: der Frühling hatte wirklich begonnen mit seiner ganzen blinden und fühllosen Raserei. Das, was ich das Zimmer nannte, der Platz, an dem wir in den letzten Tagen Unterschlupf gefunden hatten, war ein Raum, von dem nur noch die Wände standen, dem aber die Decke fehlte, irgendein Raum eines zerstörten Hauses, das nur aus einem Erdgeschoß bestanden hatte, so daß wir über uns den violetten Nachmittagshimmel hatten. Wenn man den Himmel ansah, wußte man, daß unversehens mit der fortschreitenden Verwüstung der Mai gekommen war. Franka hatte von Hinausgehen gesprochen. Wir waren ja im Freien, nur daß diese Wände, an denen die Rosen des Brandes glühten, uns von der Straße trennten. Aber ich wußte, was sie meinte, und stand auf.

Sie war nach den ersten Schritten auf der Straße schon wieder stehengeblieben. »Der Mai! Vor vier Jahren war ich um diese Zeit mit meiner Mutter in London. Ein Mai ohne Krieg...«

»Du warst um diese Zeit in London...« wiederholte ich verblüfft und erinnerte mich, daß ich zwei Jahre vor diesem Datum dort gewesen war, im letzten Friedensmai aber schon in Paris.

»Von London«, sagte Franka, »fuhren wir nach Paris. Es war noch viel schöner. Wir wollten den vierzehnten Juli erleben.«

»Da waren wir also zusammen in Paris«, sagte ich und lachte.

Sie sah mich überrascht von der Seite her an. Wir sprachen abwechselnd und unterbrachen uns mit einzelnen Worten und Ausrufen, als wolle eins das andere an bestimmte Vorgänge erinnern. Sie erklärte mir, aus welchem

Grund ihre Mutter sie auf die Reise mitgenommen hatte; sie hatte sich auch beeilen müssen, um Ende Juli wieder in Warschau zu sein. Ich achtete nicht darauf. Franka hatte vom vierzehnten Juli gesprochen, und ich suchte mir vorzustellen, wie sie damals ausgesehen hatte, vor diesen vier Jahren, die kaum der Erwähnung wert waren.

Wie leicht, sagte ich mir, hätten wir einander begegnen können.

»Siebzehn Jahre alt warst du und ich vierundzwanzig«, hörte ich mich sagen, als sei in die beiden Zahlen eine Magie eingeschlossen, ja, als sei ich imstande, uns nur durch das laute Aussprechen der Worte »siebzehn« und »vierundzwanzig« auf einen Teppich zu versetzen, der mit uns in die Lüfte steigen würde.

Franka machte jedesmal eine Pause, wenn ich ein Wort einwarf, und sprach dann in einem Ton weiter, als habe sie diese Vergangenheit in heiterster Laune gerade erfunden, oder als hätten meine Worte sie ausgelöst.

Ich erblickte Paris, wie ich es an jenem letzten vierzehnten Juli erblickt hatte, ehe das ganze Getöse aus Feuerwerk, Autohupen, Stimmen und Musette-Kapellen im Knirschen gigantischer Schattenarmeen und im Lautsprechergekrächze der Heeresberichte untergegangen war. Während die Diplomaten West- und Mitteleuropas sich zum letztenmal die Hände drückten, ehe sie die Gewehre losgehen ließen, während die heiter-verächtliche Frivolität der späten Stunde sich wie eine große Blüte in der heißen Nacht entfaltete, bahnte ich mir einen Weg durch die Menge. Bald stand ich oben bei der Mère Catherine, wo auf den kleinen Tischen mit den rotkarierten Tüchern Petroleumlampen brannten und betrunkene Matrosen, sich an den Händen haltend, einen feierlichen Reigen um eine Straßenlaterne tanzten; bald ging ich über die Boulevards an Leuten vorbei, die auf den Dächern fahrender Taxis saßen; bald streifte ich zwischen Bastille und République umher.

Überall war ich auf der Suche nach Franka, die mir auch begegnete, aber nur, um gleich wieder in der Menge zu verschwinden, wenn wir Blicke getauscht, uns zugelächelt hatten. Ich sah sie deutlich, mit den braunen Augen unter dem blonden Haar, diesem leichten, fliegenden Haar, zu dem vielleicht blaue Augen viel besser gepaßt hätten. Sie trug ein helles, geblümtes Kleid, eins von jenen billigen enganliegenden Sommerkleidchen, die beinahe jedes Mädchen hübsch machen. Ich sah sie auftauchen, näher kommen, wieder entschwinden inmitten eines verworrenen Lärms von Akkordeons, Drehorgeln und Herzschlägen; wir lächelten und winkten uns zu mit Augen und Fingern.

Plötzlich stand sie vor mir. Es konnte auf der Place des Fêtes sein, wo zwischen den niedrigen Häusern um den Metroschacht herum die Lampionschnüre blinkten. Diesmal faßten wir uns an den Händen, bis der Platz mit den vielen Menschen, der den Atem angehalten hatte, um uns zu kreisen anfing wie ein Karussell auf dem Jahrmarkt, das seinen Lauf allmählich beschleunigt. Ich hatte Franka den Arm um die Schulter gelegt, ihr rückwärts geneigtes Gesicht mit den geschlossenen Augen zeigte wie ein Spiegel bald die Blässe des Mondes, bald die bunten Reflexe der Lampions. Wir wiegten uns im Stehen, als brauchten wir zum Tanzen einen Anlauf. Die Musik, die von einem großen, unsichtbaren Orchester ausging, hatte mit einem Walzervorspiel begonnen, das uns alle auf einen mächtigen rhythmischen Ausbruch vorbereitete. Und nun, vielleicht waren wir beide es, die das Zeichen gaben, glitten, flogen wir in den Tanz hinein wie der Stein von der Schleuder: über der ganzen Stadt erklang mit dem Rauschen vieler Saiten der Rosenkavalier-Walzer.

Meine alte lästige Unruhe war es, die uns den Tanz verdarb, als ob ich nicht einmal wenigstens hätte schweigen können, als ob ich nicht gewußt hätte, daß für Franka London vor Paris gelegen hatte.

»Meine Adresse in London? Portland Place«, sagte sie in mein Gesicht, ohne die Augen zu öffnen.

Ich nickte vor mich hin, denn ich hatte es nicht anders erwartet. Hatte ich doch selbst zu meiner Zeit in der Seymour Street gehaust, in einer stillen Straße des gleichen Viertels mit sauberen, abweisenden Häusern, einer Straße, von der man unmöglich annehmen konnte, daß sie neben einem großen Verkehrszentrum liegt. Ich hatte die Place des Fêtes ohne Bedauern und Widerspruch verlassen, um mich mit Franka in London zu vereinigen, wobei es nichts ausmachte, ob mit dem Begriff Vorher Tage oder Wochen oder Jahre gemeint waren und ob es für Franka die gleiche Frist bezeichnete wie für mich. Was konnte es für mich schon bedeuten, ob sie mit mir im gleichen Augenblick in London gewesen war. Nur das Siebzehn und Vierundzwanzig besaß Geltung und Zauber, dieser Abstand von sieben Jahren, den man allenfalls um eine Kleinigkeit nach unten oder oben hätte verschieben können, dessen Verhältnis aber nicht geändert werden durfte.

Ich sah mich auch schon sehr früh am Morgen, mit einem Blick auf die Uhr, eilig am Marble Arch vorbeigehen, weil ich mich zwischen sieben und acht mit Franka vor der Serpentine verabredet hatte. Freilich hatte ich so gut wie gar nichts gegessen, aber ich hatte genug Geld bei mir, um Franka zu einem Frühstück einladen zu können. Jetzt lief ich da jedenfalls hinunter in den Park, mit anständigen Flanellhosen und blanken Schuhen und ohne einen weißen Faden in meinem Haar, und ich sah, wie ich mir einen Liegestuhl nahm, sogar zwei – sie waren etwas teurer als die gewöhnlichen Gartenstühle –, und dann schlug ich die Morgenzeitung auf, über deren Rand ich aber immer den Weg entlangspähte.

Franka kam dann gar nicht. Vielleicht war sie schon unterwegs, vielleicht hatte sie mich einfach vergessen. Ich grämte mich nicht. Auf irgendeine Weise war ich ihrer ganz sicher. So träumte ich vor mich hin, mit den Geräuschen der Stadt im Rücken. Auf dem Reitweg vor mir erschienen ab und zu, aus dem leichten Bodennebel tauchend, Damen und Herren zu Pferde; sie grüßten höflich, wenn sie aneinander vorbeiritten. Eine Abteilung Bärenmützen kam in Sicht, auf dem Marsch in Richtung Hyde Park Corner.

In dem Nebel begann es zu zucken wie in einem Netz ein Schwarm von rötlichen Fischen. Ich hatte die Brandrosen vor Augen, ehe ich mich in der zerschossenen Straße wiederfand mit Franka, die nach meiner Hand gegriffen hatte. In der Nähe dröhnten drei Einschläge. Ich suchte verzweifelt im Himmel unseren Mai, während die schreckliche dörrende Hitze uns umklammerte, als seien wir Geschöpfe einer anderen Welt mit anderen Temperaturen. Franka legte den Kopf an meine Schulter.

»Was es doch alles gibt!« sagte sie. »Was es doch alles geben könnte! Ich würde zum Beispiel mit dir in deine Heimat fahren.«

Nicht, Franka! wollte ich sagen, du weißt nicht, was du tust. O Gott, dachte ich, ich habe keine Kraft mehr, ich will nicht. Ich fühlte mich leicht wie ein Vogel. Unaufhaltsam riß es mich der untergehenden Sonne nach. O Gott, dachte ich noch einmal, kann mir Franka denn dabei folgen, in diesem unwiderstehlichen Sog, der uns schon wie zwei wirbelnde Blätter über die Ebenen da unten streute, die sich in Dunkelheit hüllten. Ich erkannte die Flüsse, die alle nach Norden zogen, fast immer zwischen flachen Ufern und lange zögernd, ehe sie das Meer fanden.

Hinter der Stille der Wiesen standen die Wälder ohne Bewegung. Die Achse eines verspäteten Wagens knarrte; dann rasselte eine Brunnenkette.

»Was ist das?« hörte ich Franka neben mir.

Ich schüttelte nur den Kopf. Warte, sagte ich mir, du darfst es nicht zu früh zu erklären suchen. Was ist das nur mit dieser Stille? Wir standen auf der Dorfstraße, dort, wo die letzten Häuser wie erschöpfte Läufer stehengeblieben waren. Schon zeigte sich der Mond unheimlich über den fedrigen Ähren des Hafers. Die Nacht ist gekommen, dachte ich, die Nacht hier mit ihren Brunnen und ruhelosen Wanderern. Hinter den Wäldern müssen die alten Städte liegen mit ihren schmiedeeisernen Gasthausschildern im Wind. Über dem leeren Marktplatz zählte eine Turmuhr die Stunden.

Ich stand über diese Stille gebeugt wie vor einem niedrigen Fenster, durch das man aus dem Dunkel her die Leute bei ihrer Lampe beobachten kann. Ich sah sie mit ihren süßen schläfrigen Gesichtern, ganz starr, eine Stickerei im Schoß oder ein Buch in der Hand. Nein, dachte ich wieder verzweifelt, nein, nein. Ich hatte kommen sehen, was jetzt kam, ich hatte von allem Anfang an darauf gewartet, ich hatte es schon gehört, ehe da irgendeiner mit seinen Fingerübungen begonnen hatte in einem Zimmer irgendeines Hauses. Es waren immer dieselben Takte aus einem Schubertschen Impromptu.

»Das ist die deutsche Nacht, Franka«, sagte ich.

Das Klavier klang immer noch aus einem Schwall von Musik, den der Wind heranschwemmte, aus dem man die grellen, blanken Trompeten Bachs heraushörte, die Bässe Beethovens, den Mittelsatz aus Mozarts Viertem Violinkonzert, eine Woge von Tönen, die nichts verschonte von dem, was ihr in den Weg kam. Nein, dachte ich. Ich war zurückgetreten und blickte an den niedrigen Häusern hoch, als erwarte ich von jemandem Hilfe.

Aber nur ein Fenster klappte. Da oben hatte sich ein Mädchen vor das gelbe Licht gestellt, das hinter ihr in die Nacht fiel. Sie hatte ihr Haar aufgemacht und beugte sich über die Blumenkästen, über denen ich das Hin und Her ihrer Hände erblickte. Und jetzt hörte ich, wie sie leise und abwesend sang:

»Halt du dein Treu
so stet als ich,
und wie du willst,
so findst du mich.«

Ich fürchtete mich. Ich hörte, wie der Sand unter meinen Sohlen knirschte, als ich mich hastig umdrehte. Ich fahr dahin, hörte ich das Mädchen hinter mir, ich fahr dahin, ich fahr dahin.

Vor mir flammte die Straße, und ich hatte nichts mehr als die Pistole und den nicht abgeschlossenen Brief, und Franka hielt ihre letzte Brandflasche in der Hand. Wir lehnten an einem Pfeiler. Ich sah auf ihr blondes Haar hinunter, das angesengt war und auf dem der Mörtel wie Schnee lag. Wir waren beieinander, standen jetzt nur noch angestrengt vor der Zukunft.

»Stell dir nur vor«, sagte sie ohne Ausdruck, »daß man ohne uns weiterleben wird.«

Ja, gewiß, dachte ich, da wird es Tanzlokale geben mit Papiergirlanden und Fähnchen und Bieruntersetzern, alle voll von jungen Leuten an einem Samstagabend. Die Kapelle begann einen Walzer; es war wirklich wieder der Rosenkavalier-Walzer, den wir an der Bastille hätten tanzen können. Ich bemerkte auch die leeren Stühle, die schon leer gewesen waren, ehe die Paare, die Hand in Hand zum Parkett gingen, sich erhoben hatten. Ich wußte, wie sehr Franka sich fürchtete.

»Überall!« sagte sie, und die Tränen liefen ihr aus den Augen, »überall werden wir fehlen!«

Und all diese leeren Stühle, fügte ich in Gedanken hinzu, die man für uns bereitgestellt hat! Es wird ja ganz leer sein ohne uns, denn die Tänzer werden immer Raum für die lassen, die nicht kommen.

Nein, dachte ich und spürte, wie mir leichter wurde, denn ich hatte unter den Tanzenden ein Mädchen gesehen, das Franka gar nicht ähnelte, außer daß es die gleichen Augen hatte. Gierig sah ich mich um, als müsse ich eine Bestätigung dafür suchen. An einem Ecktisch war eine Gruppe von jungen Leuten sitzen geblieben, einer erklärte etwas mit unhörbaren Worten, und die anderen lachten. Die Handbewegung, mit der der Sprechende einen Satz unterstrich, erkannte ich wieder – man hatte sie jeden Tag an Mlotek sehen können.

»Alles, was ich fürchte«, sagte Franka, »ist wohl nur das eine: Werden sie an uns denken?«

Es war kein Wunder, daß ich jetzt so sprach, als sei ich Mlotek.

»Sei nur ruhig«, sagte ich, »sie werden uns nicht im Stich lassen.« Ich stellte mir nochmals die Gruppe an ihrem Tisch vor. So ist es, sagte ich mir, sollen sie nur an einem ruhigeren Abend über unseren Tod reden, das macht nichts, es soll gar nicht anders sein. Ich küßte Franka und sah, daß sie nun nicht mehr auf das Stück Leben neidisch war, das ihr entgehen würde.

Wir standen frei auf der Straße, als die deutsche Patrouille aus dem Feuer gerade auf uns zukam. Sie schossen sofort. Ich wollte vorwärts, ihnen entgegen, aber ein Querschläger war mir in die Knöchel gefahren und warf mich aufs Knie.

»Bleib, Franka!« rief ich. Ich sah sie mit der Brandflasche vorwärtsstürzen, leichtfüßig wie ein Kind beim Spiel, sie hörte mich nicht.

»Bleib!« schrie ich noch einmal.

Sie hatte die Deutschen noch nicht erreicht – die Patrouille und sie bewegten sich gegeneinander wie die Vortrupps zweier feindlicher Armeen auf dem Panorama einer antiken Schlacht –, als eine brennende Fassade hohl krachend, mit spritzenden Feuerstücken und langen Staubschleppen in die Straße stürzte und Franka meinen Blicken entzog. »Bleib!« rief ich sinnlos zum drittenmal. Ich wußte, daß meine Stimme sie nicht mehr erreichen konnte.

Mit dem Knie auf dem Boden spürte ich nur das scharfe Stechen der Funken, die mir ins Gesicht flogen. Mich verlangte nach einem Sesam-öffne-Dich, als ob es hinter der Waberlohe, die mich umgab, ein neues Land geben würde, in dem Franka schon zu Hause war, von dem sie Besitz ergriff, gefahrlos und ohne Angst.«

Wieviel Stunden vergangen waren, kann ich nicht sagen. Meine Uhr war stehengeblieben. Aber die Sonne war hoch am Himmel und füllte die steinerne Öde mit wachsender Wärme. Ich hob meinen Mantel auf und sah mich um. Alles war so wie am Abend zuvor, da ich meinen Gang in die tote Unbeweglichkeit unternommen hatte. Mit gleichmäßiger Besessenheit tobte die Stadt in der Ferne. Ich faßte nach dem zerknitterten Briefbündel in meiner Tasche.

Unverändert gleichgültig war ich der Frage gegenüber, ob das, was ich mittlerweile erfahren hatte, gerade in dem Brief enthalten war. Ich sah lediglich den Briefschreiber vor mir, wie er auf seinem zerschossenen Bein kniete, und Franka, die eine Flammen- und Steinwolke unsichtbar machte.

Während ich durch das Geröll kletterte, prüfte ich mich, ob es mich danach verlangte, in die Stadt zu kommen. Mit dem Heimischwerden in der Welt, sagte ich mir, ist es nicht so leicht. Zugleich war mir, als müsse ich aufbrechen, ohne Verzug, irgendwohin, um die suchen zu gehen, die feurige Türen hinter sich zugemacht hatten.

DER WEG DER BOLSCHEWIKI

Petzoldt wachte wie immer zwischen ein und zwei Uhr morgens auf. Er mußte sich jedesmal von neuem in seiner Umgebung zurechtfinden, zum Bewußtsein dieser Umgebung kommen, die seit siebenunddreißig Monaten die gleiche war, Block 8 in Rainhausen. Das Wiedererkennen geschah stets auf die gleiche Weise; es vollzog sich schichtweise wie das Aufblättern einer Zwiebel, nur erschien hier die innerste Schicht zuerst: sein eigener Körper, auf der linken Seite liegend, mit über der Brust gekreuzten Händen, in einer Haltung, die erzwungen war von den Umständen und die der Schlaf festhielt. Jeder Schläfer in diesem von schwerem, kaltem Geruch erfüllten Dunkel hatte sich zwischen Lichterlöschen und Wecksignal in eine Mumie verwandelt. Petzoldt sagte sich manchmal, daß es immer noch besser war, zu zweit auf einem Strohsack zu liegen als zu viert wie die Neuankömmlinge, die wie Sardinen gelegt wurden: jedem fuhr der eigene Atem von den Füßen des Nebenmannes ins Gesicht zurück. Auch Petzoldt durfte die Stellung nicht wechseln im eigenen Interesse. Er wußte noch im Tiefschlaf so gut wie sein Nachbar, daß jede Bewegung Wärmeverlust bedeutete und einen zähen, quälenden Kampf um ein Stückchen Decke nach sich zog. Auch auf Block 8 lag man eng genug aneinander. Dennoch befand sich Petzoldt zwischen zwei imaginären Grenzlinien, die sein Wille noch im Schlaf zog und die hart waren wie Glas:

er wollte um jeden Preis allein sein mit seinen Gedanken, mit den dumpfen Träumen, die hinter den Lidern brodelten, mit den Erinnerungen aus einer Vergangenheit, die immer unglaubhafter wurde.

Diesmal war er sicherlich nicht von selbst aufgewacht wie gewöhnlich; er hatte das helle, flache Knallen im Ohr, das schon wieder hinter den unsichtbaren Dächern der Blocks hervorkam. Wer schießt denn da um diese Zeit, dachte Petzoldt. Er hatte sich über seinen Körper hinweg in den Raum gefunden, in einen der Schlafräume des Blocks, in den Block selbst, von da in die Vorstellung, die er vom Lager hatte; er sah im Dunkel den Lagerplan in allen Einzelheiten vor sich. Irgendwas ist los bei den Quarantäneblocks, dachte er. Er bemerkte einen schwachen Lichtschimmer unter der Tür, die den Schlafraum von den Stuben des Blockältesten und des Blockschreibers trennte; er vernahm auch das gedämpfte Hin und Her von Füßen. Ja, sagte er sich, jetzt schon hellwach, das nennt man eine Abwechslung. Im Grunde genommen ärgerte er sich über die Störung. Er hatte sich schon an die Stunde gewöhnt, in der sein Schlaf sich von selbst unterbrach, in der er träumen und denken konnte und über die Kälte hinwegkam, die sich allmählich trotz aller Vorsorge unter die Decke schlich. Es war die einzige Stunde im Ablauf eines Tages, die ihm ganz gehörte. Ein Mann, der neun Stunden im Steinbruch steht in Sonne und Regen, der mit jeder Bewegung es nur darauf angelegt hat, sein Leben und das Leben seiner Kameraden zu verlängern, der auf dem Hof, beim Appell, beim Essen, beim Flicken nie allein ist – ein solcher Mann hat immer etwas, an das er niemanden heranlassen will. Es hat meist mit der Vergangenheit zu tun. Müller, an den er widerstrebend dachte, war vielleicht ein ganz guter Kerl. Man hätte es schlechter treffen können mit seinem Nachbarn. Dennoch war er unzugänglich, verbohrt; ein Sozialdemokrat, das ist es eben. Wie lange habe ich eigentlich mit Müller nicht mehr gesprochen, dachte Petzoldt. Vier, vielleicht sechs Wochen. Er käut auch immer dasselbe Zeug wieder, den Volksentscheid vom August, die RGO; man kann zu diesen Leuten mit Engelszungen reden. Er hätte kaum an Müller gedacht, wenn sie draußen nicht geschossen hätten.

Was ihn verwirrte, war die Entdeckung, daß auch Müller erwacht war. Man merkte das an der Veränderung des Atems, an einer leichten Spannung des Körpers, die sich dem Nachbarn unter der Decke mitteilte. Viele mußten wach liegen. Das Schießen hielt immer noch an. Die Lichtbündel der Scheinwerfer strichen an den Fenstern vorbei. Man hörte deutlich halblaute Rufe der SS, das Vorbeiknirschen der Stiefel, wenn nicht gerade Feuerstöße der Maschinenpistolen dazwischenhieben. Es muß bei den Quarantäneblocks sein, dachte Petzoldt. Im Schlafraum wurde geflüstert, manche sprachen laut wie aus dem Traum. Was ist das nur, dachte Petzoldt, was ist das nur.

Die Quarantäneblocks, mit den Ziffern 16 bis 20, lagen am südlichen Ende des Lagers Rainhausen und waren vom übrigen Lager durch Stacheldrahtzäune getrennt. Obwohl der Verkehr mit den Insassen der Blocks den übrigen Häftlingen verboten war, wußte man im Lager immer, was von diesem Teil von Rainhausen zu halten war, auch daß in Block 16 Experimente vorgenommen wurden; man erforschte dort eine Ernährungsweise, die Ostkost genannt wurde und bestimmt war, die Sklavenmassen der osteuropäischen Gebiete des künftigen Großreichs arbeitsfähig zu erhalten.

Eine Ausnahme bildete der Block 20. Dieser Block, der sich in der äußersten Südostecke des Lagers befand, infolgedessen nach zwei Seiten hin von der stacheldrahtbewehrten Lagermauer begrenzt und dazu noch von einem Wachtturm überhöht war, wurde nach einiger Zeit nach den beiden anderen Seiten zu mit einer Mauer sowohl vom Nachbarblock wie auch vom ganzen übrigen Lager abgeschlossen. In der inneren Längsmauer, die sich neben Block 19 befand, wurde eine eiserne Tür angebracht, die immer fest verschlossen war und zu der allein die SS Zugang hatte. Das Essen für Block 20 mußte von den Trägern an der Tür niedergesetzt werden; es wurde von der SS selbst in den Block gebracht. Die Insassen des Blocks bekam man nur in totem Zustand zu Gesicht. Jeden Morgen holte das Krematoriumskommando mit seinem Karren eine Anzahl Leichen, die nachts vor der eisernen Tür niedergelegt worden waren. Man hatte nicht mehr in Erfahrung bringen können, als daß die Häftlinge in Block 20 ausschließlich Offiziere und Kommissare der Roten Armee waren. Die vollständige Absperrung des Blocks konnte für die Insassen nichts Gutes meinen; es war von allem Anfang an offenbar, daß keiner mit dem Leben davonkommen sollte; das kollektive Todesurteil wurde mittels Typhus und Hunger vollstreckt. Jeder Häftling erhielt einen Liter Suppe pro Tag, jedoch kein Brot.

Wenige Wochen nach Weihnachten hatte das Parteiaktiv des Blocks beschlossen, einen Ausbruch vorzubereiten, und den Plan der Blockversammlung vorgelegt. Während der Besprechung, an der noch die Sterbenden durch Handaufheben teilzunehmen suchten, kam man schnell zu mancher Entscheidung. Der Leutnant Karganow, der am Kuban in deutsche Gefangenschaft geraten war, ein ehemaliger Werftingenieur aus Nikolajew, sagte mit einer Stimme, in die er alle ihm noch verbliebene Kraft legte: »Ich denke, daß Genosse Petrow die Aktion leiten muß.« Hier machte er eine kleine Pause, in der das allgemeine Schweigen eine starke, uneingeschränkte Zustimmung ausdrückte. Karganow fuhr fort: »Es muß aber jedem klar sein, daß ein Ausbruch nur Sinn hat, wenn wenigstens einige von uns Aussicht auf Entkommen haben. Ich will damit sagen, daß diejenigen, die den Ausbruch unternehmen werden, soweit gekräftigt sein müssen, als es unter den gegebenen Umständen möglich ist. Das bedeutet, daß nicht alle von uns an der Aktion direkt beteiligt sein können.« Er schwieg. »Natürlich«, sagte der Major Petrow, dessen Name eben gefallen war, Leiter des Parteiaktivs und früherer Agronom eines Kolchos bei Tula, »natürlich wird eine Anzahl von uns den Ausbruch decken müssen. Ich habe daran gedacht und werde dazu gleich Vorschläge machen.« Karganow nahm noch einmal das Wort. »Ich bin dafür, die zu bestimmen, die den Ausbruch wagen sollen, ihr eigenes Einverständnis natürlich vorausgesetzt. Die übrigen, angesichts der Tatsache, daß die anderen mehr Kraft brauchen, sollten beschließen, daß sie von nun an zugunsten jener auf die Hälfte der Tagesration verzichten werden, also auf einen halben Liter. Ich bin«, setzte er in beschleunigter Rede hinzu, »der erste, der sich dazu bereit erklärt. Versuchen Sie mich bitte nicht davon zu überzeugen, Genosse Major, daß ich länger als fünf Minuten laufen kann. Und ich bitte, gleich über meinen Antrag abstimmen zu lassen.«

»Gut!« sagte Petrow nach einer kleinen Weile, indem er die Augen von seinem Schoß erhob, »wer dafür ist, seinen Kameraden, die flüchten werden, mit einem halben Liter Suppe täglich zu helfen, möge die Hand heben.« Während er an den zweistöckigen Gestellen entlangging, um die Stimmen zu zählen – auf jedem Strohsack lagen hier immer vier Mann –, stellte er nur zwei Männer fest, die die Hand nicht erhoben hatten: sie waren vielleicht gerade gestorben, vielleicht vor ein paar Minuten schon. Petrow versuchte, ihnen die Augen zuzudrücken.

Petrow hatte von Anfang an seine Aufgabe darin erblickt, seinen Landsleuten das Gefühl des Abgeschnittenseins zu nehmen. Wäre es nach dem Willen des Kommandanturstabs gegangen, so hätten die Häftlinge von Block 20 nicht einmal mehr das Datum des Tages gewußt, nach dem sie sich gerade fragten. Sie sahen niemanden außer Angehörigen der Wachttruppe, die ab und zu den Block betraten, und den Posten auf dem benachbarten Turm, der, wenn es ihm einfiel, einen halben Ladestreifen durch das Dach jagte. Auch die Leute in den sogenannten freien Blocks wußten nicht viel, wenn sie sich auch auf Außenkommandos durch gelegentlich aufgefangene Radionachrichten und heimlich zugesteckte Zeitungen ein ungefähres Bild vom Ablauf der Ereignisse machen konnten. Doch hatte das Parteiaktiv von Block 20 in Erfahrung gebracht, daß die Rote Armee die Weichsel überschritten hatte und auf deutschem Gebiet kämpfte; doch wußte man von den Bewegungen slowenischer Partisanen an den Kärntener Pässen.

Die Sterbenden des Blocks, die nur noch die Hälfte ihrer Ration verzehrten, während ihre Gedärme sich vor Hunger verkrampften, schienen sich plötzlich an ihre Agonie zu klammern, als wüßten sie, daß der Sinn ihrer Existenz nur noch im Empfangen der Tagesration bestand, die mit ihrem Tode dem Block entzogen werden würde.

Vier Wochen nach der Blockversammlung, am Abend, der dem geplanten Ausbruch um wenige Stunden vorausging, trat Petrow an Karganow heran, dessen weißes Gesicht jeden Blick eines Betrachtenden in einem Geflecht blauer Adern auffing.

»Wir müssen uns trennen, Wassilij Nikolajewitsch«, sagte Petrow und beugte sich über den Leutnant, der auf dem Rücken lag und mit unauslotbarem dunklem Blick zu ihm aufsah.

»Und wahrscheinlich für immer, Grigorij Grigorjewitsch«, erwiderte Karganow lächelnd. »Aber das macht nichts. Hauptsache, daß ihr alle durchkommt. Denken Sie an mich bei der Siegesparade auf dem Roten Platz.«

»Ich werde an Sie denken«, sagte Petrow gedämpft, den Mund fast am Ohr des Liegenden. »Wer immer von uns durchkommen sollte, wird melden, was Sie und die anderen für uns getan haben.«

»Nichts anderes«, widersprach Karganow, »als was Sie vorher für uns getan haben. Wir Kranken bekamen ja immer etwas von den Gesunden. Benachrichtigen Sie meine Frau, wenn Sie nach Moskau kommen. Sie arbeitet seit Beginn des Krieges dort in einem Institut. Notieren Sie die Adresse...«

Petrow schrieb hastig in seinem abgegriffenen Notizbuch, das er bisher vor jeder Durchsuchung hatte bewahren können. Er wandte sich wieder dem Leutnant zu.

»Wissen Sie, Genosse Karganow«, sagte er, plötzlich schwerfällig, den Blick auf die spitzen Schlüsselbeine des Leutnants gerichtet, die, von blauen Schatten erfüllt, aus dem offenen Hemd stiegen, »ich habe mich immer gewundert, daß Sie nicht in der Partei sind.«

»Ja, nicht wahr«, erwiderte Karganow, während er an Petrow vorbeilächelte. »Eigentlich wundere ich mich selber. Es blieb eben immer so... Ich bin, wie man so sagt, ein Kommunist ohne Parteibuch.« Er sah Petrow mit einem großen Blick in die Augen. »Ich hätte wahrhaftig einen Antrag gestellt. Jetzt hätte ich es wirklich getan.«

»Seien Sie ruhig, Wassilij Nikolajewitsch«, sagte Petrow, »ich weiß nicht, ob es geht. Aber warum sollte es nicht gehen? Ich werde für Sie den Antrag stellen, wenn ich zurück bin, ganz bestimmt.«

»Vielleicht geht es noch nachträglich«, sagte Karganow leise.

Petrow legte ihm die Hand auf die Schulter. »Erlauben Sie, daß ich Sie umarme.«

»Ich hätte Sie darum gebeten«, gab Karganow zurück. »Aber es ist nicht schön. Ich habe seit drei Tagen Dysenterie.«

Petrow hatte ihn plötzlich in einem fließenden bitteren Nebel aus den Augen verloren. Er umarmte nun mit aller Kraft einen Körper, der so grauenhaft leicht war, daß der Major einen Moment lang glaubte, das Gesetz der Schwerkraft habe sich geändert und er schwebe dahin, mit Karganow in den Armen.

Kurz nach ein Uhr morgens hatten gegen zweihundert Mann, die flüchten sollten, an der Tür des Blocks Aufstellung genommen. Die Kälte in der ungeheizten Baracke war erbarmungslos. Die Kranken, die imstande waren, von ihren Strohsäcken zu kriechen, schlichen barfüßig ihren Kameraden nach. Sie sammelten alle überzähligen Holzpantoffeln und machten daraus einen Haufen neben dem Eingang.

»Alles bereit?« fragte Petrow halblaut. In der Stille draußen hörte man den Posten auf dem Wachtturm, wie er einen Schlager pfiff. »Lebt wohl, Genossen!« sagte Petrow in die Dunkelheit, und als er die Tür aufstieß, sah man im ungewissen Licht der Winternacht seine hohe, magere Gestalt, um die der zerfetzte Uniformmantel hing.

Der Posten auf dem Wachtturm hörte das Geräusch vieler Schritte, und ehe er sich von seiner Überraschung erholen konnte, hatten ihn mehrere Holzpantoffeln, die aus dem Dunkel auf ihn zuflogen, im Gesicht und an der Schulter getroffen. Der Scheinwerfer, nach dessen Schalter er tastete, war sofort gebrauchsunfähig. Durch das Blut, das ihm in die Augen rann, erblickte er die Umrisse von Leuten, die, einer auf den Schultern von anderen, an der Mauer eine sogenannte Pyramide bildeten und Decken über den Draht warfen. Er konnte seine Schmeißer-Pistole fertigmachen und schoß, wenn ihn nicht die hölzernen Geschosse trafen, auf die Leute an der Mauer, auf die Schatten, die über das Feld huschten, auf die Querseiten des Blocks. Er hörte vielstimmiges Röcheln aus der Dunkelheit. Nun waren auch die anderen Wachttürme in Aktion getreten.

Petrow hatte einer Anzahl seiner Gefährten über die Mauer geholfen. Er hatte zwei Streifschüsse an der Hand und am Oberarm. Die Toten blieben in einem Haufen am Fuß der Mauer liegen. Auch vom Block her kam das dünne Schreien der Getroffenen, die ihre hölzerne Munition allmählich verschwendeten. Petrow erkannte in einem Vorbeistürmenden den Jungkommunisten Jurij Galin, dessen blondes Haar nach dem Scheren immer so schnell nachwuchs. Er sah ihn sofort erstarrt in der Pose eines Tänzers, alle Gelenke verdreht, den linken Fuß in der Luft dem Hinterkopf entgegengehoben, während von seinen Händen und der Wange, die fest am Draht lagen, Rauch aufstieg.

Auf dem Appellplatz, über dem der Dampf aus Hunderten von Mündern in der eisigen Morgenluft hing, sprachen die Leute von Block 8 lautlos miteinander, mit unbeweglichen Kiefern und Lippen. Petzoldt vernahm Mutmaßungen über die Zahl der Ausgebrochenen. Fünfhundert mindestens, hörte er, Unsinn, mehr als tausend, laßt euch doch nicht blöd machen, die meisten sind durch, schön verrückt sind die, tja, die Russen haben Schneid. Es gab keinen Zweifel mehr darüber, daß es sich um Block 20 handelte.

Die Kommandos formierten sich, jeder Mann den Blechnapf in der Linken. Petzoldt fixierte, während er vor Anstrengung ein Stechen in den Schläfen spürte, das große Tor, durch das Block auf Block zum Steinbruch marschierte. Er stellte sich das Gelände vor, das vom fernen Gebirge her in Hügeln zur Donau abfiel, wie mit den Augen des Ptolemäus, wie eine Drehscheibe, über die, mit Rainhausen als Mittelpunkt, von Nordosten bis Südosten eine Masse von Unkenntlichen, Unbekannten ausfächerte. Die Kapos stürzten an ihre Plätze. Die Blockkommandos waren schon im Marsch.

»Mützen! Ab!!«

Alle Gesichter wandten sich, ausdruckslos wie die Quadern der Mauer, der diensthabenden SS zu. Dennoch winkte ein Hauptsturmführer mit einer großen Bewegung der Hand ab.

»Halt!«

Am Tor war ein Wagen aufgetaucht, hoch beladen, von dem es links und rechts dunkel in die Räderspuren tropfte. Petzoldt sah, so lange er konnte, zu den Leichen hin, nach den Köpfen mit halbgeöffneten Mündern, den zerschmetterten Brustkästen. Die Fuhre wurde von einem Dutzend graugekleideter Skelette gezogen, in die die Peitschen der Eskorte hineinknallten. Hinter dem Karren ging schwatzende SS, die sich angeschlossen hatte, um ihn zum Krematorium zu begleiten. Dann kamen wieder Graugekleidete, die, immer paarweise, einen Leichnam an einem Strick nachschleppten. Die Russen gingen mit halbgeschlossenen Augen, mit einem Blick, der sich in sich selber zurückbog. Ihre Füße waren bloß, mit schwarzem Schorf bedeckt. Petzoldt sah einen sehr großen hageren Mann, er bemerkte, wie der Kopf des Toten, den er schleifen mußte, von Pflasterstein zu Pflasterstein sprang. Der schöne Obertruppführer Riesler brach beim Anblick eines sehr jungen Russen in Rufe der Verwunderung aus: »Das ist ja der Grischa! Was machst du denn da, Grischa? Schön dumm bist du gewesen!« Er sprang auf den Jungen zu, der nicht sah noch hörte, der mit dem gleichen, hartnäckig nach innen gerichteten Blick vorwärts ging. Petzoldt bemerkte, daß Riesler in der Rechten, die er dem jungen Russen um die Schulter legte, seine Pistole hatte. Er sah, wie der Obertruppführer den

Grischa, indem er unaufhörlich auf ihn einsprach, ohne dabei eine Antwort oder einen Blick zu erhalten, nach dem nächsten Block hinführte. Die Pistolenmündung lag gerade hinter Grischas Ohr. Sie verschwanden aus Petzoldts Blickfeld.

Der Hauptsturmführer stand zehn Schritt vor Petzoldts Kommando. »Los, los! Weiter! Laßt euch das zur Warnung dienen! Das waren bloß die ersten! Wir kriegen alle!«

Block 8 mußte rennen, um den Anschluß herzustellen. Petzoldt hatte die riesige Menschenschlange vor sich, die nach dem Steinbruch hinunterzog. Herrgott, dachte er, wie viele können es noch sein. Er erblickte im Geist wieder das von beweglichen Punkten belebte Kreissegment; die Punkte strebten, immer lichter, der Peripherie zu. Es werden doch ein paar übrigbleiben, dachte er, das kann doch gar nicht anders sein. Er wandte im Laufen den Kopf zur Seite, um hinauszublicken über die nackten Hänge und Hügel. Auf den Steinen lag Reif, und ein schwacher, kalter Wind stieß einen beharrlich von hinten. Russen, dachte Petzoldt, Russen. Er suchte sie sich vorzustellen, die schon tot waren, die gerade starben, im Eis des Baches, in dem sie sich verbergen mußten, die Kehle von einem Hund zerbissen, den man auf sie gehetzt hatte, in eine Schlucht hineinstrauchelnd. Er versuchte ihnen Namen zu geben: Iwanow, Stepanow, Borowski, Malygin. Irgendwo saß einer auf einer Polizeiwache, mit unbeweglichem Gesicht wie die Überlebenden vor zehn Minuten, die nur darum noch lebten, weil sie die Toten ins Lager bringen mußten; er saß auf der Wache und neben ihm telefonierte ein Gendarm gerade mit der Kommandantur. Ein anderer stemmte sich mit den Schultern gegen eine Scheunenwand, fast bis zu den Hüften in einem Haufen Heu, aus dem er eben aufgestöbert worden war, vor sich einen sechzehnjährigen Burschen im Braunhemd, der mit Angst und Wut an die Belohnung dachte und die Augen zukniff, ehe er dem Iwan da die Heugabel durch die Brust rannte. Durch die Telegrafendrähte, die wie Spinnweben an den Bergen hingen, jagten Meldungen nach allen Richtungen hin. Aber immer noch liefen welche, oder sie lagen unter einer Schütte Stroh, um sich bis zur Dunkelheit auszuruhen. Petzoldt sah sie auf das riesige ferne Land zulaufen, dessen Armeen, in Rauch gehüllt, nach Rainhausen griffen. Vielleicht hätten sie doch warten sollen, dachte Petzoldt, die Nazis machen es nicht mehr lange, und sie hätten das Ende noch gesehen. Nein, sagte er sich, sie wollten ihre Leute nicht im Stich lassen, sie denken ans Leben, nicht ans Sterben; sterben heißt im Stich lassen; sie wollen ihren Leuten so sehr helfen, daß sogar das Draufgehen erlaubt ist. Aus Verzweiflung, fügte er in Gedanken hinzu, haben sie es nicht getan.

Petzoldts Kommando arbeitete im Zentrum pausenlos wirbelnder eisiger Zugluft auf dem Grund des Steinbruchs, gegenüber den hundertsechsundachtzig Stufen, die schroff nach oben führten und die jeder Mann der Trägerkommandos, mit einem Fünfzigkilostein auf der Trage, im Schnellschritt zu bewältigen hatte. Kurz nach der Mittagspause machte Müller Petzoldt auf etwas aufmerksam. Dem war es gerade durch den Kopf gegangen, daß er mit Müller seit diesem Morgen wieder gesprochen hatte. Jetzt sah Petzoldt auf und erblickte den Kommandoführer, der langsam auf die Treppe zuging und bei sich den großen, hageren Mann im zerfetzten Mantel hatte, der Petzoldt am Morgen aufgefallen war. Sie blieben am Fuß der Treppe stehen, der Kommandoführer sagte etwas, und der Russe begann die Treppe zu ersteigen. Jedermann war an der Arbeit, wenn der Kommandoführer in die Nähe kam, nun aber leer, mit Scheinbewegungen. Petzoldt, das ganze Kommando hatten den Blick auf den Russen geheftet, der einmal stehenblieb, sich umdrehte und ihnen mit der Hand einen Gruß hinunterwinkte.

Er wurde immer kleiner, während sie an ihren Loren hantierten. Nun stand er oben, ging auf den nächsten Posten zu und sprach zu ihm, indem er auf seinen Nacken deutete. Man sah die Bewegung gegen den Himmel, den der Wind mit Dunst füllte. Der Russe entfernte sich langsam, er verschwand nach dem Draht zu, der Posten hatte seine Maschinenpistole vom Hals genommen. Petzoldts Kommando wußte genau, wann der zum Tode Verurteilte die verbotene Zone erreicht hatte: genau im Augenblick, da der Posten die Waffe hochriß und das dürre Knacken der Schüsse in die Schlucht drang.

Sie hatten eine Viertelstunde gearbeitet, ohne sich anzusehen. Wieder war es Müller, der Petzoldt anstieß. Er starrte mit ungläubiger Miene nach oben. Der Russe stieg die Treppe hinab, sehr eilig, die Arme um den Leib gelegt, als mache ihm die Kälte zu schaffen. Obwohl er den Oberkörper nach vorn beugte – das war vielleicht das Unglaublichste –, stürzte er nicht. Sein Gesicht hatte das Aussehen grüner Bronze. Von oben beobachtete ihn mit nervösen Bewegungen der Posten, der nach der Treppe zu nicht schießen durfte. Auf einmal fiel ein dünner, kalter Regen.

Petzoldt spürte, wie ihn der Regen durchdrang. Seine Hände, die um den Schaufelstiel geschlossen lagen, waren blau vor Kälte. Der Russe hatte den Grund des Steinbruchs erreicht und ging wie im Schlaf, mühsam, als müsse er bei jedem Schritt die Sohlen vom Boden reißen, auf eine kleine Feldschmiede zu, die zwischen den Geleisen stand und vor der er langsam in die Knie brach, als habe er die ganze Zeit nur nach dem winzigen Wärmeherd gesucht, der kleine Flammen aus der Kohle flackern ließ.

Petzoldt war mit den anderen zu dem Mann hinübergelaufen. Der Russe hatte sich auf den Rücken gelegt, blickte gerade in den Himmel, ein Schauer nach dem anderen durchlief ihn. Petzoldt sah, daß er nicht sterben wollte. Sein zerfetzter Mantel war zur Seite geglitten, und die blauen, kaum blutenden Ausschußöffnungen wurden sichtbar. Der Kommandoführer war herangekommen und hob den Fuß, als wolle er den Russen in die Seite stoßen. Er knurrte ein paar Worte und begann, die Hand in der Hüfte, die Gruppe zu umkreisen. Petzoldt achtete nicht auf ihn. Er begriff mit einem Schlag, daß der Russe vor dem Tod flüchtete, nicht, weil er ihn fürchtete, sondern weil er noch etwas zu tun hatte. Die anderen, die noch laufen, dachte Petzoldt, lassen ihn nicht sterben, und die anderen noch, die auf seine Botschaft warten. Er hatte jetzt Vorstellungen im Kopf, wie sie ihn manchmal in der frühen Stunde zwischen ein und zwei Uhr besuchten. Unvermittelt dachte er an den Roten Platz, den er von Bildern her kannte, irgendwelche alten Zeitungsausschnitte kamen ihm in den Sinn, er dachte an ein Birkenwäldchen neben einem zerfahrenen Feldweg. Deshalb, sagte er sich, sind sie über die Mauer gestiegen; deshalb hat man sie auch nach Block 20 gelegt. In seinen Ohren hatte er mitten im umherjagenden Wind, der sich auf der Suche nach einem Ausweg an den Wänden des Steinbruchs stieß, ein lautes Stimmengewirr. Er hätte selber auf dem Roten Platz sein können, festgekeilt in der Menge, in einem riesigen Beet von Schultern und Köpfen, aus dem rotes Tuch und Blumenbündel wuchsen. Alles sah hin nach der niedrigen, stumpfen Pyramide, auf der ein paar Menschen standen und winkten.

»Karganow«, sagte plötzlich der Russe, den Petzoldt die ganze Zeit für bewußtlos gehalten hatte. Er beugte sich schnell über den Liegenden. Er hatte nicht verstanden, was der Russe sagte; daß er nur einen Namen genannt hatte, kam ihm nicht in den Sinn.

»Karganow«, sagte der große Mann im zerfetzten Uniformmantel noch einmal. Sein Gesicht fiel jetzt schnell ein, als sei darunter eine Stütze eingebrochen.

»Was willst du, Genosse?« sagte Petzoldt ihm ins Ohr. »Sag es noch einmal!« Er sah sich nach dem Kommandoführer um, der in die Luft starrte.

»Noch einmal, Towarisch!« sagte Petzoldt. Er sah, daß der Mann im Mantel tot war.

Der Regen war stärker geworden. Petzoldt wußte nicht, was er tun sollte, obwohl er schon wieder an der Lore arbeitete. Ihm fiel ein, daß man jetzt mit dem Kursus beginnen könnte. Einer von den neuen Franzosen hatte ein Exemplar der Parteigeschichte in Perlschrift ins Lager gebracht. In Gedanken zählte er die Teilnehmer ab. Man müßte Müller hinzuziehen. Petzoldt fühlte den Tod des Unbekannten wie eine jener Lasten, die man auf sich nehmen muß, wenn man einem Urwald entrinnen will: sie bedeuten Nahrung und damit Überleben.

Ein Motiv dieser Erzählung geht auf einen französischen Bericht zurück (Paul Tillard, Mauthausen – Editions Sociales, Paris 1945).

DIE UNTERSCHRIFT

Wegener ärgerte sich wie immer über die Sperrholzplatte, die den zerbrochenen Teil des großen Flurfensters verdeckte, obwohl er die beiden Gesichter vor sich ganz deutlich sehen konnte. Er hielt die Klinke der halb geöffneten Wohnungstür in der Hand. Das eine Gesicht gehörte dem Unbekannten, der geläutet hatte, das andere, nichts weiter als dünne Lippen und glitzernde Augen, blickte aus der Türspalte der gegenüberliegenden Nachbarwohnung.

»Ich hätte Sie gern für einen Moment gesprochen, Herr Wegener«, sagte der Unbekannte. Der kennt mich ja gar nicht, dachte Wegener mit einem Blick auf das eigene Türschild. Er sah den Mann nicht an, sondern starrte hartnäkkig und herausfordernd auf die Nachbarin, die ihr Gesicht jetzt langsam zurückzog und die Tür lautlos schloß. Da steht sie nun, dachte er, bis heute abend.

»Um was handelt es sich?« fragte Wegener mit einem Blick, der noch nicht zur Ruhe gekommen war.

»Dürfte ich vielleicht hineinkommen?«

Der Unbekannte sprach verbindlich, ohne Zögern. Wegener sah ihn ratlos an. »Nun kommen Sie schon«, sagte er grob. Er zog die Tür hinter dem Fremden zu, der an der Wand entlang hereinschlüpfte und zwei Schritte vor Wegener in die Küche trat.

»Ich bin allein zu Hause«, sagte Wegener und ärgerte sich über seine Geschwätzigkeit, »meine Frau ist verreist, bei der Schwester in Stuttgart.« Er sah sich schnell um, aber die Küche sah ganz ordentlich aus, das Kaffeewasser stand auf der Gasflamme, auf dem Tisch lag die Zeitung mit dem zur Hälfte ausgefüllten Kreuzworträtsel. »Also, was gibt es?«

»Ich wollte mit Ihnen über die Gefahr der Atombombe sprechen«, sagte der Unbekannte zuvorkommend, schnell. Wegener nahm sich jetzt die Zeit, sein Gesicht zu betrachten, in dem es nichts Bemerkenswertes gab: höflich lächelnde braune Augen unter dünnem blondem Haar. Das hätte ich mir eigentlich denken können, sagte sich Wegener. Zum erstenmal sah er einen von diesen Unterschriftensammlern aus der Nähe, obwohl man zur Genüge von ihnen las und hörte. Da ist er wieder mal an den Falschen gekommen, dachte Wegener. Er sah auf die Formulare, die der Mann aus der Tasche gezogen hatte. Er konnte den Text nicht lesen, da er dem Fremden gegenüberstand, er sah nur drei oder vier Absätze eines Textes und ein paar Linien darunter zum Ausfüllen.

»Hat Ihnen etwa die Lindner ihre Unterschrift gegeben?«

Der Fremde sah ihn einen Augenblick lang verständnislos an, dann lächelte er verlegen. »Ach, Sie meinen Ihre Nachbarin... Die hat mir die Nase beinahe in ihre Tür geklemmt, so schnell hat sie die zugeschlagen. Erst als ich bei Ihnen klingelte, hat sie wieder aufgemacht.«

Wegener blickte durch die offenstehende Küchentür auf die Tapete des Korridors: »Das ist so ihre Art...« Er sagt es abwesend, weil er gerade hörte, wie die Tür wieder aufging und jemand mit schnellen, erbsentrockenen Schritten die Treppe hinablief.

»Sehen Sie«, sagte Wegener, »das ist bei mir genauso zwecklos wie bei der Lindnern, obwohl ich die im übrigen nicht ausstehen kann. Aber das mit Ihren Zetteln gegen die Atombombe finde ich einfach blödsinnig. Daß ich für den Frieden bin, werden Sie mir wohl glauben. Wir haben ja alle die Nase voll vom letztenmal. Aber es ist nun einmal so, daß die großen Herren kommandieren und die kleinen Leute marschieren.«

Der Fremde saß Wegener gegenüber am Tisch, die Hand unterm Kinn, und sah zum Fenster hinaus. Er schien keine Eile mit seiner Antwort zu haben, sondern im Gegenteil darauf zu warten, daß Wegener weitersprechen würde. Wegener war ungeduldig. Er wünschte den Mann dahin, wo der Pfeffer wächst, und schielte nach dem Kaffeewasser.

»Ich denke nur gerade daran«, sagte der Fremde und fuhr mit der Hand in den Zeitungsblättern umher, »daß, als der Krieg vorbei war und man uns Vorwürfe machte, wir hätten den Hitler und den Krieg gestützt, die Leute immer einwandten, sie hätten ja nichts dagegen machen können, man habe sie ja nicht nach ihrer Meinung gefragt. Jetzt können sie auf diesem Zettel ihre Meinung sagen über den Krieg.«

Wegener hatte ihm nicht zugehört. Er war jetzt beinahe wütend, weil das Kaffeewasser angefangen hatte zu kochen, und er stand auf und drehte mit einer brüsken Bewegung die Flamme ab. So reichlich haben wir es nicht, dachte er. Ohne den Fremden anzusehen, streute er seinerseits jetzt die Zeitungsblätter über den Tisch, die sich mit ihren Schlagzeilen in seinen Blick hakten ... *In rollendem Einsatz über roten Stellungen am Kum-Fluß, was trägt man in diesem Herbst?* Wegener dachte flüchtig; was man trägt, was man trägt ... Wenn es losgehen sollte, werden die Frauen nicht mal mehr Zeit haben, Trauer zu tragen. Es wird keinen mehr geben zum Trauer tragen, wenn es richtig losgeht.

»Wissen Sie was«, sagte er zu dem Fremden, während sein Kopf schon begonnen hatte, die Schlagzeilen durcheinanderzubringen und den Satz zu formen: *Was trägt man am*

Kum-Fluß? Wissen Sie was – ich bin kein Denunziant, ich würde nie jemand anzeigen, weil er mit solchen Listen herumläuft. Bei uns soll ja jetzt Freiheit sein. Daß man Ihre Freunde verhaftet bei uns in Charlottenburg, paßt mir nicht. Soll man doch die Leute nach ihrer Fasson selig werden lassen. Aber unterschreiben – nein. Ist ja doch alles Propaganda.«

»Gewiß«, bestätigte der Unbekannte freundlich, »das ist Propaganda, und das Gegenteil ist Propaganda.«

»Wie meinen Sie?« Wegener sah ihn mißtrauisch an.

»Das mit den Unterschriften ist Propaganda«, wiederholte der Unbekannte, »und das mit dem Nichtunterschreiben ist Propaganda.«

Wegener starrte ihn immer noch an. Man sollte sich überhaupt nicht darauf einlassen, dachte er, solche wie der haben immer das letzte Wort. *In rollendem Einsatz über roten Stellungen.* Die Zeile ging ihm im Kopf herum wie einer von diesen Schlagern, die sich an einen heften wie Spinnweben.

»Ich will Ihnen mal eines sagen«, begann Wegener wieder, »erstens einmal ist meine Frau verreist, und so etwas müßte man vorher besprechen. Und dann unterschreibe ich grundsätzlich nichts.« Er sah durchs Fenster auf die träge Straße hinab, auf die verbrauchten Fassaden dieser Charlottenburger Bürgerhäuser. Dieser Nummer sechsundzwanzig gegenüber, dachte er, ist gar nichts anzumerken; erst wenn man durch das Tor ins Gartenhaus will, sieht man die Bescherung: Die Seitenflügel sind weg und haben den ganzen Hof zugeschüttet. »Grundsätzlich nichts!« wiederholte er. »Ich habe noch nie etwas unterschrieben.«

»Doch!« sagte der andere.

Wegener starrte ihn verblüfft an.

»Doch!« sagte der Fremde noch einmal. »Man unterschreibt immer alle möglichen Dinge in seinem Leben...«

»Natürlich«, warf Wegener ungeduldig dazwischen. »Natürlich muß man manchmal irgendwelches Zeug unterschreiben. Rechnungen, Quittungen...« Er zuckte die Achseln. Er dachte ganz mechanisch an derartige Dinge, die er unterschrieben hatte. Die Schulzeugnisse des Jungen. Der Junge war vor Jahren an der Diphterie gestorben. Darüber waren sie nie weggekommen. Gewiß, daß man seinen Namen einmal dahin, einmal dorthin hatte setzen müssen. Das war nicht einmal der Erwähnung wert. Rechnungen, Quittungen... Selbst für andere Leute. Er dachte nochmals: selbst für andere Leute. Er hörte den Klang irgendeiner Stimme, die ihm ganz gleichgültig war: Ach, Wegener, unterschreiben Sie das mal für mich. Er blieb in dieser Minute an der Stimme hängen, die von irgendwoher aus der Vergangenheit kam, ohne daß er sich darüber wunderte, weil ein Mensch in jedem Augenblick seines Lebens seine ganze Vergangenheit mit sich herumträgt und sie mal in diesem, mal in jenem Zipfel heraufzieht. Ach, Wegener, Sie sehen doch, daß ich beschäftigt bin, unterschreiben Sie das mal für mich. Woher kam die Stimme nur? Weil ein Mensch über seine Vergangenheit verfügt, sagte sich Wegener: Das war doch in Neu-Sulzfeld, 1941 oder 1942. Der Name bereitete ihm ganz, ganz leises Unbehagen, weil ihm einfiel, daß er den richtigen Namen des Städtchens gar nicht wußte. Man kam damals in Gegenden, in denen blitzblanke Schilder aufgesteckt waren, wie zum Beispiel Neu-Sulzfeld, Kreis Litzmannstadt. Litzmannstadt war eine polnische Stadt, die eigentlich Łódź hieß. Aber wie hatte Neu-Sulzfeld geheißen? Wegener sah den Briefkopf des Papiers vor sich, auf dem er seine Arbeit als Schreibkraft hatte erledigen müssen: Der Amtskommissar, Neu-Sulzfeld, Kreis Litzmannstadt. Und jetzt hörte er wieder die Stimme: Er stand in der Tür, an die er eben geklopft hatte, der Amtskommissar wandte sich zu ihm um, an der anderen Seite des Schreibtisches saß der

Besucher in der graugrünen Uniform mit den schwarzen Spiegeln.

»Eingeschriebene Sendung, Herr Kommissar. Ich glaube, der Pelz...«

»Ach, Wegener, Sie sehen doch, daß ich beschäftigt bin, unterschreiben Sie das mal für mich.«

»Jawohl, Herr Kommissar.«

Wegener sah jetzt wieder das Papier mit dem Briefkopf. Das war aber vorher gewesen. Ein Brief, den der Amtskommissar diktiert hatte, ein Brief unter Hunderten.

An die Gettoverwaltung
in Litzmannstadt.

Unter Bezugnahme auf die mündliche Unterredung mit Ihrem Herrn Ribbe bitte ich, mir einen Pelzmantel oder einen Pelz zum Ausfüttern meines Mantels zu überlassen.

Für freundliche Erledigung bin ich Ihnen sehr dankbar.

Was stand darunter? Wegener dachte: Nein! Aber er sah doch deutlich, daß neben dem Stempel des Amtskommissars seine Unterschrift stand. I. A. Wegener stand da. Im Auftrag Wegener. Ja, natürlich, was war schon dabei. Wegener blickte wieder auf die Straße hinaus mit ihren sauberen, fadenscheinigen Fassaden. Er dachte wie gehetzt an alle möglichen Unterschriften unter den Krieg, an dem er sich nicht schuldig fühlte, an Unterschriften, die hier und dort geleistet worden waren. Ich habe sie nicht gewählt, dachte er, oder vielmehr, erst als sie schon an der Macht waren. Man muß ja schließlich leben. Aber gerade darum ging es dann für so viele ans Sterben. Zum Teufel, dachte er, wer soll sich da noch auskennen. Gerade in diesem Augenblick hatte er das Gefühl, daß etwas in ihm begonnen hatte, sich in dieser Wirrnis auszukennen. Alles führte zu allem möglichen, das wieder mit dem Krieg zu tun hatte oder auch mit dem Frieden.

»Geben Sie mal her«, hörte Wegener sich zu dem Fremden sagen. Er hielt das Blatt in der Hand:

Wir fordern das vorbehaltlose Verbot der Atomwaffe als einer Waffe zur Terrorisierung und Massenvernichtung von Menschen. Wir fordern die Errichtung einer strengen internationalen Kontrolle über die Durchführung dieses Beschlusses. Wir sind der Meinung, daß die Regierung, die als erste die Atomwaffe gegen irgendein Land anwendet, ein Verbrechen gegen die Menschheit begeht und als Kriegsverbrecher zu betrachten ist. Wir appellieren an alle Menschen, die in der ganzen Welt guten Willens sind, diesen Aufruf zu unterschreiben.

Er las diese vier Sätze zum erstenmal Wort für Wort und auch seine eigene Unterschrift, die er darunterstehen sah.

»Jetzt muß ich aber weiter«, sagte der Fremde und war aufgestanden.

»Einen Augenblick«, sagte Wegener, ohne ihn anzusehen, mit halboffenem Mund hinauslauschend durch die offene Küchentür und die verschlossene Wohnungstür ins Treppenhaus, in dem man jetzt wieder die eiligen, erbsentrockenen Schritte vernahm, wie sie die Stufen heraufkamen. Wegener sah durchs Fenster. Sein Blick war auch noch einmal an der Zeitung hängengeblieben. *In rollendem Einsatz über roten Stellungen.* Vor Nummer sechsundzwanzig gingen zwei Polizisten auf und ab.

»Sie werden erwartet«, sagte Wegener trocken und zeigte hinaus. »Vielleicht geht es gut. Lassen Sie auf jeden Fall die Listen hier. Und geben Sie mir die Adresse, wo die Formulare abzugeben sind, für den Fall, daß Sie nicht so bald zurückkommen können.«

Der Fremde sah Wegener eine Sekunde lang scharf an, dann beugte er sich über den Tisch, riß ein Stück vom Rand der Zeitung herunter und schrieb die Adresse nieder.

DIE KOMMANDEUSE

Am 17. Juni 1953, kurz vor Mittag, betraten zwei Männer die Zelle einer gewissen Hedwig Weber in der Saalstedter Strafanstalt und machten, als die Weber auf die Frage nach dem Grunde ihrer Haft erwidert hatte, sie habe fünfzehn Jahre abzusitzen wegen Verbrechens gegen die Menschlichkeit, ihr mit den Worten: »Solche wie Sie suchen wir gerade!« die Mitteilung, sie sei frei.

Spät am Vorabend hatte die Prostituierte und Kindesmörderin Rallmann, die in der darüberliegenden Zelle saß, sie mit dem verabredeten Zeichen ans Fenster geholt. Die Weber hatte sich am Fenster hochgezogen und ein Flüstern gehört, in der Stadt werde gestreikt. Sie wollte zurückfragen, aber die Rallmann war schon weggesprungen. Frühmorgens, während der Freistunde, war zum erstenmal etwas zu ihnen herübergedrungen wie Singen und Rufen. Die Weber hatte faul, unwillig gedacht, was die wohl wieder einmal feierten, sie hatte dann in Gedanken nach dem Datum gesucht, das ihr nicht einfallen wollte, und wozu auch, die erfanden ja immer neue Feiertage. Während sie jetzt den Männern gegenüberstand, schien ihr, als sei die Freistunde heute kürzer gewesen als sonst. Sie hatte dann ein, zwei Stunden später erneut vielstimmigen Lärm gehört, viel näher als sonst, schärfer, bestimmter, aber ohne deutliche Worte. Die Weber hatte vor ein paar Jahren einmal wegen Diebstahls vier Monate im Gefängnis gesessen. Jetzt hatte im Strichkalender an der Wand die achtundzwanzigste Woche begonnen. Sie saß lange genug, um gegen die Geräusche der Haft abgestumpft zu sein. Der Flügel der Strafanstalt, in dem die Frauen untergebracht waren, lag ein gutes Stück von der Straße weg. Das, was gelegentlich von draußen hereindrang, wurde von ihr nicht immer genau erkannt, es war auch nicht wichtig an sich, es wurde nur zum Anlaß, in einen Gedanken, eine Vorstellung hineinzuspringen, wie man auf eine fahrende Bahn springt: man brauchte sich nicht weiter zu rühren, man war drin, alles kam von selbst auf einen zu. Sie träumte dann wild, gierig vor sich hin, aber doch ohne Ziel, ohne Glauben. Auch heute früh hatte sich daran gar nichts geändert, nicht einmal, als die Rallmann sie wieder ans Fenster geholt hatte: sie sehe Rauch. Die Weber konnte keinen Rauch sehen. Was denn, es war leichter Südwind und heiß, die Sonne drückte den Rauch von der Pumpenfabrik herunter. Der Rauch war in ihr selbst, ein Nebel breitete und breitete sich in ihr aus, sie hörte ein Hasten in den Gängen und dumpfe Schläge von unten zwischen dem Lärm der Menge. Dann kam von weit her ein Schrei, den die Weber kalt registrierte: es war ein unmenschlicher Schrei, wie ihn nur ein Mensch ausstoßen kann.

In den Zellen war es bisher still geblieben. Jetzt begann dort ein Sprechen, laut, hastig, mit schrillem Lachen; es kam näher mit Schritten und dem Schließen von Türen. Dann klirrten Riegel, und die Weber sah die beiden Männer. Der sich nach dem Grund ihrer Strafe erkundigt hatte, war jung, hübsch, groß; an dem anderen, Älteren, fiel ihr nur der Blick auf, der dem ihren, als sie antwortete, ganz schnell begegnet war. Der Blick streifte sonst immer um Haaresbreite an einem vorbei, aber auf Leute mit diesem Blick war Verlaß. Die beiden standen in der Tür; sie trugen Baskenmützen und Sonnenbrillen, und hinter ihnen sah man Häftlinge den Gang hinunterlaufen. Sie erkannte die Inge Grützner aus dem oberen Stockwerk, die ihr über die Köpfe der beiden Männer weg lustig zuwinkte und auch schon verschwunden war. In der Weber lief eine rasende Folge von Glaubenwollen und Nichtglaubenkönnen ab. Dieser Nebel, das, was sich in ihr breitmachte und blähte, war eine wilde, verworrene Sucht zu schreien, zu toben, etwas in Trümmer zu schlagen. Die Männer sagten, in Berlin und überall sonst seien große Dinge im Gang, die Regierung sei gestürzt, die Kommune gehe stiften, die Amis seien schon im Anrollen.

»Und der Russe?«

»Der Russe will doch keinen Krieg haben wegen Ulbricht«, sagte der Hübsche und betrachtete pfeifend die Wände, als sei da wer weiß was zu sehen. »Der geht auf die Weichsel zurück.«

»Leute wie Sie«, sagte der Ältere, »können wir brauchen. Sie müssen in den Saalstedter Führungsstab. Ich kann jetzt schon sehen, was alles sich uns an den Hals schmeißen wird. Da braucht man Leute mit Erfahrung und Überzeugung.«

Die Weber fragte aus ihrem Nebel heraus: »Sagt ihr auch die Wahrheit? Bin ich wirklich frei?« Die beiden lachten.

Die Weber hörte den Lärm in den Gängen und auf der Straße, ihr war, als höre sie plötzlich eine halbvergessene Musik, das Gellen der Pfeifen über dem Knattern der Trommeln, das den folgenden Marsch einleitete, und diese Musik eingebettet in tobendes Heil-Gebrüll, das sich von Straße zu Straße fortpflanzt, und in diesem Moment war sie aus dem Nebel heraus. Sie sah deutlich und gleichgültig auf die sieben Monate in dieser Zelle zurück, in der sie fünfzehn Jahre hatte verbringen sollen, und auf die sieben Jahre vor diesen sieben Monaten, voller Angst, Verstellung, Hoffnungslosigkeit, voll unausdrückbarem Haß auf alles, was sie unter sich geahnt hatte und nun über sich sah, auf diese neuen Leute in den Verwaltungen und ihre Zeitungen und Fahnen und Wettbewerbe und Spruchbänder. Diese ganze Zeit war ein langer Alptraum gewesen mit unbegrenzten, unbegrenzbaren Drohungen, vor denen man nicht fliehen konnte, weil etwas in einem nicht an die Möglichkeit einer Flucht, einer Änderung glaubte. Alte Verbindungen hatte sie nicht gesucht. Sie hörte nur regelmäßig bei einer Bekannten, die nicht wußte, wer sie war, am Radio die Suchmeldungen der Kampfgruppe. Sie hatte ein, zwei Namen gehört, die sie von früher kannte. Eines Tages hörte sie ihren eigenen Namen: »Gesucht wird die Angestellte Hedwig Weber, zuletzt gesehen im März 1945 in Fürstenberg.« Sie hätte sich fast verraten. Es war auch klug, daß sie »Fürstenberg« sagten, das gleich neben Ravensbrück liegt.

Sie hatte ein paarmal in Fabriken angefangen, es aber immer schnell satt bekommen mit den Leuten und auch mit der Arbeit. Die falschen Papiere, die auf den Namen Helga Schmidt lauteten, zwangen sie in eine aus tausend Einzelheiten bestehende fremde Vergangenheit, von der sie nichts wußte. Sie hatte Geschichten mit Männern gehabt, damit die Zeit schneller verging. In Magdeburg hatte sie jemand kennengelernt, der sie an den Oberscharführer Worringer erinnerte, mit dem sie in Ravensbrück ein Verhältnis gehabt hatte. Als sie nach dem Diebstahl einer Rolle Kupferdraht zu vier Monaten verurteilt worden war, hatte sie sich zum erstenmal beruhigt – die Strafgefangene Schmidt konnte man nicht mehr beobachten, man konnte ihr keine Fragen stellen, sie brauchte nicht mehr zu befürchten, auf der Straße erkannt zu werden. Sie hatte danach von ihrem Vater aus Hannover einen Brief bekommen – dort kümmerte sich kein Mensch um einen, im Gegenteil, seine frühere Tätigkeit im Reichssicherheitshauptamt sei für die Justizverwaltung eigentlich eine Empfehlung gewesen, er könne nicht klagen, aber sie solle lieber noch nicht kommen, er habe noch Schwierigkeiten mit einer Neubauwohnung. Sie hatte dieses Leben bald wieder so über, mit den blauen Hemden und dem ganzen Betrieb von Unterschriftenlisten und Kultur und Fakultäten und Ferienheimen und den Volkspolizisten auf ihren Lastwagen und mit dem Gelaufe nach einem Stück Wäsche, das einfach nicht aufzutreiben war, und vor allem hatte sie das Gehen auf der Straße und das Sitzen im Café satt, wo sie immer darauf achten mußte, nicht aufzufallen und das Gesicht möglichst im Profil zu zeigen – sie hatte das alles so über, daß sie ernsthaft daran dachte, einfach nach Hannover zu fahren, obwohl sie fürchtete, dort eher gesucht zu werden als hier, wo sicher niemand mehr sie vermutete. Aber damals war geschehen, was sie tausendmal ins Auge gefaßt und erwogen und gerade aus diesem Grunde schließlich für unmöglich gehalten hatte: ein ehemaliger Häftling hatte sie hier in Saalstedt auf der Straße erkannt, als sie einen Laden verließ, sie war festgenommen und zu fünfzehn Jahren Zuchthaus verurteilt worden.

In diesem Augenblick jetzt sagte sich die Weber, daß Alpträume nicht ewig dauern und daß, was oben war, wieder oben sein wird. Es hatte einfach so kommen müssen. Sie mußte lächeln, weil ihre Hand unwillkürlich, vielleicht schon eine ganze Weile, eine ihr seit langem vertraute bestimmte Bewegung vollführte: sie schlug mit einer unsichtbaren Gerte gegen einen unsichtbaren Stiefelschaft.

»Auf den Blümlein können Sie sich verlassen. Der weiß, was gespielt wird«, sagte der Hübsche, »der war noch gestern in Zehlendorf. Der hört das Gras wachsen. Daher der Name.« Er lachte wieder.

»Mir scheint, wir können uns überhaupt alle aufeinander verlassen«, sagte der Mann, der Blümlein hieß, bescheiden. »Sie müssen vor allem was anderes auf den Leib bekommen. So fallen Sie zu sehr auf. Na, das können Sie sich bei der HO aussuchen. Kostet heute nichts.« Er ließ der Weber an der Tür den Vortritt.

Auf dem ersten Treppenabsatz lag die fröhliche blonde Wachtmeisterin Helmke, mit zertrampeltem Gesicht, aber noch atmend.

»Das war bestimmt eine der größten Quälerinnen«, sagte der Hübsche im Vorbeigehen.

Die Weber war nie gequält worden. Niemand war gequält worden in Saalstedt. Das war etwas, was die Weber nie hatte verstehen können, und gerade darum sagte sie jetzt: »Na, und ob…« Dabei bemerkte sie, daß Blümlein einen kurzen Blick zu ihr hinüberschoß. Der Mann konnte lachen, ohne sein Gesicht zu verziehen. Der Blick besagte: Wir beide verstehen uns schon… Die Weber verspürte etwas wie Geborgenheit. Das Zuchthaus war nun beinahe leer. Irgendwo hatte jemand einen Radioapparat so laut wie möglich aufgedreht.

»Man hätte Lust, den ganzen Tag am Kasten zu sitzen«, sagte Blümlein, »der Rias bringt eine Sondermeldung nach der anderen.«

Die Weber erinnerte sich, wie sie die Einnahme von Paris gefeiert hatten und die von Smolensk und von Simferopol und wie die Nester alle hießen. Man darf gar nicht daran denken, dachte sie.

Es trieb sie, irgend jemand Nachricht zu geben von dem, was mit ihr geschehen war. Niemand fiel ihr ein; Worringer hätte es eigentlich sein können, aber er war weg wie eine Erscheinung; einmal hatte es geheißen, er sei in Argentinien. Sie dachte an ihren Vater in Hannover.

»Wartet doch mal eine Minute. Ich möchte einen Brief schreiben.« Sie traten zu dritt in eine Art Wachstube, deren Tür weit offenstand. Eine Schreibmaschine lag neben einem umgeworfenen Stuhl ohne Lehne. Durch die leeren Fensterrahmen, in denen noch zackige Splitter steckten, kam ein heißer Wind. Die Weber angelte sich von einem Stoß Papier ein Blatt herunter. Sie fand auch einen Bleistift in einer Schublade. Halb auf dem Tisch sitzend, schrieb sie rasch:

»Lieber Vater, es ist soweit. Der Osten mußte ja mal frei werden. Bald ziehen wir wieder unsere geliebte SS-Uniform an. Dann wird auch die Stunde kommen, da ich meinen Dienst in der politischen Abteilung oder bei unserer Gestapo versehen kann. Gute Freunde haben sich meiner angenommen, bis endgültig unsere Fahne weht. Das wird nicht mehr lange dauern. Deine Hedi.«

Sie suchte nach einem Briefumschlag, konnte aber keinen finden. Das kann man immer noch erledigen, dachte sie und schob den Brief in die Tasche.

Auf der Straße wurde sie vom Licht geblendet. Sie hatte nicht gedacht, daß die Straße so leer sein würde. Vor dem Zuchthaus lungerten noch ein paar Leute herum und sahen ihr nach. Der Lärm war abgelaufen wie Wasser nach einem Sturzregen. Alles war heiß und leer, und sie schwamm wie in einem Element in dieser Leere und in dem heißen Wind, der mit früh gefallenen verbrannten Blättern spielte. An der Ecke der Merseburger Straße hatte ein Trupp einen Bierwagen angehalten. Zwei Männer luden die Kästen ab, andere teilten Flaschen aus an Umstehende und Passanten. Ein Alter in Weste und kragenlosem Hemd nahm die schweißnasse Mütze ab und sah die Weber mit angestrengtem, müdem Blick an: »Kannst ruhig mithalten. Der Ami zahlt alles.«

Durch die Straße fuhr langsam ein kleiner Lautsprecherwagen und rief die Einwohner von Saalstedt für sechs Uhr zu einer Freiheitskundgebung auf dem Marktplatz zusammen. Die Weber sah in einem Vorgarten einen Mann, der ein Taschentuch auf dem Kopf trug, in einem winzigen Beet wühlen. Sie sah auch, daß jemand das Fenster schloß, als der Lautsprecherwagen vorbeifuhr. Sie überraschte sich wieder dabei, wie ihre Hand die unsichtbare Gerte pfeifen ließ. Sie wünschte plötzlich, die Leute in den Häusern und Vorgärten und überall sonst vor sich zu haben, den Blick in ihre Gesichter zu zwängen wie auf dem Appellplatz von Ravensbrück. Als sie in die Feldstraße einbogen, stapelte sich vor einem Haus mit eingeschlagenen Scheiben ein Haufen Papier, das sich in einer unsichtbaren Flamme krümmte und schwärzte. Zwei, drei Leute kümmerten sich um das Feuer, das große schwarze Flocken an den Häuserwänden hochtrieb. Aus dem zweiten Stock fiel durch flatternde Gardinen ein verspäteter Aktendeckel knallend auf die Straße. Die Buchhandlung im Erdgeschoß stand offen mit durcheinandergewirbelten Auslagen. Der Hübsche griff sich das oberste Buch von dem Stoß, den ein Bursche in buntem Hemd gerade auf die Straße trug, und entzifferte die Aufschrift: »Tscheschoff... Noch so ein Iwan. Ab dafür.« Sie sahen eine Weile zu, wie die Flamme in dem Band blätterte.

Der Führungsstab befand sich im dritten Stock eines Mietshauses. Man ließ die Weber ein paar Minuten in einem leeren Zimmer warten, dann rief Blümlein sie hinüber, wo die übrigen saßen. Sie kannte keinen von diesen sieben oder acht Männern. Man fragte sie nach Ravensbrück und allem möglichen anderen. Blümlein und ein großer Mann mit kahler Stirn und schweren Lidern schienen die Respektspersonen zu sein; sie konnte sich beide gut in Uniform vorstellen. Später verlangte sie etwas zu essen und zog sich dann im Badezimmer um. Während sie beim Waschen war, dröhnte und rasselte etwas die Straße herunter. Sie stieß das Fenster auf und folgte mit dem Blick der kleinen Kolonne sowjetischer Panzer, während es ihr im Hals trocken wurde. Von hier oben ging der Blick über die Dächer weg, er faßte sogar noch ein Stück des Flusses, weil die

Stadt zum Markt und zum Fluß hin abfiel. Es waren jetzt mehr Menschen in den Straßen, man konnte Spaziergänger erkennen und Frauen mit Kinderwagen, als sei Sonntag, es gab auch eine Menge Betrunkener, deren Gegröl dünn und fern heraufdrang, und durch alle Geräusche knirschten die Panzer, mit ihren Kommandanten in den offenen Türmen, gleichmütig und hartnäckig die Straße hinab und verschwanden mit kreischenden Ketten um die Ecke.

Die Weber kehrte rasch ins Zimmer zurück. Es kamen und gingen Leute, manche aufgeräumt, manche kopfhängerisch und flackernd. Einer berichtete, die Pumpenfabrik sei nicht zum Streik zu bringen, die Arbeiter hätten einen Trupp mit Knüppeln vom Fabrikhof getrieben.

»Man muß mit dem roten Pack rechnen«, sagte der Mann mit der kahlen Stirn zur Weber. Er zog sie in eine Ecke und fuhr fort: »Nur die Nerven behalten, Parteigenossin...« Er sprach halblaut und lächelte. »Merken Sie sich eins: Wir haben auch hier mit allen möglichen Leuten zu rechnen, denen wir nicht fein genug sind oder die uns an die Wand drücken wollen. Wir sind nicht ganz unter uns, verstehen Sie? Auch jetzt heißt es: Legal an die Macht. Noch sind wir nicht soweit. Wir sind nicht das einzige Eisen, das der Ami im Feuer hat. Man muß noch auf das liberale Kroppzeug gewisse Rücksichten nehmen.«

Blümlein stellte sich dazu: »Na, Chef, kleiner NS-Schulungsbrief?«

Der Kahlstirnige sprach weiter: »Ich sage Ihnen das, weil Sie heute abend auf der Kundgebung als Vertreterin der politischen Gefangenen sprechen sollen. Also: immer gut auf die Tube gedrückt, aber auf die richtige...« Die Weber fragte nach den Panzern, wie es mit dem Abzug der Russen sei. »Kommt Zeit, kommt Rat. Die Volkspolizei haben wir weggefegt, die hat sich verkrochen. Die hat ja nicht mal geschossen. Der Russe wird auch noch klein werden.« Mit solchen Männern an der Spitze, dachte die Weber, müssen wir es schaffen. Eine Sekunde lang dachte sie sich eine ganze unendliche Zukunft, erfüllt von Aufmärschen, Sondermeldungen, brüllenden, jubelnden Lautsprechern; sie stellte sich eine Menge verschiedenfarbiger, adretter Uniformen vor, die eine zivile Masse neidisch und respektvoll musterte; aus den Giebelfenstern schleiften die langen Fahnen bis fast in die Straßen hinunter; sie sah sich selbst, ganz in Weiß, und Worringer, ganz in Schwarz, aus dem Standesamt treten, vor dem sein Trupp Spalier stand. Eine blinde, wilde Wut wischte das Zimmer fort, die Gespräche, die Geräusche. Sie sah sich wieder an der Arbeit, einer genau eingeteilten, auf lange Sicht berechneten, vernünftigen, nützlichen Arbeit: Ermittlungen, Verhöre, später Ravensbrück, das hatte alles seine Ordnung, seinen Sinn gehabt. Nur habt ihr uns noch nicht gekannt, dachte sie, aber das nächste Mal werdet ihr uns kennenlernen. Das andere ist nur ein Vorspiel gewesen.

Sie gingen in Gruppen zu zweit und zu dritt zum Markt. Leute lagen in den Fenstern und sahen auf die Menge hinab, die zur Kundgebung zog. Die Menge ging schlendernd, schwatzend; sie blieb gelegentlich vor den Anschlägen stehen, auf denen der Militärkommandant die Verhängung des Belagerungszustandes verkündete. Die Weber hörte vor einem geplünderten Laden, den eine Gruppe schweigend betrachtete, im Vorbeigehen einen breitschultrigen Mann sagen: »Das kostet nur unser Geld. Lumpenpack ...«

Eine Stimme erwiderte schnell und spitz: »Wo gehobelt wird, fallen Späne.«

Der Mann wandte sich drohend um, aber die Weber konnte seine Antwort nicht mehr hören. Am Eingang zum Markt stießen sie auf die ersten Panzer. Ein kleiner Soldat mit rasiertem Kopf lehnte an der Fassade und drehte sich eine Zigarette. Eine Frau, die vor der Weber ging, spie ihm theatralisch vor die Füße. Der kleine Soldat sah ihr verwundert ins Gesicht und tippte ein paarmal vorsichtig mit dem Finger an die Schläfe. Jemand lachte verlegen.

Man hatte die Rednertribüne an der Rückseite der Marienkirche errichtet und hinter die Tribüne ein weißes Spruchband gehängt, auf dem »Freiheit!« stand. Die Weber hatte nur die Tribüne und das Spruchband im Auge, sie bemerkte kaum die Panzer, die auf allen vier Seiten um den Markt standen; sie kümmerte sich auch nicht um die Menge, die in lockeren Strudeln durcheinanderquirlte. Die Russen hatten die Kundgebung zugelassen. Gut, das würden sie noch bereuen. In ihrem Kopf war ein Gewoge von Glockengeläut und Kommandos auf dem Appellplatz, eine eisige Raserei, in der sie sich an die Stichworte zu klammern suchte, die ihr der Kahlstirnige eingeschärft hatte. Sie hörte Blümlein die Kundgebung eröffnen, einem Redner das Wort erteilen, sie hörte nach einer Weile: »Es spricht zu Ihnen ein Opfer des kommunistischen Terrors, die ehemalige politische Gefangene Helga Schmidt.«

Sie begriff erst nach Sekunden, daß sie gemeint war. Es war vielleicht ganz gut, daß man auf diesen Namen zurückgekommen war. Dann vernahm sie eine alte halbvergessene Stimme, ihre eigene: »Volksgenossen...« Vielleicht wäre es besser gewesen, mit einer anderen Anrede zu beginnen. Aber nun machte sie keinen Fehler mehr. Es war alles so leicht, als habe sie die ganze Zeit nichts anderes getan als gerade das. Sie sagte, daß die lange Not der Nachkriegszeit, der totalitäre Terror die Bevölkerung Mitteldeutschlands geläutert habe. Dieses Volk wisse wahrhaft, was Freiheit und Menschenwürde bedeute, besonders seine politischen Gefangenen; in den Kerkern und im von Elend und Hunger geprägten Alltag des Regimes sei die unverbrüchliche Verbundenheit zum Abendland erwachsen, die dem Westen die Befreiung der achtzehn Millionen nach Recht und Freiheit

Schmachtenden zur Pflicht gemacht habe, jene Befreiung, die jetzt gerade Wirklichkeit werde.

Die Menge lief vor ihrem Blick zu veränderlichen farbigen Flecken zusammen, zwischen denen Streifen des staubigen Pflasters sichtbar wurden. Das werdet ihr uns auch noch büßen, dachte sie, daß wir euch so nehmen müssen. Sie hatte die Empfindung, daß jemand sie beobachte, auf besondere Weise. Sie hakte sich in einem Gesicht fest, dem alten bartstoppeligen Gesicht eines kleinen Mannes in schäbigem Anzug, der mit blassen, ängstlichen Augen zu ihr hinaufsah. Er hatte ein-, zweimal geklatscht, ein-, zweimal den Kopf geschüttelt. Es wurde öfters applaudiert, einmal hier, einmal dort; es war ein zögernder, verwirrter Beifall, der manchmal an der falschen Stelle kam. Sie sprach jetzt zu dem schäbigen alten Mann, als sei er der einzige Zuhörer. Wer bist denn du, dachte sie, jetzt klatschst du, aber wenn es hart auf hart geht, haust du in den Sack. Wer seid ihr denn überhaupt. Verräter und Defätisten wart ihr alle mehr oder weniger. Ihr habt unseren Krieg verloren, weil es euch um euern Fraß ging und um eure vier Wände statt um den Führer und das neue Europa. Und als Schluß war, haben wir euch angewidert, und ihr habt euch denen mit dem roten Winkel und den Bolschewisten an den Hals geschmissen. Ihr seid Mörtel, im besten Fall, wenn es um den Bau von Großdeutschland geht, und ihr wart ein Drecksmörtel beim letztenmal. Jetzt gebt ihr uns den kleinen Finger, ihr Idioten, aber wir nehmen die Hand dazu und alles übrige, und dann drehen wir euch durch den Wolf. Sie sagte laut: »Die Stunde der Abrechnung naht. Die Gnadenfrist der roten Unterdrücker läuft ab. Nur diese Panzer schützen sie noch. Haltet euch bereit: und dann leuchtet ihnen heim mit Kugel und Strick!«

Sie trat einen Schritt zurück. Die Menge brach auseinander. Der alte Mann war fort, ohne sich umzusehen. Gruppen steuerten auf die Nebenstraßen zu. Dicht neben sich hörte sie eine tiefe Stimme das Niederländische Dankgebet singen. Weiter hinten hatten ein paar Leute das Horst-Wessel-Lied angestimmt, und zugleich entstand ein Tumult, der in das Lied einbrach. Man sah einige Männer, die auf die Singenden einschlugen. »Welche von der Pumpenfabrik!« rief jemand. Aber gerade jetzt begann der Platz zu brüllen und zu beben: die Panzerleute hatten ihre Motoren angeworfen und ließen sie auf Touren laufen, sie lehnten an den riesigen Maschinen und lachten. Die Panzer standen an ihrem Platz, nur ihre Motoren donnerten. Die Weber war von der Tribüne gestiegen. Vor ihr gingen die Menschen auseinander, und sie begriff, daß die Kundgebung beendet war. Sie suchte mit den Blicken den Kahlstirnigen, Blümlein, den Hübschen, irgend jemand, den sie kannte. Sie machte ein paar Schritte in Richtung Feldstraße. Da stand sie zwischen zwei jungen Leuten in Trenchcoats, von denen einer sich zu ihrem Ohr beugte, um durch das Motorengebrüll zu sagen: »Hedwig Weber? Bitte folgen Sie uns!« Sie machte keinen Versuch, davonzulaufen oder um Hilfe zu rufen. Niemand hätte sie gehört, niemand achtete auf sie. Es war alles so schnell, so rasend schnell gegangen, daß es nicht wahr sein konnte. Es konnte nicht das Ende sein, es war nicht das Ende. Und sie dachte: Vielleicht laß ich euch noch heute abend baumeln.

Drei Tage später stand sie vor Gericht. In der Nacht vor der Verhandlung hatte sie einen Traum gehabt: Ein ungeheures Glockengeläut war in den Lüften, ein Tosen und Schreien ging durch die Straßen, tausendfacher, unwiderstehlicher Marschschritt hallte vor den Fenstern, ein feldgrauer und khakifarbener Heerwurm durchzog die Stadt. Da ging die Tür ihrer Zelle auf, und ihr Vater erschien in der schwarzen Uniform, mit dem Totenkopf an der Mütze, und sagte: »Hedi, der Führer erwartet dich unten.« Vor Gericht leugnete sie nicht, denn es gab nichts zu leugnen. Sie war zwei Jahre hindurch Lagerführerin in Ravensbrück gewesen. Sie hatte vorher bei der Gestapo gearbeitet. Man fragte sie, wieviele Häftlinge auf ihre eigene Anweisung hin ermordet worden seien. Sie antwortete, nicht mehr als achtzig oder neunzig. Ja, sie habe auch selber Häftlinge mißhandelt, mit Fußtritten und Peitschenhieben, und habe die Bluthunde auf sie gehetzt. Alles das hatte sie schon einmal gestehen müssen, sieben Monate zuvor, als sie zu fünfzehn Jahren Zuchthaus verurteilt worden war. Sie begriff, aus welchem Grunde man sie alles wiederholen ließ. Der Saal war bis auf den letzten Platz gefüllt, und im Publikum mußten sich viele befinden, die ihre Rede auf dem Markt angehört hatten. Man verlas das Protokoll dieser Rede, man verlas auch den Brief, den man bei ihr gefunden hatte.

Bis zum Beginn der Verhandlung hatte sie eine immer schwächer und schwächer werdende Hoffnung bewahrt, daß der Prozeß nicht stattfinden, daß diese Rote-System-Regierung doch noch über den Haufen geworfen würde. Vielleicht kamen doch noch die Amerikaner, die längst gemerkt hatten, daß sie den Krieg gemeinsam mit Hitler hätten führen müssen, und holten sie heraus. Wenn sie sich setzen konnte und der Verteidiger oder der Staatsanwalt oder irgendwelche Zeugen das Wort hatten, ließ sie sich in einem Strom von Vorstellungen und unhörbaren Verwünschungen treiben. Das Geschwätz da vorn interessierte sie nicht. Die Feiglinge von Amis, dachte sie, fressen wir, wenn wir die Russen und Franzosen und das übrige Gesindel gefressen haben. Sie werden mich zu zwanzig Jahren oder zu lebenslänglich verurteilen, dachte sie, aber nicht einmal ein Viertel davon werde ich absitzen. Dann sah sie wieder den Appellplatz vor sich und eine gesichtslose Masse in gestreiften Lumpen bis zum Horizont. Und jeden Sommer geht's dann in die Ferien, dachte sie und sah sich mit Worringer in einer Landschaft mit Meer und Bergen und Palmen, wie sie es auf Bildern von der Riviera gesehen hatte, und zugleich erinnerte sie sich an einen Kameraden, der ihr erzählt hatte, wie sie in der Gegend von Avignon eine ganze Landstraße mit Franzosen behängt hatten, einen an jeden Baum rechts und links. Dann war sie in Gedanken wieder in Ravensbrück, wie sie die Hunde rief und Häftlinge in die Latrinen trieb: »Faß, Thilo! Faß, Teut!«

Die Beratung des Gerichts dauerte nur wenige Minuten. Als man sie in den Saal zurückbrachte, bemerkte sie unter den Zuhörern den kleinen schäbigen Mann, der ihr auf dem Markt aufgefallen war. Sein Gesicht war ihr zugekehrt; sie las darin nichts als Ekel und Haß. Sie dachte, als das Gericht erschien, ganz schnell: Lebenslänglich, lebenslänglich, lebenslänglich. Man hatte sie aufstehen lassen. Sie war zum Tode verurteilt. Durch ein Brausen hörte sie einzelne Worte: das Urteil sei endgültig und sofort vollstreckbar. Sie wollte nicht schreien und umfallen. Zum ersten und letzten Male in ihrem Leben suchte sie in sich vergeblich die unbekannte Kraft, die sie an ihren eigenen Opfern toll gemacht hatte. Da war eine deutsche Studentin gewesen, die sich stumm zu Tode prügeln ließ; eine Russin hatte vorher noch »Hitler kaputt!« gerufen; vier Französinnen waren, die »Marseillaise« singend, zum Erschießen in den Bunker gegangen. Eine Stimme in ihr jammerte um ihr Leben. Da war nur diese Stimme in ihr und eine blutige wüste Leere, als zwei Volkspolizisten sie abführten.

DIE STRASSE

1932

Es war der erste Sonntag im September, der internationale Jugendtag, und wir sammelten uns wie immer an der Ebersstraße. Wolken zogen auf und zerstreuten sich in einem unentschiedenen Licht, Regen fiel plötzlich und trocknete weg, als sei er nie gewesen. Die Wartenden blickten zum Himmel auf. Dort oben kreiste ein Reklameflieger. Ihre Münder bewegten sich, während sie nachbuchstabierten, was er über die Stadt hinschrieb. Am Innsbrucker Platz vorbei donnerten die Züge.

Wie viele waren wir, wir vom Unterbezirk Süd-West? Fünfzehnhundert, vielleicht zweitausend. Wir kamen aus Steglitz, Friedenau, Zehlendorf. Im roten Berlin saßen dort die Nazis besonders fest. Es war auch nicht wie am 1. Mai – heute demonstrierte die Jugend, nur die Jugend. Wenn wir fünfzehnhundert waren, so war das nicht schlecht. Zwei Bereitschaftswagen, die wir Flitzer nannten, bogen lautlos in die Straße ein und hielten auf der anderen Straßenseite. Die Schupos hatten die Tschakoriemen unter dem Kinn und hielten Karabiner zwischen den Knien. Das erste Transparent entfaltete sich über dem Zug, der sich langsam ordnete: »Hinein in den KJVD! Kämpft mit uns gegen Faschismus und Krieg!« Eine kalte Sonne lag schräg auf den Türmchen und Zinnen der Gründerzeit-Häuser, auf den schmiedeeisernen Gittern der Balkone.

Wir sahen zu den Schupos hinüber. Was die wohl, hieß es, mit den Karabinern wollten, die Schutzengel. Die Schupos sahen uns an, sie blickten von ihren Bänken auf uns herunter und redeten aus dem Mundwinkel untereinander. Ihre Gesichter waren schläfrig, zwei oder drei belebt von wütendem Hohn. Unser Org-Leiter lief vorbei und sagte über die Schulter weg: »Friedenau an die Spitze! Du trägst heute die Fahne und löst dich mit Walter und Heinrich ab.« Ich freute mich. Wir drängten uns bei jeder Demonstration danach, die Fahne tragen zu können, obwohl sie schwer war und nach der ersten halben Stunde zu drücken begann. Aber wir waren fünfzig oder sechzig Jungen und Mädel; bei einer Demonstration wurden immer zwei oder drei zum Tragen der Fahne bestimmt; es dauerte lange, bis die Reihe an einen kam.

Wir hatten uns aufgestellt, ich hatte die Fahne und sah hinauf zu ihr, sie zeigte den Stern des Jugendverbands und den Namen unserer Gruppe, und hinter der Fahne war der blasse Himmel. Neben mir waren meine besten Freunde, der Maurer Walter, der, als die Nazis kamen, nachgab und mitlief, und der arbeitslose Schlosser Heinrich, der lustigste Bursche in der Gruppe, der sich nicht beugte und nach Sachsenhausen kam. Walter hatte später niemanden verraten, aber er wollte, wie er sagte, weiterkommen, er ging in ein paar kleine Naziorganisationen, um den Eintritt in die Partei zu vermeiden, und studierte auf einer Abendschule mit dem Ziel, Bauingenieur zu werden, dann kam der Krieg und die Gefangenschaft im Osten, und als er zurückkonnte, trank er Wasser aus dem Tender der Lokomotive und starb am Typhus. Heinrich blieb im KZ, bis sie ihn Anfang des Krieges in das Strafbataillon 999 steckten; dann ging er in Jugoslawien bei der ersten Gelegenheit zu den Partisanen über. Jetzt aber standen wir zu dritt unter der Fahne, lachten und sahen uns um und sahen hinter uns die ganze

Gruppe, den Fahrradboten Fritz und seine blonde Schwester Irma mit ihrem Freund Eddy, Werner, der bei der Meierei Bolle arbeitete, und Karl, der Müllfahrer war, die zarte, hinkende Näherin Tony, Heinz T., der von der Hitlerjugend zu uns gestoßen war, den Elektriker Erich, den Studenten Kurt, der jetzt in einer westdeutschen Großstadt für die illegale KPD arbeitet, und alle anderen, und hinter ihnen stand unsere kleine Pioniergruppe. Da waren mehr Menschen und über ihnen Fahnen, und neben dem »Kämpft mit uns gegen Krieg und Faschismus« waren andere Transparente: »Wir verlangen Lehrstellen« und »Arbeitsdienst droht, setzt euch zur Wehr« und »Rote Einheitsfront gegen Mordterror«. Man hörte ein Kommando, einen Liedbeginn, wir marschierten.

Vor uns lag dieser Sonntagnachmittag, lang und mit wechselndem Licht, mit Spaziergängern, die uns grüßten, und anderen, die die Kinder an der Hand faßten und mit sich zogen, ohne daß sie den Kopf nach uns wandten. Wir hatten einen langen Weg vor uns aus diesen südlichen Bezirken der Stadt hinauf nach dem Norden, denn die Kundgebung sollte auf dem Vinetaplatz am Wedding sein.

...bei jedem Wind, bei Tag und Nacht:
Die rote Jugend hält die Wacht...

Wir schwenkten singend um Straßenecken. Ich war froh, daß der Weg vor uns noch so lang war. Es war fast wie an den Tagen, da man wußte, man würde nicht zur Schule gehen müssen, weil ein Ausflug im Plan stand. Wir würden alle unsere Lieder singen können. Wir würden uns immer neuen Straßen, immer neuen Menschen zeigen können: seht her, wir sind es. Die ganze Stadt lag offen vor uns. Sie lag da, ermüdet von diesem Feiertag, häßlich und sonnig. Plötzliche Luftwirbel drehten Papierfetzen über die Straße und griffen in die Fahnen.

Je weiter wir zogen, desto mehr Menschen schienen auf uns zu warten. Wir sangen ununterbrochen. Aus den sonntäglichen Kneipen traten Männer, in Hemdsärmeln und Hosenträgern, das Bierglas oder den Billardstock in der Hand, und hörten uns zu. Manche winkten. An den Haustoren standen Gruppen müder, schwatzender Frauen, von Kindern umlärmt. In dieser Stunde gab es überall in der Welt Züge wie unseren; mächtige in Moskau und kleine in Lima; ein Knüppel traf jetzt in Kopenhagen einen jungen Menschen an der Schläfe; ein Flugblattregen schauerte auf Nanking Road in Schanghai nieder: »Es lebe die revolutionäre Weltjugend!«

Ich sah vor mir die Rückseite des dunkelgrünen Polizeiwagens. Zwischen zwei Strophen eines Liedes flatterten Gesprächsfetzen: »Mit zwei Mark Stütze heiraten? Was denkst du, wie mein Alter toben würde...« – »Haste ›Kuhle Wampe‹ gesehen? Mann, so 'ne Sache...« Ich hörte auf die Geräusche der Straße, auf ihre Sprache, die blechern war, klar und ohne Schönheit, resigniert und unbeugsam. Es war die Sprache meiner Stadt. Jetzt sangen wir, und die Straße hallte:

Auf, junger Tambour, schlage ein,
Nach Bayern wollen wir marschieren...

Wir zogen die Yorckstraße entlang. Gleich würde die große Unterführung kommen, unser Gesang würde wie Donner sein.

...nach München wollen wir hinein,
Der Stahlhelm soll unsre Waffen spüren.

Ein neuer Flitzer fuhr neben uns auf und hielt. Die Mannschaft sprang ab und verteilte sich zu beiden Seiten des Zuges. Die Polizisten hatten die Knüppel losgehakt. Die rechts gingen, drängten uns vom Bürgersteig weg. Eine Gruppe von Eisenbahnern grüßte von oben her mit der geballten Faust. Unser Lied krachte gegen die dunklen Wände.

Fahr wohl, fahr wohl, du Rotgardist...

Wir hatten den Tunnel fast durchquert. Der Flitzer vor uns fuhr schon im hellen Tageslicht. Eine Trillerpfeife gellte. Der Leutnant im Wagen war aufgestanden: »Aufhören! Das Lied ist verboten!« Ein paar Polizisten hinter uns hieben im Tunnel auf den Zug ein. Schreie. »Paß auf die Fahne auf!« sagte Heinrich, dicht an meinem Ohr. Wir standen unschlüssig. Der Demonstrationsleiter sprach mit dem Leutnant. »Weiter!« Wir marschierten.

Eine Stimme erhob sich, eine Mädchenstimme, spitz wie ein Vogelschrei: »Wir sind die erste Reihe...« – »Aufhören! Verboten!« Hände an Gummiknüppeln und Pistolentaschen. Ein anderer begann: »Jungprolet, der du stehst an der Drehbank...« Die Trillerpfeife. »Schluß!« Wir begannen: »Brüder, zur Sonne...« – »Aufhören!« Wir versuchten die »Warschawjanka«, die »Internationale«. Die Stimme des Leutnants überschlug sich. »Ruhe, oder ich lasse den Zug auflösen!« Wir marschierten nicht mehr, wir schlenderten die Straße entlang und sangen »Waldeslust«. Die Leute auf den Trottoirs lachten. Heinrich, die Hand beschwörend auf dem Herzen, den Blick gen Himmel, brüllte:

Oh, wie einsam schlägt die Brust...

Der Leutnant, weiß vor Wut, sah hartnäckig auf seine Fußspitzen. Eine Viertelstunde später versuchten wir es wieder mit einem unserer Lieder. Man ließ uns singen.

Wolkenschatten glitten über die Fassaden. Ein Regen jagte vorbei. Der Himmel wurde heller, man sah ihn kaum, nur sein gewittriges Licht färbte die Straßen. Was konnte man mit der Fahne tun, wenn es losging? Sie hatten es auf uns abgesehen. Eine Losung ging durch die Reihen, nicht provozieren lassen, hieß es. Gut, aber was war zu machen, da wir sie provozierten, einfach, weil wir da waren und diese Fahnen trugen. Die Bereitschaftswagen begannen, in uns hineinzufahren, die Fahrer ließen die Motoren aufjaulen und bremsten dann scharf, wir nahmen die Kinder beiseite, damit sie nicht umgefahren wurden, und die Wagen trennten den Zug weiter da und dort, wie es ihnen gefiel, und blieben dann stehen, so daß die Jungen und Mädchen links und rechts um sie herumlaufen mußten. Die Polizisten lachten höhnisch, auch der Leutnant war wieder guter Stimmung. Irgendwo, bald nahe, bald entfernt, hörte man das böse Zwitschern der Motorenpfeifen. Aufschließen, lief es hinter uns durch die Reihen. Sie planten etwas, sicher, gerade darum durften wir uns nicht auseinanderreißen lassen.

Straße um Straße taten sich die Arbeiterbezirke vor uns auf. Ich sah vor mir die grüne Rückwand des Wagens, darüber die Tschakos, darüber den brandigen Himmel zwischen den trostlosen, schrecklichen Fassaden mit den ewig gleichen, rostigen Balkons, den endlosen Fensterreihen, den zu oft gewaschenen Gardinen. Die Straßen waren breit, meist baumlos, manchmal auch mit Bäumen bepflanzt, deren Laub, vom Stadtsommer gequält und entstellt, wie aus mißfarbenem Papier geschnitten zu sein schien; sie waren nackt, geöffnet wie ein lidloses Auge. Wir marschierten auf den Straßen unserer Welt. Sieben Millionen Arbeitslose gab es in Deutschland an diesem Tag, in Brasilien verbrannten Gebirge von Kaffee, Szallai und Fürst waren hingerichtet, die Negerjungen von Scottsboro warteten auf den elektrischen Stuhl, ein holländisches Kriegsschiff hatte in der Südsee die Fahne mit Hammer und Sichel gehißt, die Japaner waren in die Mandschurei eingefallen, irgendwo weit im Osten bauten, von Hunger und Fieber geschüttelt, Komsomolzen eine neue Stadt. Und während wir singend in immer neue Straßen eindrangen, immer wieder Straßen hinter uns zurückließen, sah ich vor mir, in der ewig gleichen, ungeheuren Perspektive der narbigen, bröckelnden Fassaden, wie – als stoße unser Gesang sie auf – Dutzende, Hunderte von Fenstern sich öffneten, in denen Fahnen erschienen, links und rechts unseres Wegs, von verschiedener Größe, blutrote und verblichene, mit dem Sowjetstern oder dem Zeichen der Antifaschistischen Aktion oder solche, die nichts zeigten als ihre Farbe.

Sie schlugen uns in der Swinemünder Straße zusammen. Wir waren die steile Veteranenstraße hinaufmarschiert, wir zogen um die Kirche am Zionskirchplatz, der Bereitschaftswagen vor uns stellte sich quer über die Fahrbahn, zwei andere riegelten den Zug am anderen Ende ab. Sie schlugen auf uns ein, noch ehe ihre Pfiffe ertönten und ihre Schreie: »Auseinandergehen! Der Zug ist aufgelöst!« Weiter unten sang man noch, das alte, getragene, tragische, simple Lied; man hörte es durch das Trillern der Pfeifen:

Und wofür kämpft der Spartakist ?
Damit ihr's alle, alle wißt...

Pfiffe. Klatschen von Schlägen. Gebrüll. Die Karabiner waren im Anschlag. »Fenster zu! Es wird geschossen!« Wir waren fünfzehnhundert gewesen, vielleicht mehr, vielleicht weniger. Jetzt war die Straße explodiert, ihre Häuser entleerten sich in unsere Reihen, ein ungeheures berstendes Schreien erschütterte die Luft: »Nieder mit der Polizei! Nieder mit dem Terror!« Ein Tschako kollerte über den Asphalt. Ich hatte die Fahne zusammengerollt. Vor meinen Augen schwankte ein Transparent, halb zerfetzt: »Droht, setzt euch zur Wehr«, und verschwand. Ich sah: »Lehrstellen«. Ich sah: »Rote Einheitsfront«. Ich hörte das Reißen von Tuch und das Splittern von Holz. Eine blutige Larve schwankte vorbei. Noch immer sangen ein paar Stimmen:

Daß alle Menschen groß und klein
Auf Erden sollen Brüder sein,
Daß niemand leide ferner Not...

Ich sah ein ungeheures rotes Gesicht über einem Uniformkragen. »Die Fahne her, du Schwein!« Ich hielt das zusammengerollte Fahnentuch mit der einen Hand fest und hielt die Spitze gegen das Gesicht, über dem ein Karabinerkolben auftauchte.

Und jeder hat genügend täglich Brot...

Etwas hatte mich von hinten gepackt und zwang mich zurück. Plötzlich war die Straße weg. Die dunkle Kühle eines Flurs. Jemand hatte mir die Fahne abgenommen. »Hier herauf! Hier finden sie dich nicht!« Wir hasteten Treppen hoch. Ein Schlüssel drehte sich. Wir standen in einem Zimmer im fünften Stock, zwei Männer, drei Frauen, die ich nicht kannte. »Du kannst das Uniformhemd nicht anbehalten! Ich geb dir ein weißes von mir. Eine Jacke geb ich dir auch.«

Während ich mich umzog, sah ich durchs Fenster auf die Straße hinab. Sie war jetzt fast leer. Eine Gruppe Polizisten trieb ein paar Verhaftete mit Hieben und Fußtritten auf einen Wagen. Er fuhr sofort ab.

»Sie kontrollieren bestimmt noch eine Weile die Umgebung. Die Fahne läßt du hier. Morgen oder übermorgen kannst du sie abholen und bringst mir meine Sachen zurück.« Ich sah noch einmal aus dem Fenster. Die Straße war leer, lautlos, nackt. Es war nicht damit getan, daß sie uns weggeknüppelt hatten. Sie hätten die Straße wegknüppeln müssen. Solange sie da war, waren wir da.

Über der Potsdamer Straße hing das vielstimmige, falsche, aufpeitschende Rufen der Schalmeien. Im Nebel des Abends stürzten die Massen aus Omnibussen und U-Bahn-Schächten. Eine Stunde vor Beginn der Kundgebung war der Sportpalast überfüllt gewesen. Thälmann, hieß es, hatte trotz eines Einreiseverbotes vor Pariser Arbeitern gesprochen; heute abend würde er hier in Berlin reden. In sieben Tagen sollte der neue Reichstag gewählt werden. Unter den Berliner Verkehrsarbeitern brodelte es: In dieser Stadt der Arbeit und der Arbeitslosigkeit, der Selbstmörder und Verzweifelten, des Luxus und des Hungers waren fünfundzwanzigtausend Männer bereit, wegen eines Lohnabzugs von zwei Pfennigen alles zu wagen.

Sie rückten an aus den Großbetrieben, von Siemens und der AEG und vom Kraftwerk Klingenberg, und aus den kleinen Klitschen am Prenzlauer Berg und am Wedding, es kamen die Ausgesteuerten und Obdachlosen, die Frauen, die nicht mehr wußten, wo ihnen der Kopf stand, die Jungen, die ausgelernt und noch nie gearbeitet hatten, wohlgekleidete Herren, die seit vierundzwanzig Stunden außer einem trockenen Brötchen nichts gegessen hatten, weil Chemiker und Philologen und Vertreter großer Firmen plötzlich nur noch die Chance hatten, auf Hinterhöfen singen zu dürfen. Es kamen die Heimarbeiterinnen, die für die Konfektionshäuser am Dönhoffplatz schufteten, und die Verkäuferinnen aus den Einheitspreisgeschäften. Sie kamen aus den neuen Wohnsiedlungen, aus den Hinterhöfen, von den Bänken im Tiergarten, von den Stempelstellen. Lautsprecher wurden montiert für die Tausende, die nicht mehr in den Saal gelangen konnten.

Der Beginn der Versammlung verzögerte sich. »Teddy ist noch nicht da«, wurde geraunt, »wirst schon sehen, sie haben ihn geschnappt.« – »Was du nicht sagst.« – »Doch, ich habe gehört, sie sollen ihn kurz vor der Grenze verhaftet und nach Paris zurückgebracht haben.« – »Genosse, nun mach man halblang, woher willst du das wissen.« – »Ihr werdet schon sehen...« – »Unsere französischen Genossen würden das niemals zulassen.« – »Wer regiert denn in Paris, die Kapitalisten, überall das gleiche Pack.« – »Ruhe, es geht los.«

Wir sahen uns die Augen aus nach Thälmann, aber er war nicht da. Walter Ulbricht sprach als erster. Er sprach von der Krise, wie der Faschismus zum Sprung bereitstehe, die Bourgeoisie suche den Ausweg in der offenen Diktatur und im Krieg gegen die Sowjetunion; die Arbeiterschaft gehe neuen großen Kämpfen entgegen. Ein Sprecher der großen BVG-Delegation, die in ihren Arbeitsuniformen neben dem Rednerpult saß, sprang ans Rednerpult: »Genossen! Unsere Geduld ist erschöpft! Am Donnerstag rollt keine Karre mehr aus dem Depot!« Jemand stieß mir begeistert den Ellbogen in die Seite. »Siehst du! Es geht los! *Die* Wahlen werden gut, verlaß dich drauf!« Sprechchöre rollten durch den Saal. Der Sportpalast dröhnte von Rot-Front-Rufen.

Ernst Busch sang mit zorniger, ironischer Clairon-Stimme das Stempel-Lied. Erich Weinert sprach Gedicht um Gedicht. Die Lieder und Verse wurden mit Aufschreien, mit Sprechchören, schließlich mit Liedern erwidert. Sie formulierten nur, was als Erschöpfung, Wut, Hoffnung aus der Kehle der Masse selbst aufstieg. Köpfe und Schultern schwammen in einem weißen Dunst unter den Tiefstrahlern.

Ich stand dicht neben der Tür, als sie aufgestoßen wurde. Durch die Massen ging ein einziger ungeheurer Ruck. Die Menschen sprangen von den Sitzen, der Saal erzitterte, eine Kette von verhaltenen, erstaunten, entzückten

Ausrufen stand am Anfang eines großen Ausbruchs: »Teddy!«, »Rot Front!«, »Unserem Ernst Thälmann ein dreifaches...« Der Saal skandierte. »Rot Front! Rot Front! Rot Front!« Thälmann war mit einer stürmischen, wuchtigen Bewegung eingetreten, vier oder fünf Männer begleiteten ihn. Ein paar Sekunden lang stand er nur wenige Meter von mir entfernt. Sein Gesicht lachte unter der blauen Schirmmütze. Die in seiner Nähe Stehenden sprangen auf ihn zu und griffen nach seiner Hand. »Mensch, Teddy!« Thälmann, immer noch lachend, teilte mit beiden Händen gleichzeitig nach rechts und links Begrüßungen aus. Ein älterer Arbeiter umarmte ihn beinahe. »Und wir dachten schon, du wärst verschüttgegangen...« Ich hörte Thälmann sagen: »Na, du siehst doch, daß ich hier bin.« – »Aber wir dachten schon...« Thälmann ging weiter nach vorn, mühsam, die Lederjacke über den starken Schultern, immer noch seine Händedrücke verteilend. Es war das zweitemal, daß ich ihn sah, aus solcher Nähe sah ich ihn das erstemal. Es war das letztemal, daß ich ihn sah.

Er stand vorn am Pult. Er hatte die Mütze abgenommen. Ich sah seinen kräftigen, fast kahlen Schädel und die sehr hellen Augen. Der Saal tobte. In vier Tagen würde ein Streik losbrechen und verraten werden und sterben. In sieben Tagen würden achthundertfünfzigtausend Menschen in Berlin der KPD ihre Stimme geben und sie zur stärksten Partei in dieser Stadt machen. Die Naziflut würde zum erstenmal zurückwogen. Aber eine große Hoffnung würde scheitern. Zu spät, noch einmal zu spät. Der Feind würde die Macht ergreifen, gerade weil er schwächer wurde. Und für diesen da vorn – kein Gott, kein Kaiser noch Tribun, sondern ein Hamburger Transportarbeiter, in dem die Philosophie, die plebejische Intelligenz, die Kühnheit und Ehrlichkeit seiner Klasse sich verkörpert haben, den keine Vorsehung erkor, sondern den seinesgleichen an den Platz stellte, den er einnimmt –, für ihn wird ein langes Martyrium beginnen. Sie werden dieses stolze, kluge Haupt nicht beugen können. Und so werden sie ihn denn nach elf endlosen Jahren der Qual töten.

Ernst Thälmann will sprechen. Es wird still. Er beginnt: »Genossen …«

1931

Sie waren am hellichten Tag in das Lokal gekommen, drei Mann, und an der Tür stehengeblieben. In der Gaststube stand die alte Wirtin, ein Mitglied der Partei, hinter der Theke und wischte Gläser blank. An einem Tisch saßen drei Arbeitslose und spielten Skat. Die drei Mann an der Tür waren in SA-Uniform und hielten die rechte Hand für alle Fälle in der Tasche. Einer sagte: »Keine Angst, wir heben uns den Spaß für später auf. Sagt euren Freunden von der Kommune, daß wir euch heute abend einen Besuch abstatten werden. Dann wird es rund gehen.« Die drei tippten an ihre Mützen und verschwanden.

Wir erfuhren es erst abends, als wir unsere Gruppenversammlung beginnen wollten. Jemand kam herein und sagte, es sei Alarm angesetzt, die Nazis wollten die »Pappschachtel« überfallen, wem immer es möglich sei, der solle kommen. Die meisten von uns waren zwei Minuten später auf dem Weg nach der »Pappschachtel«. Das armselige Lokal trug seinen Namen zu Recht. Es lag in der Rubensstraße, gerade neben dem Augusta-Viktoria-Krankenhaus. Die Straße war still, besonders nachts. Auch war sie, wie ich mich zu erinnern glaube, nur auf der einen Seite bebaut. Auf der Seite, an der das Lokal lag, gab es hauptsächlich Schrebergärten.

Wir kamen gegen halb neun in die »Pappschachtel«, hörten ein dutzendmal die Geschichte an, die sich dort mittags zugetragen hatte, bestellten uns Bier oder Selters und spielten Billard oder lasen Zeitung. Das Lokal füllte sich in der nächsten halben Stunde weiter. Einige der Ankömmlinge, meist ältere Arbeiter, kannte ich. Andere waren mir fremd. Kurz vor neun kam auch ein Trupp Reichsbannerleute. Es war schon keine allzu große Seltenheit mehr, wenn Kommunisten und Reichsbannerleute gemeinsam sozialdemokratische und kommunistische Lokale gegen Überfälle verteidigten. Ein paar von uns fuhren ununterbrochen die umliegenden Straßen mit ihren Rädern ab. Ich las zum drittenmal die gleiche Zeitung vom Leitartikel bis zu den kleinen Anzeigen.

Nach Mitternacht schliefen manche, andere unterhielten sich leise, wieder andere spielten bedächtig Karten. »Diesmal kommen sie nicht mehr«, behauptete jemand. Gegen halb zwei stürzte einer unserer Radfahrer herein, blaß und mit wildem Blick: »Sie kommen. Ein SS-Sturm wartet in der Canovastraße. Ein Trupp SA marschiert hierher.«

Wir hatten keine Waffen. Hinter dem Haus lagen ein paar mittlere Feldsteine, die wir unter uns verteilten. Wir zerbrachen im Handumdrehen die hölzernen Stühle im Zimmer, um etwas zum Schlagen zu haben. Dann löschten wir das Licht und stellten uns im Vorgarten auf.

Wir mußten nicht lange warten. Durch die Stille und die Dunkelheit kam der knallende Gleichschritt benagelter Stiefel. Im Licht einer Laterne wurde die SA sichtbar. »Halt! Keinen Schritt weiter!« brüllte eine Stimme hinter mir.

Sie zögerten keine Sekunde lang. Ich war aus Neugier ein paar Schritte vorgegangen und stand direkt an der Straßenecke; der SA-Trupp war an der gegenüberliegenden Ecke angelangt. Ich sah die SA-Leute ganz deutlich, die von Schlagschatten halbverdeckten Gesichter, die Einzelheiten ihrer Uniformen. Gerade diese Nähe – wir waren kaum mehr als zwanzig Meter auseinander – gab mir das Gefühl völliger Sicherheit, auch als ich das Kommando des Truppführers hörte: »SA! Feuer!«, auch als ich das Krachen der Schüsse hörte und ins Mündungsfeuer der Parabellum-Pistolen blickte. Ich hatte ein Stuhlbein in der einen und einen Stein in der anderen Hand und machte von beidem nicht den geringsten Gebrauch. In einer Art Bewußtlosigkeit hörte ich ein Splittern irgendwo hinter mir, und eine Stimme sagte hartnäckig in meinem Kopf: »Unsinn! Es ist ein Scherz! Natürlich ist es ein Scherz! Sie schießen mit Platzpatronen! Sie können nur mit Platzpatronen schießen!« Zum erstenmal wurde auf mich geschossen, die Leute, die es taten, sahen mich, und ich sah sie und glaubte nicht, daß sie es taten. Ich stand, ohne mich zu regen, den SA-Leuten gegenüber, und erst, als ich zwei, drei von uns vorstürzen und zuschlagen sah, tat ich dasselbe. Wir alle sprangen vor, aber die SA hatte ihren eigenen Plan. Sie schoß die nächsten Laternen aus, sie begann zu rennen. Ihre Schritte verklangen im Dunkel.

Einer der Reichsbannerleute hatte einen Kopfschuß. Er war bei Bewußtsein und sprach ruhig, während ihn zwei Genossen zum Krankenhaus hinüberführten. An der Bordkante saß ein junger schwarzhaariger Mensch, den ich vorher flüchtig im Lokal bemerkt hatte. Er betrachtete seinen linken Schuh. »Ich glaube, ich habe was weg«, sagte er leise. Er hatte einen Querschläger in der Ferse. Das Splittern, das ich gehört hatte, war von der Fensterscheibe gekommen. Etwa zwanzig Schüsse waren hindurchgegangen, ein paar davon hatten die Schnapsflaschen auf der Theke getroffen.

Die Polizei kam zehn Minuten später. Die tote Straße wurde auf einmal lebendig. Rolläden, die vorher runtergerasselt waren, wurden hochgezogen; es wurde hell hinter den Fenstern. Die Polizei befahl uns, die Hände hochzunehmen, und ließ uns mit dem Gesicht gegen die Wände des

Lokals lange stehen. Man durchsuchte das Lokal und unsere Taschen nach Waffen. Man fand nichts. Schließlich sammelten sie auf der gegenüberliegenden Straßenseite etwa fünfzig Hülsen ein, Kaliber 7,65. »Ich wußte es gleich, daß es die Nazis waren«, sagte ein Mann in Filzlatschen, der aus einem der Häuser gekommen war, zu den Umherstehenden.

»Glaubst du, daß der Reichsbannermann durchkommt?« fragte ich Heinrich, der neben mir stand. Er zuckte die Achseln und antwortete finster: »Ich weiß es nicht.« Nach einer Pause fügte er hinzu: »Übrigens stehen hier genug Leute herum. Man müßte versuchen, einen Straßenselbstschutz aufzuziehen.«

1935

Die Druckerei, in der ich arbeitete, lag in der Schönhauser Allee. Manchmal, wenn die Kunden keine Zeit hatten, ihre hundert Briefbogen oder Rechnungsformulare abzuholen, schickte mich der Alte mit den fertigen Sachen zu ihnen. Ich kann nicht sagen, daß ich solche Botengänge liebte. Manche Leute boten mir ein Trinkgeld an. Manche grüßten mit »Heil Hitler«.

Ich hatte an diesem Julitag nur einmal schnell schräg über die Straße zu gehen. Es war sehr heiß, faule, schrille Geräusche hingen in der kochenden Luft über dem zweiten Hinterhof, in dem sich unsere Bude befand. Ich hatte es satt an diesem Tag, kein Winkelhaken war mir recht, es stank nach Kohl, man mußte das Fenster offenhalten. Kinder schrien wie Besessene, und irgendwo dudelte ein Leierkasten »Volk ans Gewehr!«, und man konnte sich ausrechnen, wo er jetzt stand und wann er in unserem Hinterhof angelangt sein würde. Und dabei konnte ich nicht einmal an meiner Arbeit bleiben, der Alte wollte dies und das von mir, ich mußte die Schnellpresse einrichten und dann wieder den

Heidelberger umfärben, weil irgendein Idiot es sich in den Kopf gesetzt hatte, seinen Briefkopf in zwei Farben drucken zu lassen. Schließlich schickte mich der Alte noch zu einem Kunden schräg über die Straße.

Draußen brütete der Sommer. Träge Fußgänger suchten nach Schatten, man sah fast keine Wagen, nur die U-Bahn schoß flink wie immer zu ihrem hochgelegenen Bahnhof hinauf. Es war Mittagszeit. Von der Brauerei her zog ein Schwalm übler Luft die Straße entlang.

Ich fand das Haus sofort, es war wie alle Häuser in der Gegend, die keine Hofeinfahrt haben. Zwei Stufen, eine schmale, hohe Tür, ein Treppenabsatz, über den man zum Hochparterre kommt. Lautlosigkeit, hinter den Türen regt sich nichts, kühle, angenehme Luft, die Haustür schließt sich leise hinter mir, und ich bleibe stehen. Die Straßengeräusche dringen kaum herein.

Ich sehe zum Treppenabsatz hoch, neben dem ein Plakat hängt, roter Grund, schwarze Schrift, ein Plakat, wie es damals an jedem Treppenabsatz in Deutschland zu finden war, KdF oder Arbeitsfront. Nichts rührt sich.

Ich hatte damals stets ein Stück Kreide in der Tasche oder einen Kohlestift oder auch beides. Es gab immer einmal eine Gelegenheit, eine Losung an die Wand schreiben zu können.

Nichts rührte sich, nichts vor der Haustür, nichts hinter den Wohnungstüren. Der Kunde wohnte im ersten Stock, ich hatte ihm nur einen Briefumschlag mit ein paar Entwürfen für Visitenkarten durchzuwerfen, ich hörte den Umschlag in den Kasten fallen, kein Laut, das Haus war wie ausgestorben.

Ich stieg hinunter und blieb vor dem Plakat stehen. Kein Laut. Ich nahm meinen Kohlestift und schrieb mit Blockbuchstaben oben auf das Plakat: Arbeiter, fragt Robert Ley, wo eure Beiträge bleiben!

Vielmehr wollte ich diesen Satz schreiben. Ich hatte geschrieben: Arbeiter, fragt Robert Ley, wo... In diesem Augenblick hörte ich ein Geräusch an der Haustür. Ich hatte die Hand mit dem Stift noch auf dem Papier und wandte den Kopf, und da war die Haustür offen, und in der offenen Tür stand ein junger Mann. War er eigentlich jung? Wenn ich heute daran denke, scheint es mir, daß er jung gewesen ist, vielleicht ein paar Jahre älter als ich, aber ich war damals sehr jung, erst zwanzig, und er wird etwa sechsundzwanzig, siebenundzwanzig Jahre alt gewesen sein. Er sah aus wie ein Arbeiter, und sein Blick war abwechselnd auf meiner rechten Hand und meinem Gesicht und dem Plakat, und ich sah, daß er sofort alles begriffen hatte. Er ließ die Tür hinter sich zufallen, ohne den Blick abzuwenden. Wir standen dann vielleicht eine halbe Minute lang, die Blicke ineinander verhakt. Ich wagte nicht, mich zu rühren, meine rechte Hand lag noch immer auf dem Papier. Dann machte er eine leichte Bewegung, er setzte den Fuß auf die erste Stufe, sehr langsam, und ich steckte ebenso den Kohlestift in die Tasche und entfernte mich von dem Plakat, und wir sahen uns dabei die ganze Zeit an, er stieg ganz langsam die drei Stufen hinauf und ich stieg sie hinab, unsere Gesichter waren einen Moment lang kaum eine Handbreit auseinander, und so gingen wir aneinander vorbei, in einer ungeheuren Stille. Ich öffnete ganz langsam die Haustür, gerade so weit, wie es nötig war, und er stand gleichzeitig vor dem Plakat und las es aufmerksam, und jetzt erst sah er mich nicht mehr an.

Die Tür fiel hinter mir zu. Ich ging ein wenig zu langsam, glaube ich jetzt, ein wenig zu steif. Bis zur nächsten Ecke waren es vielleicht achtzig Meter. In der Mittagshitze spürte ich eine schreckliche Kälte im Nacken, und ich drehte mich nicht um und wartete auf einen schrillen Pfiff, auf einen Ruf »Festhalten!« Aber hinter mir her kam kein Laut.

An der Ecke bog ich in die Nebenstraße ein. Noch drei Schritt, ich rannte los wie toll, dieses Haus, nein, das nächste, das überübernächste, die Treppen hinauf, immer zwei Stufen auf einmal, bis zur Bodentreppe, die Bodentür war verschlossen. Kein Laut. Wenn sie das Viertel abriegeln, bin ich hin. In diesem Viertel kämmten sie damals, in den ersten Jahren der Hitlerherrschaft, manchmal ganze Straßenzüge durch, Haus für Haus, vom Keller bis zum Boden. Einmal, vor etwa einem Jahr, war ich sogar in eine solche Razzia geraten. Wenn sie ihre Aktionen unternahmen, sprangen manchmal ganz ordentliche, friedliche Leute, denen niemand etwas Böses zugetraut hätte, aus dem vierten Stock. Und wenn jetzt jemand die Bodentreppe hochkommt? ›Ich suche die Familie Blechschmidt. Das muß doch hier sein...‹ – ›Nein, junger Mann, da gehen Sie man weiter. Hier gibt's keine Blechschmidts...‹ – ›Aber man hat mir gesagt...‹ – ›Hier gibt's keine Blechschmidts, jedenfalls nicht auf dem Boden, wo die Wäsche hängt, junger Mann...‹

Niemand kam die Bodentreppe hoch. Ich wartete noch etwa eine Viertelstunde und stieg dann hinunter auf die Straße. Da war niemand. Über der Schönhauser Allee brütete die Hitze. Ein paar Monate später verließ ich Deutschland.

Später, in all den Jahren, die vorbeitrieben, habe ich oft versucht, mir sein Gesicht vorzustellen. Es wurde immer blasser und blasser, vielleicht habe ich es auch gleich vergessen, weil gar nichts in ihm war, was man hätte festhalten können. Es war ein Dutzendgesicht gewesen, nicht bedeutend, nicht abstoßend, nicht schön, nicht häßlich, vielleicht dachte ich daher so oft an dieses Gesicht. Nur an die Augen kann ich mich genau erinnern. Sie waren blaugrau, schon ein bißchen müde, ernsthaft, auch traurig, scheint mir, und fragend, und mit einem winzigen Rest von Lachen ganz in der Tiefe des Blicks, von einem freilich kaum wahrnehmbaren Lachen, das überall existiert, wo etwas leben will, wo etwas lebt. Wir sahen einander eine Minute lang. Wir wechselten kein Wort miteinander. Wer bist du? Warst du einer von uns? Hast du uns nur das Recht eingeräumt, recht haben zu können? Habe ich dir geholfen, dich zu entscheiden? Aber vielleicht warst du von uns beiden der Entschiedenere, der Klügere? Vielleicht warst du tapferer, weiser, besser?

Ich sehe diesen Blick und höre keine Antwort. Ich sehe im Wachen und Träumen den Blick dieser Augen und darunter den Mund, der schweigt, immer nur den Blick dieser Augen, der Augen meines Volks.

IN EINER DUNKLEN WELT

Ich lernte Hermann R. im Sommer des Jahres 1933 kennen. Der Mann, der uns zusammengebracht hatte, war gleich gegangen. Es war noch ganz hell draußen, durch das offene Fenster kam ein Wind. Wir hatten uns, jeder mit seinem Bierglas, an einen Tisch unter dem Radioapparat mit seiner Marschmusik gesetzt. In der kleinen Friedenauer Kneipe gab es zu dieser frühen Abendstunde keine weiteren Gäste. Träge spülte der Wirt hinter der Theke seine Gläser. Zwischen ihm und unserem Gespräch erhob sich die dröhnende Wand des Hohenfriedberger. Unbekannte Leute, irgendwo, hatten Hermann R. zu mir geschickt und zu der illegalen Gruppe, die ich leitete. Er war der neue Instrukteur.

Wir trafen uns von da an öfter, eigentlich jede Woche. Manchmal verschwand Hermann für einige Zeit. Ich vermutete ihn auf schwierigen, kühnen Unternehmungen. Ungeduldig wartete ich auf die Postkarte mit dem vereinbarten Text, aus dem ich herauslesen konnte, wann und wo er mich sprechen wollte – am Zoo, in der Potsdamer Straße oder am Alexanderplatz. Ein-, zweimal erwähnte er im Gespräch Amsterdam, Paris, Städte, die ich damals nicht kannte und deren Namen mir phantastisch ins Ohr klangen. Ich stellte, wie es bei uns üblich war, niemals Fragen, die seine Person, seine Tätigkeit, seine Reisen betrafen. War mir irgendein Ereignis, eine Situation nicht klar, so überlegte er einen Augenblick lang. Während er seinen schönen dunkelhaarigen Kopf zur Seite neigte, schien sein Blick zerstreut zu werden, aber nur, weil er sich auf etwas Wunderbares, Entlegenes konzentrierte, das er allein zu sehen vermochte. Er trug seine Erklärungen mit leiser, eilender, dann wieder zögernder Stimme vor, Erklärungen, die etwas Unfehlbares und Schlüssiges hatten, weil sie eine Menge überraschender, mir unbekannter Tatsachen zu einer Beweiskette verbanden. Ich liebte und bewunderte Hermann R., der nur ein paar Jahre älter und dabei soviel reifer, kühler und wissender war als ich.

Meist sahen wir uns nur wenige Minuten. Die Konspiration hat ihre Regeln, und Hermann hatte selten Zeit. »Also, mach's gut...«, sagte er, kniff seine dunklen Augen spaßhaft zusammen und war schon auf seinem Rad auf und davon. Manchmal dauerte unsere Begegnung nur einen Augenblick, nämlich dann, wenn Hermann mir Material für meine Gruppe brachte, ein paar Flugblätter oder auf ganz dünnes Papier gedruckte Zeitungen oder andere Schriften, die als Reclam-Hefte getarnt waren. Einmal war ein neues, im Ausland erschienenes Buch von Heinrich Mann dabei. Wir trafen uns dann, auf die Minute genau, in einem Schöneberger Park oder auf einer Bank im Tiergarten. Jeder von uns hatte sein Rad und eine Mappe bei sich. Die meine war leer. Wir wechselten unauffällig die Mappen und gingen auseinander.

Manchmal hatte Hermann Zeit. Dann machten wir unendliche Spaziergänge durch das nächtliche Berlin, die Räder neben uns herschiebend, von Steglitz bis zum Kurfürstendamm und von da wieder die Charlottenburger Chaussee entlang bis zum Lustgarten und noch weiter in den Berliner Norden hinauf. Wir redeten und redeten. Es störte mich nicht, daß ich von Hermann nichts wußte, nichts von seiner Vergangenheit, nicht, wo er wohnte, daß ich nicht einmal wußte, ob der Name, mit dem ich ihn anredete, sein wirklicher Name war. Am meisten sprachen wir natürlich über Politik, von den Kriegsvorbereitungen der Nazis, den Februarkämpfen in Paris und Wien, den Verhaftungen, von der unvermeidlich kommenden Revolution. Wir diskutierten über Bücher, Konzerte, Ausstellungen, Boxkämpfe.

Manchmal redeten wir auch über Mädchen. Hermann kannte meine Freundin, die in meiner Gruppe arbeitete. Ich wußte nicht, ob er an jemand hing; er sprach von Mädchen ohne Scheu, aber auch ohne prahlerische Andeutungen, die junge Leute manchmal lieben und die mich immer abstießen. Zwei- oder dreimal erwähnte er eine jüngere Schwester in einem Ton naiver Bewunderung. »Das ist ein Mädel!« sagte er und zog die Brauen hoch. Einmal fügte er, mit einem scherzhaften Seitenblick auf mich, hinzu: »Eigentlich würdet ihr gut zueinander passen...« Ich war verlegen, denn seine Stimme hatte ernst geklungen. »Seht ihr euch eigentlich ähnlich?« fragte ich, nur um etwas zu sagen. »Ich weiß nicht, ich glaube, ja...«, antwortete er. Aber da wechselten wir schon das Thema.

Wir waren junge Leute, die ihre Zeit ernster sahen als die meisten ihrer Altersgenossen, die diese Zeit verändern wollten und liebten und die nicht wußten, was auf sie zukam: Verwirrung, schreiende Schmerzen, Enttäuschung und Tod. Wir kämpften, so gut wir konnten, aber wir wußten noch lange nicht, mit wem wir es aufgenommen hatten.

Ich erfuhr von Hermanns Verhaftung im Spätherbst 1935, ein halbes Jahr, bevor ich ins Ausland ging. Keiner wußte etwas von den Umständen der Verhaftung. Offenbar ein Spitzel. Man wußte nicht genau, wo Hermann saß; wahrscheinlich in der Prinz-Albrecht-Straße. Es gab übrigens in unserem Kreis keine weiteren Verhaftungen. Hermann hatte keine Namen genannt, soviel war sicher. Wir hatten es nicht anders erwartet.

In den folgenden Jahren hörte ich manchmal im Traum seine abwechselnd hastende und zögernde Stimme, sah ihn manchmal vor mir in irgendwelchen Ländern, irgendwelchen Städten, unter Fliegerbomben, in der Baracke eines Lagers. Sein Gesicht wurde immer undeutlicher, es war aber für mich immer als das seine kenntlich. Es war spitzbübisch, nachdenklich, oder einfach zerquält und tot.

Kurze Zeit nach dem Ende des Krieges und meiner Rückkehr besuchte ich im zerschlagenen Berlin eine Ausstellung von Dokumenten und Bildern aus dem deutschen Widerstandskampf. An einer Wand sah ich plötzlich Hermann R.s Gesicht. Es tauchte gleichzeitig aus dem Nebel der vergrößerten Photographie und aus dem meines eigenen Gedächtnisses. Eine kurze Notiz unter dem Bild besagte, daß Hermann R. 1940 im Steinbruch von Buchenwald erschossen worden war. Schon damals stand für mich fest, daß ich über ihn etwas schreiben, dieses Lächeln auf der verwischten Photographie davor bewahren würde, ganz zu vergehen. Wie viele von denen, die ihn gekannt hatten, waren noch übrig... Wie viele von den Übriggebliebenen dachten noch seiner... Ich hatte ihn gekannt, wenn auch nur eine kurze Zeit lang; es war meine Aufgabe, davon zu berichten. Wie das geschehen sollte, war mir nicht klar. Die Sache drängte nicht, blieb aber im Hintergrund deutlich sichtbar stehen und brachte sich von Zeit zu Zeit in Erinnerung. Ich hatte, während ich nach dem Schicksal anderer Freunde forschte, mich auch nach Hermann erkundigt, mit wenig Glück übrigens. Was mir von aus dem Lager Geretteten zugetragen wurde – es waren zwei oder drei, die sich seiner entsannen –, blieb schattenhaft.

Der Fall begann dringlicher zu werden, als ich ein paar Jahre später ein kleines Buch über Leute meiner Generation schreiben wollte, die gegen Hitler gekämpft hatten und untergegangen waren. Ich hatte mir damals den Plutarch vorgenommen, las zum erstenmal wieder seit meiner Schulzeit Livius und Sueton. Mir stand etwas vor Augen, das der Prosa dieser Historiker nacheifern sollte; sie hatten um der Größe des Gegenstandes willen auf falsches Pathos und unziemliche Weitschweifigkeit verzichtet. Ich stellte eine Liste von Namen auf, unter denen sich auch der Hermanns befand.

Ich wollte herausfinden, ob noch einige seiner Angehörigen erreichbar seien. Meine Nachforschungen ergaben, daß seine Mutter noch während des Krieges in Berlin gestorben war; seine Schwester, jene Schwester, von der er mir zuweilen so rühmend und verheißungsvoll gesprochen hatte, befand sich im Ausland; sie war erst vor zwei Jahren als Frau eines britischen Offiziers aus Berlin nach London verzogen. Sie war jetzt eine Mrs. Young; ihre Adresse hatte ich erhalten.

Ich erläuterte mein Anliegen in einem ziemlich ausführlichen Brief. Das Bild, so schrieb ich, das ich von Hermann zu geben beabsichtige, müsse Relief erhalten; ich benötige manches, was Hermanns Kindheit und Jugend, den ganzen Abschnitt seines Lebens beträfe, der vor unserem Zusammentreffen gelegen hatte. Ich bäte darum, Einsicht nehmen zu dürfen in Briefe und Dokumente, falls solche erhalten geblieben seien. Mein Name, so hoffe ich, sei ihr nicht unbekannt dank der Freundschaft, die mir ihr Bruder entgegengebracht hatte. »Diese Freundschaft«, schloß ich, »rechtfertigt sicherlich die Erwartung, daß Sie meinen Plan unterstützen werden.«

Die Antwort blieb nicht lange aus. Mein Name, hieß es da, sei der Briefschreiberin hier und da begegnet, sie entsinne sich noch gut der Wärme, mit der ihr Bruder von mir gesprochen hatte, jedoch gebe sie die vorhandenen Andenken ungern aus den Händen, das Anfertigen von Kopien sei beschwerlich, kurz, sie hielte es für das beste, wenn man einmal in London über die Angelegenheit reden würde, zumal für sie in absehbarer Zeit eine Reise nach Berlin nicht in Betracht käme. Unüberhörbar klang aus dem Brief Bedenklichkeit. Ich werde es nicht leicht haben, dachte ich.

Es ergab sich, daß ich ein Vierteljahr darauf aus verschiedenen Gründen nach London fahren mußte. Ich kündigte meinen Besuch Mrs. Young rechtzeitig an. Seit den letzten Vorkriegsjahren war ich nicht mehr in dieser Stadt gewesen, an die mich manches band, die mir von mehreren Besuchen her wohl bekannt, aber doch unvertraut war, eine räumlich entfernte Verwandte, die man als Kind scheu und beklommen liebt.

Ich fuhr vom Bahnhof in ein kleines Hotel in Kensington. Die Sache, die der eigentliche Anlaß meiner Reise gewesen war, hatte ich bald hinter mich gebracht. Am nächsten Morgen rief ich Mrs. Young an.

»Ich bin es selbst«, sagte eine Stimme. »Sie wünschen?« Ich schwieg verblüfft, und die Stimme fuhr fort: »Verzeihen Sie, natürlich, ich weiß, wer Sie sind, was Sie wünschen. Ich habe oft über Ihren Brief nachgedacht.«

»Vielleicht könnten wir…«, sagte ich, aber die Stimme unterbrach mich.

»Hermann hat mir oft von Ihnen erzählt«, sagte sie langsam. »Oder vielmehr, gar nicht so oft, denn ich sah ihn nur noch selten, meine Mutter und ich, wir sahen ihn nur noch selten und wußten gar nicht recht, was er eigentlich trieb. Ihren Namen nannte er übrigens nie, aber er sprach von einem bestimmten Freund, und als Sie schrieben, begriff ich, daß Sie dieser Freund waren.«

»Ja«, sagte ich, »ich war dieser Freund.«

Ihre Stimme überhastete sich manchmal, manchmal zögerte sie. Nach einer Weile merkte ich, daß ich jedesmal, wenn sie sprach, den Atem anhielt, um dieser Stimme nachzulauschen, um eine andere Stimme in ihr zu finden, die natürlich tiefer und sicherer gewesen war und einmal gesagt hatte: »Eigentlich würdet ihr gut zueinander passen...«

»Ich möchte«, sagte ich, »sehr gern mit Ihnen über Hermann reden.«

»Mein Gott«, sagte sie, »wie lange das her ist. Hermann, du lieber Gott. Mein großer Bruder, der sich über uns auch nicht gerade den Kopf zerbrach. Er wollte lieber die Welt verändern. Und dann geschah das Unglück, das man ja hatte voraussehen können.«

»Er hat«, sagte ich, »auch an Sie gedacht. Gerade an Sie hat er gedacht. Er...«

»Ich weiß, was Sie meinen«, sagte die Stimme. »Man hat ja seither eine Menge Dinge erfahren, die man damals nicht wußte.«

»Vielleicht könnten wir uns sehen, Mrs. Young«, sagte ich jetzt. »Ich wäre froh, wenn ich einmal zu Ihnen kommen dürfte.«

Im Hörer rauschte es. »Das geht jetzt leider nicht«, sagte die Stimme nach einer Weile. »Ich bin den ganzen Tag beschäftigt.«

»Vielleicht paßt es Ihnen morgen besser«, sagte ich. »Oder übermorgen.«

»Aber Sie sind ja hartnäckig, mein Lieber«, sagte die Stimme mit spöttischer Verwunderung. Ich fühlte, daß ich erbebte, denn es war Hermanns Stimme, die eben vernehmbar gewesen war, aber auch die Stimme einer Frau, seiner Schwester, die ihm vielleicht ähnlich sah, die er vor mir gepriesen, vor seinem inneren Auge neben mir erblickt hatte. »Warum diese Eile? Warum überhaupt all diese Dinge wieder ans Tageslicht bringen? Die Toten soll man ruhen lassen. Wir haben damals alle genug durchgemacht.«

»Ich komme zu Ihnen, wann Sie wollen«, sagte ich erbittert, »morgen oder übermorgen oder noch später. Mein Visum ist für zwei Wochen gültig.«

»Ich sehe, daß man Sie nicht so leicht los wird.« Die Stimme versuchte heiter zu klingen, aber ich hörte nur den Ärger in ihr. »Hören Sie zu. Bei mir zu Hause geht es nicht. Treffen wir uns lieber in der Stadt. Heute abend um acht.« Sie nannte mir ein Restaurant in Soho, das ich kannte.

»Ich werde um acht dort sein«, sagte ich. »Sie werden mich finden. Auf meinem Tisch wird die ›Financial Times‹ liegen. Ich vermute, die Leute werden in dieses Lokal nicht ausgerechnet mit der ›Financial Times‹ kommen.«

Sie lachte kurz und hängte ab.

Ich vertrieb mir die Zeit, so gut es ging, ließ mich von meinem Freund D. in den Saville-Club einladen, ging langsam durch Albany, um wieder einmal zu sehen, wer dort wann gewohnt hatte, las im Hyde Park eine Menge Zeitungen und fand mich zehn Minuten vor acht in dem Restaurant ein, das ziemlich voll war. Dem Kellner sagte ich, daß ich eine Dame erwarte. Ich trank einen Campari und behielt die Tür im Auge. Es war beinahe halb neun, als der Kellner an meinen Tisch trat und sagte, er irre sich wohl nicht, ich müsse es gewiß sein, den eine Dame am Telefon erwarte, bitte, hier entlang, dort drüben sei die Kabine.

»Es ist mir wirklich unangenehm«, sagte die Stimme. »Aber ich fürchte, ich werde nicht kommen können.«

»Ich warte gern eine Weile«, antwortete ich.

»Ich habe es mir überlegt«, sagte sie. »Ich möchte nicht kommen. Ich ertrage Aufregungen nicht. Überhaupt, es ist so lange her, was soll das Ganze ...«

»Ich schulde es ihm«, sagte ich, »verstehen Sie das nicht?«

»Ich verstehe Sie durchaus«, sagte die Stimme. »Aber ich zweifle, ob Sie mich verstehen. Mein Leben hat sich geändert, es ist überhaupt jetzt alles anders, ich bin froh, daß es so ist. Wenn Sie über Hermann schreiben und Ihr Buch erscheint da drüben, könnte mir das sogar noch Unannehmlichkeiten einbringen.« Die Stimme hatte jetzt überhaupt keine Ähnlichkeit mehr mit irgendeiner anderen. Sie kam aus einer eisigen Ferne. Sie brach plötzlich ab.

»Ich glaube«, sagte ich, »Sie machen sich ganz unnötige Sorgen. Wer soll Sie denn mit einem gewissen Hermann R. in Verbindung bringen, wenn Sie es nun einmal so nicht haben wollen?«

»Es gibt eine Menge Leute«, sagte die Stimme, »die sich mit Vorliebe um fremde Angelegenheiten kümmern. Wissen Sie das nicht? Hier wissen ziemlich viele, daß ich Deutsche bin, daß ich aus Berlin komme, wie ich als Mädchen hieß.«

In mir wuchs ein taubes, totes Gefühl. »Das kann nicht Ihr Ernst sein«, sagte ich. »Ich bin Hermanns wegen nach London gekommen, nicht nur seinetwegen, gewiß, aber vor allem seinetwegen.«

»Es tut mir wirklich leid«, sagte die Stimme. »Es tut mir aufrichtig leid. Ich habe Sympathie für Sie, obwohl Sie einer von den Leuten sind, die ständig vergangene Dinge aufrühren und die Welt nicht in Ruhe lassen.«

»Welche Welt meinen Sie?« fragte ich. »Vielleicht wäre es in der Welt ein wenig ruhiger und vernünftiger zugegangen, wenn Leute wie Hermann etwas zu sagen gehabt hätten. Aber man hat ihn umgebracht.«

»Ich will nicht mit Ihnen streiten«, sagte die Stimme. »Ich will Ihnen auch nichts ausreden. Aber auf mich können Sie nicht rechnen.«

»Warten Sie«, sagte ich, »warten Sie. Denken Sie einmal nach…«

»Es ist mein letztes Wort«, sagte die Stimme. »Übrigens, noch eins… Eigentlich möchte ich es Ihnen gar nicht sagen. Aber vielleicht ist es besser, wenn Sie es wissen: Als er verhaftet war, hat Hermann nicht mehr daran geglaubt.«

»Woran hat er nicht mehr geglaubt?« fragte ich und fühlte eine Kälte in mir.

»Er hat nicht mehr daran geglaubt«, sagte die Stimme. »An seine Ideen, an Ihre Ideen. Er hat eben an das Ganze nicht mehr geglaubt. Er glaubte nicht mehr, daß es sich gelohnt hatte. Ich habe ihn in der Haft noch einmal gesehen, ehe sie ihn nach Buchenwald brachten. Er hat es mir selber gesagt.«

»Sie lügen«, sagte ich. »Jetzt haben Sie ihn eben zum zweitenmal umgebracht. Aber das soll Ihnen nicht gelingen.«

»Werden Sie nicht pathetisch«, sagte die Stimme. »Gute Nacht!«

Es klickte in der Leitung, ein Summen schwoll an, tausend undeutliche Stimmen wisperten.

Als ich die Tür der Telefonkabine öffnete, stolperte ich. Ich kam bis zu meinem Tisch und setzte mich. In meinem Kopf waren tausend wirre Gedanken oder auch kein einziger. Ich bestellte noch einen Campari. Als der Kellner ihn brachte, sagte er: »Ich glaube, die Dame möchte Sie noch einmal sprechen.« Ich stürzte zurück in die Telefonkabine.

»Ich möchte wirklich nicht, daß wir uns auf so schroffe Weise trennen«, sagte die Stimme. »Sie sind ein Idealist und können nicht begreifen, daß normale Leute ihr Leben so einzurichten suchen, wie es die Zeit verlangt. Seien Sie mir nicht böse...«

»Ich sagte vorhin«, erwiderte ich, »Sie hätten ihn zum zweitenmal umgebracht. Ich habe wohl etwas übertrieben. Aber Sie haben ihn damals angezeigt.«

Wieder wisperten die Stimmen. Eine stumpfe, dumpfe Ruhe breitete sich zwischen uns. Dann sagte Mrs. Young: »Ja.« Eine Pause trat ein. »Was wissen Sie denn«, sagte sie, »gar nichts wissen Sie mit Ihrem blödsinnigen Idealismus. Ich war sechs Jahre jünger als Hermann, aber alt genug, um begreifen zu können, was er trieb und wohin er es trieb. Ich wollte nicht seinen Tod, wo denken Sie hin, er war doch mein Bruder. Er sollte nur einen Denkzettel kriegen und lernen, daß man auf seine Familie Rücksicht zu nehmen hat. Man sprach doch damals von Schutzhaft, die Gefangenen sollten in sich gehen, hieß es, sich in eine neue Gemeinschaft einfügen. Ich wollte nicht seinetwegen vom Studium ausgeschlossen werden, ich wollte mir nicht mein Leben verderben lassen. Meine Mutter hat bis zu ihrem Tode nichts davon gewußt. Und er hat auch nichts geahnt...«

Ich nahm langsam den Hörer vom Ohr, ließ ihn an der Leitungsschnur hängen und ging leise aus der Kabine. Dann zahlte ich und verließ das Lokal.

Ich ging wie in einem Schlaf durch die Straßen. Manchmal erwachte in mir ein Gedanke: Vielleicht hatte Hermann mich in Verdacht gehabt. Ich erwachte einmal hier, einmal dort. Ich erkannte in meiner halben Bewußtlosigkeit eine Straße, einen Platz.

Aus Lyon's Corner House drang der Jazz. Große Automobile lagen dunkel vor den Türen von Park Lane. An den Espresso-Cafés weiter oben standen junge Leute, lachten und sangen. Eine Stimme im Halbdunkel sagte: »Vergessen Sie uns nicht, Sir!« Ich beugte mich vor und sah einen Mann, der unbeweglich dastand und an mir vorbeisah. Er trug ein Schild vor der Brust. Ich trat noch näher und konnte jetzt die Inschrift lesen: PEOPLE LIVING IN A WORLD OF DARKNESS DESPERATELY NEED YOUR HELP. In kleineren Buchstaben stand darunter: The Royal School for the Blind, Leatherhead, Surrey. Ich suchte in meinen Taschen nach ein paar Schillingen.

Über der Stadt lag eine Glocke von Staub, Licht und Geräuschen. Im Nachthimmel brannte der Widerschein ferner Straßen. Aus den Lüften drang Düsengeheul. Ich fühlte, daß jetzt sehr weit weg irgendwo sich ein leiser, ziehender

Schmerz auf den Weg machte, um zu mir zu stoßen. Er hatte eine lange Strecke vor sich und viel Zeit. Aber ich war ruhig. Er würde mich schon erreichen.

KASSBERG

I

Ein starkes, fremdes Geräusch ist in der Luft. Ich sehe mich, winzig auf dem kleinen kreisrunden Platz mit seinen Villen, den Kopf im Nacken (so deutlich hat dieser Platz von allen Seiten her sich um mich gelegt, daß ich ihn nach Jahrzehnten augenblicklich wiedererkenne), und eine Stimme neben mir, über mir fragt: »Siehst du den Aeroplan?« Ich sehe ihn deutlich, er fliegt tief über den Baumwipfeln; deutlich sehe ich auch die geschweiften Eisernen Kreuze unter seinen Tragflächen. Es ist noch Krieg.

2

Schnee fällt dicht und dichter zwischen den Gründerzeitfassaden auf Straße und Vorgärten. Ich sehe, wie er auf dem eisernen Zierat der Zäune wächst. Je höher die kleinen Schneekappen werden, desto besser ist es, desto stiller wird die Welt, desto näher ist der Schlaf. Auch sind Passanten, die einzeln, dunkel, undeutlichen Schritts vorbeiziehen, immer seltener zu erblicken. Der Schneefall wird stärker, er wird ungeheuer. Süß fühle ich das Fieber nahen, lausche auf die stetigen, beruhigenden Geräusche des Hauses, das um mich wächst, so wie der Schnee um das Haus wächst. Später treibt mein Bett auf dem Strom des Fiebers. Ich schlafe, erwache, weiß, daß der Schnee weiter fällt, hinter der Wand reden Stimmen Unverständliches.

Es soll nicht enden. Das Fieber nicht, und nicht der Schnee. Nicht die belebte Stille. Nicht die Stimmen, die da sind, und deren Worte man nicht verstehen muß. In meiner Bewußtlosigkeit spüre ich die vertrauten Gegenstände im Zimmer: den weißen, mit schwarzen Leisten eingelegten Schrank, in dem meine Kleider hängen; das kleine Bild an der Wand, auf dem ein junger Mann mit gepudertem Haar eine silberne Rose in den Händen hält.

In all den Jahren, die folgen, tritt diese Lautlosigkeit eines Zimmers, dieses Murmeln hinter Wänden, treten Fieber und Schnee im Dahindämmern, in Erschöpfung und Schlaf vor mich hin. Mehr war vom Leben nicht zu erwarten gewesen. Alles andere war Täuschung. Es bleibt nur dieses Glück.

3

Ich trete in das Zimmer meiner schönen Mutter. Von hier aus blickt man über Gärten weg auf den tiefer gelegenen Hauptteil der Stadt, die finster und verrußt ist und unzählige Fabrikschornsteine gegen einen hügeligen Horizont stellt. Aber keiner dieser Schornsteine gerät ins Fensterviereck, sondern nur ein näher gelegener runder Wasserturm. »Wo bist du gewesen?« höre ich mich fragen. Ich sehe meine Mutter, die vor ihrem dreiteiligen Spiegel sitzt, gar nicht an; mein Blick kommt von dem Wasserturm nicht los. Dann höre ich die sanfte Stimme antworten. »Nirgendwo«, sagt sie. Ich denke über das rätselhafte Wort nach, ich stürze hinein, durchbreche es, es schließt sich über mir wie ein Gewässer. Sofort weiß ich, daß »Nirgendwo« nichts anderes ist als ein runder Turm unter einem niederen grauen Himmel vor einem hügeligen Horizont.

4

Später kehre ich, zwölf-, dreizehnjährig in diese Stadt zurück. Ich lebe im Haus meiner Großmutter, das an einer langen, stillen, nach einem ehemaligen Bürgermeister benannten Straße liegt. Diese Straße bildet den größten Teil meines Schulwegs; sie wird in Abständen rechtwinklig von anderen, steilen Straßen durchschnitten, die von der Stadt her auf den Berg führen.

Die Straße erblicke ich nur in einem grüngoldenen Sommerlicht, das nie wechselt. Sie ist erfüllt vom dichten Laubwerk ihrer Bäume, die über Vorgärten schatten, über der Bäckerei, die einem Abgeordneten des Reichstags gehört. Träge Vogellaute erfüllen die Luft, die Glocke an der Tür des Bäckerladens schlägt manchmal an. Wolken zerrinnen über den Dächern.

Hier oben wohnen die Inhaber der Textil- und Maschinenfabriken, ihre Direktoren, Handwerksmeister, Ärzte, Rechtsanwälte. Die Straße liegt still, kaum befahren, wenig begangen, durchwogt von dem gleichförmigen Licht. Sie verliert sich hundert, zweihundert Meter links vom Haus in Gärten und Wiesen, noch ein Stück weiter in hügeliges Gelände. Zwischen den Gärten spiele ich nachmittags mit ein paar Jungen Schlagball, wenn ich nicht zum Lauftraining auf den Sportplatz gehe. Manchmal zieht eine Kette von Mädchen vorbei; sie singen leise und lachen sinnlos. Manchmal unterbrechen wir das Spiel: der Kunstflieger Fieseler, der sich am Sonntag beim Flugfest zeigen wird, dreht zwischen den zerrinnenden Wolken ein paar Rollen.

Die unerträglichen, unendlichen Sonntage sind voller Angst. Ich fülle viele Hefte mit Gedichten und kleinen Erzählungen. Ich lese, nach einem Plan, in rasender Eile: die antiken Dichter, die mich in der Schule langweilen, die Elisabethaner, Hölderlin, Novalis, des Knaben Wunderhorn,

Büchner, die Russen und Franzosen des 19. Jahrhunderts. Die Bücher schützen mich vor dem Leben, das ich fürchte, vor einer Zukunft, die mich unausdeutbar anblickt. Aber: ich boxe, reite, treibe Leichtathletik, fahre Rad. Bei den städtischen Juniorenmeisterschaften schwimme ich die hundert Meter Freistil, werde Vierter.

Aus den Zeitungen erfahre ich, daß in Amerika zwei italienische Anarchisten namens Sacco und Vanzetti zum Tode verurteilt wurden. Sie sind für Gerechtigkeit, darum bezichtigt man sie eines Verbrechens, das sie nicht begangen haben. In allen Ländern kämpft man um ihr Leben. Meine Hoffnung wächst: man wird sie freilassen. Eine Zeitung liegt auf dem Tisch: Sacco und Vanzetti wurden gestern auf dem elektrischen Stuhl hingerichtet. Mit Entsetzen spüre ich, daß ich lautlos weine. Um wen? Um zwei Italiener? Um mich? Voller Furcht lese ich einen unsichtbaren Satz, der sich in mir bildet: Das wirst du dir schon noch abgewöhnen.

5

Auf dem Weg zur Schule, zehn Minuten, nachdem ich das Haus verlassen habe, überquere ich einen dreieckigen Platz, um den alte, hohe Bäume stehen. Links neben mir liegt die Post, schräg vor mir die Synagoge, im gleichen plumpen Stil erbaut wie die meisten Kirchen der Stadt, ein Stück weiter die Villa, die den Eltern meines Schulfreundes Scholwin gehört. Lautlosigkeit. Mitten auf dem Platz steht eine Litfaßsäule. Ich lese ein Plakat, schwarze Frakturschrift auf rotem Grund: Adolf Hitler spricht. Unten in der Ecke lautet ein Vermerk: Juden haben keinen Zutritt. Ich grüble, warum wohl Juden keinen Zutritt haben. Im Geiste sehe ich Tausende von Leuten vor mir, in Säle drängend, in denen Adolf Hitler sprechen wird; es sind Juden. Andere werden keinen Platz mehr finden.

Um die gleiche Zeit begegnet mir in unserer Straße ein junger Mann in einer braunen Uniform, die Hakenkreuzbinde am Arm. Er wohnt ein Stück weiter, er begegnet mir von nun an täglich, stets trägt er seine Uniform. Noch nie habe ich seinesgleichen erblickt, vielleicht ist er in der ganzen Stadt der einzige, der in diesem Aufzug herumläuft. Er beachtet mich nicht, er beachtet niemand. Immer geht er festen, klingenden Schrittes. Er ist nicht in Eile, doch hat er ein Ziel vor sich.

Nur nachmittags schlendert er manchmal die Straße herauf. Er hält vor dem Haus gegenüber an und pfeift die ersten Takte von »Am Brunnen vor dem Tore«. Dann tritt ein junges Mädchen aus der Tür und lehnt sich an einen Pfeiler der Vorgartenumfriedung. Sie reden lange miteinander, ohne daß eins den Blick vom andern läßt.

6

Diesmal vergehen etwa zwanzig Jahre, bis ich wieder in die Stadt komme, die kaum mehr existiert. Denn ein Krieg ist über sie weggegangen, als er fast schon zu Ende war, gegen tausend Flugzeuge hatten zwanzig Minuten lang über sie einen Bombenteppich gebreitet. Man hat die Trümmer beiseite geschafft. Jetzt besteht die Stadt aus Leere, in der sich hier und da Gruppen von Häusern aufrichten. Ich finde mich nicht mehr zurecht in dieser Stadt, in der ich geboren bin, ich hatte sie niemals gut gekannt, ich flüchte aus ihr, von der ich noch ein paar Straßennamen kenne, die ich nicht mehr finden kann, nicht die Namen und nicht die Straßen.

Die Straße oben auf dem Berg, in der ich vor zwanzig Jahren wohnte, ist zum größten Teil zerstört. Immer noch begegne ich so wenigen Passanten wie in meiner Erinnerung. Vom Haus meiner Großmutter finde ich nur umherliegendes Geröll und wundere mich, daß so wenig von einem so großen Haus geblieben ist. Man weiß, daß Erwachsene alles klein wiederfinden, was in ihrem Gedächtnis groß erschienen war. Dennoch ist es unbegreiflich, daß die Straße so schmal ist. Einige Bäume von damals sind da. Aber das Licht auf ihnen ist verschwunden. Aus einem Fenster sieht mich ein Mann an; er tritt ins Zimmer zurück, als ich seinen Blick erwidere. Auch der dreieckige Platz ist kleiner. Die Scholwinsche Villa ist ausgebrannt. Ich frage mich, was den Platz so verändert hat, und finde den Grund erst nach geraumer Zeit: von der Synagoge ist nichts mehr vorhanden, nicht der geringste Rest, wo sie gestanden hat, breitet sich ein unbegreiflich sauber gemähter Rasen. Da kann nie etwas anderes gewesen sein.

7

Es vergehen noch einmal fünfzehn Jahre. Meine Schule, das ehemalige humanistische Gymnasium, jetzt Friedrich-Engels-Oberschule, feiert ihr neunzigjähriges Bestehen; man hat mir eine Einladung geschickt. In der alten Aula werden Reden gehalten, jemand sagt ein Gedicht auf, ein Chor singt, Lehrer, Schüler, ehemalige Abiturienten. Ich kenne niemand.

Später nimmt sich ein junger Lehrer meiner an. Auch er ist ein ehemaliger Schüler des Staatsgymnasiums. Er nennt die Namen seiner Lehrer, einer oder zwei klingen bekannt, sie sind noch meine Lehrer gewesen. Im Haus hat sich nichts geändert. Da ist die Eingangshalle, in der wir bei schlechtem Wetter die Pause verbrachten, da der Schalter, hinter dem der Hausmeister Milch verkaufte. Der Hausmeister, sagt der junge Lehrer, wurde SS-Mann, er brachte viele Leute ins Elend, 1945 wurde er verhaftet. Man hat ihn nicht mehr gesehen.

Unverändert liegt der Schulhof, den unverändert eine hohe Mauer vom Gefängnis trennt. Über die Mauer blickt jetzt ein Wachtturm. Keine gute Nachbarschaft, sage ich. Das sei wohl wahr, sagt der junge Lehrer. Immer noch der Duft der Linden, der Geruch von feuchtem Sand, Urin, Fahrrädern.

Man hat eine kleine Ausstellung vorbereitet, Schülerarbeiten, Fotos, auch solche, die den Bombenteppich überdauerten. Plötzlich suche ich hastig nach einem bekannten Gesicht, nach Namen, die ich vergaß, nach mir. Da bin ich schon, da glaube ich zu sein, ein Junge unter dreißig Jungen, aber ich bin es gar nicht, es ist mein Bruder, dieser winzige Kerl in seinem Matrosenanzug, zwei Klassen unter mir, Sextaner, der später so groß und breitschultrig war und mit seiner kleinen schnellen, schrecklichen Flugmaschine aus dem umkämpften Himmel stürzte.

Ich gehe fort. Ich kenne hier niemand. Auf das Gitter am Straßenrand gestützt schaue ich nach meiner unbekannten, unheimlichen Geburtsstadt aus. Die Freier sind fort, und mit ihnen Penelope. Die Stadt ist nicht mehr leer. Man hat hier sehr viel gebaut, Hunderte von modernen Häusern, wie man sie jetzt in allen Ländern findet, schöne Häuser eigentlich; sie sind sauber, bunt, breitfenstrig, untereinander austauschbar. Ich kenne ihre Bewohner nicht und kann mich nicht in den Straßen zurechtfinden, die diese Häuser bilden.

Ich sehe die breite Kassberg-Auffahrt, über die sich vor vielen Jahren Straßenbahnen heraufquälten. Sicher liegen auch jetzt dort Schienen, fahren auch jetzt wieder Bahnen; ich weiß es nicht genau. Wie vor Jahren höre ich auf das Schrillen der Räder in den Schienen, auf das unaufhörliche kreischende Gellen in den Kehren, in mir selbst.

CORNELIUSBRÜCKE

I

Ich habe einen langen Weg vor mir von der Tür, deren Klinke ich kaum erreichen kann, durch das ungeheuer weite, ungeheuer hohe Zimmer hin bis zum Balkon, vor dem Querpfeifen gellen, Trommeln rasseln; ich will nicht zu spät kommen, laufend, springend, stolpernd vor Eile überwinde ich die enorme Distanz. Ein Zauberlicht ist um mich her, die Bäume mit von Sonne getigertem Laub greifen mit riesigen züngelnden Ästen nach den Fenstern, sehr leises Vogelgezwitscher ist so nahe, daß es aus den Ecken des Zimmers zu dringen scheint, ich spüre ein Gleiten und Schwingen, ein betäubender Schwall unbekannter Düfte dringt zu mir empor, da ist die Drehung einer Hüfte, das Erzittern von Federn über einem breitrandigen Hut, kurze, entzückte Ausrufe werden hörbar, Händeklatschen, denn die Musik schweigt. Ich kann nun den stumpfen Widerschein des Lichts auf den Stahlhelmen erkennen; was da dicht unter mir steht, kann eine Kompanie sein, die Soldaten haben eine Wendung gemacht, sie stehen unbeweglich, mit dem Rücken zu mir, und im Haus gegenüber hat sich ein Fenster geöffnet, Offiziere grüßen starr hinauf zu einem Mann in Uniform, den ich durch Laubmassen und Lichtflecke hindurch auf gleicher Höhe undeutlich erblicke, ihn oder vielmehr ein Stück Stoff und ein Heben der Hand. Dies sei, sagt eine Stimme leise von oben, der Mann, der unsere im Feld unbesiegten Heere geführt hat.

Das Haus, von dem aus ich zu General Ludendorff hinübersehe, ist das letzte auf der rechten Seite der langen mächtigen Straße, die an dem am weitesten nördlich gelegenen Punkt des Hauses einen spitzen Winkel mit der Keithstraße bildet. Nach links und nach rechts geht, den Kanal entlang, das stille, von alten Bäumen und Buschwerk bestandene Lützowufer ab, an dem man spazierengehen oder träumen oder etwas verbergen kann. Wenn man von unserem Hause aus nach der anderen Seite die Straße hinabblickt, in die Richtung der Gedächtniskirche, von der her jeden Abend ein wildes, vielstimmiges Geläut dröhnt, weiß man, daß an der nächsten Ecke die Wichmannstraße liegt dann die Nürnberger, dann die Kurfürstenstraße. Da unten liegt auch das Eden-Hotel, zweihundert, vielleicht dreihundert Meter entfernt. Das alles weiß man übrigens noch gar nicht, man erfährt es erst später, man lernt die Namen auswendig, ohne jeden Grund.

2

Die Frühlings- oder Sommerszenerie, über der Querpfeifen und Trommeln lärmen, ist gar nicht gemeint. Ein Krieg war gewesen, ich hatte schon die »Wacht am Rhein« singen können, mein Vater war zurückgekehrt. Ich hörte ihn Scarlatti-Sonaten spielen, nachts, wenn ich für Sekunden zwischen Schlaf und Wachen lag. Wie gut war die Nacht meiner Kindheit, durch die nichts drang als diese Musik. Auch die Taggeräusche sind um mich bemüht, sie bedeuten Sorge um mich, Pflege, Trost. Kaum habe ich zu leben begonnen, versucht man bereits, mir diese Last abzunehmen. Die Zimmer sind lautlos und voller Licht; was brennt da draußen; es müssen blühende Kastanien sein. Vor mir öffnen sich, eine nach der anderen, fast ohne Geräusch, die breiten gläsernen Schiebetüren. Das Aubusson-Zimmer mit den beiden Gainsboroughs. Von allem, was war, lebt das also, man weiß nicht warum und zu welchem Zweck. Aber da war doch etwas anderes gewesen. Vor diesem unbegreiflichen, unveränderlichen späten Frühjahr oder frühen Sommer ein Winter mit Kälte, durchdringend feuchter Leere, mit seinen langen Monaten, einem Januar zum Beispiel. Wie lang auch die Nächte sind, die vom fünfzehnten auf den sechzehnten etwa. Ein Krieg war vorbei, gewiß, aber hier in der Budapester Straße, die damals noch zum Kurfürstendamm gehörte und darum so hieß, war er nie verloren worden. Was immer auch im Land geschah, oder in dieser Stadt, ihren nördlichen und östlichen Vorstädten mit ihren Versammlungen, Debatten, Ausschüssen, Streiks, Maschinengewehrsalven, drang nicht hierher, auch wenn es sich manchmal nur ein paar Kilometer weiter abspielte. So gut mich meine Nächsten in diesem Hause behüteten, so gut schützten unbekannte, unsichtbare Mächte Haus und Straße. Es hätte aber sein können, daß gerade in jener Nacht, da mein Vater wieder Scarlatti spielt und ich tief in der Höhle des Schlafes liege, in der Straße eine gewisse Bewegung entsteht. Eigentlich ist es gar nichts und kaum der Rede wert. Passanten gibt es ja beinahe keine zu dieser späten Stunde; aber so spät ist es nun auch wieder nicht, nicht später als halb elf, kurz vor elf, für Erwachsene zählt das kaum. Eine kleine Gruppe sammelt sich zwei-, dreihundert Meter weiter unten, läuft auseinander, sammelt sich von neuem, Türen schlagen, zwei Autos setzen sich, übrigens mit erheblichem Abstand voneinander, in Bewegung. Aus dem zweiten ertönt ein schwacher Knall, da ist es aber immer noch ein ganzes Stück entfernt, man kann es bei uns unmöglich gehört haben, schon gar nicht, wenn Klavier gespielt wird. Die beiden Autos fahren ziemlich langsam vorbei, das eine geradeaus über die Brücke in den Tiergarten hinein; das andere biegt nach links ab um die Ecke, an der der General Ludendorff wohnt. Es fährt den Kanal entlang. Dort ist es sehr dunkel.

3

Es muß ein Lärmen gewesen sein, die Trunkenheit des Sieges und die andere, alltägliche, das Hin- und Herblitzen von Schreien: »Rosa! Rosa!« – »Da ist der rote Hund!« – »Von denen kommt uns keiner lebendig weg!« – »Die Sau muß schwimmen!«, nur zwei-, dreihundert Meter von der Stelle entfernt, wo ich, ein kleines Kind, in tiefem Schlaf lag. Das, was immer dazu bestimmt gewesen war, an Maschinen zu stehen, Straßen zu kehren, Wagen zu lenken, Waffen zu führen für andere, hatte sich ein paar Tage lang hochgereckt; man hatte davor gezittert; hatte eine unausdenkbare Zukunft vor sich gesehen, die Canaille am Ruder, oben, was unten gewesen war. Alles war nun wieder in Ordnung, aber für die schändliche Angst, die man ausgestanden hatte, sollten die da zahlen. *Aber dies ist eure Stunde, und die Macht der Finsternis.*

Zwei Tage nach dieser Stunde klingt eine Stimme aus einem Automaten: »Man hat die schrecklichen Ereignisse, die wir in Berlin in den letzten Tagen durchlebten, einen Bruderkrieg genannt. Ich kann die Berechtigung dieses Ausdrucks nur teilweise anerkennen. Verbrecher und Plünderer sind nicht meine Brüder.« Der Automat ist der ehemalige kaiserliche Staatssekretär und jetzige Volksbeauftragte Scheidemann. Verbrecher sind jene, die auf Jahrhunderte von Gewalt mit acht Tagen Gewalt antworten, Plünderer aber die, welche von einzelnen geraubtes Eigentum den vielen Beraubten zurückgeben wollen. Aus dem Automaten dröhnt es: »Ich bedaure den Tod der beiden aufrichtig. Sie haben Tag für Tag das Volk zu den Waffen gerufen und zum gewaltsamen Sturz der Regierung aufgefordert. Sie sind nun selbst Opfer ihrer eigenen blutigen Terrortaktik geworden.« Ein Gebrüll übertönt die leisen Worte, die aus Zuchthäusern kommen. »Der Krieg«, hatte der Mann geschrieben, »der Krieg und die vielen Mängel der Welt plagen und bekümmern Dich. Aber aus *der* Nacht gibt's Rettung, nur eine Rettung freilich: den Entschluß, die Beseitigung dieser Übel sich zum Lebenszweck zu setzen. Nur *das* Leben ist unmöglich, das alles laufen lassen wollte, wie es läuft. Nur das ist möglich, das sich selbst zu opfern bereit ist, zu opfern für die Allgemeinheit. Mein Leben war bisher, trotz allem, glücklich...« Die leise Stimme sagt: »Ich möchte helfen unter Opferung von tausend eigenen Leben, mithelfen an dem Einzigen, was der russischen Revolution und der Welt helfen kann. Verdammte Ohnmacht. Ich stoße an die Wände.« Die Frau flüstert: »Ich habe manchmal das Gefühl, ich bin kein richtiger Mensch, sondern irgendein Vogel oder ein anderes Tier in Menschengestalt, innerlich fühle ich mich in so einem Stückchen Garten oder im Feld viel mehr in meiner Heimat als auf einem Parteitag. Ihnen kann ich ja wohl das alles sagen: Sie werden nicht gleich Verrat am Sozialismus wittern. Sie wissen, ich werde trotzdem hoffentlich auf dem Posten sterben: in einer Straßenschlacht oder im Zuchthaus...«

Dort unten an der Straße hat man sie eingeliefert, in das große Hotel, wo der Stab der Gardekavallerieschützendivision liegt. Sie waren schon seit Tagen auf der Flucht gewesen. Auch an der Litfaßsäule in der Nähe unseres Hauses hing das große Plakat »Tötet sie!«, der Automat dröhnte: »Sozialdemokraten waren sie längst nicht mehr, denn den Sozialdemokraten sind die Gesetze der Demokratie heilig, gegen die sich jene auflehnten. Wir sind ein geschlagenes Volk und kämpfen mit moralischen Waffen.« Die heiligen Gesetze und die moralischen Waffen werden gleich mit durchschlagendem Erfolg zur Anwendung gebracht werden. Die unter die Mörder fielen, werden erst gefragt, wer sie seien. Der Hauptmann Pabst sagt später vor Gericht: »Ich fragte: ›Sind Sie Frau Rosa Luxemburg?‹ Darauf sagte sie: ›Entscheiden Sie bitte selber.‹ Da sagte ich: ›Nach dem Bilde müßten Sie es sein.‹ Darauf entgegnete sie: ›Wenn Sie es sagen.‹« *Er antwortete ihm und sprach: Du sagst's.* Nichts mehr kann sie retten. In diesen Minuten wird nicht nur über zwei, es wird über viele Leben entschieden, über ein ganzes Land. Viel später stellt sich die Qual einer fixen Idee ein: Was wäre geschehen, was alles wäre vermieden worden, wenn man das da hätte aufhalten können. Der Gedanke an die ausgelöschten, an die vergeblich gelebten, an die verkrüppelten Leben.

Nicht die Anstrengung der Natur, die sie hervorgebracht, nicht die Größe einer Idee, nicht das Zusammentreffen glücklicher Umstände, das so viel innere Schönheit zeugte, kann sie retten, nicht die »Akkumulation des Kapitals« noch die Schriften gegen den Krieg, nicht die geflüsterten Worte aus den Zuchthäusern, nicht die Kenntnis Bachs (»Ihr sollt die Matthäuspassion hören. Die Noten hatte ich im Militärarrest. Studiere sie vorher. Nicht ganz leicht zu verstehen – Kontrapunkt und Fuge. Gleich der erste Satz: achtstimmiger Chor nebst Cantus firmus; durchblickt man das Zaubergewebe, ist man ganz berauscht«), nicht die Schwärmerei für Hugo Wolf (»Ach, Sonitschka...«), nicht die Liebe zu Mensch und Tier, zu Versen und Blumen. Sie müssen sterben.

4

Aus der Vernehmung von Angeklagten:

»Ich habe noch verschiedene Fragen bezüglich des Kolbenschlags. Für wie schwer haben Sie die Verletzung gehalten?«

»Für sehr leicht. Denn er beugte sich vorn herüber, faßte mit der Hand drauf und sagte: ›Es blutet ja.‹«

»Er soll gesagt haben: ›Ich bin geschlagen.‹«

»Ich weiß es nicht.«

......

»Ich bitte den Angeklagten zu fragen, weshalb er geschossen hat.«

»Weil der Führer geschossen hat. Weil es selbstverständlich war.«

......

»Wohin haben Sie gezielt?«

»Ich habe gezielt, um zu treffen, Büchsenlicht war nicht mehr. Ich habe drauf gehalten.«

»Wie weit war er da von Ihnen entfernt, als Sie schossen?«

»Ich würde bis zur vorderen Kante des runden Tisches nehmen.«

»Auf wieviel Meter würden Sie das schätzen?«

»Das würde ich auf fünf Meter schätzen.«

5

Als die Frau aus dem Hotel geführt wird, versetzt ihr, auf Anordnung von Hauptmann Pabst, der Posten stehende Jäger Runge drei furchtbare Kolbenhiebe über den Kopf. Man schleift sie ins Auto. Sie hat keinen Laut von sich gegeben. Als der Wagen anfährt, springt jemand auf, schießt die Bewußtlose in die Schläfe, springt wieder ab, geht ins Hotel zurück. Einen Schuh der Frau findet der Soldat Becker auf dem Trottoir und behält ihn als Trophäe. *Auf daß erfüllet würde die Schrift.*

6

Die Mörder wurden nie bestraft. Einer erhielt einige Wochen Hausarrest. Ein anderer bekam zwei Jahre Gefängnis. Unter dem Tisch schob man ihm einen Paß zu. Er fuhr für kurze Zeit nach Holland und wurde nach einigen Monaten amnestiert. Solange die Mörder in Untersuchungshaft saßen, standen ihre Zellentüren Tag und Nacht offen. Sie konsumierten Damen und Champagner. Gelegentlich trafen sich Untersuchungsrichter und Häftlinge nachts vor der Kolibri-Bar.

Eine Zeitung berichtet über den Prozeß: »Kurz nach neun Uhr erscheinen die Angeklagten. Sie werden nicht auf dem üblichen Weg zur Anklagebank gebracht, sondern durchschreiten vom Richterzimmer aus den Saal. Sie kommen lachend und strahlend daher, die Brust mit Orden geschmückt...«

Dabei ist es geblieben. Dies ist unser Leben geworden. Sie waren die Angeklagten, aber sie kamen aus dem Richterzimmer. Sie schritten, und wir lagen am Boden. Sie lachten, und wir hatten den Mund zu halten. Sie trugen Orden davon, und wir nur unsichtbare Wunden. Ein halbes Jahrhundert ist verrauscht, und immer noch fragt es in uns weiter.

Nachts, im Traum, trete ich vor das Haus, in dem ich als Kind war und von dem nichts geblieben ist. Ein Befehl hat mich hinuntergerufen. Ich bin natürlich viel älter, bin aber zugleich noch das Kind von damals. Es soll Januar sein, aber die Luft ist weich und regnerisch, und Wirbel von Dunst fliehen über den nassen Asphalt. Unerträglich hell leuchten die Kerzen der Kastanien. Kein Mensch, kein Laut. Wenn ich an die Bordschwelle trete, fahren unten vor dem Eden-Hotel zwei hochgebaute Wagen lautlos an, nicht einmal ein Rauschen der benagelten Reifen ist hörbar. Sie gleiten an mir vorbei, einer hinter dem anderen, hinter den beiden

Chauffeuren des ersten, ganz in Finsternis gekleidet, sehe ich den Mann mit seinem Schnurrbart. Er hat seinen Kneifer verloren, den er nun nicht braucht: er hält die Augen geschlossen. Von seinen Lippen, die sich lautlos bewegen, kann ich die Worte ablesen: Es blutet ja. Der Wagen fährt langsam über die Brücke und verschwindet. Der zweite nähert sich, ich erblicke die Frau, wie leicht sie doch in ihrer Ecke lehnt, kalkweiß, auch sie mit geschlossenen Augen, das dichte, lockere Haar fällt herab, verdeckt nur halb das Loch an der Schläfe, einen Blutfaden, sie gibt mir ein kleines Zeichen mit der Hand. Der Nebel wird plötzlich stärker, während sich der Wagen nach links wendet, dem Lützowufer zu. Er hat nur noch etwa zweihundert Meter zu fahren.

DIE ARGONAUTEN

Inmitten des von ihm beherrschten Volkes brachte der König Peleas auf dem Marktplatz des thessalischen Iolkos dem Meergott Poseidon ein Opfer dar, als er jählings erblaßte. Nichts Besonderes war geschehen – ein junger Mensch in einfacher Tracht, der nur einen Schuh trug, war, zwei Speere über der Schulter, auf ihn zugetreten. Vor Jahren hatte Peleas, der jüngere Sohn des Stadtgründers, seinen älteren Bruder Aison vom Thron gestoßen und sich der Herrschaft bemächtigt. Ein Orakel hatte dem Peleas verkündet, er möge sich vor dem Einschuhigen hüten.

Der junge Sohn des gestürzten Aison, der Iason hieß, hatte seinerzeit bei dem Kentauren Cheiron, einem berühmten Erzieher und Lehrer vieler Helden, Zuflucht gefunden. An diesem Tage war Iason in seine Heimat zurückgekehrt. An einem Fluß nicht weit vor der Stadt hatte eine Unbekannte ihn gebeten, ihr beim Überqueren der Wasser zu helfen. Iason, der die Mutter der Götter, Hera, nicht erkannte, trug die Unbekannte durch den Fluß. Dabei blieb ihm ein Schuh im Schlamm stecken. Das hatte ihn nicht bekümmert. Er war jetzt am Ziel seiner Reise und ging auf den König zu.

Peleas faßte sich schnell und verbarg seinen Schrecken hinter höflicher Freundlichkeit. Iason zögerte keinen Augenblick und begann ruhig und fest seine Wünsche vorzubringen.

»Du weißt«, sagte er, »daß ich der Sohn des rechtmäßigen Herrschers bin: Ich fordere das Zepter, das mir zukommt, alles übrige an Besitz sollst du behalten. Ich brauche die Reichtümer nicht, die du meinem Vater genommen hast.«

»Nun gut«, antwortete Peleas, »ich habe nichts einzuwenden gegen das, was du sagst. Ich will dir die Herrschaft anvertrauen, doch unter einer Bedingung: Schon mehrfach ist mir der Phrixos im Traum erschienen und hat mich aufgefordert, nach Kolchis zu reisen und seine Gebeine und das Goldene Vlies nach Griechenland zu holen. Ich bin alt, du aber bist jung und könntest, wenn dir das Abenteuer gelingt, deine Herrschaft mit dem höchsten Ruhm beginnen.«

Mit dem Goldenen Vlies aber verhielt es sich folgendermaßen: Vor vielen Jahren waren die böotischen Königskinder Phrixos und Helle den Nachstellungen ihrer Stiefmutter auf einem göttlichen Widder entflohen. Der Widder, strahlend in seinem goldschimmernden Fell, trug die beiden hoch über die Länder durch die Luft dahin. Aber während sie so dahinflogen, stürzte Helle ins Meer und ertrank. Bis zum heutigen Tag wird dieses Meer Hellespont genannt. Phrixos aber kam in das Land der Kolcher und wurde von dem König Aietes freundlich aufgenommen; er gab ihm sogar eine seiner Töchter zur Frau. Phrixos opferte den Widder dem Zeus und schenkte das Goldene Vlies dem König, der es zu Ehren des Kriegsgottes Ares in einem heiligen Hain aufhängte.

Viele Jahre waren seither vergangen, längst war Phrixos gestorben, niemand in Griechenland hatte dieses Goldene Vlies gesehen, aber die Kunde von dem unbekannten, fernstrahlenden Schatz verbreitete sich unablässig. Man wußte, daß Kolchis ein Land weit hinter unbekannten Ländern und Meeren war, daß das Vlies von einem furchtbaren Drachen behütet wurde, daß es nichts auf Erden gab, was ihm gleichkam und was man sich im gleichen Maße hätte wünschen können. Das Goldene Vlies war das tiefste Verlangen aller Griechen geworden, man wagte sich nicht vorzustellen, welche Freude der Besitzer dieses Vlieses empfinden könne, wieviel Preis und Ruhm ihm zuteil werden würde.

Als Iason den Vorschlag des Peleas hörte, ging er sofort darauf ein. Er war jung, tapfer, gebildet und empfand keinen Argwohn gegenüber anderen Menschen. Er begriff nicht, daß Peleas ihm eine Falle stellen wollte, daß der König hoffte, ihn auf diese Weise loszuwerden und seine Herrschaft zu behalten. Froh traf er die Vorbereitungen zur großen Fahrt.

Am Fuße des Peliongebirges begann der berühmte Schiffsbauer Argos mit dem Bau des Fahrzeugs, das Iason und seine Leute nach dem unbekannten Kolchis bringen sollte. Er baute die Argo, denn so wurde das Schiff genannt, aus einem besonderen nichtfaulenden Holz, und die Göttin Pallas Athene, die selber den Bau beaufsichtigte, stiftete aus dem heiligen Hain von Dodona ein Eichenbrett, das die Gabe des Wahrsagens besaß und in das Schiff eingefügt wurde. Bei aller Festigkeit war das Schiff so leicht, daß man es ohne Schwierigkeit zwölf Tagereisen weit auf den Schultern tragen konnte.

Iason war der Befehlshaber. Auf seinen Ruf waren die berühmtesten Helden Griechenlands zu ihm gestoßen und hatten sich bereit erklärt, die Reise mit ihm zu wagen. Tiphys war der Steuermann, Lynkeus der Lotse. Herakles kam, der Held unerhörter Taten, es kamen Peleus, der Vater des Achilles, und Telamon, der Vater des Aiax, die Väter jener Helden, die später den Trojanischen Krieg zu bestehen hatten. Alle oder fast alle waren sie mit den Göttern verwandt, ebenso wie Kastor und Pollux, die Zwillinge, die ebenfalls zu Iason stießen, Kalais und Zetes, die Söhne des Boreas, Neleus, der Vater des Nestor, Admetos, Meleager, der den kaledonischen Eber besiegte, Orpheus, der größte der antiken Sänger, Menoitios, der Vater des Patroklos, Theseus, der ebenfalls hohen Heldenruhm erlangte, sein Freund Peirithoos, Hylas, der Gefährte des Herakles, und manche andere.

Als man den Bau des Schiffes beendet hatte, zeigte sich günstiges Wetter. Ein ungeheurer blaustrahlender Himmel wölbte sich über ihnen und verschmolz mit dem ruhigen Meer, eine Ferne tat sich vor ihnen auf, die erfüllt war von ungetanen Taten, unermeßlichem Gewinn. Orpheus stand am Mast und begann die Leier zu schlagen, und im Takt seines Liedes hoben und senkten sich die Ruder. Aber schon wenige Tage darauf erhob sich ein Sturm und trieb sie in den Hafen von Lemnos. Dort herrschte ein Volk von Frauen, die vor einiger Zeit zu Mördern ihrer Männer geworden waren, weil diese sich Nebenfrauen aus Thrakien geholt hatten. Die Argonauten baten die Frauen und ihre Königin, sie eine Weile aufzunehmen.

Zunächst zeigten sich die Bewohnerinnen von Lemnos unentschlossen. Sie fürchteten seit ihrer Tat eine Landung der Thraker und ihre Rache, und sie wußten nicht, ob die Fremden nicht etwas mit den Thrakern zu tun hätten. Es zeigte sich aber bald, daß die Argonauten ahnungslos und arglos waren, und die Frauen beschlossen, sie zu beherbergen, ja, die Königin Hypsipyle bot dem Iason sogar die Herrschaft an. Das lehnte Iason ab, wollte aber gern einige Tage bleiben.

Diese Gastfreundschaft wurde übrigens die Ursache eines Zwists unter den Argonauten. Der tatendurstige und strenge Herakles weigerte sich gemeinsam mit einigen Freunden, in Lemnos an Land zu gehen, und zog vor, an Bord des Schiffes zu bleiben. Er warnte seine Gefährten vor den möglichen Verstrickungen, die dieser Aufenthalt mit sich bringen könnte. Und wirklich blieb es nicht bei einigen

Tagen. Iason lebte gern bei der Königin im Palast, die gelandeten Helden verliebten sich in die Frauen von Lemnos, und es gelang Herakles erst nach zwei Jahren, sie zur Weiterfahrt zu bewegen. Die Frauen von Lemnos, die am Gestade zusammengelaufen waren, sahen unter Tränen, wie die schlanke, mächtige Argo am Horizont verschwand.

Später legten die Argonauten auf der Insel Kyzikos an, wo zwei voneinander sehr verschiedene Völker wohnten. Das eine bestand aus sechsarmigen Riesen, das andere aus den freundlichen Dolionen, deren König sie herzlich willkommen hieß, denn längst hatte er von einem Orakel die Weisung erhalten, die griechischen Helden gut aufzunehmen. Sehr bald wurden die Argonauten von den Riesen angegriffen, aber sie töteten viele von ihnen und zwangen den Rest zur Flucht. In Kyzikos sollten die Argonauten gegen ihren Willen aber noch die Urheber eines großen Unglücks werden. Kaum hatten sie nämlich neuerlich die Segel gesetzt, als ein heftiger Sturm sie noch in der Nacht zwang, sich an eine Küste zu retten, die ihnen fremd zu sein schien, die aber in Wirklichkeit wiederum das Gestade von Kyzikos war. In der Finsternis hatten die Dolionen die Landung bewaffneter Männer gehört; sie eilten zum Strand hinab und stellten sich den Fremden, die sie nicht erkannten, entgegen. Zu spät erst bemerkten beide Seiten den verhängnisvollen Irrtum, viele Dolionen waren tot. Iason selbst hatte den freundlichen König tödlich getroffen. Den nächsten Tag beging man in gemeinsamer Trauer, begrub weinend die Toten und opferte den Göttern.

Auch in Kios bei den Mysiern fanden die Argonauten eine gute Aufnahme. Während das Schiff im Hafen lag, durchstreifte Herakles die Wälder auf der Suche nach einer Tanne, die ein neues Ruder für die Argo abgeben sollte, schließlich fand er den Baum, der ihm zusagte, und zog ihn mit seiner ungeheuren Kraft samt den Wurzeln aus dem

Boden. Aber als er zufrieden zur Argo zurückkehren wollte, stürzte ihm Telamon entgegen und berichtete ihm voller Schrecken, daß Herakles' engster Gefährte Hylas von einer Nymphe ins Wasser, in dem Hylas sich gespiegelt hatte, hinabgezogen worden war.

Rasend vor Zorn und Schmerz stürmte Herakles, nach Hylas rufend, durch Dickicht und Wald. Was ihm noch eben als das dringlichste, das erstrebenswerteste erschienen war, kümmerte ihn plötzlich nicht mehr. Auch Telamon, der ihm die Nachricht überbracht hatte, wollte nicht mehr an Bord der Argo zurückkehren. Lange warteten die Argonauten vergeblich auf die Gefährten. Ein Streit brach unter ihnen aus; viele waren dafür, die beiden zurückzulassen und die Fahrt unverzüglich fortzusetzen. Es wäre vielleicht zum Kampf unter ihnen gekommen, wenn nicht Glaukos, der Meergott, aus den Gewässern aufgetaucht wäre. Er verkündete ihnen, daß Zeus seit langem Herakles zu anderen Taten bestimmt hatte, wie sie bisher von niemandem noch vollbracht worden waren. Da kehrte Ruhe ein unter den Argonauten, sie setzten die Segel und fuhren aufs Meer hinaus. Hinter ihnen blieb Telamon zurück, der dann den Mysiern eine Stadt erbaute. Herakles aber ging seinen einsamen Weg, von dem die Sage berichtet.

Am nächsten Tag bereits landeten die Helden dort, wo der König der Bebryken, Amykos, herrschte. Er war ein streitbarer und wilder Herrscher, der alle Fremdlinge, die zu ihm kamen, zum Faustkampf zwang. Viele schon hatte er erschlagen. Auch jetzt forderte er die Argonauten mit verächtlichen Worten auf, ihren besten Faustkämpfer auszuwählen und ihm gegenüberzustellen. Nun war unter ihnen der in der Tat beste Kämpfer Griechenlands, Pollux, der Zwillingsbruder des Kastor, ein Halbgott, Sohn der Leda und des Zeus. Wie rasend stürmte Amykos auf Pollux ein, der aber wich den schweren Schlägen geschickt aus und erkundete die Schwächen seines Gegners. Aber auch Amykos verstand zu kämpfen, und beide versetzten einander in einem langen schrecklichen Kampf manchen schweren Schlag, bis schließlich Amykos sich besiegt geben mußte. Die Argonauten jubelten, aber die Bebryken wollten die Niederlage ihres Königs nicht dulden. Sie griffen zu den Waffen und gingen auf die Argonauten los. Es kam zu einem blutigen Gefecht. Die Bebryken wurden geschlagen und flüchteten. Die Argonauten bemächtigten sich ihres Viehs und ihrer anderen Habe. Sie feierten die Nacht durch, und Orpheus sang eine Hymne auf den siegreichen Pollux.

Am nächsten Morgen fuhren sie neuen Abenteuern entgegen und kamen nach einiger Zeit in das Land des Königs Phineus, den ein großes Unglück betroffen hatte, er hatte nämlich die ihm vom Sonnengott verliehene Wahrsagergabe einmal mißbraucht und war aus diesem Grunde blind geworden. Ständig verfolgten ihn die furchtbaren Wundervögel, die menschliche Gesichter trugen und Harpyien genannt wurden; sie stürzten sich auf des Phineus Speisen, sobald er zu essen begann, fraßen sie ihm weg oder beschmutzten sie, jedoch war dem Phineus durch ein Orakel verkündet worden, daß die Söhne des Boreas eines Tages bei ihm landen und ihn erlösen würden.

So sahen denn die Argonauten, als sie an Land gingen, einen Greis in erbarmungswürdigem Zustand auf sich zukommen. Er schien nur noch aus Haut und Knochen zu bestehen und war so schwach, daß er vor ihnen zu Boden sank. Sie umringten ihn und entsetzten sich über sein Aussehen. Erst nach einer Weile konnten sie seine mehr geflüsterten als gesprochenen Worte verstehen.

»Helft mir, ihr Helden«, sagte Phineus, »denn ihr seid wohl jene, die mir als Retter verkündet sind. Seid ihr nicht Griechen? Ich bin euer Landsmann Phineus, der Sohn des Griechen Agenor. In früheren Zeiten besaß ich ein Reich in

Thrakien, und die Söhne des Boreas, die sicher unter euch sind, sind meine Verwandten.«

Die Boreas-Söhne umarmten ihn und versprachen ihm ihre Hilfe. Sie bereiteten daher eine Mahlzeit, um die Harpyien anzulocken. Kaum hatte der König zu essen begonnen, als die furchtbaren Vögel herabstürzten. Ihr Aussehen war so entsetzlich, daß selbst die Argonauten vor Schrecken aufschrien. Das störte die Harpyien nicht, sie verschlangen die Speisen, flogen wieder auf und ließen einen gräßlichen Gestank zurück. Zetes und Kalais, die Söhne des Boreas, zogen das Schwert, um sie zu verfolgen. In diesem Augenblick verlieh ihnen Zeus Flügel und Kräfte, die sie bis dahin nicht besessen hatten. Schon hatten sie die Harpyien fast erreicht, als die Götterbotin Iris vor ihnen erschien und ihnen gebot, die Harpyien, diese Jagdhunde des Göttervaters Zeus, nicht zu töten. Auch meldete sie den Brüdern den Beschluß der Götter, von nun an solle der Fluch von Phineus genommen sein. So ließen die Söhne des Boreas von der Verfolgung ab und kehrten zu ihren Gefährten zurück.

Die Argonauten hatten mittlerweile dem Phineus zu essen gegeben, und zum ersten Mal seit langer Zeit konnte der König in Ruhe reichliche Nahrung zu sich nehmen. Zum Dank dafür ließ er sie an seiner prophetischen Gabe teilhaben und gab ihnen Ratschläge für die Fahrt, die ihnen noch bevorstand. Vor allem warnte er sie vor den Symplegaden, die man auch die Kyaneischen Felsen nannte. Sie lagen am Eingang zum Schwarzen Meer und waren mit dem Meeresboden nicht verbunden, sondern trieben frei in der See. Er riet ihnen, vor der Durchfahrt eine Taube fliegen zu lassen und dem Schiff selber beim Hindurchrudern die Geschwindigkeit der Taube zu verleihen. Auch die weiteren Abenteuer, die vor ihnen lagen, beschrieb er ihnen.

Vierzig Tage lang war es den Argonauten nicht möglich, weiterzurudern, weil ihnen widrige Winde den Weg verlegten. Dann aber stachen sie in See und hörten schon bald ein ungeheures Donnern und Tosen – das Geräusch der Kyaneischen Felsen. Mit ungläubigem Bangen sahen sie, wie die Felsen sich vor ihnen öffneten. Euphemos, einer von ihnen, ließ, wie Phineus ihnen geraten hatte, eine Taube fliegen. Wie ein Pfeil schoß die Taube zwischen den Felsen durch, aber schon rückten diese wieder zusammen, das Meer verengte sich und wallte tosend auf, die Felsen stießen aneinander, fast hätten sie die Taube zerquetscht, sie klemmten ihr noch die hintersten Schwanzfedern ein. Dann öffneten sich die Felsen von neuem, der Steuermann Tiphys spornte die Ruderer zu äußerster Anstrengung an, die Flut zog das Schiff in die Durchfahrt hinein. Eine riesige Woge kam ihnen entgegen, sie hob das Schiff über die sich einander nähernden Felsen empor, dennoch berührten die Felsen schon auf beiden Seiten das Schiff, als Pallas Athene, die von allem Anfang an den Argonauten beigestanden hatte, ihm einen unsichtbaren Stoß gab, so daß es gerade noch hindurchkam. Sie waren gerettet, und manche von ihnen glaubten, das Schlimmste sei nun wohl überstanden. Iason aber war dessen nicht so sicher.

Bald darauf erlitten sie einen traurigen Verlust. Ihr Steuermann Tiphys erkrankte und starb, und lange zögerte sein Nachfolger Ankaios, an seine Stelle zu treten. Aber Hera, die oberste Göttin, machte ihm Mut, und so fuhren sie, nachdem er sich ans Steuerruder gestellt hatte, nach zwölf Tagen weiter und gelangten bald an die Mündung des Flusses Kallichoros, wo sie auf einem Hügel das Grabmal des Sthenelos erblickten, der einst mit Herakles gegen die Amazonen ins Feld gezogen und hier von einem Pfeil tödlich getroffen worden war. Schon wollten sie vorüberfahren, da zeigte sich ihnen der Schatten des Sthenelos, der aus der Unterwelt aufgetaucht war, auf seinem Grabhügel, wie er zu ihnen hinüberblickte. Man sah ihn so, wie er gefallen war, in prächtiger Rüstung, den Helm mit einem purpurroten Busch auf dem Haupt. Das währte nur wenige Sekunden, dann war er wieder in die Tiefe hinabgetaucht. Die Argonauten erschraken und ließen die Ruder sinken. Doch Mopsos, der Wahrsager, deutete das Zeichen. Er rief die Argonauten auf, dem Geist des Sthenelos ein Trankopfer zu bringen. Sie landeten, stellten sich um den Grabhügel, schütteten Wein auf ihn und verbrannten geschlachtete Schafe.

Später gelangten sie an die Mündung des vielarmigen Stromes Thermodon. Dort wohnten die Amazonen, kriegerische Frauen, die vom Kriegsgott Ares abstammten. Die Argonauten zogen vor, hier nicht zu landen, um nicht in einen Krieg verwickelt zu werden. Sie fuhren weiter zu den Chalybern, die keinen Ackerbau treiben und keine Herden besitzen, sondern sich nur mit dem Bergbau beschäftigen und Erze ausschmelzen. Über dem düsteren Land hing ewig schwerer Rauch, der die Sonne verhüllte.

Als sie eines Tages an einer Insel, die den Namen des Ares trug, vorbeiruderten, flog dort ein Vogel auf, der sich dem Schiff näherte. Gerade über der Argo ließ er eine spitze Feder fallen, die in der Schulter eines der Ruderer steckenblieb. Man zog ihm die Feder heraus und verband die Wunde. Einen zweiten Vogel, der sich näherte, schoß ein Argonaut mit einem Pfeil herunter. Sie begriffen, daß sie ins Land der Stymphaliden gelangt waren, vor denen sie Phineus ebenfalls gewarnt hatte. Sie wußten, daß sie nicht genug Pfeile hatten, um die gefährlichen Vögel alle zu erlegen. So riet ihnen denn einer, sie sollten ihre Helme mit den hohen Büschen aufsetzen und Lanzen und Schilde ergreifen und dann die Vögel durch lautes Geschrei vertreiben. Es gelang, die Vögel flogen in riesigen Wolken auf, gleichzeitig deckten sich die Argonauten mit ihren Schilden, so daß die Geschosse der Stymphaliden ihnen nichts anhaben konnten. Die Vögel verschwanden, und die Argonauten legten am Ufer an.

Kaum waren sie aber gelandet, als sie überraschend auf vier junge, kaum bekleidete Männer stießen. Die Jünglinge, die die Argonauten um Hilfe baten und sich als Schiffbrüchige vorstellten, erzählten ihnen, sie seien Söhne des Phrixos, der auf dem Widder nach Kolchis geflohen war. Kurz vor seinem Tode habe er ihnen aufgetragen, nach Orchomenos in See zu stechen und Schätze aus dieser Stadt zu holen, die er, Phrixos, dort hinterlassen hatte. Iason umarmte sie und begrüßte sie als Vettern, denn seine Familie und die ihre waren eng miteinander verwandt. Als Iason ihnen von seinem Vorhaben erzählte und sie aufforderte, an seinem Zug teilzunehmen, schreckten sie zuerst davor zurück. Sie warnten Iason vor der Grausamkeit und der ungeheuren Macht des Aietes, der ein Sohn des Phoibos Apollon sei. Einer aus der Schar der Argonauten aber erwiderte, auch sie seien Göttersöhne; sollte Aietes ihnen das Vlies verweigern, so würden sie es sich mit Gewalt nehmen, so groß und zahlreich auch immer sein Volk sei. Schließlich entschieden sich die Söhne des Phrixos dafür, mit Iason gemeinsame Sache zu machen, und am nächsten Morgen setzte man miteinander die Reise fort.

Den ganzen Tag hindurch ruderten sie unter einem strahlenden Himmel über ein dunkelblaues, mit weißem Schaum gekröntes Meer. Am nächsten Morgen erblickten sie weit vor sich die Gipfel und Schneefelder des Kaukasus, der sich über dem Land Kolchis erhebt. Aber noch mußten sie einen ganzen Tag rudern, ehe sie die Küste erreicht hatten. Als es dunkelte, drang ein mächtiges Rauschen aus den Höhen zu ihnen nieder. Hoch über ihnen flog im stahlblauen Abendhimmel der schreckliche Adler des Prometheus, des Lichtbringers, auf Geheiß des Zeus den Bergen entgegen. Vor unendlichen Zeiten hatte Zeus diesen Wohltäter der Menschheit bestraft, indem er ihn auf den Höhen des Kaukasus anschmiedete. Täglich fraß der Adler an der Leber des Prometheus, und bald, nachdem er den Blicken der Argonauten entschwunden war, hörten sie erschauernd aus ungeheuren Fernen das Stöhnen des Titanen.

In der gleichen Nacht noch erreichten sie die Mündung des Phasis. Sie zogen die Segel ein und ruderten die Argo stromaufwärts. Zur Linken lag unterhalb des Gebirges die Hauptstadt von Kolchis, Kytaia, rechts zeigte sich der heilige Hain des Kriegsgottes Ares, in dem das Goldene Vlies an einer von einem Drachen behüteten Eiche hing. Die Argonauten opferten den Göttern und jenen Helden, die die Fahrt nicht überstanden hatten. Iason ließ die Argo in einer Bucht vor Anker gehen. Sie legten sich zur Ruhe, aber schon war die Nacht fast herum.

Am nächsten Morgen hielten sie Rat miteinander.

»Ich will«, sagte Iason, »mit den Söhnen des Phrixos und zweien von euch zum Palast des Aietes gehen. Vielleicht wird er uns das Goldene Vlies geben, wenn wir ihn darum bitten. Das ist freilich nicht sehr wahrscheinlich. Vielleicht werden wir kämpfen müssen. Aber könnte es nicht sein, daß er nicht nur grausam, daß er gelegentlich auch großmütig ist? Hat er doch seinerzeit auch den Phrixos aufgenommen. Ihr andern aber bleibt an Bord der Argo und behaltet eure Waffen in Griffweite.«

Einen Friedensstab tragend, trat Iason, von seinen Freunden begleitet, in die Hauptstadt ein. Es war eine große Stadt, die von einem zahlreichen und kriegerischen Volk bewohnt war. Sie gelangten leicht zum Palast des Aietes, weil Hera, um sie vor jeder möglichen Gefahr zu schützen, einen dichten Nebel über sie breitete, solange sie unterwegs waren. Sie wurden erst sichtbar, als sie im Palast des Königs angelangt waren. Dort standen sie staunend vor den mächtigen Mauern und Toren und bewunderten die vier künstlichen Brunnen, die der Gott Hephaistos selbst geschaffen hatte und aus denen unaufhörlich Milch, Wein, Öl und Wasser floß. Auch befanden sich im Vorhof des Palastes eherne Stiere, aus deren Mäulern Feuer schlug, und ein Pflug, der ganz aus Eisen geschmiedet war. Alles das hatte Hephaistos dem Sonnengott Phoibos Apollon, dem Ahnherrn des Königs, zum Dank angefertigt, weil Phoibos ihn einst vor den Giganten gerettet hatte. Die Argonauten erblickten die Paläste des Königs und seines Sohnes Absyrtos, sie sahen die Häuser, in denen die Töchter des Königs, Chalkiope und Medea, mit ihren Dienerinnen wohnten. Medea, die Jüngere, war selten hier zu finden, denn sie hatte sich ganz dem Kult der Hekate, der Göttin der Unterwelt, geweiht. An diesem Tage aber hatte ihr Hera eingegeben, im Palast zu bleiben. Als sie Iason und seine Begleiter erblickte, schrie sie auf. Chalkiope stürzte mit ihren Dienerinnen aus ihren Zimmern. Auch sie schrie freudig auf, denn sie erkannte unter den Männern ihre eigenen Kinder, die Söhne des Phrixos.

Der freudige Tumult rief auch schließlich den Aietes heran. Der Vorhof füllte sich mit Sklaven, die hin und her liefen, um das Mahl für die Gäste zu bereiten. Unbemerkt von allen war in den Lüften, nach dem Willen der Götter, der Liebesgott Eros aufgetaucht, hatte einen Pfeil auf seinen Bogen gelegt und ihn auf Medea abgeschossen, die von diesem Augenblick an dem Iason verfallen war.

Inzwischen trugen die Diener die Speisen herbei, die Argonauten hatten die Bäder besucht und saßen nun heiter am Tische, die Enkel erzählten dem Aietes von ihren Abenteuern und unterrichteten ihn, wer Iason und seine Begleiter seien und was sie wollten. Sie erklärten dem Aietes, Iason sei gekommen, das Goldene Vlies von ihm zu erbitten, weil ein König, der ihm sein Land und sein Eigentum mißgönnte, es von ihm gefordert habe. Dieser König rechne mit dem

Untergang des Iason, aber Pallas Athene sei mit Iason, sie habe ihm beim Bau des Schiffes geholfen, das sicherlich jeden Sturm überstehen würde, und die besten Helden Griechenlands stünden ihm zur Seite.

Als Aietes das hörte, erschrak er. Er war ein mißtrauischer Mann und glaubte nur die Hälfte von dem, was man ihm sagte.

»Nicht des Goldenen Vlieses wegen«, sagte er so laut, daß es nicht nur seine Enkel, sondern auch Iason und die übrigen hören konnten, »seid ihr gekommen, sondern um mir die Herrschaft zu entreißen. Wäret ihr nicht meine Gäste, so würde ich euch niedermachen lassen. Steht auf und geht und schätzt euch glücklich, daß ich euch entkommen lasse.«

Iason antwortete ruhig: »Ich versichere dir, Aietes, daß wir nicht gekommen sind, um dich zu berauben. Wie dir dein Enkel Argos sagte, hat mich die Forderung jenes Königs hierhergetrieben. Gib mir das Goldene Vlies, ich bitte dich darum; ganz Griechenland wird dich dafür preisen. Wir wollen das Vlies nicht einfach geschenkt haben, vielmehr möchten wir dir als Bundesgenossen danken: Mußt du Krieg führen, so wollen wir dir beistehen mit allem, was wir haben.«

So versuchte Iason, ihn zu beruhigen, aber der König dachte nach, ob er den Iason gleich töten lassen oder ihm eine Prüfung auferlegen sollte. Schließlich sagte er: »Nun gut, wenn ihr wirklich Göttersöhne seid und Ebenbürtige, dann sollt ihr das Goldene Vlies haben, aber vorher sollst du, Iason, mir eine Probe bestehen. Ich besitze zwei flammenspeiende Stiere mit ehernen Hufen, mit denen pflüge ich selbst das Feld des Ares und säe in die Furchen nicht gewöhnliches Korn, sondern die Zähne eines Drachen; aus ihnen wachsen Männer hervor, die sich gegeneinander und gegen mich wenden und die ich mit dem Speer einen nach dem andern niedermache. Am frühen Morgen beginne ich meine Arbeit, und am Abend ruhe ich von der Ernte aus. Wenn du das gleiche vermagst, will ich dir das Goldene Vlies geben.«

Iason dachte nach, wieder stellte ihn da einer auf die Probe und wollte ihn verderben, er verspürte Furcht, aber ließ sie sich nicht anmerken und erklärte schließlich, er sei bereit, die Prüfung zu bestehen: Dann erhob er sich und verließ mit seinen Begleitern den Palast. Hera hatte seine Schönheit vermehrt, ein Strahlen war um ihn, und Medea konnte den Blick nicht von ihm wenden. Sie spürte, daß sie ihr Schicksal nicht mehr von dem Iasons würde trennen können, und flehte heimlich zu der finsteren Göttin Hekate, dem Helden beizustehen.

Von den Phrixos-Söhnen war Argos mit ihnen zum Schiff zurückgegangen. Unterwegs sprach er Iason von seiner Tante Medea, die eine mächtige Zauberin sei und von der Göttin der Unterwelt selbst gelernt habe, mit allen möglichen Tränken umzugehen. Er erbot sich, Medea für ihre gemeinsame Sache zu gewinnen.

Iason widersprach ihm nicht. Er unterrichtete die Argonauten, bei denen sie mittlerweile wieder angelangt waren, von dem, was ihm widerfahren war, und sie hielten Rat miteinander. Argos wiederholte den Vorschlag, den er soeben dem Iason gemacht hatte. Als er gesprochen hatte, zeigte sich ihm ein göttliches Zeichen. Eine Taube, die ein Habicht verfolgte, flüchtete sich zu Iason, der Habicht aber stürzte auf das Schiff nieder. Sie erinnerten sich daran, daß der blinde Phineus ihnen geweissagt hatte, die Liebesgöttin Aphrodite würde ihre Heimkehr sichern. Sie machten das Schiff am Ufer fest.

Der König Aietes hatte zur gleichen Zeit sein Volk um sich gesammelt. Er berichtete ihnen von den Argonauten und ihrem Vorhaben und von seinem eigenen Plan. Iason würde gewiß nicht mit den Stieren fertig werden; vielmehr würden sie ihn, Iason, zur Strecke bringen. Kaum wäre das geschehen, so würde er, Aietes, einen ganzen Wald abholzen und anstecken lassen und das Schiff Argo mitsamt seiner Besatzung verbrennen. Auch seine Enkel, die schuld an der Landung der Argonauten seien, sollten ihren schweren Fehler büßen.

Um die gleiche Zeit flehte Argos seine Mutter Chalkiope an, ihre Schwester Medea für die Sache der Argonauten zu gewinnen; ohne ihre Hilfe würde Iason die Gefahr gewiß nicht bestehen. Chalkiope pflichtete ihm bei. Während sie noch miteinander sprachen, lag Medea auf ihrem Lager und hatte einen Traum. Sie träumte, Iason kämpfe nicht um das Goldene Vlies, sondern um sie selber, und zwischen Aietes und den Argonauten sei darum ein heftiger Streit ausgebrochen und sie selber solle Schiedsrichter sein. Da entschied sie sich für Iason, sie hörte den lauten Aufschrei der Eltern und erwachte.

Chalkiope fand sie in ihrem Gemach, am Boden liegend und unter Tränen. Medea, die der Schwester ihre Liebe nicht gestehen wollte, behauptete, sie sei in Sorgen um Chalkiopes Söhne, sie fürchte, Aietes könnte sie mit den Argonauten zusammen töten, eben habe ein böser Traum sie gewarnt. Sie wußte in diesem Augenblick nicht, daß sie mit dieser Erfindung die Wahrheit getroffen hatte. Chalkiope, die selbst eine ungewisse Furcht bedrückte, vielleicht weil ihr Herz schon für die Fremden Partei ergriffen hatte, beschwor Medea, dem Iason beizustehen, um ihre Söhne zu retten. Medea verriet ihre Freude über diesen Vorschlag nicht, vielmehr schien sie sich erst zu einem Entschluß durchringen zu müssen und versprach dann der Schwester, im Tempel der Hekate jenen Zauber zu holen, der Iason vor der Wildheit der Stiere bewahren sollte. Freudig verließ Chalkiope die Schwester und teilte ihren Söhnen die gute Nachricht mit, die Argos sogleich an Iason weitergab.

Medea erhob sich mit dem frühen Morgen, salbte sich mit nektarischem Öl, legte ein festliches Gewand an und begab sich mit ihren Dienerinnen zum Tempel der Hekate. Dort schickte sie ihre Begleiterinnen weg, um Iason allein zu erwarten. Auch diesmal hatte Hera ihren Zauber über ihn ausgegossen, und er trat so herrlich und strahlend vor Medea, daß die Königstochter erbebte. Sie zog ein Kästchen hervor mit einer Salbe, die sie aus einer Wurzel gewonnen hatte, welche am Fuß des Kaukasus wuchs, gerade dort, wo von den Höhen das Blut des Prometheus niedertropfte. Wer seinen Leib damit salbte, konnte an diesem Tag von keiner Waffe verwundet werden, wer seine Waffen damit einrieb, machte sie unwiderstehlich.

Dieses Kästchen mit der Salbe gab Medea dem Iason und sagte: »Höre meinen Rat, wenn mein Vater dir die Drachenzähne zum Aussäen gegeben haben wird, bade allein im Wasser des Flusses, hülle dich in schwarze Gewänder und grabe eine Grube. Dort errichte einen Scheiterhaufen, opfere ein Lamm und verbrenne es, bringe auch der Hekate ein Honigopfer. Dann geh fort, ohne dich einmal umzudrehen, was immer du hinter dir hören magst. Am nächsten Morgen salbe dich mit diesem Zaubermittel; du wirst jeden Sterblichen an Kraft übertreffen. Salbe auch deine Waffen. Noch etwas: Wenn die gewappneten Männer aus der Drachensaat emporwachsen, so wirf einen Stein unter sie, du wirst sie dann leicht töten können, denn sie werden untereinander um diesen Stein kämpfen. Dann wird das Goldene Vlies dir gehören. Du wirst es mit nach Griechenland nehmen und, so hoffe ich, den Namen Medeas nicht vergessen.«

Iason erwiderte: »Ich sollte dein vergessen, Fürstin? Es ist wahr, alle Griechen verlangen nach diesem Goldenen Vlies, und ich werde den Ruhm haben, es ihnen zu bringen. Aber wenn du selbst nach Griechenland kämst, würdest du von allen wie eine Gottheit verehrt werden, und nichts mehr sollte mich von dir trennen.«

Medea erbebte bei diesen Worten von neuem. Was Iason erbat, war auch ihr tiefster Wunsch, und zugleich überfiel sie die Furcht vor der Trennung vom Vaterland und vor kommendem Unglück. Aber schon war der Drang, dem Iason zu folgen, in ihr zu mächtig geworden, denn Hera selbst wollte, daß Medea nach Iolkos ging, um den Peleas zu verderben. Sie schieden voneinander, und Iason kehrte zu seinen Gefährten zurück.

Am nächsten Morgen sandte Iason zwei Boten zu Aietes, um von ihm die Drachenzähne zu erbitten. Aietes übergab die schlimme Saat den Männern mit heimlicher Freude, weil er gewiß war, daß Iason die Prüfung nicht bestehen würde. Iason tat alles so, wie Medea es ihm geraten hatte; er badete und opferte der Hekate, und die Göttin der Unterwelt stieg auf unter Blitz und Donner, umwunden von furchtbaren Schlangen und Eichenzweigen und umschwärmt von den Hunden der Unterwelt. Selbst den Iason ergriff Furcht, aber getreu dem Gebot der Medea schaute er sich nicht um, bis er bei anbrechendem Tage wieder zu seinen Gefährten gestoßen war.

Als Iason auf dem Aresfeld erschien, war der König Aietes, gewappnet auf seinem Streitwagen stehend, dort schon angelangt. Iasons Gefährten hatten sich zuvor mit ihren Waffen an denen Iasons versucht, die der Held mit Medeas Zaubermittel bestrichen hatte. Iasons Waffen waren unempfindlich und unzerstörbar geworden, und er selbst spürte eine Stärke in sich, wie er sie noch nie empfunden hatte. Einem Gott gleichend, schritt er über das Feld, einen Helm in der Hand, der mit den Drachenzähnen gefüllt war. Bald kam er an die Stelle, wo die ehernen Joche für die Stiere am Boden lagen, daneben stand der eiserne Pflug. Kaum aber hatte er das Gerät ins Auge gefaßt, als auch schon die flammenschnaubenden Stiere aus einem unterirdischen Gewölbe hervorbrachen und auf ihn zustürzten. Er erwartete ihren Ansturm mit vorgehaltenem Schild, aber sooft sie auch gegen ihn anrannten, sie konnten ihn nicht einmal von der Stelle rücken. Schließlich packte Iason beide Stiere an den Hörnern und zwang sie in die Knie unter das eherne Joch. Nichts vermochten ihm ihre Flammen anzuhaben. Dann schirrte er sie vor den Pflug und trieb sie mit der Lanze vorwärts, während er in der andern Hand den Helm mit den Drachenzähnen hielt.

Am Nachmittag war die riesige Arbeit des Pflügens und Säens beendet. Iason schöpfte mit dem Helm Wasser aus dem Fluß und trank. Schon war es Zeit, in der Arbeit fortzufahren, denn das Feld starrte von bewaffneten Männern, die langsam aus dem Boden emporwuchsen. Ein ganzes Heer erschien hier, um den Kampf mit ihm aufzunehmen, da dachte Iason wieder an Medeas Rat, er hob einen mächtigen Stein auf und warf ihn unter die Männer. Die Kolcher, die es sahen, schrien vor Staunen auf über den ungeheuren Wurf, aber schon begannen die Männer einander anzufallen. Links und rechts brachen die Getroffenen zusammen und lagen wie Stämme übereinander, bis schließlich Iason das Schwert zog und das blutige Werk zu seinem Ende brachte. Manche, die schon aufrecht standen, hieb er nieder, oder er mähte andere weg, die erst bis zu den Hüften oder zu den Schultern emporgesprossen waren. Die Furchen strömten über von Blut, und bald rührte sich auf dem unendlichen Feld nichts mehr.

Aietes hatte das Pflügen und das folgende Gemetzel mit immer finsterer werdenden Blicken verfolgt, jetzt wandte er sich ohne ein Wort um und kehrte in die Stadt zurück. Die Argonauten aber umringten Iason jubelnd und beglückwünschten ihn.

Die ganze Nacht hindurch beriet sich der König mit den Obersten seines Volkes, wie man die Argonauten noch vernichten könne. Es war ihm klargeworden, daß Iason nur mit Hilfe seiner Töchter zum Ziel gekommen war, und die Göttermutter Hera erkannte die Gefahr, in der Iason schwebte. Sie ließ auch Medea ahnen, daß ihr Vater Aietes um die Wahrheit wußte. Medea sah plötzlich keinen Ausweg, schon griff sie nach einer Schale mit Gift, als Hera ihr Mut machte und ihr eingab, Familie und Heimat zu verlassen. Ihre Zaubersprüche öffneten ihr die Tore des Palastes, und bald befand sie sich auf dem Wege zum Meeresstrand, wo die Freudenfeuer der Argonauten zu Ehren des Iason die ganze Nacht hindurch brannten. Dort rief sie hinüber zum Schiff, wo Iason mit den Gefährten feierte. Man ruderte ihr entgegen. Medea bat die Fremden um schnelle Hilfe: Alles sei dem Aietes bekannt. Sie selber hätte keine Zukunft mehr außer unter den Argonauten.

Iason hob die Kniende auf und verkündete vor allen Freunden, indem er gleichzeitig die obersten Götter als Zeugen anrief, daß er Medea als seine rechtmäßige Gattin in Griechenland in sein Haus führen werde. Dann ruderten sie eilig nach dem heiligen Hain, um sich des Goldenen Vlieses zu bemächtigen. Iason und Medea verließen das Schiff und liefen in der Morgendämmerung dem Areshain zu, wo sie bald die Eiche fanden, an der das Vlies hing. Der Drache unter dem Baum hatte sie schon aus der Ferne erblickt und erhob sich drohend und mit dem furchtbaren Schweif schlagend, als sie sich ihm näherten. Aber Medea rief den mächtigsten aller Götter, den Schlaf, an, ihnen beizustehen, und vergaß auch nicht, die Hekate um Hilfe zu bitten. Und schon begann der Drache sich zu strecken und die Augen zu schließen. Medea trat ganz nahe an ihn heran und goß noch einen Zaubertrank über ihn, der ihn in tiefen Schlaf versetzte. Iason riß das Vlies vom Baum, beide verließen eilig den Hain und waren bald wieder am Schiff angelangt, wo die Freunde sich staunend um das blitzende Vlies versammelten. Jeder wollte es berühren, aber Iason warf einen Mantel darüber, denn noch schien ihm die Gefahr nahe und Eile geboten. Er rief die Gefährten auf, sich an die Ruder zu setzen.

»Gewiß wird Aietes bald hiersein und uns an der Ausfahrt hindern wollen. Abwechselnd wollen wir rudern und uns den Rückzug mit dem Schwert decken.« Während er noch sprach, kappte er die Taue und stellte sich gerüstet neben den Steuermann Ankaios. Und so traten sie heimlich die lange Heimreise an.

Inzwischen hatten sich der Verrat und die Flucht Medeas unter den Kolchern herumgesprochen. Sie versammelten sich auf dem Markt und zogen bald darauf, von ihrem König angeführt, den Fluß hinab. Aietes stand auf einem Streitwagen, gepanzert und den Speer in der Hand, während sein Sohn Absyrtos die Rosse lenkte. Als aber die Kolcher die Flußmündung erreichten, sahen sie schon weit drüben am Horizont die Segel der Argonauten schwinden. Da ergrimmte Aietes, rief den Zeus und Apollon zu Zeugen an und befahl den Kolchern, den Argonauten sofort zu folgen und Rache zu nehmen. Sollten sie die Flüchtlinge nicht erreichen, so würde sie selbst die Todesstrafe treffen. Die Kolcher setzten alsbald die Segel und stachen in See. Ihre Flotte war gewaltig und schnell. Aber die Argonauten hatten günstigen Wind und waren schon am dritten Tage am Flusse Halys angelangt. Dort aber fiel ihnen ein, daß der wahrsagende König Phineus ihnen angeraten hatte, bei ihrer Rückfahrt einen anderen Weg zu suchen. Der Phrixos-Sohn Argos war beim Lesen alter Inschriften auf den Namen des Flusses Ister gestoßen, der angeblich teils ins ionische, teils ins sizilische Meer fließt. Kaum hatte Argos ihnen davon gesprochen, als am Himmel ein Regenbogen erschien, der ihnen den Weg wies und ihnen so lange voranleuchtete, bis sie auf dem Isterfluß das ionische Meer erreicht hatten.

Als sie dort aber angekommen waren, zeigte sich, daß die Kolcher mit ihren schnelleren Schiffen ihnen an der Flußmündung bereits auflauerten. Die Argonauten fürchteten die Übermacht, sie wußten, daß der Durchbruch ihnen nicht gelingen konnte, und setzten sich auf einer Insel fest. Die Kolcher machten sich zur Schlacht bereit. Da traten die Argonauten in Verhandlungen mit ihnen ein. Man machte miteinander aus, die Argonauten sollten das Goldene Vlies behalten, Medea aber würde auf einer anderen Insel im Artemis-Tempel ausgesetzt werden, bis ein Richter entschieden hätte, ob sie zu ihrem Vater zurückkehren oder Iason folgen sollte. Als Medea von diesem Vertrag hörte, nahm sie Iason beiseite und machte ihm bittere Vorwürfe.

»Hast du vergessen«, sagte sie, »was du mir zugeschworen hast? Um deinetwillen habe ich Eltern und Heimat verlassen, das Goldene Vlies habe ich dir verschafft, Schmach habe ich auf mich geladen. Jetzt schütze du mich und gib mich nicht dem Urteil von Fremden preis. Wenn ich zu meinem Vater zurückkehren muß, wäre mir der Tod sicher, aber ich schwöre dir, dann wird meine Rache dich verfolgen, du wirst das Goldene Vlies nicht behalten und keine Ruhe mehr finden.«

Iason versuchte sie zu beruhigen und ihr einzureden, der Vertrag sei nur geschlossen, um den Gegner zu täuschen und einen Aufschub zu gewinnen.

»Siehst du nicht«, sagte er, »daß wir einer ungeheuren Übermacht gegenüberstehen? Und weißt du nicht, daß die umliegenden Völker die Verbündeten der Kolcher sind und dem Absyrtos helfen wollen, dich zu deinem Vater zurückzubringen?«

»Um deinetwillen«, sagte Medea, »habe ich schon Schreckliches getan. Höre: Ich werde meinen Bruder in deine Hände liefern, lade ihn ein zu einem Gastmahl, ich werde mit ihm unter vier Augen sprechen und sein Vertrauen gewinnen, dann sollst du ihn töten.«

Beide sandten dem Absyrtos prächtige Gastgeschenke. Den Boten des Absyrtos redete Medea ein, er solle nachts zum Artemis-Tempel kommen, sie werde dafür sorgen, daß er das Goldene Vlies wiederbekäme. Sie selbst sei von den Söhnen des Phrixos den Argonauten ausgeliefert worden. Als die Boten sie verlassen hatten, sprühte sie ein Zauberöl in die Luft, dessen Anziehung niemand widerstehen konnte. So kam Absyrtos, betrogen und durch Medeas Magie verlockt, nachts zum Artemis-Tempel. Ein Rest von Unruhe, von Mißtrauen war in ihm noch wach, aber kaum hatte Medea die ersten Worte gesprochen, war in ihm kein Widerstand mehr gegen die Verführungskünste der Schwester. Während sie noch auf ihn einredete, stürzte Iason, das Schwert in der Hand, aus einem Versteck hervor. Medea wandte sich ab und zog ihren Schleier über das Gesicht, um den Mord an Absyrtos nicht mit ansehen zu müssen, aber das Blut des Bruders lief ihr über Gewand und Schleier, und die Erynnien, die Rachegöttinnen, waren Zeugen der Tat.

Iason verscharrte hastig den Toten, und Medea gab mit einer Fackel den Argonauten ein verabredetes Zeichen. Diese enterten das Schiff des Absyrtos und machten seine Begleiter nieder. Keiner kam davon. Sofort brachen die Argonauten aus der Flußmündung hervor und entkamen den verwirrten und führerlosen Kolchern, die zudem noch von der Hera mit warnenden Blitzen von einer Verfolgung abgebracht wurden. Nach kurzer Beratung beschlossen sie, den Zorn des Aietes zu meiden und lieber auf diesen Inseln der Istermündung für immer zu bleiben.

Die Argonauten schifften an vielen Ufern und Inseln vorbei und waren schon nahe der Heimat, als ihre Beschützerin Hera, die jetzt den Zorn des Zeus fürchtete, selber einen Sturm gegen sie entfachte, welcher sie ins Meer zurücktrieb. Da begann auch das weissagende Brett aus dem Hain von Dodona, das Pallas Athene in ihr Schiff eingebaut hatte, zu reden und befahl ihnen, die Zaubergöttin Kirke aufzusuchen, die sie von dem Mord an Absyrtos reinigen könnte. Kastor und Pollux sollten die Götter anflehen, ihnen den Weg zur Kirke zu weisen.

Die Argonauten erschauerten, als sie das prophetische Holz so reden hörten. Kastor und Pollux taten, wie ihnen geboten war. Währenddem gelangte aber das Schiff bereits in jene Bucht, wo einst Phaethon vom Sonnenwagen in die Tiefe gestürzt war. Immer noch brannte und rauchte dort das Meer. Kein Schiff hatte die furchtbare Glut je vermeiden können. Die Argo kam als erste an der Gefahr vorbei. Aber die Argonauten hörten und sahen, wie die in Pappeln verwandelten Schwestern Phaethons, die Heliaden, am Ufer seufzten und Tränen aus Bernstein weinten. Die Erschütterung über diese Erscheinung hätte sie fast dazu gebracht, in die Mündung des Rhodanos einzufahren, was ihr Ende bedeutet hätte, denn dort lebten viele kriegerische, blutgierige Völker. Aber Hera selbst warnte sie vor der Gefahr und hüllte die Argo in Nebel, um sie für die gefährlichen Bewohner dieser Gestade unsichtbar zu machen, und nach langen Tagen und Nächten gelangten sie schließlich zur Insel der Kirke. Diese fanden sie badend am Ufer, von unheimlichen Bestien umgeben, aber die Furcht der Argonauten wuchs noch, als sie bemerkten, daß Kirke niemand anderes sein konnte als die Schwester des Aietes.

Iason ließ die Argonauten im Schiff bleiben und ging allein mit Medea an Land. Kirke bemerkte, als die beiden ihren Palast betraten, daß sie Schutzflehende waren, denn sie eilten sogleich zum Herd und ließen sich dort nieder. Auch verstand sie, ohne daß Medea und Iason ein Wort sagten, daß sie einen Mord zu sühnen hatten. Da Kirke die Gebote des Zeus, des Beschützers der Verfolgten, fürchtete, brachte sie die vorgeschriebenen Opfer dar und lud sie dann ein, ihr zu berichten, was sie erlebt hatten, und ihre Wünsche zu nennen. Sie betrachtete die beiden mit besonderer Neugier, weil sie nachts einen schweren Traum gehabt hatte, und schnell erkannte auch sie in Medea eine Verwandte, denn Medeas Augen zeigten jenen besonderen Goldglanz, den nur die Augen der Abkömmlinge des Sonnengottes besitzen. Sie forderte Medea auf, in ihrer Muttersprache zu ihr zu reden, und Medea berichtete in kolchischer Sprache von allem, was in letzter Zeit geschehen war, nur den Mord an Absyrtos verschwieg sie.

Aber Kirke erriet auch dies und sagte: »Wisse, du wirst durch mich keinen Schaden erleiden; du bist eine Schutzflehende und meine Verwandte. Aber du bist auch eine Brudermörderin, und ich werde dir nicht helfen. Alles, was ich tun kann, ist, daß ich dir erlaube, mit diesem Fremden ungestraft weiterzuziehen.«

Medea brach bei diesen Worten in Tränen aus, und Iason umfaßte sie und führte sie mit sich fort. Da beriet sich Hera mit der Meeresgöttin Thetis und stellte das Schiff Argo unter ihren Schutz. Sobald Iason und Medea wieder zu ihren Gefährten gelangt waren, wehte ein günstiger Wind, der sie weit übers Meer trug.

Aber auch jetzt waren sie nicht außer Gefahr. Bald fuhren sie an der Insel der Sirenen vorbei, die halb Jungfrauen und halb Vögel waren und keinen Meerfahrer entkommen ließen. Jeder erlag ihren Liedern und ging auf ihrer Insel zugrunde. Auch die Argonauten waren schon im Begriff, das Schiff ans Ufer zu lenken, als sich unter ihnen der berühmte Orpheus erhob und so herrlich zu singen begann, daß er die gefährlichen Stimmen der Sirenen unhörbar machte. Nur einer unter den Helden, Butes genannt, hatte den Sirenen nicht zu widerstehen vermocht, er hatte das Ruder hingeworfen und war ins Meer gesprungen und wäre ums Leben gekommen, wenn ihn nicht die Göttin Aphrodite gerettet hätte. Sie befreite ihn aus den Strudeln und brachte ihn auf einen Berg in Sizilien, wo er von nun an lebte.

Auch zwischen Skylla und Charybdis, zwei Ungeheuern, die die gefürchtete Meerenge bewachten und vielen berühmten Seefahrern den Tod gebracht hatten, mußten die Argonauten hindurchgelangen. Auch sie wären wahrscheinlich gescheitert, wenn nicht die Thetis das Ruder ergriffen und das Schiff durch die Gefahr gesteuert hätte. Die Nymphen, die Töchter des Meergottes Nereus, halfen dabei, indem sie das Schiff einander zuwarfen und es so vor den Klippen behüteten, die einmal hier, einmal dort auftauchten.

Nachdem sie diese Gefahren bestanden, gelangten sie in das Land eines friedlichen Volkes, der Phäaken, und ihres Königs Alkinoos.

Sie waren hier herzlich aufgenommen und bewirtet worden, als plötzlich ein Heer der Kolcher erschien, das auf einem andern Wege hergelangt war. Wieder forderten die Kolcher die Herausgabe der Medea, um sie zu Aietes zurückzubringen. So zahlreich sie seien, sie wären doch nur die Vorhut, noch gewaltiger würde ein zweites Heer sein, das Aietes selbst führte. Sie wollten sofort den Kampf mit den Argonauten aufnehmen, da gelang es dem Alkinoos, sie zurückzuhalten. Er wollte, so sagte er, den Streit kampflos schlichten. Währenddem flehte Medea die Königin und die Helden an, sie zu retten. In der Nacht berieten sich der König und seine Gemahlin Arete über das Geschick der Medea. Arete berichtete dem König, Iason werde, sobald er in Griechenland angelangt wäre, Medea zu seiner rechtmäßigen Gemahlin machen. Alkinoos erwiderte, nicht nur die Argonauten seien seine Gäste, sondern auch die Kolcher, darum wolle er nicht das Gastrecht der einen dadurch brechen, indem er den anderen Waffenhilfe gewähre. Auch fürchtete er, sich den mächtigen Aietes zum Feind zu machen.

»Ich habe«, sagte er, »folgendes beschlossen: Ist Medea noch frei, so soll sie ihrem Vater zurückgegeben werden, ist sie aber dem Iason angetraut, so kann man sie nicht von ihrem Gatten trennen.«

Die Arete ließ das eilig dem Iason hinterbringen und riet ihm zu sofortiger Vermählung. Die Argonauten, mit denen Iason sich beriet, stimmten alle zu, und so ward noch in der gleichen Nacht die Medea dem Iason angetraut. Am nächsten Morgen versammelten sich die Phäaken, während die Kolcher in einiger Entfernung bereits unter Waffen standen. Alkinoos trat, gefolgt von den Edelsten seines Volkes, aus dem Palast, um ein Urteil zu fällen. Als der König auf dem Thron Platz genommen hatte, trat Iason hervor und beeidete, daß Medea seine rechtmäßige Gattin sei. Sobald Alkinoos diese Worte gehört und die Zeugen der Vermählung sie bekräftigt hatten, verkündete er, Medea werde nicht ausgeliefert, sie solle vielmehr Iason nach Griechenland folgen. Die Kolcher widersprachen, aber Alkinoos bat sie, entweder als friedliche Gäste im Lande zu bleiben oder aber den Hafen zu verlassen. Und zum zweiten Mal wählten die Kolcher aus Furcht vor dem Zorn ihres Königs das Exil und beschlossen, bei den Phäaken zu bleiben. Sieben Tage lang feierte man Iasons und Medeas Hochzeit. Dann schifften sich die Argonauten, von Alkinoos herrlich beschenkt, wieder ein.

Wieder waren sie viele Tage lang an manchen Ländern vorbeigefahren, als sie in der Ferne endlich die Heimat, den Peloponnes, erblickten. Aber gerade in diesem Augenblick brach ein schwerer Sturm aus Norden los, dem sie nicht zu widerstehen vermochten. Er trieb das Schiff quer über das ganze Mittelmeer nach Süden und warf es schließlich an die

Küste Nordafrikas, wo die Argonauten mit Entsetzen die libysche Wüste erblickten. Die Fluten hatten das Schiff hoch auf den Strand hinaufgesetzt, es rührte sich nicht mehr, und die Helden erblickten vor sich ein ebenes Land ohne eine Pflanze, ohne Wasser, ohne Laut und Bewegung. Sie sprangen vom Deck auf den Strand und verfluchten ihr Geschick. Viele sprachen von den Gefahren, die sie vorher bestanden hatten, und wünschten sie zurück. Sie erschienen ihnen weniger schreckensvoll als diese tote Stille. Es war gegen Abend, sie ließen sich am Strand nieder und erwarteten voller Furcht die Hitze des kommenden Tages, die ihnen vielleicht den Tod bringen würde.

Aber an diesem nächsten Tage erschienen die Beherrscherinnen Libyens, drei Halbgöttinnen, vor Iason und redeten ihm zu, nicht zu verzweifeln. Sie sprachen geheimnisvolle Worte und sagten: »Sobald Thetis, die Göttin des Meeres, den Wagen des Poseidon losgeschirrt hat, erweist eurer Mutter Dank, die euch solange im Leib getragen. Dann werdet ihr in die Heimat zurückkehren.«

Sie verschwanden, und Iason dachte lange über den Sinn des Orakels nach. Während er so dasaß, sprang plötzlich ein riesiger Hengst mit goldener Mähne aus dem Meer hervor und stürmte das Gestade entlang. Jetzt vermochte der Held Peleus das Orakel zu deuten: »Die Thetis hat den Wagen des Poseidon abgeschirrt, den dieser Hengst zog. Die Mutter, die uns solange im Leibe getragen, ist die Argo. Wir wollen sie auf die Schultern nehmen, ihr so unseren Dank erweisen und dem Hengst folgen.«

Die Argonauten handelten nach diesem Rat und schleppten das Schiff, wie sie es auch schon früher getan, zwölf Tage und Nächte den Spuren des Hengstes nach. Sie litten in dieser Zeit besonders darunter, daß sie kein Wasser fanden. Aber unterwegs begegnete Orpheus den Hesperiden, den Behüterinnen der heiligen goldenen Äpfel. Orpheus flehte sie an, ihnen eine Quelle zu zeigen. Da berichteten sie ihm, daß durch einen Zufall kurz zuvor in der Nähe eine Quelle entdeckt worden sei. Es sei nämlich vor wenigen Tagen ein riesenhafter Mann von ungeheurer Stärke vorbeigekommen und habe die goldenen Äpfel geraubt und, da er nirgend Wasser fand, wütend mit der Ferse gegen einen Felsen getreten, worauf dort eine Quelle sich aufgetan habe.

»Der Mann«, sagten die Hesperiden, »hatte eine Löwenhaut um die Schultern gehängt, trug eine riesige Keule und besaß Pfeile, mit denen er unsern Drachen, der die Äpfel behütet hatte, erlegte.«

Die Argonauten erkannten nach dieser Schilderung sofort den Herakles, ihren früheren Gefährten, der sie nach langer Trennung an einem unbekannten Ort auf so merkwürdige Weise gerettet hatte. Sie tranken dankbar und fröhlich von dem Wasser und eilten weiter, in der Hoffnung, den Freund vielleicht noch zu finden. Lynkeus, der Lotse, der unter ihnen die besten Augen hatte, erblickte ihn in der Tat einmal am Horizont, aber er verschwand sogleich wieder, und sie begriffen, daß sie ihn nicht einholen würden. Sie ließen das Schiff an einer Bucht, die ihnen begegnete, wieder zu Wasser und versuchten, das offene Meer zu gewinnen. Aber auch jetzt noch war der Wind ihnen nicht günstig. Noch einmal stiegen sie ans Land, um den Göttern zu opfern. Da erschien vor ihnen einer der kleineren Meeresgötter, ein Triton, und reichte dem Euphemos, dem er offenbar besonders gut gesinnt war, eine Erdscholle. Der Triton zeigte ihnen eine bestimmte Stelle, an der sie ins Meer hinausfahren könnten.

Bald hatten sie Kreta vor sich, aber sehr schnell bemerkten sie auch, daß ihnen ein Riese, Talos mit Namen, den Zutritt zu der Insel verweigerte. Er war der letzte aus einem ungeheuren sterblichen Geschlecht, und Zeus hatte ihn zum Hüter der Schwelle Europas bestimmt. Er war am ganzen

Leibe aus Erz, und einzig an seinem Knöchel war er verwundbar. Nur wer diese Stelle traf, konnte ihn töten. Als sich die Argo der Insel näherte, sahen sie, wie der Riese auf dem Felsen stand und Steinblöcke losbrach, die er gegen sie zu schleudern begann. Die Argonauten ruderten ihr Schiff schnell außer Wurfweite und hatten sich schon mit dem Gedanken abgefunden, die Insel nicht zu betreten und damit auf Ruhe und Wasser zu verzichten, als Medea sie aufforderte zu bleiben. Sie begann Zauberformeln zu sprechen, sie rief die Hekate an und die Parzen, die das Leben spenden und es rauben, und nach einer Weile sahen die Argonauten staunend, daß der ungeheure Talos in Schlaf zu versinken begann. In seiner Betäubung stieß er mit dem Knöchel an eine spitze Felskante, schwarzes Blut strömte aus der Wunde, Talos begann zu taumeln und stürzte schließlich ins Meer.

So konnten sie denn landen und blieben bis zum nächsten Morgen auf Kreta. Aber kaum waren sie wieder abgefahren, verfinsterte sich plötzlich der Himmel, und es brach eine rätselhafte, vor keinem Lichtstrahl erhellte Nacht über sie herein. Nie zuvor hatten sie so etwas erlebt, und sie flehten zum Phoibos Apollon, ihnen aus diesen Finsternissen zu helfen. Der Sonnengott hörte ihre Bitte, er schoß Lichtpfeile über das Meer, und in ihrem Schein erblickten sie eine kleine Insel, an der sie landeten und wo sie den nächsten Tag erwarteten. Dieser Tag zeigte sich ungetrübt, und sie waren schon wieder auf See, als der Euphemos sich eines Traumes der vorangegangenen Nacht entsann. In diesem Traum hatte nämlich die Erdscholle, die ihm der Triton gegeben, zu reden begonnen und ihn geheißen, sie ins Meer zu werfen; sie würde dann seinen Nachkommen bestimmt sein. Iason riet dem Freund, der Weisung des Traumes zu folgen. Euphemos tat so, und eine Insel, die die Argonauten Kalliste, das heißt die Schönste, nannten, wuchs fruchtbar und prächtig aus dem Meere empor. Dort blieb Euphemos und wurde der Stammvater eines neuen Geschlechts. Dies war das letzte Erlebnis der Argonauten vor der Heimkehr. Sie liefen die Insel Ägina an und erreichten bald darauf den Hafen von Iolkos. Auf dem Isthmus von Korinth weihte Iason die Argo dem Poseidon, und die Götter erhoben das Schiff, als es längst verfallen war, in den Himmel und machten es zu einem Sternbild.

Iason, der Griechenland das Goldene Vlies gebracht hatte, wurde seltsamerweise nicht König von Iolkos. Vielmehr kam wieder Iasons Vater Aison auf den Thron, den Medeas Zauberkräfte verjüngt hatten. Medea verschaffte dem Iason, ebenfalls durch Magie, eine hohe Stellung in Korinth. Zehn Jahre verbrachten die beiden dort und hatten drei Söhne. In dieser Zeit liebte Iason Medea ihrer Schönheit und Klugheit wegen. Als sie aber älter wurde, verliebte er sich in die Tochter des Königs Kreon von Korinth und begann heimlich um sie zu werben. Nachdem er den Kreon für seinen Plan gewonnen hatte, versuchte er, Medea zur Scheidung zu bewegen. Er gab vor, die neue Verbindung nur zu suchen, um seinen Kindern den Schutz des mächtigen Königs für die Zukunft zu sichern. Aber Medea leistete ihm erbitterten Widerstand. Sie stellte ihm vor Augen, was alles sie auf sich genommen hatte an Gefährlichem und Verbrecherischem, um ihm angehören zu können. In diesen Tagen kam Kreon, der sie fürchtete, zu Medea und verlangte von ihr, sofort den Palast und das Land zu verlassen. Medea versuchte, sein Vertrauen zu gewinnen, aber er gewährte ihr schließlich nur einen Tag Aufschub, damit sie ihre Vorbereitungen zur Abreise treffen konnte.

Medea blieb allein, und die Finsternisse, mit deren Göttern und Dämonen sie so lange vertraulich umgegangen war, senkten sich auf sie herab. Noch einmal versuchte sie mit bitteren Worten den Iason zu veranlassen, seine Absichten zu ändern. Aber Iason war unzugänglich, lediglich Geld und Empfehlungsbriefe versprach er ihr und den Kindern. Als er ging, sah Medea ihm lange nach und sagte zu sich: Geh nur, du wirst eine Hochzeit feiern, die dich reuen wird. Sie bat Iason noch einmal um eine Unterredung, die er ihr auch gewährte, und tat so, als bereue sie ihren eigenen Zorn und als ginge sie auf seine Wünsche ein. Auch sagte sie, sie sei gewiß, er werde später seine Kinder zurückholen und sie zusammen mit jenen andern Kindern, die er mit der Kreon-Tochter haben würde, aufziehen. Iason freute sich über ihre versöhnlichen Worte, und als sie ihn bat, die Kinder doch lieber gleich hierzubehalten, sie wolle allein fortgehen, war er einverstanden.

Medea sagte Iason, sie wolle, um den Kreon und seine Tochter Glauke ebenfalls für diesen Plan einzunehmen, der Glauke Brautgeschenke bringen lassen. Es waren herrliche Gewänder, die Medea mit giftigen Zaubermitteln getränkt hatte. Iason selbst brachte, in Begleitung seiner Söhne, der Glauke diese Gewänder, die von ihrem Anblick ganz bezaubert war. Kaum hatte Iason mit seinen Söhnen die Braut verlassen, als Glauke schnell und gierig die Gewänder anlegte. Sie lief von Spiegel zu Spiegel, um sich zu bewundern, aber plötzlich erblaßte sie und brach zusammen. Die Gewänder verzehrten sie, und ein vergoldeter Kranz, den ihr Medea ebenfalls geschickt und den sie aufs Haar gesetzt hatte, stand plötzlich in Flammen. So fand sie Kreon, der sich schreiend über sie warf und nun ebenfalls von dem Gift der Gewänder ergriffen wurde.

In der Ferne schwoll ein Toben an, die Botschaft verbreitete sich überallhin und erreichte Medea. Aber die war noch nicht am Ende ihrer Rache. Sie trat in die Kammer, in der ihre Söhne schliefen. Iason hatte das Ungeheure gehört. Das nackte Schwert in der Hand, stürzte er ins Haus, um Medea zu suchen. Aber da vernahm er nur das Röcheln der

Kinder, die auf ihren Betten verbluteten. Er stand noch erstarrt, als sich über ihm ein Rauschen erhob. Er blickte nach oben und sah Medea, wie sie auf einem mit Drachen bespannten Wagen durch die Lüfte dahinjagte und verschwand. In diesem Augenblick überdachte Iason sein ganzes Leben. Er hatte das Gewaltigste versucht, er hatte das nie geschaute, von allen ersehnte Goldene Vlies gesucht und gefunden, er hatte die Edelsten um sich gesammelt und mit ihnen gemeinsam unaussprechliche Gefahren, Hunger und Durst, Kälte und Hitze und die immerwährende Nähe des Todes ertragen. Er hatte das Goldene Vlies in die Heimat zurückgebracht, wo es wieder in irgendeinem heiligen Hain hing, schon jetzt fast vergessen. Um des großen Zieles willen hatte er Lüge und Verrat und viele Verbrechen auf sich genommen.

Um Iasons Ende weiß man nichts Genaues. Manche sagen, er habe sich nach dem Tod seiner Kinder und der Flucht der Medea in sein Schwert gestürzt. Andere behaupten, er sei keiner Tat mehr fähig gewesen, sondern habe in einer Art Erstarrung seinem Tode entgegengelebt.

MEIN FRIEDE

Im Frühjahr 1948 verbrachte ich etwa vier Wochen in Moskau. Ich war am Nachmittag des ersten Mai, nach der großen Demonstration, bei Unbekannten eingeladen gewesen, hatte in einem mir kaum bekömmlichen Maße Trinksprüche erwidern müssen und fuhr gegen Abend in mein Hotel. Man sah dem abendlichen und nächtlichen Treiben entgegen, mit dem der Feiertag zu enden pflegt, und ich war entschlossen gewesen, daran teilzunehmen. Kaum zurückgekehrt änderte sich meine Stimmung: ich verspürte nur noch eine grenzenlose Müdigkeit. Keinen Blick warf ich mehr aus dem Fenster meines Zimmers, das im obersten Stockwerk lag, gerade an jener Ecke, wo Gorkistraße und Manegenplatz zusammenstoßen, ich fiel aufs Bett und muß sofort eingeschlafen sein.

Ein fernes Geräusch drang in meinen Schlaf, schwoll in einer langsamen, unaufhaltsamen Steigerung lärmend an, der Hagelschlag der Trommeln, die Stringenz der Querpfeifen gingen einem eher geahnten als vernommenen, fernen, dann näherrückenden Singen voraus, dessen wüstes Staccato schließlich krachend über mich hereinbrach:

> Das kann doch einen Seemann nicht erschüttern,
> keine Angst, keine Angst, Rosmarie...

Ich befand mich in diesem Augenblick in einem tiefen Wald des Departements Haute-Vienne, etwa vierzig Kilometer südlich von Limoges, wenn ich mich recht erinnere. Drei Worte entstanden in meinem Kopf, wurden zu einem einzigen, das sich unablässig wiederholte, eine Floskel der Zeit: Siesindda, siesindda, siesindda…, während die Hand gleichzeitig nach einer Pistole tastete, die nicht existierte, während ein ärgerlich-blödsinniges Erstaunen mich streifte, wie überhaupt, allen Überlegungen, aller Vorsicht zum Trotz, ich mich hatte überraschen lassen können, während das Singen lauter und lauter wurde, während ich mich schon verloren wußte. Etwas würgte und würgte mich, es war der Wille zu erwachen, es war der übermächtige Schlaf, der mich würgte, aber ich entkam dem Schlaf und seinem Alptraum, ich war in meinem Hotelzimmer, Mitternacht war längst vorüber, ich taumelte auf den Balkon, über meinem Kopf versicherte aus einem Lautsprecher auf dem Dach des Hotels immer noch der brüllende Chor, daß ein Seemann nicht zu erschüttern sei, ähnlich Geartetes schmetterte über den weiten Platz hinüber bis an die Mauern des Kreml, darunter eben diese Schallplatte, irgendeine Kriegsbeute, durch Zufall ins Programm geraten, von den Feiernden nicht einmal wahrgenommen, tief unter mir sah ich durch einen Schleier das Kreiseln und Wirbeln der Menge, und es war schon seit drei Jahren Friede.

Derlei Träume wurden seltener, verloren auch ihre niederschmetternde Drohung. Je älter der Friede wurde, je nachdrücklicher ich mich in ihm einrichtete, desto deutlicher trat an die Stelle der Träume ein einziger, unaufhörlicher, in den verschiedensten Zonen angesiedelter Traum; er enthielt idyllische, bukolische Episoden, aber seine Schrecken wurden stetiger, tiefer, ich gewöhnte mich an sie. Ich hatte die letzten Monate des Krieges in der Schweiz verbracht, nun wurde schon Erinnerung, wie mich, kurz nach dem Waffenstillstand, ein Jeep eines französischen Regiments in einem Wald nahe bei Singen erwartete und mich nach Deutschland hineinfuhr. Ich sah den Hohentwiel; wir fuhren an einem Bahndamm entlang, auf dem ein ausgebrannter deutscher Zug lag, an der hochrädrigen Lokomotive las ich: Räder müssen rollen für den Sieg. Ich irrte in Deutschland umher, manchmal zu Fuß, manchmal auf Fahrzeugen. Ich sprach mit unzähligen Leuten, wie sie mir gerade über den Weg liefen, mit Ladeninhabern, zurückkehrenden Soldaten, Geistlichen, Arbeitern, Frauen von SS-Leuten, die sich versteckt hielten, mit Leuten vom Widerstand. Einige Zeit noch hatte ich Mühe, meine Muttersprache unverstellt zu sprechen, ohne beim Anblick einer graugrünen Uniform in den künstlichen französischen Akzent zu fallen, dessen ich mich beim Zusammentreffen mit Landsleuten bedient hatte. Meine Gespräche wurden aber mehr und mehr zu Monologen; meine Partner mußten den Eindruck uneingeschränkter Zustimmung haben angesichts des Schweigens, in das ich verfiel, aus dem zu befreien mir immer seltener gelang. Stumm nahm ich täglich Meinungen und Mitteilungen entgegen: der Krieg sei noch lange nicht zu Ende, manche der Alliierten würden bald bereuen, Deutschland bekämpft zu haben; es gäbe einen Plan, alle deutschen Männer zu sterilisieren, die Deutschen sollten aussterben; alle höheren Lehranstalten in Deutschland würden geschlossen werden; von den Konzentrationslagern habe man nichts gewußt; man sei immer »dagegen« gewesen, habe aber nichts tun können, da einem dann das Konzentrationslager sicher gewesen sei; das Vergasen der Juden sei natürlich eine übertrieben scharfe Maßnahme gewesen, man hätte sie einfach ausweisen sollen; andererseits seien sie gar nicht vergast worden, es handle sich hier um reine Propaganda, sogenannte Gaskammern seien nach dem Sieg von den Alliierten erbaut worden.

Einmal wohnte ich eine Woche lang in einem kleinen Haus in München, dessen Besitzer, ein mittlerer Funktionär der Nazipartei, beim Herannahen der Amerikaner geflohen war. Ich blätterte in den Bänden der kleinen Bibliothek, es waren vierzig oder fünfzig – natürlich stand da der »Mythos« von Alfred Rosenberg und »Mein Kampf«, natürlich fand man Löns, Hans Grimm und einen verbreiteten skandinavischen Roman mit dem Titel »Und ewig singen die Wälder«, aber ich fand auch ein paar deutsche Klassiker, einen Goethe, einen Lessing, selbst einen Heine in den zuverlässigen weitverbreiteten Ausgaben des Bibliographischen Instituts. Nur enthielt jeder dieser Bände auf dem Titelblatt den Stempel der öffentlichen Bücherei einer polnischen Kleinstadt. Ich begriff, auf welchem Wege deutsche Kultur zu diesem Vertreter der Herrenrasse gelangt war.

Nachts las ich in seinem durch zwanzig Jahre hindurch geführten Tagebuch, das in seinem Schreibtisch lag: Ärger über Vorgesetzte im Büro, Hochzeiten und Geburtstagsfeiern, Schilderung von Ausflügen nach Oberbayern, Nacherzählung von Filmen, die ihn beeindruckt hatten. In den zwanziger Jahren war er der NSDAP beigetreten. Er hatte später einen Briefwechsel mit Rudolf Hess geführt, in der vergeblichen Hoffnung, den Blutorden zu erhalten. Neben dem Tagebuch fand ich ein Fotoalbum mit den üblichen über- oder unterbelichteten Amateuraufnahmen, welche die im Tagebuch beschriebenen Geburtstagsfeiern begleiteten. Mit weißer Tusche sauber geschriebene Kommentare standen daneben. »Heute wurde unser kleiner Liebling acht Jahre alt.« Die Zeit flog dahin. Ein Bild zeigte eine leere, sommerlich weiße Landstraße, an deren Rand etwas Dunkles lag. Ehe ich das Unkenntliche erkennen konnte, las ich die Unterschrift: »Zusammengeschossene Juden bei unserem Vormarsch auf Kielce, September 1939«. Über den Schreibtisch ging der Blick neben der Lampe hinüber zum Waldrand unterm Mond.

Auf dem Marktplatz einer kleinen Stadt sah ich Zwangsarbeiter sich um Lastwagen sammeln, die sie in ihre Länder zurückbringen sollten. Eine Gruppe von Franzosen schwenkte dreifarbige Fahnen; sie sangen sehr laut, begeistert und falsch die »Marseillaise«, sie lachten und redeten durcheinander, sie riefen den Mädchen nach, die rot wurden. Meine lustigen, frechen, skeptischen, mutigen Franzosen... Schon wagte ich nicht mehr sie anzusprechen. Schon war ich für sie ein Deutscher unter Deutschen. Fünfzig Meter weiter standen die Russen und Ukrainer. Sie waren viel mehr. Sie sangen und sprachen nicht. Sie standen stumm unter roten Fahnen. Sie hatten ohne Zögern, ohne Erbarmen, ohne Klage gelitten und gekämpft, auch als ihnen niemand zu Hilfe kam. Die ihren hatten gesiegt. Jetzt stiegen sie ohne einen Laut auf ihre Lastwagen. Ich sah ihnen nach, wie sie nach Osten fuhren und mit ihren Fahnen an einer Straßenbiegung dem Blick entschwanden.

Ein paar Monate später war ich in Nürnberg als Berichterstatter einer Zeitung, ich saß täglich auf der kleinen Pressetribüne, ein paar Meter entfernt von Göring, Hess, Rosenberg und den anderen. Meine Mahlzeiten nahm ich mit den Soldaten in einer amerikanischen Kaserne ein. Abends teilte ich ein Zimmer in einem elenden, halbzerstörten Hotel mit einem Wehrmachtsleutnant, dem ich von meinen Zigaretten abgab, und der mir seine Erlebnisse am Ilmensee und vor Monte Cassino erzählte. Er war fast der einzige Mensch, mit dem ich sprach. Morgens passierte ich dann die Kontrollen der Militärpolizei im Justizpalast und saß auf meinem gewohnten Platz. Von den Angeklagten abgesehen, war ich einer der ganz wenigen Deutschen im Saal. Göring, der von den Angeklagten mir am nächsten saß, blickte manchmal zu mir hinüber; man gewöhnte sich aneinander. Ich hörte zu, wie Streicher, greisenhaft kauend, gegen die Aussage eines Anklägers, der sich mit ihm befaßte, protestierte: er sei nie Antisemit gewesen. Ich sah den Feldmarschall Keitel, in seiner Uniform ohne Rangabzeichen, wie er Einspruch erhob gegen die Behauptung des britischen Anklägers, er habe die Erschießung alliierter Flieger angeordnet: »Ich versichere bei meiner Soldatenehre, daß dies unwahr ist«, und ich war Zeuge, wie der Engländer ihn ruhig anhörte und ihm dann den vernichtet geglaubten schriftlichen Befehl vor die Augen hielt: »Ist das Ihre Unterschrift, Herr Keitel?«, und wie Keitel, kalkweiß, ohne ein Wort, auf seinem Sitz zusammensank. Nicht lange darauf wartete ich, inmitten von Trümmerbergen, an der Frankfurter Hauptwache auf meine Straßenbahn, als mir eine alte Frau mit freundlichem, rosigen Gesicht auffiel, die sich immer wieder hervordringende Tränen abwischte. Ich fragte sie, was sie habe. Sie sah mich starr an: »Haben Sie nicht gehört, daß sie auch unseren Reichsmarschall Göring zum Tode verurteilt haben?« Von den fünfzig Millionen Opfern dieses Krieges empfingen viele keine Träne, weil jene, die über sie geweint haben würden, selbst unter den Toten waren, aber es fanden sich welche, die das Leben nur gerettet hatten, um die Schuldigen betrauern zu können.

Ich entsinne mich, wie ich einige Jahre nach dem Krieg einigen französischen Freunden zu erklären suchte, was mich so tief von ihnen schied. Es sei, so etwa sagte ich, der Umstand, daß sie seit jeher gesichert in ihrem Land, in ihrer Zugehörigkeit zu ihm ruhten, was natürlich nicht bedeute, daß dies Land selbst ein Hort der Ruhe sei, wie jeder wüßte, sondern vielmehr ausgesetzt zu jeder Zeit den furchtbarsten Umwälzungen und Veränderungen, aber kein Franzose habe je gezweifelt an Frankreich als dem Mittelpunkt seiner Existenz, so lebe auch mit Selbstverständlichkeit jeder Engländer, jeder Russe, jeder Spanier in dem kleineren Universum Englands, Rußlands, Spaniens, und das alles hätte natürlich gar nichts zu tun mit dem jeweiligen Wohnsitz des

Betreffenden. Mit den Deutschen sei es anders, zumindest mit den Deutschen, die über ihr Land und ihre Beziehung zu ihm nachdächten. Es habe immer etwas Unbestimmbares, Problematisches gehabt, und damit seien nicht die von der Reaktion stets in Frage gestellten Landesgrenzen gemeint, sondern der Umstand, daß jeder ernstzunehmende Deutsche sein Land immer im furchtbaren Widerstreit zwischen politischer Realität und dem moralisch-geistig Möglichen oder Wünschenswerten erblickt hätte –, daß der Patriotismus hier stets in inneres oder äußeres Exil geraten sei, wäre ein deutlicher Beweis für diesen Tatbestand, sie sollten doch nur unsere Dichter nachlesen, nicht nur die des dreißigjährigen Krieges, nicht nur Seume oder Schubart oder Platen oder Büchner, sondern sie sollten auch der bitteren, immer tiefer werdenden Vereinsamung Goethes nachgehen und den Schreien und Klagen Kleists, Hölderlins und Heines. Ihrer aller Heimat, wie auch Tausender anderer, die keine Dichter waren – ihrer aller Heimat sei eigentlich nicht Deutschland gewesen, sondern die deutsche Frage. Meine französischen Freunde hatten voller Nachsicht gelächelt, aber ich wußte auch, daß, was ich gesagt hatte, sie müde und ungeduldig machte. Die Welt hatte sich schon lange und oft mit uns aufgehalten, und diesmal wäre sie dabei fast untergegangen.

Mit den Jahren fand ich neue, meist jüngere Freunde und Bekannte. In früherer Zeit waren die mir vertrauten Menschen im allgemeinen älter gewesen als ich. Eigentlich war ich immer einer der Jüngsten gewesen oder einfach der Jüngste. Ich hatte diese Menschen bei mir selbst die Meinen genannt, meine eigentliche Familie. Ihre Gräber lagen schon lange auf einem Feld bei Berlin, wo die in Plötzensee Hingerichteten eingescharrt wurden, sie lagen im Jarama und am Ebro, sie lagen bei Sainte-Croix-Vallée-Française. Viele hatten kein Grab; ich ging über ihre Asche, mit der die

Wege in Auschwitz bestreut waren. In Oradour war ich im Kriege gewesen, kurz vor seiner Vernichtung, nun fuhr ich nach Dachau, nach Lidice, in die slowenischen Berge, nach Buchenwald, ins Warschauer Getto. Ich stand auf dem Feld der Fünfhunderttausend in Leningrad, ich stieg in die Ardeatinischen Höhlen.

Meine neuen Freunde waren an Versuchen beteiligt, eine neue Gesellschaft zu errichten, ich versuchte, ihnen dabei nützlich zu sein. Manche von ihnen hatten in den Jahren des Vorkriegs und des Krieges auf der anderen Seite gestanden, einige waren junge Nationalsozialisten gewesen. Gerade unter ihnen fand ich einige, die mir besonders nahestehen. Einer von ihnen, ein Schriftsteller, schrieb eine Erzählung, wie er als Kind davon gehört hatte, daß Juden in einem gelben Auto durch Dörfer und Felder fahren, um christliche Kinder zu entführen und zu ermorden. Seine Erzählung beschreibt nicht, daß er dem Gerücht keinen Glauben schenkt oder daß er gar den verleumdeten Juden hilft, sie beschreibt vielmehr, wie er glaubt, was man ihm sagt, mehr, daß er das Auto selbst sieht.

Ich habe in den Jahren des Friedens, manchmal mit Scham, daran gedacht, wie ich kurz nach dem Kriege meinen Landsleuten oft fordernd und selbstgerecht gegenübergetreten war. Ich hatte aber mit Recht von ihnen verlangt, eine Wahrheit zu erkennen, die fast nichts übrig ließ von dem, was ihnen teuer gewesen war. Diese Bürde zu tragen, waren nur wenige imstande. Die meisten retteten sich in unverbindliches Bedauern, in Verkleinerung, in Schweigen. Ich begriff erst allmählich, daß es über die Kraft der meisten geht, anders, andere zu werden. Es tat mir leid um diese Meisten. Oft dachte ich an das Wort des jungen Karl Marx, das etwa lautet: »Das Volk, das sich wirklich zu schämen vermag, gleicht dem Löwen, der sich zum Sprung in sich selber zurückzieht.« Zugleich verstand ich, daß meine neuen, meine jüngeren Freunde mir durch ihr Dasein die Verpflichtung auferlegten, meine Forderungen an sie auch selber zu erfüllen. Ich hatte etwas zu erkennen und danach zu handeln.

Ich freue mich über meine neuen Freunde, daß es sie gibt, daß sie meine Freunde sind. Dennoch trennt uns eine kaum wahrnehmbare schmerzende Linie. In einem beliebigen Gespräch etwa kann jemand sagen »Vor dem Kriege« oder »Nach dem Kriege«, und ich fühle sogleich, wie eine unwiderstehliche Kraft uns auseinanderrückt, denn dieses »Vor dem Kriege« ist offensichtlich eine bessere, ruhigere, eine gleichsam normale Zeit, es herrscht noch der Sommer des Jahres 1939, und ich weiß doch in jedem Augenblick meines Wachens und Träumens, daß für mich der Krieg am 30. Januar 1933 begann, an einem Datum also, das ihnen nichts bedeutet, oder über dessen Bedeutung sie erst nachzudenken haben. Gleichzeitig weiß ich, daß ich aus einem unerfindlichen Grunde ein Vorrecht genieße, denn ich bin übrig geblieben, und sie, die besseren, meinte toten Freunde sind so lange schon fort, sie treiben immer weiter ins Endlose, ich bin da und habe jüngere Menschen um mich, ich spüre ihre Nähe und einen Augenblick lang den schon gewohnten, den kaum wahrnehmbaren Schmerz.

RÜCKKEHR

Ende Juni oder Anfang Juli 1945 kam ich als einer der ersten Rückkehrer unter den Emigranten nach neunjähriger Abwesenheit wieder nach Deutschland. Ich war gerade 30 Jahre alt geworden. Das letzte Jahr des Krieges hatte ich in der Schweiz verbracht. Es war nicht leicht gewesen, hatte aber doch etwas Idyllisches gehabt im Vergleich zu dem, was mir vorher begegnet war.

Die Alliierten hatten nach der deutschen Kapitulation die Grenzen gesperrt und die Anrainerstaaten angewiesen, niemand nach Deutschland ausreisen zu lassen, um die Jagd nach Kriegsverbrechern nicht zu erschweren. Ich konnte mich an derartige Verfügungen nicht halten. Ich hatte Aufträge meiner Organisation auszuführen, die meiner Ungeduld, Deutschland wiederzusehen, durchaus entgegenkamen. Länder zu wechseln, ohne einen Paß zu haben, war nicht nur mir zur Gewohnheit geworden. 200 Meter hinter der Grenze, die ich an einem Grenzstein erkannt hatte, erwartete mich ein französischer Oberleutnant mit zwei Soldaten und einem Jeep. Man fuhr mich tiefer ins Land. Ich besaß ein französisches Soldbuch und einen Schweizer Flüchtlingsausweis. In der ersten Stadt befahl der Oberleutnant den Behörden, mir Papiere auszustellen und Lebensmittelkarten zu geben.

Jeder weiß, daß, je älter man wird, desto schneller die Jahre vergehen. Damals lag eine Unendlichkeit von neun Jahren hinter mir. Ich hatte in dieser Zeit an die 20 Länder berührt – dies ist wohl die treffende Bezeichnung, denn in manchen dieser Länder war ich nur wenige Tage gewesen, aber wahrgenommen hatte ich eigentlich keines, nicht einmal jene unter ihnen, in denen ich länger geblieben war. Ich hatte fremde Menschen, Landschaften, Bauwerke gesehen, aber all das war merkwürdig schattenhaft geblieben, wie im Traum sprach ich andere Sprachen, manchmal wochenlang kein deutsches Wort, in manchen Ländern hatte ich den Krieg erlebt, aber nicht einmal er konnte mein Denken näher zu Deutschland hinführen, weil Deutschland bereits meine Gedanken beherrscht hatte, bevor er ausgebrochen war, und nicht nur in der Nacht. Mit Selbstverständlichkeit hatte ich in einem Land meine Jugend verbracht, in dem ich geboren war. Oder war das nicht so selbstverständlich gewesen? Leidenschaftlich hatte ich mit dem Rätsel Musik gelebt; ich hätte sie, diese Musik, auch anderswo hören können, hörte sie auch anderswo, sie gehörte der Welt, dennoch schien sie sich mir nur dort ganz offenbaren zu können, wo sie entstanden war. Die höchsten Schönheiten, die mir die Fremde bot, schienen nur dazusein, um mir meine Abwesenheit deutlicher zu machen. Im Garten des Mena-House, in der Nähe der Pyramiden, vernahm ich plötzlich in mir eine einsame Stimme, die »Ännchen von Tharau« sang oder »Ach, wie ist's möglich dann«. Um mich her waren italienische oder spanische Laute, aber ich las eine Seite Goethe oder Stifter. Der morgendliche Park von Kensington existierte nicht; ich versuchte mir sein Licht, seine Kühle über dem Tegernsee vorzustellen. Und die vielen Leute, die ich gesehen oder sogar gekannt hatte, die mit mir unter roten Fahnen demonstriert hatten, diese Arbeiter, deren Können ich bewundert hatte, diese geschickten Handwerker, diese Gelehrten, die die Welt verehrte, diese Bauern, die aus armem Boden erstaunliche Ernten holten, wo waren sie gerade oder, vielmehr, was waren sie? Dabei wußte ich doch, wo und was sie waren. Sie waren dort, wo ich nicht sein konnte, sie waren dies und das, sie gingen umher, sie fanden das Leben erträglich, keiner von ihnen interessierte sich für mich oder meinesgleichen, viele trugen Uniform, sie waren nicht besonders froh darüber, ich sah sie in dem niedergeworfenen Land, in dem ich gerade war, ich stellte mich manchmal auf der Straße in ihre Nähe, mit meinen falschen Papieren in der Tasche, mit meinem zufälligen Namen, nur um deutsche Worte zu hören, ein paarmal kam ich mit welchen ins Gespräch, mir fiel es schwer, die eigene Sprache zu mißhandeln, einen fremden Akzent vorzutäuschen, und das Lob entgegenzunehmen, ich spräche doch recht gut deutsch, was mir die erklärende Lüge entlockte, ich, der ich doch niemals studiert hatte, hätte zwei Semester an einer deutschen Universität absolviert. Einmal stand ich so vor einem Schaufenster, das die Karte der nordafrikanischen Feldzüge zeigte, und ein vorbeigehender Unteroffizier bemerkte sarkastisch, während er einen Augenblick sich unter die neben mir stehenden Feldgrauen mischte, sie wollten wohl nachschauen, wohin der Rommel liefe. Die anderen lachten zustimmend, es waren freundliche Leute, aber ich hatte schon die Erfahrung gemacht, wie sie sich verändern konnten, wenn man in einem Gespräch, das vernünftig begonnen hatte, den Sinn des Krieges zu bezweifeln begann, sie musterten einen mit zusammengekniffenen Augen und wurden belehrend, wir, die Franzosen, denn für sie war ich ja einer, hätten ihnen dankbar dafür zu sein, daß sie uns vor dem barbarischen Bolschewismus und den jüdischen Plutokraten bewahrten, Deutschland opfere sich für Europa, für seine Kultur. Ich fragte nicht nach Dingen der Kultur, sie kannten nicht einmal die eigene, manche erzählten mir später, nach dem Krieg, wie sie von jenen, die sie gefangengenommen hatten, zumal von Russen, zum erstenmal die Namen und Werke berühmter deutscher Dichter und Komponisten hatten nennen hören. Jetzt, vor dem Schaufenster, verstummte ich, während sie eiferten, ich wußte, daß sie nur deshalb mit mir redeten, weil sie mich für einen anderen hielten, alles wäre anders gewesen, wenn sie gewußt hätten, wer ich war, sie waren mein Tod, sie waren der Tod. Als Kind hatte ich leise gesungen, was man mich gelehrt hatte: »Dir Land voll Lieb und Leben...« Ich verstummte und blickte in die Richtung, in der das Lager war, das meinen Vater zerbrochen hatte.

Als ich in jener Stadt an der Grenze vor dem Beamten stand, der mir meine Papiere ausstellen sollte, fragte er mich nach meinem Beruf. Ich erschrak, und meine Antwort kam zögernd. Ich hatte ein paarmal, in verschiedenen Ländern, in Druckereien gearbeitet, meist ohne behördliche Erlaubnis, ich war Angestellter gewesen, einmal ein angeblicher Student, weil mir das einen Aufenthalt ermöglichte, ich hatte Kraftwagen gefahren, ich war Lieferbote gewesen und Lagerinsasse, Militärperson, Landarbeiter, Holzfäller, ich hatte Kohle gebrannt, meine Hände waren verdorben, ich konnte nicht mehr Geige spielen, ich war ein Flüchtling, ich hatte keinen Beruf. Zum erstenmal sagte ich, ich sei Schriftsteller.

Zu meiner Antwort berechtigte mich nur der Umstand, daß einige Monate vor der erwähnten Frage ein kleines Buch von mir erschienen war, auch hatte ich einige Aufsätze in Zeitschriften veröffentlicht. Dennoch hatte ich in diesem Moment das Gefühl, eine enorme Unwahrheit gesagt zu haben. Von nun an wiederholte man die Frage unablässig, viele Jahre hindurch, es waren viele Papiere zu beschaffen. Meine Antwort klang nicht mehr zögernd, aber eine Ungewißheit in mir blieb bestehen. Der Beruf eines Schriftstellers hatte für mich immer etwas Geheimnisvolles und Hohes gehabt, und gerade in jenen frühen Jahren, in welchen ich in viele Hefte unsinniges Zeug schrieb, das ich vor den Augen anderer streng verbarg, dachte ich nie an die Möglichkeit, eines Tages ein Schriftsteller sein zu können. Im Hause meiner Eltern verkehrten einige Schriftsteller, aber obwohl sie mir Menschen zu sein schienen, wie man sie überall trifft, sagte ich mir, so könne es wohl nicht sein, ihr wahres Wesen sei für mich nicht zu erkennen und bliebe im Verborgenen, nie würde ich an ihre Sphäre heranreichen können. Mein Vater, der mein leidenschaftliches Interesse für Literatur und Musik kannte, versuchte, mir seinen eigenen Beruf schmackhaft zu machen. Gerade ein Unternehmer, wenn er Erfolg habe, und er zweifle nicht im mindesten an meinen zukünftigen Erfolgen, verfüge über die größten Möglichkeiten, zu seinem eigenen und zum Vergnügen seiner Freunde sich künstlerischen und literarischen Neigungen zu widmen. Ich wußte, daß er, ein hervorragend begabter Pianist mit Konzertreife, am liebsten den Beruf eines Musikers ergriffen hätte, aber den Wünschen seines eigenen Vaters gefolgt war. So wenig ich dazu neigte, den gleichen Weg einzuschlagen, so wenig fühlte ich mich für einen künstlerischen oder literarischen Beruf geeignet. Ich interessierte mich fast ausschließlich für Dinge der Kunst, aber mein Vater, ein glänzender Dilettant in dem Sinne, in welchem ein großer Komponist des 18. Jahrhunderts die Worte »dilettante veneto« unter seine Arbeiten setzte, hatte nicht zu befürchten, daß ich eine brotlose Profession wählen würde. Vielmehr war ich ganz und gar ratlos und dachte mit Schrecken an die Zukunft. Für eine Weile änderte die Bemerkung eines Freundes meiner Familie meine Stimmung; er sagte in einem zufälligen Gespräch unter vier Augen, jemand wie ich, mit so ausgeprägten Interessen und für sein Alter erstaunlichen Kenntnissen auf dem Gebiet der Literatur, sei eigentlich zum Bibliothekar bestimmt. Ich fühlte mich froh und zuversichtlich und dachte daran, daß Hölderlin, der für mich schon damals über allen anderen Dichtern stand,

Bibliothekar eines Duodezfürsten gewesen war. Eine Weile beherrschte mich ein Wachtraum: ich verwaltete die schöne, nicht allzu große Bibliothek eines verloren liegenden Klosters am Rande des Gebirges. Ich liebte die Alpen über alles. Auch das Kloster dürfte nicht zu groß sein, nicht so mächtig wie das gewaltige Ettal. Ich sah mich, die sinkende Sonne im Rücken, den Blick durchs Fenster auf ansteigende Wiesen gerichtet, allein in der stillen Bibliothek, während rechts von mir die allmählich höher strebenden Berge in weiterer Ferne Firnen ahnen ließen. Dort würde ich meine Tage verbringen, mit Büchern und dem Garten beschäftigt, die freundlichen Brüder würden mich nicht stören, Städte wollte ich nicht mehr sehen, mit seit langem verschwundenen Autoren würde ich umgehen, auch mit noch lebenden, von denen ich keinen je erblicken würde.

Dieser Wachtraum lag weit hinter mir. Kaum hatte ich ihn geträumt, so hatte ich mir schon ein ganz anderes Leben gewählt, kein Leben der Meditationen und stillen Studien, äußere Umstände hatten mich erst recht auf die neue Bahn gebracht, auf unfaßliche Weise hatte das Land meiner Geburt mich ausgestoßen, ich hatte es nicht wahrhaben wollen, nun war ich zurückgekehrt, man fragte mich, was ich sei, und ich behauptete, ein Schriftsteller zu sein. Dem war nicht widersprochen worden.

Zwei Jahre lang verdiente ich meinen Unterhalt mit Arbeiten, die sich mit meiner hochstaplerischen Behauptung notdürftig vertrugen – ich war an einer Zeitung, dann am Rundfunk tätig, ich hatte Kenntnisse und Ideen aus dem Ausland mitgebracht, die gebraucht wurden, ich war, so schien es wenigstens, gern gesehen, in einem gebrochenen, beladenen, ermüdeten Land erfreuten sich manche an meinem Enthusiasmus, an meiner Zukunftsgläubigkeit, obwohl ein gewisser Fanatismus, eine Rechthaberei in meinem Wesen mich vielen, nicht zu unrecht, verdächtig machten.

Es war schwer, sich zurechtzufinden in dem alten Land, ich blickte voller Grauen auf die zerschmetterte Würzburger Residenz, ich hörte die Cembalistin Picht-Axenfeld in einer notdürftig errichteten Baracke Bach spielen, während durch die offenen Fenster aus den Ruinen der Freiburger Altstadt immer noch Verwesungsgeruch drang, München und Frankfurt lagen ebenso in Trümmern wie das kleine Pforzheim oder das kleine Freudenstadt, aber ich dachte an die Verse des Gryphius, das Schrecklichste sei, daß auch der Seelen Schatz so vielen abgezwungen. Eines Tages verfielen die Amerikaner auf die Idee, die Ausgabe der monatlichen Lebensmittelkarten abhängig zu machen vom Besuch eines Kinos, in dem sie der Bevölkerung die Dokumente vorführten, die sie bei der Befreiung von Dachau und Buchenwald aufgenommen hatten. Lebensmittelkarten erhielt nur der, welcher das ungültig gemachte Billett vorweisen konnte. Ich saß unter armen Leuten in dem nördlichen Bezirk von Frankfurt, in dem ich wohnte. Im halben Licht des Projektionsapparates sah ich, wie die meisten nach Beginn des Films das Gesicht abwandten und so bis zum Ende der Vorstellung verharrten. Heute scheint mir, das abgewandte Gesicht sei die Haltung von Millionen geworden und geblieben. Das unglückliche Volk, dem ich angehörte, war sentimental und verhärtet zugleich, sich erschüttern zu lassen, das Erkenne-dich-selbst war nicht sein Teil. Die folgende Generation weckte Hoffnungen: Gruppen junger Menschen fuhren in die vom Faschismus verwüsteten Länder oder nach Israel, um freiwillig zu arbeiten. Aber wiederum einige Jahre später wandelte sich das Bild. Jetzt konnte man von jungen Leuten hören, sie seien für die Untaten ihrer Väter und Großväter nicht verantwortlich zu machen, sie hätten mit all dem nichts zu tun, was sicher nicht ganz falsch war, nur fand sich in ihnen nichts, was sie auf den Unterschied hingewiesen hätte zwischen persönlicher Verantwortung und jener Verantwortung vor der Geschichte, der niemand entkommen kann. Sie zogen die pseudorevolutionäre Attitüde vor und ihr Eintreten für Befreiungsbewegungen ermächtigte sie jäh, sich gegen die Opfer zu wenden, die jene andere Bewegung ihrer Väter verursacht hatte.

Damals, unmittelbar nach dem Krieg, sprach ich mit zahllosen Menschen, denen ich mehr oder weniger zufällig begegnete. Ich fuhr oder wanderte durch einen großen Teil Deutschlands. Ich sprach mit demobilisierten oder aus der Gefangenschaft zurückkehrenden Soldaten, die mir versicherten, die deutschen Soldaten seien nicht nur die besten, sondern auch die fairsten der Welt, jetzt aber bereiteten die Alliierten sich darauf vor, alle deutschen Männer zu sterilisieren.

Viele erhofften einen baldigen Krieg zwischen Amerikanern und Russen. Wie oft hörte ich die stereotype Formel: »Wenn es unangenehme Zwischenfälle gegeben hat, so jedenfalls nicht im Abschnitt meiner Division.« Aber ich entsinne mich des schriftlichen Berichts eines jungen Menschen, der an mich gelangte. Er hatte den polnischen Feldzug im Jahre 1939 mitgemacht, und in der kleinen Stadt, in welcher er lag, hatte man an einem Sonntag des gleichen Herbstes eine Massenerschießung von Juden vorgenommen. Er war mit vielen anderen hinausgewandert zu dem Platz, wo das Hinrichtungspeloton Aufstellung genommen hatte, und dort hatten welche unter den soldatischen Zuschauern nach einer Weile spontan den Wunsch geäußert, sich an der Erschießung zu beteiligen. Dem war stattgegeben worden, und auch er hatte seinen Juden erhalten. Der junge Mensch wünschte, daß sein Bericht, freilich ohne Nennung seines Namens, veröffentlicht würde. Dies geschah in einer Zeitschrift der sowjetischen Besatzungszone. Aber wer hat diese Beichte eines Mörders gelesen, die, nur sie allein, so viele Legenden widerlegte, so viele freche Verleumder hätte verstummen lassen müssen... In diesem Land lebten nicht die Gestalten Dostojewskis. Hier galt es für schimpflich, einen anderen, besseren Weg zu gehen. Das hungernde Deutschland lag in der Mitte eines hungernden Europa. Frauen, mit denen ich sprach, und die kurz erwähnten, ihr Mann sei bei der SS gewesen und hielte sich vorsichtshalber verborgen, berichteten von ihren Nahrungssorgen. Ihre Klagen schlossen jedesmal mit dem Satz: »Das steht uns als Deutschen einfach zu...«

Ich war in München, als die letzten 7000 Toten bestattet wurden, die man bei der Befreiung des Lagers Dachau dort gefunden hatte. Sie waren eingeäschert worden, und ihre Urnen standen, zu riesigen blechernen Pyramiden aufgeschichtet, vor den offenen Massengräbern, vor denen ein katholischer, ein protestantischer und ein jüdischer Geistlicher beteten. Diese Pyramiden glichen auf groteske und schauerliche Art den Konservenhügeln, die sich bald in den wohlgefüllten Lebensmittelhandlungen der sich wieder aufrichtenden Gesellschaft erheben würden. Ich stand inmitten der nicht sehr zahlreichen Trauergemeinde. Die Millionenstadt lebte an dem Ereignis vorbei. Auf dem Waldfriedhof waren riesige amerikanische Panzer aufgefahren: man befürchtete einen Überfall des Werwolf.

Kennzeichnend für die Zeit, jedenfalls in meinen Augen, war das Verhalten der Nation gegenüber Thomas Mann. Ich möchte mich berichtigen: Nation ist in diesem Zusammenhang wohl eine Übertreibung, denn diese Nation verhielt sich überhaupt nicht zu ihren Autoren, die größten inbegriffen, außer daß sie Gleichgültigkeit bekundete, gelegentlich auch ein gewisses joviales Belustigtsein. Nie gab es einen Autor in Deutschland, der eine ähnliche Rolle gespielt hätte in seinem Land wie Victor Hugo in Frankreich, Tolstoi in Rußland. Thomas Mann war von zwei Schriftstellern, die angesichts der geschichtlichen Situation gewiß nicht die richtigen Männer am richtigen Platz waren, zur Rückkehr nach Deutschland aufgefordert worden. Seine ablehnende Antwort, ein unvergeßliches Dokument des Zornes, der Qual, der Heimatliebe, erschien in der Zeitung, an der ich arbeitete. Ein Aufschrei der Empörung folgte den Worten aus Pacific Palisades, dieselben Leute, die eben noch heuchlerisch den Repräsentanten des anderen Deutschland geehrt hatten, konnten sich nicht genugtun an Beschimpfungen, ein eben zum Dichter christlicher Oden gemausertes Mitglied der Waffen-SS glaubte sich besonders hervortun zu müssen. Die Deutschen, die so leicht schweigen, wenn ein mutiges Wort nottut, verfallen manchmal in heftiges Reden, wo der Respekt Schweigen gebietet. Es ist festzuhalten, daß die Angriffe auf Thomas Mann sich auf die drei Westzonen beschränkten – aus der sowjetischen Besatzungszone kamen dagegen Worte dankbarer Bewunderung. Thomas Mann selbst hat dies später gewürdigt. Man darf übrigens nicht glauben, daß nur Leute mit brauner Vergangenheit Thomas Mann attackierten. Der große Schriftsteller Alfred Döblin, auch er ein Emigrant, hatte mich mehrmals freundlich behandelt, er hatte in seiner neuen Zeitschrift einen langen Aufsatz von mir gedruckt, über den er besser dachte als der Verfasser; nun forderte er, in unbegreiflicher Verblendung, mich auf, etwas gegen Thomas Mann zu schreiben, er stelle mir dafür, sagte er, seine Zeitschrift zur Verfügung. Ich antwortete, ich könnte mir nicht vorstellen, daß ich jemals ein Wort gegen Thomas Mann sagen oder schreiben würde. Damals begegnete ich zum erstenmal der schädlichen Verquickung von Rankünе und politischer Kampagne, die selbst Leuten, die ich bewunderte oder die mir nahe standen, selbstverständlich zu sein schienen.

Es war Golo Mann, der mich veranlaßte, literarischer Redakteur am Frankfurter Rundfunk zu werden. Er selbst war dort als amerikanischer Kontrolloffizier tätig. »Hören Sie«, sagte er mir, »wir haben über vieles verschiedene Ansichten. Ich bin leider Ihr Zensor. Lassen Sie uns einen ungeschriebenen Vertrag schließen: ich werde jede Ihrer Sendungen genehmigen, ohne sie gelesen zu haben, und Sie werden keine Sendungen machen, die den Anweisungen der Militärregierung widersprechen.« Ich erwiderte, sein Vorschlag entspreche ganz und gar meinen Wünschen. Es sei die Absicht der Alliierten, die Bevölkerung mit den Werken bekannt zu machen, die die Nationalsozialisten ihr vorenthalten hätten, dies sei auch das Ziel der Kommunistischen Partei, deren Mitglied ich war. Ich hätte nicht die Absicht, etwa nur kommunistische Autoren zu bringen, aber kommunistische Schriftsteller würden neben anderen natürlich ihren Platz haben. Golo Mann stimmte zu, und unsere Zusammenarbeit blieb frei von Störungen. Wir trafen uns häufig außerhalb des Rundfunkgebäudes, ich schätzte ihn als einen ausgezeichneten Historiker, seine Ansichten von politischen Umständen waren den meinen oft ganz entgegengesetzt, aber ich fand sie amüsant und nachdenkenswert. Ich entsinne mich manchmal der wöchentlichen Redaktionssitzungen; sie waren frisch, erfüllt von Offenheit und Neugier, wir alle hatten das Gefühl, etwas für das Land Notwendiges zu tun.

Das einzige, das mich störte, waren gewisse Restriktionen der amerikanischen Behörden gegenüber Autoren und anderen Künstlern, die mit dem Nationalsozialismus in Zusammenhang gebracht wurden. Ich verteidigte keine Faschisten. Aber ich wußte wohl von Zwangslagen, in die der und jener geraten war.

Ich hatte eine kleine nächtliche Sendung eingerichtet, die ich »Das Gedicht« nannte und die jeweils einem Dichter gewidmet war. Ich sprach und kommentierte in jeder dieser Sendungen einige Verse von dem, den ich mir ausgesucht hatte. Zu meinen zeitgenössischen Lieblingsdichtern gehörte Wilhelm Lehmann, den die Amerikaner auf ihre schwarze Liste gesetzt hatten. Lehmann war Gymnasiallehrer in Eckernförde; unter dem Druck der Nazis war er Mitglied der NSDAP geworden. Nie hatte er eine faschistische Zeile geschrieben, man hatte ihn aus der Reichsschrifttumskammer ausgeschlossen, sein einziger Sohn war gefallen. Ich sprach nachts seine Gedichte, verstieß in diesem Fall und ähnlichen Fällen wohl gegen meinen ungeschriebenen Vertrag, stieß aber auch nicht auf Golo Manns Widerspruch. Ich glaube, er billigte mein Verhalten.

Bald änderte sich das Klima. Golo Mann schied aus der Armee aus. Sein Nachfolger, ein kleiner, unscheinbarer Mann aus dem mittleren Westen, sprach kein Deutsch, was nicht zählte, wichtiger war, daß er mir bei der ersten Begegnung sagte, Literatur sei nicht gerade seine Sache, er kenne sich besser im show business aus, er hoffe, bald zu seinem job zurückkehren zu können. Fast gleichzeitig hörte man von einer Rede des Generals Clay, der mitteilte, man würde endlich die Glacéhandschuhe ausziehen, mit Kommunisten werde man in Zukunft anders umspringen. Der kalte Krieg war eröffnet. Wenige Tage später erhielt ich ein Manuskript über den Roman »Neuland unterm Pflug« des sowjetischen Autors Michail Scholochow vom Kontrolloffizier in mein Büro geschickt, es war von oben bis unten mit Rotstift durchgestrichen, und zwar jede einzelne Seite. Ich ging in sein Zimmer, um zu protestieren. Er wolle ganz offen sein, sagte er, er habe nicht die geringste Lust, mit mir zu diskutieren, ich sei Deutscher, er sei mein Vorgesetzter und ich hätte ohne Widerspruch seine Weisungen entgegenzunehmen. Offenheit gegen Offenheit, erwiderte ich, ich hätte eine ganz ähnliche Uniform getragen wie er, nur zu einer Zeit, in der er und seinesgleichen noch mit Hitler Geschäfte gemacht hätten. Bevor er die Sprache wiedergefunden hatte, ging ich in mein Zimmer zurück und schrieb meine Kündigung. Vier Wochen später siedelte ich nach Berlin über.

Ehe ich über die Grenze nach Deutschland zurückgegangen war, hatten einige Freunde mich beraten wollen. Sie glaubten, ich solle mich nicht noch einmal allzu tief mit Deutschland einlassen. Ich könne ja irgendwo in der Nähe bleiben, in Zürich, in Paris oder London oder Venedig, und von dort aus das Land besuchen, wann immer ich Lust dazu haben würde. Ich antwortete nicht. In Zürich wollte ich nicht bleiben, obwohl ich die wundervolle Stadt seit meiner Kindheit kannte, aber ich hatte den Schweizern, als ich über die Grenze zu ihnen geflohen war, versprochen, das Land so bald wie möglich wieder zu verlassen. Von London aus schrieb mir meine Mutter, sie werde sicher ohne größere Schwierigkeiten für mich die britische Staatsbürgerschaft erwirken. Auch diese Stadt kannte ich ganz gut, ich hatte sogar Familie dort, mit der mich wenig verband, aber ich hatte nicht die Absicht, einen britischen Paß zu erhalten, der mir ein paar Jahre früher sehr gelegen gekommen wäre. Was Frankreich anging, so hatte ich manche Erfahrungen gemacht, ich dachte an den Tag der Kapitulation im Sommer 1940, wir waren angetreten, ich trug den Wimpel der Kompanie, der Kompaniechef redete uns brüllend mit »Boches« und »Rouges« an, wir waren Sozialdemokraten und Kommunisten und viele von uns das eine oder andere und Juden dazu, wir gehörten zu einem Bataillon von ausländischen Freiwilligen, jeder zehnte Mann hatte in Spanien gekämpft, mehr als die Hälfte von uns hatte nicht einmal Waffen, viele trugen die blauen Uniformen aus dem Ersten Weltkrieg mit ausgewaschenen, verblaßten Blutflecken, wir erfuhren durch den Kompaniechef, Juden und Kommunisten hätten Frankreich ins Verderben gestürzt, aber Deutschland werde nun auch hier Ordnung machen, alle echten Franzosen würden unter Deutschlands Führung mitarbeiten an einem neuen Europa. Wir waren 180 Mann, die einst in Frankreich Zuflucht gesucht hatten und wir waren im Unglück. Am Abend dieses Tages hatten sich drei von uns vergiftet, andere folgten, ich hatte nicht gewußt, daß viele meiner Kameraden Gift bei sich trugen. Vier Jahre später war ich in der Schweiz, und das gaullistische Comité d'Alger, von den Schweizern noch nicht anerkannt, aber schweigend toleriert, denn der Botschafter in Bern gehörte natürlich zu Vichy – das Comité d'Alger zahlte mir monatlich einen winzigen Militärsold aus. Nach der Befreiung von Paris schrieb mir der neue Botschafter aus Bern, ich möge nach Frankreich zurückkehren, ich würde dort dauernden Wohnsitz und nach kurzer Zeit die französische Staatsbürgerschaft erhalten. Ich dankte ihm und schrieb zurück, ich sei ein deutscher politischer Flüchtling, der nun, dank auch der französischen Waffentaten, in sein verwüstetes Vaterland zurückkehren könne, wo er wahrscheinlich gebraucht werde; ich hoffe aber, in Zukunft öfter nach Frankreich reisen zu können. Ich hatte mich geirrt: Frankreich verweigerte mir von diesem Augenblick an die Einreise, ohne Begründung, ohne Antwort auf die Anfragen meiner Freunde. Ich reiste im Laufe der Jahre in fast alle Länder Europas, aber ich reiste nicht nach Frankreich. Hunderttausende von Deutschen fuhren nach Frankreich, um ihren Frauen und Kindern ihren ehemaligen Gefechtsstand und sonstige Sehenswürdigkeiten zu zeigen, ich blieb ausgeschlossen. Es war ein merkwürdiges neues Exil. 25 Jahre währte dieser Zustand, dann erteilte man mir plötzlich, ohne Erklärung, ein Einreisevisum. Ich kam aus England, ich stand wieder vor der Fontäne an der Place St. Michel, wo ich, einige Wochen vor seinem Tode, Joseph Roth kennengelernt hatte, ich las die kleinen Erinnerungstafeln an den Straßenecken und an den Häuserwänden mit den Namen der Gefallenen vom August 1944, ich kam nun öfter nach Frankreich, einmal sogar auf Einladung der Regierung. Ich saß in den Cafés am Odéon oder auf den großen Boulevards, ich hatte viele Freunde und Bekannte, aber ich wollte sie nicht belästigen und war endlich ein alter Mann.

Zwei Jahre nach dem Krieg war ich nach Berlin zurückgekehrt und hatte ein kleines Haus gemietet, in dem ich heute noch wohne. Seit der Gründung der beiden deutschen Staaten war ich ein Bürger der Deutschen Demokratischen Republik. Meine häufigen Reisen erforderten Aus- und Einreisevisen. Ausreisevisen erhielt ich von den Behörden meines Landes im allgemeinen ohne Schwierigkeit, sofern es sich um sozialistische Länder handelte; Reisen in andere Länder waren nicht einfach, ein paar Jahre hindurch durfte ich nicht in sogenannte westliche Länder, also auch nicht in die Bundesrepublik fahren. Aber auch die Einreise in manche andere Länder war schwierig. Ein Bürger der DDR brauchte zu Reisen in Staaten, die der NATO angehörten, viele Jahre hindurch zwei Pässe: den Paß seines eigenen Landes, der das Ausreisevisum enthielt, sowie den Paß eines gewissen Travel Board, einer in Westberlin stationierten alliierten Behörde: in diesen Paß kam das Visum des Landes, in das man zu fahren wünschte, natürlich unter der Voraussetzung, daß einem dieses Visum gewährt wurde.

Als ich diesen Paß zum erstenmal öffnete, las ich erblassend in der Rubrik »Nationalität«, ich sei ein »presumed German«. Hitler hatte mich ausgebürgert. Die Alliierten, in deren Reihen ich gestanden hatte, bezeichneten mich wenige Jahre nach Kriegsende als einen möglichen oder vermuteten Deutschen, weil ich einem deutschen Staat angehörte, der nicht sein durfte.

In diesen Paß wurden nur wenige Visen gestempelt. Die mehrere Monate dauernde Prozedur zur Erlangung eines Visums erforderte jedesmal einige Besuche beim Travel

Office, deren jeder mit stundenlangem Warten verbunden war. Sie endete meist negativ. Manchmal wurde einem von diesem oder jenem Konsulat diskret bedeutet, gewiß hätte das betreffende Land gern die Einreiseerlaubnis erteilt, jedoch seien alle NATO-Staaten gehalten, vorher in Bonn das Einverständnis der Bundesbehörden zu erfragen. Dennoch gelangte ich mit Mühe und nach einer langen Frist der Ungewißheit in einige Länder, nach England, das Land, aus dem meine Mutter stammte und für das mein Bruder gefallen war, nach Italien, nach Norwegen, wo ich als ein ehemaliger Emigrant freundschaftlich aufgenommen wurde. Als der belgische P.E.N.-Club mich nach Brüssel einlud, teilte mir der belgische Konsul in Prag mit melancholischer Miene mit, er könne mir leider kein Visum geben, ich würde den Grund wohl erraten. Ich sagte, das mache nichts, ich würde eben nach Berlin zurückfahren. Nein, sagte er mit plötzlich aufgehelltem Ausdruck, ich würde nach Brüssel gelangen, nur nicht mit Visum. Er zeigte mir ein Telegramm meiner belgischen Freunde, das ich am nächsten Tag auf dem Prager Flugplatz vorweisen mußte, worauf ich die Maschine der Sabena besteigen konnte. Bei der Ankunft in Brüssel überreichten mir zwei Herren sogleich ein Dokument, das mich als Gast des Königs Baudouin auswies. Ich hatte das Recht, mich zwei Wochen in Belgien aufzuhalten. Ich war überrascht und dankbar. Meine Freunde Robert Goffin und Carlos de Radzitzky hatten die Erlaubnis erwirkt, sie stellten mich dem König vor, es war eine originelle kleine Aktion, die ganz dem Geist des P.E.N. entsprach, es war ein Ausweg, den Menschen gefunden hatten, die menschlich empfanden und die den kalten Krieg und seine Bürokratie verachteten. Diese Geste der Freundschaft hatte für mich inmitten von Kälte und Gemeinheit eine hohe Bedeutung. Ich habe sie nie vergessen. Denn Kälte und Gemeinheit breiteten sich aus. In einem vor über zwanzig

Jahren veröffentlichten und längst vergriffenen Buch von mir fand ich folgende Tagebuchnotiz: »Neben der Größe der letzten zehn Jahre kann man ihre erbärmlichen Aspekte nicht vergessen. Spätere werden es ermessen. Sie werden die Bilanz ziehen aus lächerlichen Fehden, furchtbaren Verleumdungen, sinnloser Entfremdung, Feigheit und Verrat, vertanen Möglichkeiten, verlorener Zeit.« Die Anlässe zu diesen heftigen Worten liegen irgendwo in meinen Schubladen, ich habe keine Lust, ihnen im einzelnen nachzugehen. Was die Bilanz der Späteren angeht, müßte man heute hinzufügen: »Wenn sie noch Zeit dazu haben werden.« Als ich die obigen Worte niederschrieb, hatte ich die Verhältnisse unter deutschen Intellektuellen im Auge, denn ich glaubte zu wissen, daß, seit dem Ende des Krieges, ihre Fähigkeit zur Selbstkritik und zum Verstehen des anderen, der man selber nicht ist, bestimmend sein würde für die ganze Bevölkerung. Von den zahlreichen Irrtümern, denen ich unterlag, war mein Glaube an die Wandlungsfähigkeit und die bestimmende Rolle der Intellektuellen beim Herstellen besserer Zustände wahrscheinlich der größte.

Stärker als die guten Absichten mancher Einzelner war die tote Last der Vergangenheit, waren Selbstmitleid und stumpfe Arroganz. Wenn ich heute zurückblicke, so ließen sich die Dinge sogleich nach 1945 nicht gut an. Der Westberliner Architekt Julius Posener berichtete vor kurzem, er sei nach seiner Rückkehr und nachdem er wieder einmal Stunden hindurch Erklärungen hatte anhören müssen, was man alles für die Verfolgten getan habe, in die Worte ausgebrochen: »Armer Hitler!«, und auf die erstaunte Frage, was das heißen solle, habe er erklärt: »Er hatte ja nicht einen einzigen Anhänger!«

Auch ich hatte nicht wenige Erklärungen dieser Art gehört, war stumm geblieben, war sogar bewegt, denn ich wollte weiter an das Gute in den Menschen glauben, ich suchte nach Bestätigungen für die gefolterte Liebe, die wir, meine Freunde und ich, für das furchtbare und jetzt tief gedemütigte Deutschland empfunden hatten. Aber die erwähnten Erklärungen erwiesen sich bald als Zeugnisse der Selbstgerechtigkeit, von nationaler Selbstkritik war keine Rede, es waren andere, die sich zu rechtfertigen hatten. Fiel der Name Auschwitz, wurde sogleich von den Engländern geredet, und hatten diese nicht während des Krieges in Afrika Lager errichtet, wurde Coventry erwähnt, so sprach man von Dresden, war die Rede vom Überfall auf die Sowjetunion und den Massakern unter der russischen Bevölkerung, kam man sofort auf die Vergewaltigungen im letzten Kriegsjahr zu sprechen. Was mich am meisten erstaunte, schon früher erstaunt hatte, war der fehlende Sinn für das Erkennen von Ursache und Wirkung und für eine Abfolge der Zeit in diesen Köpfen. Es bürgerte sich in der Bundesrepublik damals schnell der Brauch ein und er gehört heute zum selbstverständlichen Repertoire demokratischer Redner, daß der Name Hitler, erwähnt in dem ihm einzig zustehenden Sinn, nur fallen kann in Verbindung mit dem Namen Stalin, womit man auf einen Schlag die halbe Verantwortung los ist. Gleichzeitig darf aber beim Nennen dieser Namen auf keinen Fall des Vertrags von München gedacht werden, der in Wirklichkeit der einzige Schlüssel dafür ist, daß man beide Namen zusammen denken kann. Nach einer Weile bleibt übrigens regelmäßig von den beiden der Name Stalin übrig. Es kann nicht verwundern, daß keine vierzig Jahre nach dem Ende der Katastrophe von russischen und polnischen Kriegsverbrechen die Rede ist, um gewissermaßen ein verlorengegangenes Gleichgewicht wieder herzustellen. Diese Kriegsverbrechen kommen in Wirklichkeit ebenfalls auf das Konto jener, die den Krieg zynisch vom Zaun brachen und die Begriffe vom Herrenmenschen und Untermenschen zur Grundlage ihrer Staatsmoral machten.

In dieser Atmosphäre gediehen die Legenden, die an die Stelle einer wirklichen, einer schonungslosen Aufarbeitung der Geschichte traten. Ich denke in diesem Zusammenhang an die Vorstellung, die die Lebenden von der Existenz und vom Untergang der Weimarer Republik haben, überhaupt an die seltsame Tatsache, daß die konkrete Gestalt dieser Republik in den Gedanken und der Phantasie der Zeitgenossen sich in einem Maße verflüchtigt hat, als sei sie nie gewesen. Am lebendigsten ist noch der künstlerisch-literarische Schatten, den sie in die Gegenwart hineinwirft. Bezeichnend für diese Gegenwart scheint mir der überaus starke Trieb zu sein, sich selber etwas vorzumachen und um keinen Preis die einmal eingenommene Position in Frage stellen zu lassen. Damit hängt die gefährliche Neigung der Deutschen zum Glaubenskrieg zusammen, die mit dem Jahre 1648 keineswegs erloschen ist. Gegensätze sind nun einmal da, um nicht überbrückt zu werden, am eigenen Unglück ist niemand als der andere schuld und – man spricht es selten aus, denkt es aber um so öfter – der Ausweg liegt im Grunde genommen allein in der Vernichtung des Gegners.

Mir konnten solche Irrungen des Gefühls nicht fremd sein: ich bin ein Deutscher. Ich weiß sehr genau, wie mich Jahre und Jahrzehnte hindurch ein ideologisch determinierter Widerwille daran hinderte, gewisse Autoren zur Kenntnis zu nehmen, sie nämlich zu lesen. Heute ist mir klar, daß in diesem Widerwillen der Wunsch nach Vernichtung haust. Der Name George Orwells etwa war mir seit meiner Jugend bekannt, in einer bestimmten Zeit hätten sich unsere Wege leicht kreuzen können, es war gut, daß sie sich nicht kreuzten, ich habe ihn nie gesehen. Ich nannte ihn einen schlechten Schriftsteller, ohne eine Zeile von ihm gelesen zu haben. Es geschah erst später, daß ich ihn las, und ich beurteilte ihn von nun an anders.

Kurze Zeit, nachdem ich auf Vorschlag von Brecht und Becher vor dreißig Jahren ein Mitglied der Akademie der DDR geworden war, wurde in der Münchener »Neuen Zeitung« ein Artikel eines bekannten westdeutschen Schriftstellers veröffentlicht, in dem ein Vergleich dieser Akademie mit der fast gleichzeitig gegründeten Darmstädter Akademie angestellt wurde. Der Artikel beklagte die Geringfügigkeit der Mittel, die der Akademie in Darmstadt zur Verfügung stünden, und konstatierte dann, daß in Berlin-Ost Leute wie Brecht und Hermlin monatlich von der Akademie je achthundert Mark erhielten, für diesen Betrag allerdings auch ihre Gesinnung verkauft hätten. Brecht sprach mit mir über den Artikel und schlug mir vor, gemeinsam mit ihm Klage zu erheben. In dieser Klage brachten wir etwa folgenden Gedanken zum Ausdruck: Wir würden nicht das geringste gegen eine Beschimpfung durch den Artikelschreiber haben, protestierten aber gegen seine Behauptung, wir hätten unsere Gesinnung gegen ein Honorar verkauft, vielmehr lebten wir in einer Republik und seien Mitglieder ihrer Akademie, weil wir von jeher eine Gesinnung vertreten hätten, die jetzt die geistige Grundlage jenes Staates und seiner Akademie sei. Es war der erste und letzte Prozeß, den ich anstrengte. Wir erhielten nach einiger Zeit das Urteil zugesandt. Es sei zwar richtig, hieß es darin, daß wir vor Hitler und in der Hitlerzeit bereits Anhänger des Kommunismus gewesen seien, doch sei unsere Klage abzuweisen, da – ich zitiere wörtlich – »es einem Bürger der Bundesrepublik Deutschland nicht zugemutet werden könne, Kommunisten beleidigt zu haben.« Ich rede von diesem Vorfall, weil er zeigt, wie deutsche Intellektuelle in dieser Zeit miteinander umgingen, wie man zurückgekehrten Emigranten begegnete, was eine Justiz sich herausnehmen durfte.

Es blieb nicht dabei. Als ich einige Jahre später einer Einladung nach Hamburg folgte, was damals nicht einfach war, konnte ich in einer großen Zeitung den Artikel eines literarischen Wegelagerers lesen, in dem ich »eine der widerlichsten Kreaturen Ulbrichts« genannt wurde. Der Verfasser teilte weiter mit, ich sei bekannt dafür, daß ich nicht schreibe, ich hätte es auch nicht nötig, da ich monatlich eine Gesamtsumme von 3000 Mark beziehen würde, nämlich tausend Mark von der Akademie der Künste, tausend Mark von der SED und tausend Mark von der DDR. Ich schrieb an den Chefredakteur einen Leserbrief, in dem ich mich auf den Paragraphen 11 des Pressegesetzes berief. Ich sagte in diesem Brief, es träfe zu, daß ich von der Akademie wie jedes andere Mitglied zwar nicht tausend, jedoch immerhin achthundert Mark erhielte, daß ich aber von meiner Partei und meinem Staat noch nie einen Pfennig erhalten hätte. Der Redakteur veröffentlichte den Brief nicht; er teilte mir vielmehr mit, eine Veröffentlichung mache er abhängig von einer Verpflichtung meinerseits, dafür zu sorgen, daß der inkriminierte Artikel in der DDR erscheinen würde. So wie es bei einem einzigen Prozeß blieb für mich, so versuchte ich auch nie mehr, eine Zeitungslüge zu widerlegen. Ich sagte mir, daß ich mich im Grunde nicht beklagen könne – ich hatte gewußt, daß ich den Verwüstungen in den Hirnen und Herzen, die Hitler nicht nur in einer Generation angerichtet hatte und die seinen Sturz lange überleben würden, leibhaftig begegnen mußte, wenn ich mich in das Land zurückbegab, an dem ich hing. Den Mann, der diesen Artikel geschrieben hatte, kannte ich nicht, ich kenne ihn nicht, obwohl ich seinen Namen kenne, ich hatte niemals Streit mit ihm, er bezeichnete sich als Schriftsteller und rühmte sich allen Ernstes, in zehn Jahren fünfzig Bücher veröffentlicht zu haben, er arbeitete für Springer, gebärdete sich dann als extremer Linker, er gilt wohl auch heute für links. Der Anblick einer solchen Verlotterung ist ziemlich schauerlich.

Ein Dritter kam auf die Idee, meine Unterschrift unter ein gefälschtes Dokument zu setzen. Da dies nicht die gewünschte Wirkung hatte, beschuldigte er mich einige Jahre später, im Auftrag eines Geheimdienstes junge Leute zu provokatorischen Handlungen zu veranlassen. Und da auch das nichts fruchtete, da ich vor allem auch dieser Infamie mit Schweigen begegnete, behauptete er eine Weile darauf, ich hätte Leute in ein ausländisches Straflager gebracht. Man hätte über das Leben dieses Menschen einen Titel der klassischen Dienstmädchen-Kolportage setzen können – »Von Stufe zu Stufe«. Aber so gut ich wußte, daß er nichts sehnlicher wünschte als eine Antwort, die ihn berechtigt hätte, sich mit ihr zu brüsten, und ich ihm einen Vorwand nicht liefern wollte, spürte ich doch, daß meine Lage jener ähnelte, in der ich mich als ganz junger Mensch befunden hatte: damals hatte ich an jeder Berliner Straßenecke die Zeitungskästen mit dem ausgehängten »Stürmer« gesehen, der jede Woche die furchtbare jahrhundertealte Ritualmordlüge wiederholte und die Eltern aufrief, ihre Kinder vor den Juden zu hüten. Die Vorfahren dieses Mannes hatten die Vorfahren meines Vaters unglücklich gemacht. Auch wenn er sich dessen gar nicht bewußt war, setzte er doch diese Tätigkeit fort, und wie einst fand sich auch jetzt niemand, der ihm Einhalt gebot.

Genug davon. Ich habe von einigen Erfahrungen aus den Nachkriegsjahren gesprochen, ich habe nicht aufgehört Erfahrungen zu machen, sie stehen, das ist wörtlich zu nehmen, auf einem anderen Blatt, was bedeutet, daß von ihnen noch geredet werden wird.

Daß ich nach Deutschland zurückkehrte, war eine unumstößliche Entscheidung. Daß ich nach dem Auseinanderbrechen des Landes die Deutsche Demokratische Republik wählte, war mir durch mein Leben vorgezeichnet. Auch dies war ein unaufhebbarer Entschluß. Er betrifft mich allein, ich fälle damit kein moralisches Urteil über andere, die anders fühlten und handelten. Fünfzehn- oder zwanzigmal in den letzten Jahren fand ich in meinem Briefkasten ein Blatt Papier, auf dem, meist ohne Namen darunter, einfach die Worte standen: Gehen Sie nicht weg, bleiben Sie bei uns. Ich habe den Eindruck, daß ich da, wo ich bin, gebraucht werde, und ich bin den Schreibern dieser Botschaften verpflichtet.

Was mir Deutschland eigentlich bedeutet, darüber will ich nichts sagen. Als Kind schon hatte ich angstvoll und halb verstehend bei Hölderlin gelesen:

> Verbotene Frucht, wie der Lorbeer, aber ist
> Am meisten das Vaterland. Die aber kost
> Ein jeder zuletzt.

Ich habe kaum gefragt, ob ich in Deutschland willkommen sein würde. Ebensowenig fragte ich, ob Deutschland mir etwas schulde, denn ein Land, sein Himmel, seine Wälder, sein Licht kann einem Einzelnen nichts schulden. Ich konnte auf dieses Land nur mit der liebenden Ehrfurcht blicken, die das Alter, das Unglück, die Selbstzerstörung, die Fülle der bedeutenden Erscheinungen im Betrachter weckt. Ich war zurückgegangen aus einem gewissen Trotz, weil ich alte Rechte zu wahren hatte, nicht nur das Recht meiner Geburt, sondern auch das meiner Vorfahren, die vor fast zwei Jahrtausenden hierher kamen, vor den meisten Deutschen, gemeinsam mit den Römern. Ich kam hierher, weil ich diese Sprache besser kenne als die meisten, die sie auch sprechen, weil Deutschlands Herrlichkeiten und

Missetaten zu mir lebendiger reden als zu vielen anderen, denen sie auch bekannt sind. Ich bin mir bewußt, daß ich Worte gebrauche, die manche gar nicht mehr verstehen, auf die viele nur ein Gelächter haben.

HÖLDERLIN 1944

Einer der schrecklichsten Aspekte der Kunst besteht in ihrer Verwendbarkeit, die um so größer ist, je mehr wir es mit bedeutender Kunst zu tun haben. Man kann sich gegen diese Evidenz wehren, man kann von Mißverständnissen reden, leugnen kann man sie nicht. Auf kuriose Art hat die Kunst da etwas gemein mit gewissen Fahnen, gewissen Nationalhymnen. Während des Krieges war ich eine Weile in der kleinen französischen Stadt Guéret im Département Creuse, wo die faschistische Légion des Volontaires contre le Bolchévisme in Garnison lag. Jeden Tag sah ich die Freiwilligen zu ihren Übungen ausrücken, vor ihrem Abmarsch an die Ostfront. Sie trugen deutsche Uniformen mit dem blau-weiß-roten Wappen am Oberarm, über ihnen wehte die Trikolore, und sie sangen die »Marseillaise«. Die Hymne und die Fahne waren Schöpfungen der großen Revolution des 18. Jahrhunderts, sie waren Hymne und Fahne jener, die die Revolution niederschlugen, sie wurden Hymne und Fahne des Kaiserreiches, sie blieben bestehen unter mancherlei weiteren Revolutionen, Republiken und einem weiteren Kaiserreich, nur einmal, für kurze Zeit, blühten noch einmal die weißen Lilien der Bourbonen auf, aber Hymne und Fahne überdauerten manchen Frieden, manchen Krieg, und sie waren damals, vor etwa 40 Jahren, Fahne und Hymne der getreuen Diener Hitlers in Frankreich wie jener, die unter General de Gaulle für die Freiheit kämpften.

Man kennt die Wochenschaubilder, die einen großen Dirigenten zeigen, mit dem besten Orchester der Welt, und er dirigiert die 9. Symphonie, und zwar gerade den Schlußchor, mitten im Kriege in Berlin. Die Kamera zeigt hauptsächlich den Dirigenten, die Philharmoniker und den Chor; sie zeigt aber auch den Minister Goebbels, hohe SS-Offiziere und das übrige Publikum. Was geht da vor? Was spielt sich hinter diesen Stirnen ab? Man darf es sich fragen und weiß doch keine Antwort. Natürlich wäre es möglich, daß Furtwängler gegen die beiden Hakenkreuzfahnen andirigiert, die links und rechts über dem Orchester hängen. Aber jene Zeile etwa »Alle Menschen werden Brüder«, die allein ausgereicht hätte, den Autor, wäre er ein Zeitgenosse gewesen, zumindest aus der Reichsschrifttumskammer auszuschließen, wie kann sie in Zeit und Raum ihre Rechtfertigung gefunden haben? Von einigen im Saal möchte man noch im nachhinein hoffen, daß sie verstanden wurde, wie sie gemeint war, von jenen einzelnen Einsamen, die in Schiller und Beethoven die Spiegelung ihrer eigenen verweigernden Position erblickten. Aber viele andere hätten einem erklären können, daß ja Schiller ausdrücklich von »Menschen« sprach und nicht von jenen Untermenschen, deren Vernichtung gerade erst die Möglichkeit erschließen würde, daß alle Menschen endlich Brüder werden könnten. Zu den vielen wären weitere, sicherlich die Mehrheit, hinzugekommen, für die der Genuß der 9. Symphonie in welchem Augenblick auch immer ungetrübt ist und sein wird, weil sie der Sphäre der Tiefe angehört, also nicht befragt, sondern hingenommen wird, weil der Tiefe alles erlaubt ist, auch das Undeutbare, weil im Gegenteil Tiefe erst zu finden ist, wo nicht mehr die Neigung zum Deuten besteht. Und wir sehen die letzten Bilder der Wochenschau, wie die erschütterte Zustimmung der einzelnen Einsamen mit dem Applaus der vielen anderen und des Ministers zu einer gemeinsamen

Huldigung für Komponist und Textdichter, Dirigent und Orchester wird.

Schweife ich nicht ab? Die jungen Soldaten, die mir zu dieser Zeit auf französischen Straßen mitunter begegneten, konnten leicht einen Hölderlin in der Tasche tragen, so wie ich einen trug, ich, der sie suchte und zugleich vermied. Hölderlin ist in Kriegszeiten ein bevorzugter Autor der Deutschen. Was war ihnen Hölderlin? Ein einsamer, wahnsinniger Nachfahr derer, die sich auf dem Champ de Mars gesammelt hatten oder ein Bote des kommenden Dritten Reichs? Ich war seit meinen Kinderjahren ein Leser Hölderlins gewesen, nicht so sehr der frühen Hymnen als der späten Geheimnisse und Prophetien, der Fragmente und Ermüdungen. Seine kryptische Sprache schien mir auf etwas hinzudeuten, das mein eigener Weg war, das mich erschauern ließ, weil dieser Weg abwechselnd deutlich und verworren vor mir lag. Ich möchte nicht mißverstanden werden: ich rede nicht von meinem Weg als Dichter, denn ich sah mich nicht als Dichter, jedenfalls nicht als einen, der auch nur im entferntesten an Hölderlin heranreichte, ich rede von meinem Lebensweg, der dunkel war, oft gefährlich von einem gewissen Moment an, armselig und gehetzt. Oft sprach ich von Hölderlin zu meinen Genossen; sie kannten den Namen, sie wußten wenig von ihm, ich versuchte sie zu überzeugen, daß Hölderlin einer unserer geheimen, unsichtbaren Verbündeten sei. In den Jahren der Emigration, in denen die Gewinnung unseres Erbes eine bedeutende Rolle spielte, las ich einen Aufsatz von Georg Lukács, der Hölderlin einen verspäteten Jakobiner nannte. Das erhellte wie ein Blitz einen Augenblick lang meinen dunklen Weg. Nach dem Kriege traf ich Lukács häufig und sagte ihm einmal, er habe das Kunststück fertiggebracht, eine große Arbeit über Hölderlin zu schreiben, ohne mit einem Wort auf die Gedichte einzugehen. Er gab mir belustigt recht.

Der geschichtliche Moment, von dem die Rede ist, lag zu Beginn des Frühjahres 1944. Die sowjetischen Armeen näherten sich der Weichsel, die Amerikaner und Engländer bereiteten die Landung in der Normandie vor, Frankreich befand sich auf einem Höhepunkt des Widerstandes, kein Tag verging ohne Sprengungen, Anschläge, Massaker. Weit hinter mir lagen die schönen Hölderlin-Ausgaben der väterlichen Bibliothek, der Hölderlin, den ich bei mir hatte, war ein dünner, auf schlechtem Papier gedruckter, alles in allem recht zweifelhafter Auswahlband.

Ich hatte ihn immer noch bei mir, als ich eines Nachts von Freunden weggebracht wurde, nachdem ich erfahren hatte, daß man nach mir suchte, daß es einen Steckbrief gab. Ich lebte damals in einem kleinen Jagdschloß, 40 oder 50 Kilometer von Limoges, dessen Eigentümer, ein Herr de Neuville, ein Waffenlager der Armée Secrète hütete. Nach dem Krieg erzählte man mir, die Deutschen hätten das Lager entdeckt, das Schloß niedergebrannt, den Schloßherrn und seine Söhne, nicht ohne daß diese zuvor Widerstand geleistet hatten, erschossen. Ich weiß nicht, ob das zutrifft, ich habe es nicht nachprüfen können, bin auch nie wieder in diese Gegend gelangt. Das kleine Schloß, ein neuerer, aus dem vorigen Jahrhundert stammender, der Renaissance nachempfundener Bau, war damals für einige Monate keine schlechte Zuflucht für mich. Von drei Seiten drängte dichter Wald heran, durch den wie Schneisen drei schnurgerade Alleen liefen, so daß man jeder Annäherung, jedenfalls am Tag, schon von weitem gewahr wurde. Den ganzen Winter hindurch hatte ich keinen fremden Menschen gesehen, mit einer Ausnahme, denn ich war eines Abends, als ich aus dem Schloß in die Dépendance hinübergehen wollte, in der mein Zimmer lag, auf einen Kübelwagen gestoßen, in dem ein Offizier und zwei Unteroffiziere saßen. Man fragte mich nach einem in der Nähe gelegenen Dorf. Da sich in diesem

Dorf drei entflohene französische Zwangsarbeiter aufhielten, wies ich die Deutschen in die falsche Richtung, und man hatte noch Zeit, die Bauern zu warnen und die Flüchtlinge in Sicherheit zu bringen. Es war dies der einzige Zwischenfall in dieser Zeit gewesen, und er war geringfügig genug. Nun aber, zu Beginn des Frühjahrs, wurde meine Lage unsicher, man war mir auf die Schliche gekommen, meine falschen Papiere hatten sich als nicht falsch genug erwiesen, und ich brauchte ein anderes Quartier.

Die Stelle, nach der man mich brachte, kannte ich nicht, ich kenne sie auch heute nicht. Eine lange Gewohnheit hatte mich gelehrt, keine unnötigen Fragen zu stellen; immer noch fällt es mir schwer, mich nach Namen zu erkundigen oder Namen zu behalten. Ich wurde in der Dunkelheit abgeholt, in vorgeschrittener Nachtzeit begleitete man mich durch undeutlich wahrgenommenen Wald, der von langen Heidestrecken abgelöst wurde. Die Gegend war einsam, niemand begegnete uns, nach etwa drei Stunden hielten wir vor einem einzelnen Hof. Das Licht aus der Küche, das in der Ferne aufgetaucht war, glich dem einsamen Licht, das der nächtliche Wanderer in Märchen erblickt. Ein noch junger Bauer empfing uns freundlich; auch seinen Namen habe ich nie erfahren. Mit seiner Frau und den beiden halbwüchsigen Kindern unterstützte er die Widerstandsbewegung. Doch müsse ich wissen, erklärte er mir flüsternd, daß auf dem Hof noch eine für mich gefährliche Person wohne, seine alte Mutter nämlich, die eine fanatische Anhängerin Pétains sei und mich sofort den Deutschen übergeben würde, wenn sie meine Anwesenheit entdecken sollte. Wenn ich mich still verhielte, würde ich ziemlich sicher vor ihr sein. Meine Freunde verabschiedeten sich. Ich sollte sie erst einige Wochen später, wieder mitten in der Nacht, wiedersehen, als sie mir andere gefälschte Papiere brachten, die mir mein Weiterkommen ermöglichten. Der Bauer brachte mich in den Stall. Ich kletterte auf den Heuboden, der für einige Zeit mein Domizil sein sollte. Unter mir hörte ich das Kettenklirren, das Murren und Wiederkäuen der Tiere.

Meine Tage verliefen gleichförmig, ich lebte in einer Art Idyll. Es war genug Zeit zum Träumen und Nachdenken, ich las in meinem Hölderlin und einigen anderen Dichtern, die ich bei mir hatte. Im Morgengrauen hörte ich die Tür knarren. Ich wußte, daß der Bauer zum Füttern kam und daß er mir reichlich Wasser zum Waschen mitbrachte. Dreimal am Tag stieg jemand aus der Familie leise zu mir die Leiter empor und gab mir zu essen. Der Letzte, spät am Abend, war immer der Bauer. Er blieb eine Weile bei mir, berichtete mir von den militärischen und politischen Meldungen des Londoner Rundfunks, und wir unterhielten uns lange über die Ereignisse und die mögliche Zukunft der Welt. Manchmal fragte er mich über meine Lektüre aus, und ich erzählte ihm von Hölderlin, von seinen Dichtungen, seinen Kämpfen, seinem Untergang, ich zitierte den Brief, in dem Hölderlin seinem Korrespondenten rät, für den Sieg der Gegner, der Franzosen zu beten, ich sagte ihm, Hölderlin habe unendlich weit voraus gedacht, ich zitierte: »Nur was Gegenstand der Freiheit ist, heißt Idee. Wir müssen also auch über den Staat hinaus! – Denn jeder Staat muß freie Menschen als mechanisches Räderwerk behandeln; und das soll er nicht; also soll er aufhören.«

Aber ich hatte in diesen Tagen auch das Gefühl, daß ich meine Zeit nicht genügend nützte, daß ich mehr tun müsse, daß ich selbst in diesem verlorenen Versteck noch Zeugnis ablegen könne von meinem und meiner Freunde Streben. Das Bekenntnis zu einem Dichter, den man in Deutschland selbst vor etwa 30 Jahren wiederentdeckt hatte und den man damals außerhalb der deutschen Grenzen kaum kannte, würde irgendeinmal von irgendeinem gefunden werden, selbst wenn es mir nicht gelingen sollte, die Zeit zu überstehen.

Ich schrieb in diesen Wochen in einem Schulheft, das mir der Bauernsohn brachte, einen Aufsatz über Hölderlin als eine Art verspäteter Hommage, denn im Jahr zuvor, dem Jahr der Schlacht von Stalingrad und des Gettoaufstandes in Warschau, hatte sich Hölderlins Todestag zum hundertsten Mal gejährt. Ich besaß kein Material, auf das ich mich hätte stützen können, nichts als meine Gedanken und Erinnerungen und die armselige Auswahl in meinem Rucksack. Doch schienen mir auf einmal meine Tage erfüllt und sinnvoll zu sein, Freude erfüllte mich, und das, was ich schrieb, schien mir damals wohlgelungen.

Ich entsinne mich, wie ein Zwischenfall mich eines Tages aus der Arbeit aufschreckte, der für mich leicht alles hätte ändern können. Es war um die Mittagszeit dieses Tages, als ich, zu ungewohnter Stunde, die Tür knarren hörte, und ein unbekannter Schritt und ein unwilliges Murmeln zu vernehmen waren. Ich erriet, daß die bedrohliche Alte den Stall betreten hatte, und als die Leiter zu knarren begann, wußte ich, daß sie dem Heuboden zustrebte. Gewiß wollte sie, wie es alte Bäuerinnen oft tun, da oben nach liegengebliebenen Eiern suchen. Ich zog lautlos das Heu über mich und atmete so schwach wie möglich. Im gleichen Moment verspürte ich eine fremde, kalte Wut: ich wußte, daß ich im Augenblick der Entdeckung diese unbekannte alte Frau blitzschnell und ohne einen Laut zuzulassen töten würde. Sie stand in diesem Augenblick etwa drei Meter von mir entfernt, ich hatte mich tief ins Heu zurückgezogen, konnte sie aber mit einem Auge sehen. Ein quer über dem Auge hängender Halm störte meinen Blick, aber ich sah sekundenlang verwischt mein mögliches Opfer, eine hagere alte Frau im schwarzen Kleid, die ich noch nie zuvor gesehen hatte, nie wieder sehen würde. Sie gab in diesem Moment ihre Suche auf und stieg ächzend die Leiter hinab. Ich lag mit dem Leib über Hölderlins Versen und hatte kein Mörder werden müssen.

Ein paar Wochen später überquerte ich bei St. Julien die Schweizer Grenze. Wieder war es Nacht. In meinem Rucksack lagen die Blätter meines Aufsatzes, den ich überflüssigerweise bei mir trug. Aber ich dachte in diesem Moment nicht an den Aufsatz, ich hatte, auf dem Bauch kriechend, unter gleißendem Mondlicht ein flaches Gelände zu überqueren und gleich darauf tiefgestaffelte Drahthindernisse zu überwinden, die mir das Fleisch von den Schenkeln rissen. Ich spürte es nicht, denn ich hatte mich auf die SS zu konzentrieren, die in der Nähe sein mußte, mich aber nicht bemerkte.

Im November 1944 erschien der kleine Aufsatz. Ich liebe ihn nicht, habe ihn nie wieder drucken lassen, er gehört einem anderen Leben an. Wie jung bin ich damals gewesen, wie sonderbar meine Träume, wie vergeblich mein Bemühen.

EIN MORD IN SALZBURG

Nach den Aufzeichnungen des Journalisten S.

I

Im September des vorigen Jahres erfuhr ich von einem Zwischenfall, der in einem Salzburger Hotel einen Menschen das Leben gekostet hatte. Der Mann der Hotelbesitzerin, ein gewisser Theodor von F., hatte am späten Abend mit dem Nachtportier und dessen Freundin sowie einigen Gästen im Empfangsraum des Hotels gezecht und, als das Gespräch sich vergangenen Zeiten zugewandt hatte, versichert, er habe das Seine beigetragen, um in jenen Jahren möglichst viele Juden ins Jenseits zu befördern. Niemand habe er verschont, weder Mann noch Frau, weder Greis noch Kind. Während er mit lauter Stimme fast besinnungslos weitersprach, sparte er nicht mit Einzelheiten und beteuerte, er sei jederzeit bereit, seine vernichtende Tätigkeit von einst wieder aufzunehmen, wenn nur erst die Zeiten sich gewendet haben würden.

Seine Zuhörer, zu beiden Seiten des Empfangstisches, hörten seine Erklärungen mit wachsender Verlegenheit an, aber niemand widersprach ihm, niemand fiel ihm ins Wort, bis auf einen jüngeren Mann, einen Redakteur des österreichischen Fernsehens namens K., der ein paarmal empört seinen Redefluß zu unterbrechen suchte. Schließlich rief K. mit erstickter Stimme, wenn er mit seinem mörderischen Reden nicht aufhöre, werde er, K., ihm mit der Pistole das Maul stopfen. Von F. versetzte mit verächtlichem Lächeln, er sei jahrelang bei der SS gewesen und habe bei den Fallschirmjägern gedient, ihm könne man mit einem schießenden Spielzeug keine Angst machen. Im übrigen seien ihm Judenknechte noch mehr verhaßt als Juden. Sie verdienten das gleiche Schicksal. In diesem Augenblick zog K. eine Achtunddreißiger Spezial und streckte ihn mit einem Schuß in den Leib zu Boden. Die Umherstehenden erstarrten, K. legte die Waffe ruhig auf den Tisch und telefonierte nach der Polizei, die ihn abführte. Eine Ambulanz brachte von F. ins Krankenhaus, wo er noch in der gleichen Nacht starb.

2

Seit langer Zeit nützte ich jede Gelegenheit, um nach Salzburg zu fahren, und es verging kein Jahr, in dem ich die Stadt nicht besuchte. Es geschah nicht um der Festspiele willen; bis heute habe ich keine Aufführung in der Felsenreitschule erlebt, nie hörte ich den Ruf »Jedermann!« vom Dom her schallen. Im Laufe der Jahre war mir das Aufnehmen von Kunst inmitten vieler Unbekannter immer schwerer gefallen. Hier nun war der Gedanke, Mozart unter Scharen von Snobs, Neureichen und Ignoranten zu hören, ganz unerträglich. So sehr ich Salzburg liebte, so sorgfältig ging ich der Salzburger Saison aus dem Wege.

»Liebe« ist wohl nicht das rechte Wort, es war eher ein kaum bewußter Drang, etwas nicht ganz Geheures, ein Verfallensein. Ich fand einfach Gründe, Salzburg zu besuchen, ein paar Tage lang die gleichen Gänge zu machen, durch die Getreidegasse, den steilen Weg zum Kapuzinerberg empor, mich in den Schatten der Kirchen zu stellen, die Fischer von Erlach gebaut hatte, auf einer Bank dem Üben von Instrumentalisten und Sängern zuzuhören, das vom Mozarteum her über den Mirabellgarten drang, am Residenzplatz einen Fiaker zu nehmen, auf dem Friedhof von Sankt Peter nach

Michael Haydns Grab zu suchen, dessen Platz ich immer wieder vergaß.

Ich kannte niemand. Meine Besuche waren zu selten und zu kurz, um Bekanntschaften zu schließen in einer Stadt, die von ständig wechselnden Besuchern wimmelte. Bei jedem Aufenthalt stieg ich in dem gleichen düsteren, bei der Stadtbrücke gelegenen Hotel ab. Der Hausdiener war der einzige Mensch, der sich an mich erinnerte und mit dem ich sprach. Wir unterhielten uns ausgiebig über das Wetter, die seit meinem letzten Besuch vergangene Zeitspanne, und ich blickte dabei in sein lächelndes Gesicht, das jene Mischung aus Jovialität und Brutalität zeigte, die Karl Kraus »das österreichische Antlitz« genannt hatte.

Nein, von Liebe konnte nicht die Rede sein, auch nicht von Wohlbefinden. Ich blickte auf die eilige, grüngraue Salzach, Regen fiel und es wurde von neuem klar, ich blickte über den Mönchsberg hinweg in den immer tiefer werdenden Himmel, dorthin, wo Golling lag und der Paß Lueg, über den ich nach Süden fahren würde, es gab keinen Ort, wo ich so deutlich die Erstarrung in mir fühlte und die erstarrte Zeit. Man durfte sich nicht täuschen lassen von den Fahrzeugströmen und den Schaufenstern, die Modisches anpriesen. Hier stand die Zeit still, es ging nicht um Jahre der neueren Vergangenheit, die Zeit reichte unendlich viel weiter zurück, und obwohl ein Fremder, fühlte ich erschauernd etwas wie Heimat.

3

Einige meiner Besuche hatten berufliche Gründe gehabt. Ich berichtete meinem Blatt gelegentlich von einer Ausstellung oder einem Kongreß. Was die von mir ungeliebten Festspiele betraf, geriet ich nie in die Verlegenheit, für eine Berichterstattung vorgeschlagen zu werden – die große

Zeitung, an der ich arbeitete, verfügte in dieser Hinsicht über eine Anzahl namhafter Spezialisten, deren Bekanntheit beim Publikum seit langem gesichert war und deren assoziationsreiche, zwischen keinen Widerspruch duldender Begeisterung und kennerischem Zweifel oszillierende Schreibweise das Entzücken der anspruchsvollen Leser bildete.

Der Zwischenfall in dem Salzburger Hotel, der mir zu Ohren gekommen war, interessierte mich, und ich schlug der Redaktion vor, die Angelegenheit zu untersuchen. Man stimmte mir sofort zu und beauftragte mich, nach Salzburg und allen übrigen Orten zu reisen, die ich für meine Recherchen aufsuchen mußte. Nachdem ich vergeblich versucht hatte, einen der Tatzeugen aufzutreiben, denn sie waren alle merkwürdigerweise aus Salzburg verschwunden, ohne eine Spur zu hinterlassen, meldete ich mich bei Frau von F., die nicht zögerte, mich zu empfangen. Eine Lokalzeitung, sagte ich zu Beginn unseres Gesprächs, habe den Erschossenen als ein unschuldiges Opfer bezeichnet, ob sie mir wohl dafür eine Erklärung geben könne. »Gewiß«, antwortete sie, »mein Mann hat nie einen Juden getötet. Ich hoffe, Sie werden mir glauben, wenn ich Ihnen sage, daß ich den Massenmord an den Juden verabscheue.« Ihr ernster, trauriger Blick machte Eindruck auf mich, ich glaubte ihr. Ich erkundigte mich nach der Familie ihres Mannes. Sie war alt, unter Karl V. geadelt worden, und bedeutende Militärs, Kirchenmänner und Grundbesitzer waren aus ihr hervorgegangen. »Der ganze Vorgang«, fuhr sie fort, »hat für mich etwas Rätselhaftes. Mein Mann war weder in der Partei, noch in der SS, noch auch bei den Fallschirmjägern gewesen. Er diente den ganzen Krieg hindurch in einer Flak-Einheit, erst im Osten, dann im Westen, wo er in Gefangenschaft geriet. Er war nie Nationalsozialist, sondern eigentlich ein Konservativer.« Sie wies auf ein Bild an der Wand, das den Kaiser Franz Joseph darstellte. Ob sie es für möglich halte, fragte ich, daß von F. ihr manche Kriegserlebnisse verschwiegen habe. Sie blickte eine Weile vor sich hin. »Wer kann das mit Sicherheit verneinen«, sagte sie, »Menschen haben ihre Geheimnisse, die sie manchmal nicht einmal den Nächsten anvertrauen.«

Darauf begab ich mich nach Wien, in die Büros des österreichischen Fernsehens, wo der Mörder K. angestellt gewesen war. Seine Kollegen erzählten mir, wie sie nach dem Eintreffen der Nachricht allesamt an einen Irrtum geglaubt hatten. K. sei ein wohlerzogener, schüchterner, fleißiger Mensch von 35 Jahren, allen Exzessen, Übertreibungen und Gewalttaten abgeneigt. Wie aber, warf ich ein, sei er zu der Pistole gekommen, dies sei für einen Journalisten doch gewiß nicht üblich. Man erklärte mir, K. hätte die Erlaubnis zum Tragen einer Waffe von der in derlei Fällen sehr mißtrauischen österreichischen Polizei erhalten, nachdem er einige Sendungen zum Schutze der Verbraucher vor zweifelhaften und überteuerten Waren geschrieben hatte und daraufhin mehrfach in anonymen Briefen mit dem Tode bedroht worden war.

Ich fragte nach den Gründen, die den jungen Menschen in eine übermäßige Erregung versetzt haben könnten. Dafür, erfuhr ich, gebe es einige Erklärungen. Vor einer gewissen Zeit sei K. zweimal in Israel gewesen, um an einem Bericht über das Tote Meer zu arbeiten. Er sei dort, zum ersten Mal in seinem Leben, mit Juden zusammengetroffen, habe mit ihnen über ihr Schicksal und die Geschichte ihres Volkes gesprochen, und man hätte nach seiner Rückkehr deutlich Veränderungen an ihm wahrnehmen können, ein plötzliches Schweigen mitten im Gespräch, eine Art Versinken. Auch habe er den Umgang mit Juden gesucht, wohl auch welche gefunden und sie zu sich in sein kleines Haus in einem Wiener Vorort eingeladen. In jene Zeit sei aber auch ein anderes Vorkommnis gefallen, nämlich ein plötzlicher

Ohnmachtsanfall K.'s während der Arbeit. Die Ärzte hätten eine Hirnhautentzündung festgestellt, und K. hätte einige Wochen im Krankenhaus zubringen müssen. Vielleicht stehe diese Krankheit in Zusammenhang mit der späteren Tat, auf keinen Fall aber Trunkenheit, denn davon war verschiedenenorts die Rede gewesen – K. sei nie Alkoholiker gewesen, und im übrigen habe er nach der Entlassung die Anweisungen der Ärzte strikt befolgt, die von ihm völlige Abstinenz gefordert hatten. An dieser Stelle der Unterhaltung betrat ein älterer Mann das Zimmer, K.'s Vorgesetzter, wie sich herausstellte. Er bestätigte die Angaben der anderen und fügte hinzu, er selber, führendes Mitglied einer Loge, sei vor kurzer Zeit beinahe einem Anschlag zum Opfer gefallen. Ich äußerte meine Verwunderung. »Vergessen Sie doch nicht«, sagte er, »daß die Polizei die Anzahl der aktiven Rechtsextremisten in Österreich auf 20000 schätzt.«

Ich suchte Frau K. auf, deren gefaßte Haltung und leidenschaftliche Ergebenheit ihrem verhafteten Mann gegenüber mich bewegte. Sie hatten sich vor Jahren durch einen Zufall kennengelernt und sogleich ineinander verliebt. Sie verdanke ihm alles, sagte Frau K. – nicht nur habe er sie zu einem Studium ermutigt und ihr dabei stets geholfen, so daß sie es erfolgreich beendet hatte und selbständig geworden war, er habe auch ihren Blick auf Welt und Gesellschaft vertieft und ihrem Leben einen wirklichen Sinn gegeben. Vor kurzem hatte er ihr aus dem Gefängnis geschrieben und sie aufgefordert, die Scheidung einzureichen, um ihr Leben nicht mit den Folgen seiner Tat zu belasten. Sie habe das Ansinnen weit von sich gewiesen. »Begreifen Sie bitte«, sagte Frau K., »daß mein Mann das sanfteste, das menschenfreundlichste Geschöpf ist, das man sich denken kann. Auch wenn seine Tat nicht zu billigen ist, so kann sie doch nicht als ein Akt der Gewalt verstanden werden, sondern als

Protest gegen Gewalt, als ein Ausbruch des Entsetzens an jenem Punkt, an dem Worte verstummen.«

Es war mir gelungen, einen Freund und Kriegskameraden des Getöteten zu finden, der mir die Worte der Frau von F. bestätigte. Er hatte vom ersten Tage des Krieges an bis zu von F.'s Gefangennahme durch die Engländer im August 1944 mit ihm in der gleichen Batterie gedient, von SS und ähnlichem könne keine Rede sein. Von F., sagte der Mann, habe freilich eine Eigenheit besessen, die ihm manchen Streit eingebracht hätte, er habe, vor allem beim Trinken, oft provozierende Reden geführt. »Vor etwa zwei Jahren saß ich mit ihm in einem Gasthaus nicht weit von hier. Plötzlich wandte er sich zwei Männern an einem Nebentisch zu und sprach auf sie ein, so daß beide in die Höhe fuhren und auf ihn losgingen. Erst als sie aufstanden, sah ich, daß sie den herkulischen Wuchs von Transportarbeitern hatten. Sie schlugen von F. im Handumdrehen blutig. Ich kam ihm zu Hilfe, aber obwohl ich, wie Sie sehen, auch nicht gerade von schwacher Konstitution bin, ging es mir schlecht. Es fiel mir damals auf, daß von F. sich kaum verteidigte, daß er sich vielmehr totenbleich gegen die Wand drückte und mich den beiden Herkulessen überantwortete. Zu unserem Glück ließen sie bald von uns ab und gingen davon.« Könnte es nicht sein, fragte ich, daß Theodor von F. den beiden Männern damals irgendetwas auf die Juden Bezügliches gesagt habe. Das wisse er nicht, lautete die Antwort des Mannes, er habe den Anlaß der Auseinandersetzung völlig vergessen. Am nächsten Tag meldete ich mich bei dem bekannten Rechtsanwalt W., der den Verbrechen der Hitlerzeit große Aufmerksamkeit widmete und eine Anzahl von Mördern vor Gericht gebracht hatte. Er kannte den Fall. »Ich bin davon überzeugt«, sagte er, »daß Frau von F. Ihnen die Wahrheit gesagt hat: ihr Mann war nie in der SS; man kann annehmen, daß er nie einen Juden getötet hat.« Ich sah ihn erwartungsvoll an. W. dachte nach.

»In dem Bezirk, in dem wir uns befinden«, sagte er nach einer Weile, »ereignete sich vor wenigen Wochen folgendes: In einem gutbesuchten Café hatte sich an einem Tisch eine Runde von jungen Männern zusammengefunden, die einem etwas älteren neugierig zuhörten, wobei sie ihn gelegentlich mit bewundernden und anerkennenden Ausrufen unterbrachen. Der Mann, der das Wort führte, berichtete mit lauter Stimme von Judenmassakern, an denen er angeblich teilgenommen hatte. Die übrigen Gespräche in dem Café verstummten allmählich, doch mußte sich jemand beschwert haben, denn nach einiger Zeit erschien ein Polizist, der an den Tisch der jungen Leute trat und von dem Wortführer seinen Ausweis verlangte. Der reichte ihm mit höhnischem Lächeln seine Papiere. Der Polizist blickte verwirrt auf das in ihnen enthaltene Geburtsdatum ›1942‹ und forderte eine Erklärung. ›Sehr einfach‹, antwortete der Befragte, ›meine Freunde hören gern derartige Geschichten, und so erzähle ich sie ihnen denn‹.« »Sie wollen also sagen«, warf ich ein, »daß es sich um erfundene Geschichten handelt.« W. sah mich mit bitterem Lächeln an. »Es handelt sich um erfundene Geschichten«, sagte er.

W. sah eine Weile vor sich hin. »Was Salzburg angeht«, sagte er dann, »so ist das ein besonderer Fall, aber eigentlich auch nicht. Der erste Jude kam im Jahre 803 nach Salzburg, ein Arzt, weil der kranke Erzbischof glaubte, nur ein jüdischer Arzt könne ihn heilen. Genau dort, wo von F. erschossen wurde, verbrannte man im Jahre 1349 1250 jüdische Männer, Frauen und Kinder, weil sie, wie man sagte, die Brunnen vergiftet hätten. Am 10. Juli 1404 verbrannte man nochmals Tausende – sie hatten, sagte man, eine Hostie durchstochen und also den Herrn noch einmal getötet. Die ganze Bevölkerung strömte zusammen, um die Juden brennen zu sehen, denn in Salzburg geschah selten etwas Interessantes. Die Mütter hoben ihre Kinder hoch, damit ihnen nichts entging. Im Jahre 1487 wurde das steinerne Bild einer Sau im Rathaus aufgestellt, die nach dem Beispiel der römischen Wölfin Kinder nährt, das Bild der Judensau. Viel später, als die Auschwitz-Jahre kamen, gab es nicht mehr so viele Juden in Salzburg, aber einige schon. Noch eines«, sagte W., »ich will Ihnen einen Rat geben. Der Schriftsteller Alfred Polgar schrieb einmal, in Salzburg gebe es mehr Antisemiten als Einwohner. Wenn Sie in Salzburg sind, reden Sie nicht über die Dinge, von denen wir gesprochen haben. Sie würden sich damit keine Freunde machen.«

4

Als ich aus Wien nach Salzburg zurückgekehrt war, erfuhr ich, daß der Staatsanwalt sich die These der Verteidigung zu eigen gemacht hatte, K. habe die Tat im Zustand der Trunkenheit begangen. Er riskierte im kommenden Prozeß eine verhältnismäßig leichte Strafe und war vorläufig auf freien Fuß gesetzt worden. Dagegen versicherte der Anwalt der Frau von F., so einfach würde die Sache nicht ausgehen; es gäbe eine Aussage von K., derzufolge er Theodor von F., wenn er nicht eine Pistole gehabt hätte, auf andere Weise und in jedem Falle getötet haben würde.

Spät abends ging ich durch die Stadt. Ich ging bei Tomaselli und am Glockenspiel vorbei, wo man längst geschlossen hatte. Die Stühle, die tagsüber draußen standen, hatte man hereingeholt. Wie schön war es in Salzburg, wie gern war ich hier. Ich ging vom Waagplatz die Judengasse hinab, wo das Bordell gewesen war, in das Trakl allabendlich seine Einsamkeit getragen hatte, über den Kranzlmarkt die Getreidegasse an Mozarts Geburtshaus vorbei bis zum Festspielhaus. Ich traf kaum einen Menschen. Meine Schritte hallten unter den schmiedeeisernen Schildern an den Wänden hoch. Wenn man langsam ging, brauchte man kaum mehr als fünf Minuten für den Weg. Ich hörte auf das Knistern, das lautlose Schreien. Mir fiel eine Zeile aus einem Gedicht ein, den Namen des Verfassers wußte ich nicht mehr: »Wenn man das Stelldichein der Mörder suchte...«. Was wollte man, sich an den Mördern rächen, sich unter die Opfer stellen... Über das lautlose Prasseln der Flammen legte sich wie ein ungeheures Flöz eine Schicht erhabener Musik. Unter der Stadtbrücke schoß schwarz und unbeirrbar das Wasser dahin. Von dort unten stiegen die furchtbaren Träume allnächtlich empor, die Träume, die man immer wieder träumte, die einem im Munde quollen, die Träume von Pech und Schwefel.

Ich blickte über die Brücke zurück dorthin, wo Kuppeln und Mauern, indirekt angeleuchtet, sich im grünen und bräunlichen Licht wundervoller Verwesung erhoben.

EIN BERÜHMTER SCHRIFTSTELLER

Im Frühjahr 1939 fiel mir in der Rue de Châteaudun, etwa auf der Höhe der Rue Taitbout, ein kleines Café auf. Es lag nur wenige Schritte von meiner Arbeitsstelle entfernt und bestand aus zwei ruhigen, nur von wenigen Gästen besuchten Räumen. Man konnte dort einen guten und dabei billigen leichten Lunch zu sich nehmen. Es entsprach meinen Wünschen und beschränkten Verhältnissen.

Gleich beim erstenmal wählte ich für mich den kleineren Nebenraum, in dem ich fast immer der einzige Gast war und blieb. Von meinem Tisch aus blickte ich schräg durch die Öffnung, die die beiden Räume miteinander verband, auf den Eingang des Cafés. Manchmal kam der Inhaber zu mir herüber, fragte, ob ich zufrieden sei und blieb zu einem kurzen Gespräch. Er war ein langer Holländer, der im ersten Weltkrieg in die Fremdenlegion eingetreten war, später die französische Staatsbürgerschaft erhalten und sich in Paris niedergelassen hatte.

Ich war ein Mitarbeiter des Internationalen Hilfskomitees für das republikanische Spanien, das die Bemühungen entsprechender Vereinigungen im größten Teil Europas, aber auch in den anderen Kontinenten zusammenfaßte. Meine Mittagspause in dem Café verbrachte ich mit dem Schreiben von englischen und französischen Berichten, die vor allem der Presse zugedacht waren, sowie mit dem Aufstellen von Listen, die Lebensmittel und Medikamente aufzählten, an denen Mangel herrschte. Im Januar war Katalonien gefallen; Madrid hielt sich noch bis zum 1. April. Unsere Verbindungen waren unterbrochen, aber unsere Arbeit war nicht weniger dringlich. Ein millionenfacher Strom von Flüchtlingen, von Zivilisten und Soldaten quoll Tag und Nacht, von Bombern und Artillerie verfolgt, über die Pyrenäenpässe. Frankreich, das die Niederlage der Republik zu einem Teil verschuldet hatte, empfing die Opfer Francos in Lagern. Man sperrte bestimmte Gebiete längs des Mittelmeeres mit Stacheldraht ab und pferchte die Massen an den Stränden zusammen, über die ein eisiger Wind fuhr. Es gab keine Unterkünfte, nicht einmal Zelte, keine sanitären Anlagen, keine Nahrung, keine Ärzte. Die Menschen gingen an Hunger und Typhus zugrunde. Wir versuchten, ihnen zu helfen. Wir – das waren vor allem Franzosen, aber auch Amerikaner, Engländer und einige Emigranten aus Deutschland, Polen und Ungarn. Die meisten hatten eine Weile für die Republik gekämpft; manche von ihnen waren zu Invaliden geworden. Die Frauen in unserer Gruppe hatten ihre Männer an der Front verloren.

Als ich eines Tages in der Mittagspause an meiner Arbeit saß, hörte ich das Anschlagen der Türglocke. Ich blickte kurz auf und bemerkte ein Paar, das das Café betreten hatte und gleich an der Tür stehen geblieben war. Der Mann, zwischen vierzig und fünfzig, ziemlich unordentlich gekleidet, zeigte scharfe Züge unter zerwühltem schwarzen Haar; er ließ einen aufmerksamen und herausfordernden Blick über die beiden Räume kreisen. Mann und Frau trugen nachlässig gegürtete, nicht sehr saubere Regenmäntel. Was mir sofort ins Auge fiel, war die Zeitung, die der Mann auf eine merkwürdige, gewissermaßen Aufmerksamkeit heischende Art unter dem Arm hielt, und zwar dergestalt, daß man deutlich ihren Titel erkennen konnte. Es handelte sich um ein übelbeleumdetes Skandalblatt namens »Je suis partout«, das wenig gelesen wurde. Die Inhaber von Zeitungskiosken vertrieben es nicht. Das Blatt wurde von Mitgliedern des faschistischen P.P.F., einer kleinen, von einem kommunistischen Renegaten namens Doriot gegründeten Partei, an einigen Stellen in Paris kolportiert. Der Mann an der Tür verharrte einige Sekunden auf die geschilderte Weise und verschwand dann mit seiner Begleiterin an dem Nebenraum vorbei in den für mich unsichtbaren Hintergrund des Cafés. Ich achtete nicht mehr auf die beiden, die nach einer Weile weggegangen sein mußten, ohne daß ich es bemerkt hatte, denn später trat der Patron an mich heran mit der erwartungsvollen Frage, ob ich wohl wisse, wer das gewesen sei, und ohne meine Entgegnung abzuwarten, antwortete er selber mit dem Namen des Unbekannten: »Louis-Ferdinand Céline«.

Ich war überrascht. Den Mann hatte ein Roman mit dem Titel »Reise ans Ende der Nacht« berühmt gemacht. Kurze Zeit, nachdem ich Deutschland verlassen hatte, war ich auf Buch und Autor aufmerksam gemacht worden. Ich hatte den Roman gelesen, er war ein merkwürdiges Produkt, geschrieben in einer Art Rotwelsch, damals gab es noch nicht den Begriff Subkultur, das Buch fesselte mich, es hatte etwas Ungeheuerliches. Das höllische Licht einer Verzweiflung brach aus ihm hervor, die wir entsetzt und ungläubig wahrnahmen. Dieses finstere Strahlen war die Sonne unserer Zukunft. Ich las auch ein folgendes Buch, das »Tod auf Kredit« hieß, an das ich eigentlich keine Erinnerung mehr habe, es handelte, will mir scheinen, vom Weltkrieg. Der Autor, von dem ich nichts wußte, wurde als radikaler Pazifist und exaltierter Kritiker bürgerlicher Zustände gesehen. In der vom Sieg der Volksfront hervorgerufenen euphorischen Atmosphäre rechnete man Céline ohne lange Umstände zur Linken. Er wurde in mehrere Sprachen, auch ins Russische, übersetzt, er war in die Sowjetunion eingeladen worden, von dort aber war er bald zurückgekehrt, es hatte, so hörte man, Konflikte gegeben.

In den folgenden Tagen stellte sich Céline mit seiner Begleiterin regelmäßig in dem Café ein. Ich war beim Schreiben, pünktlich schlug die Türglocke an, ich blickte von meiner Arbeit auf, Céline hatte die Tür hinter sich geschlossen, er hatte haltgemacht und ließ seinen Blick schweifen, während er möglichen Zuschauern irgendetwas Gedrucktes darbot. Es war nicht immer die gleiche Zeitung, einmal war es der rechtsradikale »Gringoire«, ein andermal ein Buch, dessen in großen Lettern gedruckten Titel ich leicht von meinem Platz aus lesen konnte, er lautete »La France et les Juifs«.

Wiederum einige Tage darauf, und Céline saß schon eine Weile, für mich unsichtbar, an der Rückseite des Cafés, hörte ich Schritte, die sich dem Durchgang zwischen den beiden Räumen näherten. Es war Céline, der in der Öffnung erschien und mich von dorther anredete. »Monsieur«, sagte er, »ich habe soeben erfahren, daß Sie Deutscher sind.« Ich sah auf und nickte. »Ich möchte mir dazu gratulieren«, fuhr er fort, »einen Angehörigen dieser großartigen Nation begrüßen zu können.« Ich sah ihn stumm an. »Sie müssen wissen«, sagte er und erhob dabei die Stimme, »daß ich gerade aus Deutschland komme. Ich habe Ihren genialen, einzigartigen Führer gesehen. Ich habe Ihre herrliche, enthusiastische Jugend erlebt. Sie können nicht ahnen, Monsieur, was unsereiner, der aus diesem Sumpf hier kommt, bei solchen Erlebnissen empfindet.« Ich sah ihn immer noch an, ohne einen Ton von mir zu geben. »Sie nennen uns eine vernegerte Nation«, sagte Céline, »glauben Sie nicht, Monsieur, daß Sie mich damit verletzen, denn Sie haben Recht. Sie haben Recht, aber ich versichere Ihnen, daß andere Zeiten kommen werden. Auch wir werden ihrem Beispiel folgen. Der Tag wird kommen, da wir Juden und Bolschewisten an die Wand stellen und Frankreich von ihnen säubern werden.« Eine kurze Pause entstand, und ich erwiderte trocken, es träfe zwar zu, daß ich Deutscher sei, aber er täusche sich in mir, ich sei ein politischer Flüchtling aus Deutschland, gehöre also gerade zu jenen, die er an die Wand zu stellen beabsichtige. Er war wie vom Donner gerührt. Sein eben noch begeistert-wohlwollender Blick wurde ratlos und starr, er suchte nach einem angemessenen Wort und brachte schließlich mühsam ein ziemlich jämmerliches »Ah, bon...« hervor. Er drehte sich auf dem Absatz um und verschwand. Ich habe ihn nicht wiedergesehen.

Er tauchte nicht wieder in dem Café auf, solange ich es noch besuchte. Aber meine Zeit lief ab. Etwa vier Monate später brach der Krieg aus, und nach weiteren zehn Monaten war Frankreich zertrümmert und besetzt. Eine Zeit begann, in der Célines Name mir häufig entgegentrat. Er war umgeben von deutschen Uniformen und ihrem französischen Anhang. Seine zahlreichen Artikel bekundeten eine mörderische Erbarmungslosigkeit, die von keinem seiner schreibenden Mittäter erreicht wurde. Er nahm sich heraus, die Besatzungsmacht zu kritisieren: sie zeige manchmal eine allzu große Nachsicht bei der Behandlung der Juden, diese müsse man bis zum letzten vertilgen. Sie seien Ungeziefer. Die Vertreter der Besatzungsmacht zeigten keinerlei Unwillen; man konnte sich vielmehr vorstellen, daß sie Célines Mahnungen mit geschmeicheltem Lächeln lasen: man hatte Leute gewonnen, die jedes Vertrauen verdienten, auch zeigte dieser Franzose, daß sie selber, entgegen den Behauptungen der feindlichen Propaganda, keineswegs bis an die Grenzen des Möglichen gegangen waren.

Als Frankreich befreit wurde, flüchtete Céline, wie viele seinesgleichen, nach Deutschland. Doriot, der die Uniform eines hohen SS-Offiziers trug, erlag den Schüssen eines amerikanischen Jagdbombers in der Nähe von Sigmaringen.

Céline überlebte. Beim Vordringen der alliierten Truppen in Deutschland flüchtete er weiter nach Dänemark. In Frankreich wurde er in Abwesenheit zum Tode verurteilt. Es begab sich das Erstaunliche, daß Dänemark, das selber besetzt gewesen und Teil eines Bündnisses war, den Gesuchten nicht auslieferte, sondern schützte. Es vergingen einige Jahre, in Frankreich wurde eine Amnestie verkündet, und Céline kehrte in aller Ruhe nach Paris zurück. Er schwieg eine Weile, dann fand er die Sprache wieder und bewies, daß er sich nicht im mindesten geändert hatte. Er rief zu neuen Pogromen auf, bis ein natürlicher Tod ihm das Wort entzog. Ehe er starb, erlebte er seinen zweiten Eintritt in die französische Literatur. Dieser zweite Eintritt wurde zu einem Höhenflug.

Doktorarbeiten über ihn mehrten sich, Essayisten, die sich eben noch als extreme Linke empfunden hatten, beugten sich über den Pfuhl und atmeten verzückt seine luziferischen Dünste. Célines postumer Aufstieg gipfelte in der Aufnahme in die »Pleïade«, die wundervolle Reihe eines großen Verlags, in der die großen Schriftsteller der Antike, der Klassik, der Neuzeit versammelt waren – hier stand sein Werk plötzlich neben dem von Proust, Saint-John Perse, Paul Eluard und René Char.

Es gibt eine Ästhetik, für welche die Apologie des Mordes unverdächtiger ist als seine Verdammung. Sie fragt nicht nach einer Analyse der Infamie, sondern nach der Infamie selbst. Mit ihr verbünden sich unerfüllte und uneingestandene Lüste nach Vermischung mit dem, wovor man noch gestern zurückgebebt war. Wenn es finster wird auf Erden, erwachen die Vampire und beginnen zu wandeln.

DOKTOR DUBOIS

Im vierten Jahr der Besetzung war ich so unvorsichtig gewesen, meinem Freund Z. von den Rückenschmerzen zu sprechen, die mich in unregelmäßigen Abständen störten oder sogar quälten. Ich tat es in einem Augenblick der Schwäche, denn ich hatte die Gewohnheit, Unpäßlichkeiten, im festen Vertrauen darauf, daß sie von selber verschwinden würden, für mich zu behalten, auch ging ich Ärzten aus dem Wege.

Z. tadelte mich wegen meiner Zurückhaltung, er hätte mir schon angesehen, daß ich mich schlecht fühlte. Er habe den richtigen Mann für mich an der Hand, einen hervorragenden praktischen Arzt, eine Art Berühmtheit, und er zählte mir einige seiner Patienten auf, deren Namen ich kannte. Außerdem, sagte Z., handle es sich bei dem Arzt um einen Menschen mit Herz, wie es nur noch wenige gäbe, denn er nähme von armen Leuten, und zu denen zählten wir beide, Z. und ich, keine Bezahlung an.

Zufälligerweise traf ich den Arzt einige Tage später in einer kleinen Gesellschaft, zu der auch mein Freund eingeladen worden war. Ich vermied in der damaligen Zeit derartige Zusammenkünfte, hatte in diesem Falle aber zugesagt, denn die einladende Familie war mir als verläßlich bekannt, auch die anderen Gäste, nach denen ich mich erkundigt hatte, waren vertrauenswürdig. Z. stellte mich sogleich dem Arzt vor. Doktor Dubois war ein hochgewachsener Mann, einen guten Kopf größer als ich, über einem muskulösen Körper erblickte man ein sympathisches Gesicht mit ruhigen, intelligenten Zügen.

»Natürlich sollten Sie sobald wie möglich zu mir kommen«, sagte er nach einigen erklärenden Worten meines Freundes. »Sie müssen wissen, daß ich nur gelegentlich praktiziere. Ich arbeite fast nur noch auf wissenschaftlichem Gebiet. Aber für meine Freunde und deren Freunde bin ich selbstverständlich da. Schließlich leben wir in besonderen Zeiten. Lassen Sie mich nachdenken... Wenn es Ihnen paßt, kommen Sie doch übermorgen abend zu mir, gegen sieben Uhr. Meine Assistentin, die ich nur gelegentlich brauche, wird nicht da sein, aber sie wird uns nicht fehlen, nicht wahr?« Ich dankte ihm und versprach, pünktlich zu sein.

Z. erzählte mir auf dem Heimweg einiges von Dubois. »Der Doktor ist ein merkwürdiger Mann. Er ist unverheiratet, lebt seit Jahren ganz allein, sitzt den ganzen Tag und die halbe Nacht in dem Laboratorium, das er in seinem Hause eingerichtet hat, und auf dem Schild vor seinem Haus steht ›Sprechstunden nur auf Verabredung‹. Ich kenne mehr oder weniger seine Ansichten, sie sind den unseren nahe, ob er zur Résistance gehört, weiß ich nicht, aber jedenfalls gehört er zu ihrer Peripherie. Man sagt von ihm, er verfüge über große Beziehungen, verhelfe auch manchen zu Papieren oder Verstecken und habe schon eine ganze Menge Leute nach England oder noch weiter gebracht. Freilich erzählt man auch von seinen Verbindungen zu manchen deutschen Dienststellen, aber das versteht sich ja beinahe von selbst.« Während Z. redete, tat es mir bereits leid, die Verabredung mit Doktor Dubois getroffen zu haben, ich liebte nun einmal keine Ärzte und keine Konsultationen.

Dennoch fuhr ich zwei Tage später gegen Abend mit der Métro bis zur Porte Dauphine und ging die stille Rue de la

Faisanderie hinunter, wo Doktor Dubois wohnte. Ich hatte die seinem Haus gegenüberliegende Straßenseite gewählt. Als ich näher kam, glaubte ich eine kaum wahrnehmbare Bewegung in der Straße zu spüren, ein paar Meter vom Haus entfernt stand ein schwarzer Citroën Traction, ein Autotyp, den Leute meines Schlages nicht liebten, obwohl wir ihn selber bei gewissen Aktionen benützten, auch unterhielten sich in der Nähe zwei Männer, von denen der eine einen dunklen Gummimantel trug. Ich verwandelte mich augenblicklich in einen Spaziergänger und setzte mit gleichgültiger Miene meinen Weg fort. Ich ging bis zum Trocadéro und fuhr nach Hause.

Ich war erleichtert, daß meine Verabredung mißglückt war, und ich nun einen Vorwand hatte, nicht mehr in die Rue de la Faisanderie zu gehen. Auch sah ich Z. erst eine Woche später und antwortete auf seine Frage, Doktor Dubois hätte mir etwas verschrieben und das Medikament habe prompt gewirkt. Ich dankte ihm für seine Hilfe und hörte in der Angelegenheit nicht mehr das mindeste.

Die Zeit ging dahin, Z. fiel in den Straßenkämpfen in Paris, ein Dreivierteljahr darauf war der Krieg zu Ende, ich kehrte zurück, es vergingen weitere Jahre und ich dachte längst nicht mehr an Doktor Dubois. Zehn Jahre etwa, nachdem ich die Rue de la Faisanderie entlanggegangen war, fand ich plötzlich den Namen des Doktor Dubois in der Zeitung, und einige Wochen lang konnte man diesen Namen auf den ersten Seiten der Blätter täglich lesen.

Doktor Dubois war unter einem dringenden Verdacht verhaftet worden. Angehörige von Personen, die er versteckt oder ins Ausland befördert hatte, meldeten sich und erklärten, sie hätten von ihren Verwandten oder Freunden nichts mehr gehört. In den ersten Vernehmungen gab der Doktor gelassen und überzeugend zu bedenken, daran sei nichts Verwunderliches, schließlich seien Bomben gefallen und Schiffe torpediert worden, viele hätten in anderen Ländern eine neue Existenz begonnen und wünschten gar nicht mehr, an ihr früheres Leben erinnert zu werden. Man gab sich damit nicht zufrieden und durchsuchte sein Haus. Dort fand man im Untergeschoß einen leeren Raum, in dem Reste gewisser Chemikalien festgestellt wurden. Auch hatte Doktor Dubois in der Tür, die zu diesem Raum führte, ein kleines Fenster angebracht, durch das man Vorgänge im Innern beobachten konnte. Doktor Dubois leugnete bald nicht mehr, Personen, die ihr Geschick in seine muskulösen Hände gelegt hatten, in diesen Raum gebracht und durch Giftgas getötet zu haben. Was anderswo fabrikmäßig betrieben worden war, hatte er allein und ganz auf sich gestellt getan. Seine Opfer und ihre Habseligkeiten hatte er im Heizungskeller verbrannt, die Knochen in einer kleinen mechanischen Mühle zermahlen. Es war leicht, auf dem Grundstück Knochensplitter zu finden. Doktor Dubois berief sich auf den wissenschaftlichen Charakter seiner Unternehmungen. Er legte freiwillig ein umfangreiches Notizbuch vor, das man bis dahin nicht gefunden hatte. Es enthielt, in einer Art Geheimschrift, die ziemlich leicht zu entziffern war, Aufzeichnungen über sechsundzwanzig Personen.

Jeden Tag folgte ich in den Zeitungen dem Prozeß, der bald begann und beträchtliches Aufsehen hervorrief. Man fragte den Angeklagten nach seinen Beziehungen zu den Deutschen. Er antwortete, er habe sich in diesem Punkt nichts vorzuwerfen. Mit der Zeit wurden seine Antworten knapper und seltener. Sein sympathisches Gesicht mit den ruhigen, intelligenten Zügen hielt er aufmerksam dem Gericht zugekehrt. Er folgte den Verhandlungen mit Interesse, aber wenn man ihm Fragen stellte, zeigte er eine gewisse Irritation, ein nachsichtiges Lächeln auf den Lippen schien den Gedanken anzudeuten »Sie begreifen überhaupt nichts«.

Er verzichtete auf ein Schlußwort. Man verurteilte Doktor Dubois zum Tode. Ein paar Tage später wurde er guillotiniert.

DER BAUM

Etwa in der Mitte zwischen nördlichem Meer und südlichem Gebirge liegt das Land, das ich meine, von dem ich rede, der Teil eines Landes, der mir im Sinn liegt. Ich bin nicht dort geboren, nur ganz in seiner Nähe. Mein Geburtsort und jenes nahe gelegene Gebiet ist, wenn man auf eine Karte von Europa blickt, ein Stück des eigentlichen Mitteleuropa, aber dieser Begriff ist gegenwärtig fast ohne Bedeutung, da so viele sich als Mitteleuropäer bezeichnen, die es nicht sind, obwohl es nicht im mindesten schimpflich ist, aus Ost- oder Südosteuropa zu stammen.

Die Gegend, an die ich denke, hat nichts Ungewöhnliches an sich, in der Landschaft finden sich weder pathetische noch heroische noch tragische Elemente, sie wird von Hügeln geprägt, sanft geschwungenen, an die sich Dörfer lehnen, es gibt hier noch ausgedehnte Wälder, die zum Teil, wie könnte es anders sein, nicht mehr gesund sind, wenn auch die Natur hartnäckig, blind und erschütternd um ihr Weiterdauern kämpft. Die kleinen und mittleren Städte beherrschen die Landschaft nicht, sie fügen sich in sie ein, und wenn ich diese Landschaft mit einem Wort bezeichnen sollte, stellt sich immer dieses eine ein, das ich Ausländern so oft, und wie oft vergeblich, zu erklären suchte, weil andere Sprachen, so weit sie mir bekannt sind, keine Entsprechung für dieses Wort haben, und dieses Wort lautet »hold«. Dieses Land hier ist hold, ein holdes Land wartet auf einen, wenn man fern ist. Über ihm liegt ein blaßblauer Himmel, schüchtern, schweigsam, wenn man will – aber der Ausdruck ist seit mehr als einem Jahrhundert aus der Mode gekommen – seelenvoll. Manchmal sage ich mir, daß ich undankbar bin, wenn ich an Gegenden denke, die ich gesehen und über die ich doch kein Wort verloren habe. Nur dieses kleine, von keinem Lärm gestörte, in sich selbst versunkene Zuhause, beinahe Zuhause ist geblieben. Unterhalb der Burg überblickt man das Gebiet, in dem Wälder die Hügel hinan schäumen. Ein Bild liegt vor mir: über die sich verdunkelnden Wiesen fällt ein zerrissenes Licht aus zerrissenem Gewölk, ein Gewitter ist vorbeigezogen, und vor einem sitzt ein Mann allein auf einer Bank unter dem riesigen, dem ungeheuren Baum, der Moosbacher Linde. Der Mann wendet einem den Rücken zu. Er träumt. Über ihm träumt der Baum. Hier findest du deine Ruh. Ja. Hier.

Quellen und Anmerkungen

Als Textgrundlage wurden für diesen Band verwandt:
Stephan Hermlin. Lebensfrist. Gesammelte Erzählungen. Verlag Klaus Wagenbach. Berlin 1980.
Stephan Hermlin. Bestimmungsorte. Fünf Erzählungen. Verlag Klaus Wagenbach. Berlin 1985.
Stephan Hermlin. Traum der Gemeinsamkeit. Ein Lesebuch. Herausgegeben von Klaus Wagenbach. Verlag Klaus Wagenbach. Berlin 1985.
Deutsche Demokratische Reise. Ein literarischer Reiseführer durch die DDR. Verlag Klaus Wagenbach. Berlin 1989.
Stephan Hermlin. Erzählende Prosa. Aufbau Verlag. Berlin 1990.

DER LEUTNANT YORCK VON WARTENBURG
Geschrieben im Herbst 1944 in Zürich. Erstdruck 1945 in Singen. Aus: Lebensfrist.
»Die Erzählung, wahrscheinlich der erste Versuch, den Ereignissen des 20. Juli 1944 eine literarische Gestalt zu geben, entstand in Anlehnung an die Novelle von Ambrose Bierce ›An Occurence at Owl Creek Bridge‹. Dem Autor ebenso wie allen anderen Zeitgenossen blieben die Einzelheiten des versuchten Aufstands lange verborgen. Eine Darstellung, zu der es den Verfasser drängte, mußte notwendigerweise den Charakter des Phantastischen, Traumhaften annehmen. Die Verbindung der Ereignisse mit dem Komitee Freies Deutschland, dem der Autor angehörte, ist unhistorisch, sie entspringt einem Wunschtraum. Der gemeinte Held der Erzählung ist der Oberst von Stauffenberg; er erhielt aus naheliegenden Gründen den Namen Yorck von Wartenburg. Ein Leutnant Peter Yorck von Wartenburg gehörte aber der Verschwörung an und wurde hingerichtet.« [Anm. d. Autors]

Peter Yorck v. Wartenburg war Mitbegründer des 1942 entstandenen Kreisauer Kreises, einer christlichen Widerstandsgruppe um Helmuth James v. Moltke. Seit Januar 1944 enger Vertrauter von Claus Schenk v. Stauffenberg.

Bendlerstraße: im »Bendlerblock« befand sich das Oberkommando der Deutschen Wehrmacht; heute Stauffenbergstraße.

»Serapionsbrüder«: Novellensammlung von E. T. A. Hofmann.

Bertha v. Suttner: schrieb den in vielen Sprachen übersetzten Roman »Die Waffen nieder«, 1889; Friedensnobelpreis 1905.

v. Schönaich: kaiserlicher General, der aus dem 1. Weltkrieg als Pazifist hervorging.

Hellmut v. Gerlach: im Ersten Weltkrieg einer der Vorkämpfer der radikalen bürgerlichen Linken und des Pazifismus.

karelisches Nordlicht: Karelien, Landenge zwischen Ladogasee und finnischem Meerbusen; 1920–1923 errichtete die Sowjetunion die Autonome Sowjetrepublik Karelien; im finnisch-sowjetischen Krieg hart umkämpft; kam 1944 ganz zur Sowjetunion.

»Le nom du général Yorck ...«: Der Urgroßvater v. Wartenburgs erzwang in den Befreiungskriegen 1813 den Elbübergang bei Wartenburg gegen Napoleon.

Walther v. Seydlitz: nach der deutschen Niederlage in Stalingrad gefangengenommen, wurde später Präsident des Komitees Freies Deutschland, in dem deutsche Gegner Hitlers in der Sowjetunion organisiert waren.

Jules Michelet: französischer Historiker, wurde durch seine von nationaler und demokratischer Begeisterung getragenen Bücher populär.
vierter August: in der Nacht zum 5. August 1789 wurden die Privilegien des französischen Adels abgeschafft.
Charkow: Stadt in der Ukraine, im Sommer 1942 von der deutschen Armee teilweise zerstört.

REISE EINES MALERS IN PARIS
Geschrieben 1946 in Garmisch. Erstdruck 1947 in Wiesbaden. Aus: Lebensfrist.
Elemente der Erzählung gehen auf Halluzinationen des Malers Hans Reichel (1892–1958) zurück, von denen er dem Autor berichtete.
die Weißen: als Weiße wurden die Gegner der russischen Revolution bezeichnet; mit dem Dichter ist Ernst Toller gemeint.
Hotchkiß: französisches Maschinengewehr.
Falange: faschistische Bewegung, die unter Franco im Spanischen Bürgerkrieg kämpfte; später Einheitspartei Spaniens.
Caproni, Savoia: italienische Bomber.
26. Juli 1936: in der Nacht vom 25. auf 26. Juli entschied Hitler die Teilnahme Deutschlands am Spanischen Bürgerkrieg.
Tschou En-lai: 1936–1946 Verhandlungsführer zwischen Mao Tse-tung und Tschiang Kaischek zur Wahrung des Burgfriedens im Kampf gegen Japan.

DIE ZEIT DER EINSAMKEIT
Geschrieben 1948 in Berlin. Aus: Lebensfrist.
Boches: Schimpfwort der Franzosen für die Deutschen.
Belote: französisches Kartenspiel.
Rückzug von Belchite: die Republikanische Armee mußte die eroberte Stadt wieder aufgeben.
der Dritte Grad: Foltermethode, bei der der Gefangene mit Wasser vollgepumpt wurde.
Gandesa: die Offensive der spanischen Republikaner führte sie bis an den Stadtrand dieser aragonischen Stadt.
Pétain: von 1940 bis 1944 Chef der französischen Marionettenregierung in Vichy.
Doppelaxt: Abzeichen der französischen Faschisten.

ARKADIEN
Geschrieben 1949 in Berlin. Erstdruck in ›Heute und Morgen‹ 2/1959. Aus: Lebensfrist.
Die Erzählung geht auf eine Episode aus den Kämpfen der F. T. P. (Franc-Tireurs et Partisans) im Departement Cantal zurück.
Maquis: französische Partisanenbewegung im Zweiten Weltkrieg gegen die deutsche Besatzungsmacht und die Miliz der Vichy-Regierung.
Dünkirchen: bei der französischen Hafenstadt wurden die französischen und englischen Armeen 1940 von den Deutschen geschlagen.

DIE ZEIT DER GEMEINSAMKEIT

Geschrieben 1949 in Warschau und Berlin. Aus: Lebensfrist.

Die berichteten Details des Aufstands 1943 gehen auf schriftliche und mündliche Zeugnisse von Teilnehmern der Kämpfe zurück. Den sogenannten »Stroop-Bericht« (Neuwied 1960) konnte Hermlin bereits 1949 einsehen.

Schofar: Widderhorn, das in der Synagoge am Versöhnungstag geblasen wird und die Posaune des Jüngsten Gerichts verkörpert.

Hatikwah: hebräisch: Hoffnung; die Hymne der zionistischen Bewegung, später israelische Nationalhymne.

Sten: englische Maschinenpistole.

Hagadah: schildert den Auszug aus Ägypten.

Mazzoth: ungesäuertes Brot.

Josef Pilsudski: von zentraler Bedeutung bei der Gründung des polnischen Staates von 1918; später Begründer einer antikommunistischen und antisemitischen Bewegung.

Stukas: deutsche Sturzkampfbomber.

DER WEG DER BOLSCHEWIKI

Geschrieben 1950 in Berlin. Aus: Lebensfrist.

Den Ausbruch sowjetischer Offiziere aus dem Lager überlebten nur wenige. Die meisten Flüchtlinge wurden nicht von der SS, sondern von der Bevölkerung ermordet.

Volksentscheid vom August: 1931 versuchte die KP einen Volksentscheid gegen die sozialdemokratische polnische Regierung herbeizuführen, der aber scheiterte.

RGO: Revolutionäre Gewerkschaftsopposition; Zusammenschluß kommunistischer Arbeiter, die aus den allgemeinen Gewerkschaften ausgeschlossen waren.

DIE UNTERSCHRIFT

Geschrieben 1950 in Berlin. Aus: Erzählende Prosa.

Bürger, die Unterschriften für den Stockholmer Appell gegen die Atombombe sammelten, wurden von der Polizei verfolgt. Die Presse forderte die Bevölkerung auf, die Sammler zu denunzieren.

DIE KOMMANDEUSE

Geschrieben 1953 in Berlin. Erstdruck 1954. Aus: Lebensfrist.

»Als Vorlage dienten Gerichtsakten. Namen wurden verändert. Die Erzählung stieß in West und Ost auf heftigen Widerspruch. Ein berühmter Schriftsteller der Bundesrepublik teilte dem Autor mit, ›das Schlimmste an dieser schlimmen Erzählung‹ liege in dem Umstand, daß sie ›gut geschrieben‹ sei.

Der Widerspruch im Westen äußerte sich vor allem im Zorn über die Verfälschung des Freiheitskampfes. Der im Osten protestierte gegen den Versuch, das Psychogramm einer Faschistin zu entwerfen, womit der Konterrevolution Vorschub geleistet wurde. Die Kritiker in Ost und West ahnten nicht, wie sehr ihre Positionen einander glichen.« [Anm. d. Autors]

HO: Handelsorganisation; Konsumgeschäfte in der DDR.

DIE STRASSE

Geschrieben 1958 in Berlin. Erstdruck in ›Sinn und Form‹ 4/1958. 1932 und 1931 aus: Erzählende Prosa; 1935 aus: Traum der Gemeinsamkeit.

KJVD: Kommunistischer Jugendverband Deutschlands.

Warschawjanka: russisches revolutionäres Lied.

Szallai, Fürst: die beiden ungarischen Kommunistenführer wurden 1932 in Budapest gehängt.

die Negerjungen von Scottsboro: acht schwarze, arbeitslose Jugendliche, die wegen der angeblichen Vergewaltigung einer Weißen verhaftet und 1932 hingerichtet wurden.

BVG: Berliner Verkehrsgesellschaft.

Ernst Busch: berühmter kommunistischer Liedersänger.

Erich Weinert: Schriftsteller, ab 1933 in der Emigration; später Rückkehr in den Ostteil Deutschlands.

Reichsbannerleute: Reichsbanner Schwarz-Rot-Gold, 1924–1933; von den Sozialdemokraten gegründeter Wehrverband zur Verteidigung der Weimarer Republik.

Robert Ley: seit 1934 Reichsorganisationsleiter der NSDAP; löste 1933 gewaltsam die Gewerkschaften auf und gründete die DAF (Deutsche Arbeitsfront) und die Organisation KdF (Kraft durch Freude).

IN EINER DUNKLEN WELT

Geschrieben 1964 in Berlin. Erstdruck in ›konkret‹ Januar 1965. Aus: Lebensfrist.

Februarkämpfe: am 12. Februar 1934 war in Paris ein Generalstreik und vom 12.–14. Februar in Wien ein Aufstand der Arbeiter.

Prinz-Albrecht-Straße: im »Prinz-Albrecht-Gebäude« befand sich das Gestapo-Hauptquartier.

KASSBERG

Geschrieben 1965 in Berlin auf einen Vorschlag von Klaus Wagenbach hin für die Anthologie »Atlas«. Aus: Lebensfrist.

CORNELIUSBRÜCKE

»Geschrieben Anfang 1968 in Berlin, nachdem Studenten der Technischen Universität in Westberlin den Autor zu einer Lesung eingeladen hatten, die am 13. Februar 1968 stattfand, während im benachbarten Hörsaal Rudi Dutschke über die Vorbereitung der Vietnam-Demonstration sprach.
Der Autor schildert einen Vorgang im Jahr 1919 in unmittelbarer Nähe seines Elternhauses, den er miterlebte ohne ihn doch erleben zu können: der Autor ist ein Kind von noch nicht vier Jahren. Im Jahre 1968, ein halbes Jahrhundert später, wurde er von der Ahnung bedrängt, daß einmal mehr die Liebe zum Guten und zur Menschlichkeit niedergetreten werden würde.« [Anm. d. Autors]
Erstdruck in ›Sinn und Form‹ 3/1968. Aus: Lebensfrist.

DIE ARGONAUTEN

Geschrieben 1974 in Berlin. Aus: Erzählende Prosa.

MEIN FRIEDE
Geschrieben 1975 in Berlin. Rede auf dem Kongreß des Internationalen PEN in Wien am 18.11.1975. Erstdruck in ›Akzente‹ 1/1976. Aus: Traum der Gemeinsamkeit.
Julius Streicher: Herausgeber des berüchtigten antisemitischen Hetzblatts ›Der Stürmer‹.

RÜCKKEHR
Geschrieben 1982/83 in Berlin. Aus: Bestimmungsorte.
Comité d'Alger: nach der Eroberung Nordafrikas durch die Alliierten 1942 gründete de Gaulle 1943 das Französische Komitee der nationalen Befreiung, das er 1944 zur Provisorischen Regierung der französischen Republik umbildete.
Vertrag von München: nach dem Münchner Abkommen vom 29.9.1938 zwischen Hitler, Chamberlain, Daladier und Mussolini mußte die Tschechoslowakei ihre deutschsprachigen Gebiete an Deutschland abtreten.

HÖLDERLIN 1944
Geschrieben 1982 in Berlin. Aus: Bestimmungsorte.

EIN MORD IN SALZBURG
Geschrieben 1983 in Berlin. Aus: Bestimmungsorte.

EIN BERÜHMTER SCHRIFTSTELLER
Geschrieben 1985 in Berlin. Aus: Bestimmungsorte.

DOKTOR DUBOIS
Geschrieben 1985 in Berlin. Aus: Bestimmungsorte.

DER BAUM
Geschrieben 1989 in Berlin. Erstdruck 1989 in Berlin. Aus: Deutsche Demokratische Reise.
Moosbacher Linde: in der Nähe der Wartburg und der Hörselberge.

Foto: Gezett

STEPHAN HERMLIN wurde am 13. April 1915 in Chemnitz als Sohn eines Tuchfabrikanten geboren. Kindheit und Jugend in Chemnitz und Berlin, wo er 1931 als Gymnasiast dem Kommunistischen Jugendverband beitritt. Von 1933 an Tätigkeit in einer Berliner Druckerei und illegale Arbeit. 1936 Emigration – Österreich, Italien, Nahost, England. Nimmt am Spanischen Bürgerkrieg teil und kämpft 1939/40 in der Hilfstruppe der französischen Armee (Prestataire). Danach in mehreren Lagern: Agde, Guéret, Nexon. Kurz vor der Deportation nach Deutschland 1944 Flucht mit Hilfe des Maquis in die Schweiz; Internierter in einem südschweizer Arbeitslager; Mitarbeit in der Bewegung »Freies Deutschland«. 1945, unmittelbar nach der Befreiung, Rückkehr nach Deutschland. Rundfunkredakteur bei Radio Frankfurt. 1947 Übersiedlung in die damalige sowjetische Besatzungszone, nach Berlin, wo er auch heute noch lebt. Zuerst Mitarbeiter von Zeitschriftenredaktionen (›Ulenspiegel‹, ›Aufbau‹, ›Sinn und Form‹), später freier Schriftsteller und Übersetzer. Mitglied der Akademie der Künste der DDR seit 1950, der Akademie der Künste Berlin (West) seit 1976; langjähriger Vizepräsident des Internationalen PEN-Club; zahlreiche Literaturpreise.

STEPHAN HERMLIN

Abendlicht

Erinnerungen an die dreißiger Jahre, Beobachtungen und Erfahrungen eines jungen Mannes aus gebildeter bürgerlicher Familie, der auf der Straße zum Kommunisten wird.
»Welch ein schönes Buch. Die Reinheit dieser Prosa ist gegenwärtig fast vergleichslos.« Hans Mayer
SVLTO. Rotes Leinen. 96 Seiten

Scardanelli, Hölderlin

Dieses Spiel handelt von einem Mann, der sich eine andere Welt wünscht als die »ehern bürgerliche«, den aber diese bürgerliche Welt zensiert und zu einem gefährlichen politischen Unruhestifter erklärt. Das Vaterland, sein Liebstes, konnte ihn nicht brauchen, und so ging er weg aus dieser Welt, in einen Turm, und gab sich andere Namen, darunter auch Scardanelli.
SVLTO. Rotes Leinen. 80 Seiten

Traum der Gemeinsamkeit Ein Lesebuch

Dieses Lesebuch zeichnet den Weg Hermlins nach und gibt einen Eindruck in seine literarische Arbeit: Erzählungen, Gedichte, Portraits, Nachdichtungen, Ansichten zur Zeit.
Herausgegeben von Klaus Wagenbach
Wagenbachs Taschenbuch 128. 176 Seiten

In den Kämpfen dieser Zeit

Die wichtigsten politischen Texte der letzten zwei Jahrzehnte: Dokumente politischer Überzeugung und Unerschrockenheit mit einem bisher unveröffentlichten, 1972 geschriebenen, fulminanten Plädoyer gegen Zensur.
Gebunden. Bleisatz und Buchdruck. 112 Seiten

Quart*buch*

Einbandgestaltung von Rainer Groothuis unter Verwendung
des Bildes *Goldau* von J. M. W. Turner (1843; Ausschnitt)
Gesamtherstellung Clausen & Bosse, Leck
Gesetzt aus der Korpus Sabon
Bucheinbandstoffe von Herzog, Beimerstetten
Printed in Germany.
ISBN 3 8031 3114 6